Klaus Schlesinger
Die Sache mit Randow

Für Daisy, Liane
und die Leute aus der Dunckerstraße

Handlung und Personen sind erfunden.

Klaus Schlesinger

Die Sache mit Randow

Roman

Aufbau-Verlag

Der Autor dankt dem Deutschen Literaturfonds
und der Stiftung Preußische Seehandlung
für die Förderung dieses Buches.

Erster Teil

I

Ich stehe auf dem Damm und starre in den Himmel über dem Haus Nummer fünf. Seit mindestens einer Stunde stehe ich mitten auf dem Damm und starre in den Himmel über dem Haus Nummer fünf.

Ich bin nicht allein. Gleich mir stehen hundert, vielleicht sogar hundertfünfzig Leute auf dem Damm und starren in diesen Himmel über dem Haus Nummer fünf. Zweimal ist die Polente hiergewesen und hat uns aufgefordert, auf den Gehsteig zu treten. »Bürger, seien Sie vernünftig und treten Sie auf den Gehsteig!« hat einer von der Polente gerufen, und zwei, drei andere haben seiner Aufforderung einen sanften Nachdruck verliehen, indem sie betont langsam und mit ausgebreiteten Armen auf die hundert oder hundertfünfzig Leute zugegangen sind. Widerwillig haben sich die Leute Richtung Bürgersteig bewegt, aber kaum hat sich die Polente zurückgezogen, sind die ersten schon wieder auf den Damm gegangen, und es hat keine fünf Minuten gedauert, da ist er wieder voller Menschen gewesen.

Am Anfang, gleich nach dem Mittagessen, sind es nur ein, zwei Dutzend gewesen, aber jetzt, es geht auf drei Uhr zu, sind es mindestens hundertfünfzig, wenn nicht schon mehr. Zuerst hat nur die Truppe vom langen Maschke auf dem Damm gestanden, mit Burkhard Drews, der Schultheiß genannt wird, mit Hotta dem Zimmermann, Heinz Hammoser und noch ein paar anderen. Mitten darin meine Schwester, und jetzt, kurz vor drei, auch ihre Freundin Edith Remus. Hotta der Zimmermann hat kurz nach dem

Mittagessen von der Straße her zweimal gepfiffen. Meine Schwester, die mit angezogenen Beinen auf dem Sessel gehockt und sich die Fußnägel geschnitten hat, ist aufgesprungen und zum Fenster gegangen, kurz danach in die Schuhe geschlüpft und auf die Straße hinuntergelaufen. Ich habe nur die Wörter »Randow« und »Polizei« verstanden, mehr nicht, aber an dem Gesicht meiner Schwester und an der Eile, mit der sie in die Schuhe schlüpfte, habe ich sofort gesehen, daß etwas Außergewöhnliches passiert sein muß. »Was ist denn?« habe ich gerufen, aber meine Schwester hat nur gesagt: »Ich geh mal runter!« und die Tür ins Schloß geworfen.

Natürlich bin ich gleich zum Fenster gelaufen, habe an der Laterne vor der Nummer fünf die Truppe vom langen Maschke stehen und Hotta den Zimmermann heftig gestikulieren gesehen. Alle, auch meine Schwester, haben abwechselnd auf Hotta den Zimmermann und dann in die Höhe geguckt, und aus den Häusern sind Leute gekommen und haben sich an der Laterne vor der Nummer fünf gesammelt. Nun habe ich es nicht mehr ausgehalten und zu meiner Mutter, die in der Küche das Mittagsgeschirr abgewaschen hat, »Ich komme gleich wieder!« gerufen und bin, zwei Stufen auf einmal nehmend, die Treppe hinunter.

Erst vor der Haustür habe ich meinen Schritt gebremst und mich der Truppe von Maschke genähert. Klar, ich habe Abstand halten müssen von Maschkes Leuten, die alle schon zwanzig sind, einige sogar älter. Selbst wenn meine Schwester in der Truppe von Maschke steht, muß ich ein wenig Abstand halten. Weder sie noch die Truppe von Maschke hat es gern, wenn ich mich mir nichts dir nichts unter sie mische. Es ist ein Unterschied, ob einer von ihnen, wenn ich in der Nähe bin, zu mir sagt »Na, wie gehts in der Penne?« und mich, was vorkommt, bei der Schulter nimmt und zu sich heranzieht oder ob ich mich, ohne gefragt zu sein, unter sie mische. Es wäre der größte Fehler gewesen, hätte ich mich Maschkes Truppe bescheiden oder sogar unterwürfig genähert. Nein, ich habe beide Hände in die Hosentaschen gesteckt und mich bei jedem Schritt, den ich auf sie zugehe, in den Hüften gewiegt, wie ich es bei den Profiboxern gesehen habe und wie es jetzt alle tun, und ich habe, den rechten Fuß ein wenig vorgestellt, gewartet, daß mich jemand heranruft oder daß ich ein Wort aufschnappe, aber weder hat sich jemand um mich gekümmert, noch habe ich in den Reden von Hotta dem Zimmermann irgendeinen Zusammenhang erkennen können. Ich habe nur Satzfetzen gehört oder Wörter wie »Bauchschuß« oder »aus dem dritten Stock raus« oder »Der Kripo fragt mich: Sind Sie Randow?« oder »Na, aufm Dach isser, irgendwo aufm Dach«, aber auch Fragen und Einwürfe wie »Mit Handschellen springt keiner« oder »Warum hat denn der von der Kripo nicht geschossen« oder »Mordversuch! Das ist Mordversuch!«

Irgend jemand hat mich zur Seite geschoben, zwei, drei Leute haben sich in den Kreis um Hotta gedrängt, da sind ein paar Meter weiter Schmiege und Manne Wollank aus unserer Truppe aufgetaucht, und ich bin zu ihnen geschlendert und auch sofort gefragt worden: »Wat isn los?« Im gleichen Moment, als ich instinktiv die Schultern hebe, hat sich zu einem Satz zusammengefügt, was ich eben aufgeschnappt habe: daß ein gewisser Randow aus der Nummer fünf von einem von der Kripo einen Bauchschuß gekriegt hat und mit Handschellen aus dem dritten Stock raus ist und aufs Dach rauf! – Ich habe sofort gespürt, daß meine Darstellung unvollständig ist, bin aber in meinem Bemühen, einen logischeren Zusammenhang zu finden, durch die Frage »Watn fürn Randow?« ebenso gestört worden wie durch Sohni Quiram, der wie aus dem Boden geschossen neben uns aufgetaucht ist und ganz genau weiß, einer von der Kripo hat einen Bauchschuß bekommen, und das ganze Karree ist von der Kripo umstellt! Wer aber dieser Randow ist, hat niemand von uns gewußt, auch Sohni Quiram nicht, der in der Nummer fünf auf dem Hinterhof wohnt. Sicher ist nur, daß dieser Randow irgendwo auf das Dach geflüchtet ist. Würden sonst die Leute so intensiv in den Himmel über der Nummer fünf starren? Würden sie sonst noch immer aus ihren Haustüren strömen und sich in dichten Gruppen auf den Damm einer Straße stellen?

2

Ich rede nicht über eine beliebige Straße, ich rede über die Duncker. Genaugenommen rede ich über jenen Teil der Duncker, der von der Haltestelle der Linie vier bis zum Helmholtzplatz führt und »vordere Duncker« oder auch »Vorderduncker« genannt wird. Die »Hinterduncker« nennt man den Teil von der S-Bahnbrücke bis zur Weißenseer Spitze. Von der Ecke, an der die Duncker beginnt, bis zur Weißenseer Spitze sind es genau eins Komma vier Kilometer. Wegen eines Streits mit Bernie Sowade, der schräg gegenüber in der Nummer fünfundachtzig wohnte, habe ich einmal auf dem Stadtplan ausgemessen, wie lang ein Kilometer ist.

Bernie Sowade hatte behauptet, ein Kilometer sei so weit wie von der Ecke bis zur Weißenseer Spitze. Ich hatte das bestritten, aber Bernie Sowade hatte darauf beharrt, und weil er schon Lehrling war wie die meisten anderen von uns, glaubten ihm alle. Am Nachmittag, als meine Mutter von der Arbeit kam, nahm ich aus der unteren Schublade unserer Waschtoilette den Ullstein-Plan heraus und maß mit einem Lineal aus, daß ein Kilometer genau von der Ecke bis zur Carmen-Sylva reicht. Seither weiß ich auch, daß es von der Ecke bis zur Weißenseer Spitze eins Komma vier Kilometer sind.

Ich wollte es Bernie Sowade gleich mitteilen, aber er stand am nächsten Tag nicht vor der Haustür, auch am übernächsten nicht. Niemand von uns wußte, warum Bernie Sowade nach der Arbeit nicht vor der Tür stand, bis Benno kam und uns informierte, daß Bernie *sitzt*. Warum Bernie *sitzt*, wußte auch Benno nicht, obgleich er immer den Eindruck erwecken wollte, alles zu wissen, was man wissen mußte in dieser Zeit. Er wußte nur, daß man ihn abgeholt hatte, von der Arbeit weg, zwei Mann in so langen Ledermänteln, und rein ins Auto.

Natürlich waren wir von der Mitteilung, daß Bernie *sitzt*, beeindruckt, wenn es uns auch nicht die Sprache verschlug. Die Tatsache, daß Bernie *sitzt*, imponierte uns eher, als daß sie uns erschreckte. Außerdem hatte Bernie schon einmal *gesessen*, und Benno auch. Bernie und Benno hatten zwei Wochen in Jugendhaft gesessen wegen der Sache auf dem Helmholtzplatz, und auch das hatte uns nicht die Sprache verschlagen. Überhaupt gab es kaum eine Sache, die uns die Sprache hätte verschlagen können. Jedenfalls nicht in dieser Zeit.

Ich rede nicht über eine beliebige Zeit. Ich rede über die Zeit nach dem Krieg. Genaugenommen rede ich über einen Tag aus der Zeit nach dem Krieg. Obgleich der Krieg damals schon sechs Jahre vorbei war, schien er uns allen noch ganz gegenwärtig. Wenn wir von der Arbeit oder, wie ich, von der Schule kamen und uns, wie jeden Tag, vor der Haustür trafen, redeten wir über den Krieg wie über eine Angelegenheit, die eben passiert war. Die Sache auf dem Helmholtzplatz, die gerade ein halbes Jahr her war, lag uns ferner als die Sache mit Bernies Eiern, die fast auf den Tag genau sechs Jahre her war.

Es muß Ende April gewesen sein. Die Russen standen schon in Weißensee und feuerten über die Häuser unserer

Straße hinweg in die Innenstadt. Unsere Mütter hatten die Wohnungen verlassen und waren mit uns in die Keller gezogen. Wir lebten dort über zwei Wochen, genau bis zum zweiten Mai, an dem es hieß, unser Führer sei an der Spitze seiner Truppen gefallen. Die ganze Zeit waren wir ohne elektrisches Licht, und das Wasser mußten wir von der großen Pumpe Ecke Raumer holen. Wenn der Beschuß ein wenig nachließ, liefen die Frauen, die älteren Männer und die Kinder, die schon größer waren, zur großen Pumpe und bildeten eine Schlange. Die stärksten von uns Jungen betätigten abwechselnd und manchmal zu zweit den gußeisernen, wie ein langgestrecktes S gebogenen Schwengel, so daß das Wasser in starkem, gleichmäßigem Strahl aus dem Drachenkopf am Sockel der großen Pumpe in die Eimer und Milchkannen schoß. Soldaten waren in unserer Gegend in diesen Tagen höchst selten zu sehen. Einmal hieß es, sie hätten am hinteren Ende des Helmholtzplatzes zwei Panzerabwehrgeschütze aufgestellt, aber am nächsten Tag wieder abgezogen, und in den letzten Stunden vor dem zweiten Mai wurden in der Nähe der Haltestelle der Linie 4 ein paar Russen gesichtet und zweihundert Meter weiter, am Helmholtzplatz, getrennt nur durch die Barrikade am Anfang der Vorderduncker, einzelne Gruppen von SS-Leuten.

Gemerkt hatte Bernie erst gar nichts, auch nichts gehört, keinen Schuß, gar nichts. »Heiß ist mir geworden«, sagte er und griente dabei, »ganz heiß zwischen den Beinen.« Und dann war er umgefallen. Mitten in der Schlange an der großen Pumpe, den Wassereimer in der Hand, war er plötzlich umgefallen.

Immer wenn Bernie von der Sache mit seinen Eiern erzählte, griente er. Er hatte ein großes rundes Gesicht mit vollen rosa Wangen. Schmiege sagte, bei Bernie Sowade glaube man immer, er komme frisch von der Landverschikkung. »Guck doch mal an«, sagte Schmiege, »uns spacke

Kerls dagegen!« Wir musterten einander verlegen und fanden tatsächlich, daß wir alle viel magerer waren als Bernie und auch alle eingefallene Wangen hatten, ob nun Schmiege mit seiner Geiernase oder Manne Wollank, der zwar breite Schultern hatte, aber Beine, die fast so dünn waren wie Bennos oder meine. Von Bernie konnte man sich nicht vorstellen, daß er je Hunger gehabt hätte, so wie man sich nicht vorstellen konnte, daß er je ernst werden würde oder böse. Ich habe Bernie eigentlich nie ernst werden sehen; höchstens ruhig. Selbst wenn er auf etwas beharrte, tat er das mit einem Gesichtsausdruck, über dem der Schein eines Grienens lag. Auch wenn er darauf beharrte, daß es die SS war, die in die Schlange an der großen Pumpe geschossen hatte, wurde ich das Gefühl nicht los, er könnte jeden Moment anfangen zu grienen. Deshalb hatte ich ihm anfangs nicht geglaubt, zumal er selbst nichts gehört und nichts gesehen hatte, und wer konnte sich damals schon vorstellen, daß die SS in eine Schlange schoß, die sich lediglich gebildet hatte, um Wasser zu holen.

Schien es mir schon unwahrscheinlich, daß die SS in die Schlange geschossen hatte, um wieviel unwahrscheinlicher mußte mir erst erscheinen, daß es eine Frau von der SS gewesen sein sollte. Über die SS wußte ich einigermaßen Bescheid. Schon mit sechs oder sieben kannte ich die Uniformen und die Kragenspiegel der SS und wußte, was die Schulterklappen eines Oberscharführers von denen eines Sturmbannführers unterschied. Außerdem hatte mein Vater mir aus Frankreich eine Serie Feldpostkarten »Waffen-SS im Einsatz« geschickt. Jede Woche kam mindestens eine an, und ich las dann Sätze wie »Ich hoffe, daß mein kleiner Mausebub recht lieb zu seiner Mama ist und ihr viel Freude bereitet.« Auf der anderen Seite war ein Foto mit der Unterschrift »Kameraden der Waffen-SS vor dem Sturm auf ein feindliches MG-Nest«.

Ich habe die Gesichter der Männer auf den Fotos noch

heute im Gedächtnis. Sie erinnern mich an die Bilder aus dem Album *Olympiade 1936*, das, wie der Ullstein-Plan, in der unteren Schublade unserer Waschtoilette lag. Es ist die gleiche Konzentration, die gleiche Entschlossenheit in den Gesichtern der Männer, ob sie nun zum Sturm auf ein feindliches MG-Nest ansetzten oder zu einem 100-Meter-Lauf. Auch aus diesem Grund hatte ich damals meine Zweifel, daß es bei der SS Frauen gab, zumal bewaffnete. Von den Russen hatte ich gehört, daß es bei ihnen bewaffnete Frauen gab. Die Frauen bei den Russen wurden von uns Flintenweiber genannt. Da hätte doch die SS keine Frauen genommen!

»Doch«, sagte Bernie. »Sie hatte ja Uniform an.«
Welche Farbe denn?
»Schwarz«, sagte Bernie. »Pechschwarz.«
Wo er gar nichts gesehen hatte? Wo er plötzlich umgefallen war und vorher nichts gesehen und gehört hatte?
»Alle haben es gesehen«, sagte Bernie. »Die ganze Schlange.«

Es gab einen Knall, und alle drehten die Köpfe in die Richtung, aus der der Knall gekommen war, und da sahen sie eine Frau in der Uniform der SS, die Raumer Ecke Göhrener stand, den Karabiner noch im Anschlag. Frau Katschmarek aus der Nummer drei hatte es gesehen, Frau Hoheit, die neben uns wohnte, hatte es gesehen, auch der alte Winter aus dem Zigarettenladen, und vor allem Frau Sowade, Bernies Mutter. Frau Sowade stand vor der Gaststätte Horn, schräg gegenüber der großen Pumpe. Sie hatte die Frau in der Uniform gesehen, den Karabiner noch im Anschlag, und erst gar nicht mitbekommen, daß irgend etwas passiert war. Erst als sich die Leute aus der Schlange ganz aufgeregt über jemanden beugten, suchte sie mit den Augen nach Bernie, aber bevor sie ihn entdecken konnte, rief der alte Winter: »Frau Sowade, Ihr Junge! Es ist Ihr Junge!«

»Man kann auch mit *einem* leben«, sagte Bernie, als wir sechs Jahre nach dem Krieg über die Sache mit seinen Eiern redeten, als wäre sie gestern geschehen. »Sogar Kinder kann man mit *einem* kriegen«, sagte Bernie. »Es muß nur das richtige sein.«

3

Ich will von Anfang an keinen Zweifel daran lassen, daß ich die Geschichte in der Vorderduncker vierzig Jahre nach dem Tag erzähle, an dem sie geschehen ist. Ich will nicht so tun, als wüßte ich nicht genau, wie die Sache ausgegangen ist, sofern einer überhaupt von einer Sache sagen kann, daß er über sie Bescheid wisse.

Lange Zeit sind meine Zweifel in dieser Angelegenheit immer größer geworden, und mehr und mehr kam es mir vor, als dächte ich an sie wie an ein anderes Leben, als schaute ich auf mich wie auf eine fremde Person.

Ich weiß, es kann mir als beginnende Neigung zur Metaphysik ausgelegt werden, aber einige Monate lang hatte ich tatsächlich den Eindruck, etwas Undefinierbares ziele auf mich und dränge meine Person beharrlich in eine Richtung, die ich nicht einschlagen wollte. Wie hätte ich mir sonst erklären sollen, daß ich seit der Stunde, als ich den Kohlenträger aus der Vorderduncker nach Randow fragte, einen anonymen Anruf, ein lukratives Angebot und sogar den Besuch eines Waffenträgers bekam?

Natürlich hatte ich in dem Moment, da er vor meiner Tür stand, noch nicht gewußt, welcher Tätigkeit er nachging. Ich bin mir nicht sicher, wie ich mich sonst verhalten hätte. In den letzten Jahren redete man schon nicht mehr mit einem, der berechtigt war, eine Waffe zu tragen; es sei denn gezwungenermaßen.

Wer in seinem Leben einige tausend Gesichter fotografiert hat, weiß, wie stark die Tätigkeit eines Menschen Ausdruck und Haltung dominiert, und vor dem Besuch hätte ich jede Wette gehalten, daß ich Waffenträger auf den ersten Blick erkenne. Ihnen ist eine Aura eigen, die jede Geste, jedes Wort bauscht wie eine Neunmillimeter ein zu enges Sakko.

Das war mir schon früher aufgefallen, wenn ich Therese zu ihrer Freundin Linda begleitete, die bis zu ihrer Heirat in Niederschönhausen wohnte, im Zweifamilienhaus ihrer Eltern. Zwar hielten wir uns meist in Lindas Zimmer auf, aber manchmal bat uns ihre Mutter in den Garten zum Kaffeetrinken, an dem auch ihr Vater, wenn er zugegen war, teilnehmen mußte. Er war der farbloseste Mensch, der mir je begegnet ist, ein Pykniker mit den verschwommenen Gesichtszügen eines Verwaltungsarbeiters, dessen Wortschatz über den des letzten Parteitages nie hinauskam. Er stand völlig im Bann seiner gescheiteren, fast zwanzig Jahre jüngeren Frau, und wenn sie ihn wegen irgendeiner Kleinigkeit zurechtwies, duckte er sich förmlich unter ihrem beißenden Falsett. Daß er ihr je widersprechen könnte, schien mir ebenso unvorstellbar wie die Tatsache, daß er seit zwei Jahrzehnten einem der wichtigsten Ministerien vorstand. Nur wenn er, dienstfertig angezogen, aus seinem Zimmer trat – das Linda, solange sie klein war, nie betreten durfte –, wenn er für einen Moment stehenblieb und in die Taschen faßte, um sich zu vergewissern, daß er nichts vergessen hatte, und dann mit der Hand auf die Stelle klopfte, an der er, was alle wußten, das Halfter mit der Pistole trug, war mit ihm eine Veränderung vorgegangen, die mich, so selten ich sie erlebte, immer wieder verblüffte. Seine trippelnden Schritte waren fester, auf seinem Gesicht lag ein unübersehbarer Ernst, und aus seinen blassen Augen stach der kühle Glanz der Mächtigen. Erstaunlicher noch als die Veränderung seines Habitus schien mir der Respekt, den seine Frau, wie auch Linda, ihm zollte. Beide erhoben sich sofort von den Stühlen, küßten ihn nacheinander auf die Wange und nahmen die mit barscher Herzlichkeit gesprochenen Anweisungen, Heimkunft und Essen betreffend – ich will nicht sagen: voller Eifer, aber doch widerspruchslos –, entgegen.

Seit jener Zeit habe ich meine Beobachtung dutzendfach bestätigt bekommen, und daß mein Gespür für Waffenträger im Fall meines Besuchers so kraß versagte, mag an meiner Überraschung gelegen haben. Er wußte, zu wem er ging; ich brauchte Sekunden, um in diesem lächelnden, salopp gekleideten Mann, der, ein Buch in der Hand, vor meiner Tür stand, die Person zu erkennen, mit der ich vor vierzig Jahren das letzte Mal gesprochen hatte.

Er sagte: »Du staunst, was?«

Er sprach mit leisem, ein wenig rauhem Bariton.

»Das gibts doch nicht!« rief ich und lachte und schüttelte den Kopf vor lauter Unglauben.

»Läßt du mich rein?« fragte er und streckte das Buch vor wie ein Billett. Erst jetzt sah ich, daß es mein Fotoband über die Werft war.

»Wo hast du den aufgetrieben«, fragte ich und gab die Tür frei. »Er ist lange vergriffen.«

»Ich habe alles von dir«, sagte er.

Ich sagte: »Es ist ja nicht viel.«

»Ja, schade«, sagte er. »Meine Frau verehrt dich übrigens sehr. Sie sagt, du hast einen Blick auf Menschen, den man heutzutage selten findet.«

»Deine Frau?« sagte ich, um irgend etwas zu sagen.

»Sie meint«, sagte er, »du liebst die Menschen, aber romantisierst sie nicht.«

»Willst du Kaffee«, fragte ich, um das Thema zu wechseln.

Seit fast drei Jahren hatte ich keine Kamera mehr in die Hand genommen und war es leid, über die Gründe zu sprechen. Wir standen im Zimmer, und er blickte sich um wie einer, der von der Einrichtung eines Zimmers auf den Charakter des Bewohners schließt. Durch das offene Fenster hörten wir die schrillen Rufe der Kinder auf dem Hof.

»Kein Kaffee!« sagte er und machte eine Bewegung in Richtung Herzgegend. »Aber wenn du einen Kognak hast?«

»Höchstens Bier«, sagte ich. »Soll ich das Fenster zumachen?«

»Es stört mich nicht«, sagte er. »Kinder haben mich nie gestört.«

Ich ging in die Küche, nahm Gläser aus dem Schrank, holte zwei Flaschen Bier aus der Kammer und eine Tüte mit Salzgebäck, die schon seit Wochen dort lag. Als ich ins Zimmer zurückkam, stand er vor der Wand mit den Fassadenfotos.

»Das hier«, rief er, ohne sich umzudrehen, »das ist es doch! Warum sieht man das nicht in der Buchhandlung?«

Ich hatte die Häuser in unserer Gegend alle paar Jahre aus gleichen Perspektiven aufgenommen. Aus dem diffusen Verschwinden der Zeit einen sichtbaren Vorgang zu machen war das einzige, was mich damals noch fesselte.

»In welchem Land lebst du«, sagte ich und trat hinter ihn.

Ich konnte mir nicht vorstellen, daß es noch jemanden gab, der das Sujet einer verfallenden Stadt für druckbar hielt.

Er antwortete nicht, und ich folgte seinem Blick, der über die narbigen, von Frost und schwefliger Säure geschundenen Fassaden fuhr, über den zerbröckelnden Stuck der Festons und den aufgeplatzten, wie von Abszessen befallenen Putz und dann hängenblieb an den von Foto zu Foto blasser werdenden Schriften des Milchladens in der Nummer drei, dessen Eingang, wie bei fast allen Läden, inzwischen vermauert war.

»Die ist ziemlich früh rüber, nicht wahr«, fragte er.

Ich sah die rundliche Frau Hildebrandt, die hinter dem Ladentisch gestanden hatte, vor mir, roch diesen leicht säuerlichen Geruch, der mich umfing, wenn ich samstags mit der weißemaillierten Milchkanne durch die Tür trat, hörte das helle Klingen des Glockenspiels, wenn man sie öffnete, aber mir fiel nicht mehr ein, wann der Laden geschlossen worden war.

Ich hob die Schultern, aber es schien, als interessierte ihn die Antwort nicht. Er trat einen halben Schritt zur Seite, seine Augen wanderten schneller über die Fotos, als suche er ein bestimmtes Motiv. Wieder folgte ich seinem Blick über die Fassaden der östlichen und westlichen Vorderduncker, und in diesem Moment spürte ich diese merkwürdige Unruhe, die mich immer befällt, wenn ich den Eindruck von Unvollständigkeit habe, sei es, daß beim Zimmereinrichten etwas am falschen Platz steht, sei es, daß in einer Szene, die ich festhalten wollte, die Proportionen nur ganz geringfügig verrutscht waren. Etwas schien mir auf den Fotos zu fehlen, doch ich entdeckte nicht, was es war.

Ich berührte ihn leicht an der Schulter, wie um ihn, des besseren Überblicks wegen, zur Seite zu bitten, aber er nahm es als Aufforderung, sich endlich an den Tisch zu setzen, redete auch gleich los, daß ich nichts weniger an der Wand hätte als unsere Jugendzeit, und wie sehr es ihn beeindrucke, alles noch einmal so konzentriert und auf das Wesentliche bezogen vor Augen geführt zu bekommen. Dieses langsame Absterben, sagte er, habe auch etwas Faszinierendes, man sehe, wie eine Sache unwiederbringlich dahingehe, und er sei sich nicht sicher, ob er Bedauern oder Freude darüber empfinden solle, es sei doch ein Stück unseres Lebens, und kein unwichtiges, nicht wahr?

Ich öffnete die Flaschen, goß ein und schob ihm sein Glas hinüber. Er dankte mit einem Kopfnicken, hob es auch in Mundhöhe, schien aber von seiner Begeisterung so gefangen, daß er, schräg über mich hinwegsehend, zu trinken vergaß und gleich weiterredete. Wenn er es recht bedenke, gehöre diese Zeit zur glücklichsten seines Lebens, ja, er denke manchmal sogar mit Rührung an sie. Sogar seiner Frau sei das aufgefallen, und sie sage immer, es sei die einzige Lebensperiode, über die er ohne kritischen Einwand rede. Manchmal frage er sich, ob es seinen Kindern später genauso gehen würde. Er jedenfalls habe Zweifel daran. Man brauche sich doch nur umzusehen. Für die jungen Leute liefe alles in so geordneten Bahnen, daß sie mit sechzehn wüßten, wie sie mit dreißig leben würden.

Es war mir schwergefallen, ihm zuzuhören. Immer wieder mußte ich zur Wand sehen, ohne dahinterzukommen, was mir zu fehlen schien, und ich wußte, diese Unruhe würde mich nicht mehr loslassen, bis ich das Defizit entdeckt hatte. Früher hatte ich damit ganze Brigaden oder, als ich noch Mode fotografierte, ganze Gruppen von Mannequins zur Verzweiflung getrieben, wenn ich sie zum x-ten Mal umgruppierte oder in ihren gezierten Posen durch den Rosengarten am Weinbergsweg schreiten ließ.

Ich sah den zerfallenden Schaum in meinem Glas, ließ das Panorama der Straße an mir vorbeiziehen, hörte nur mit halbem Ohr auf seine teils schwärmerische, teils zweiflerische Rede und war erst wieder bei der Sache, als er Randow erwähnte.

Ich glaube, er hatte gefragt, ob ich bei meiner fotografischen Chronik einen genauen zeitlichen Abstand einhielte, und ich hatte wohl den Kopf geschüttelt und geantwortet, ich sei schon jahrelang nicht mehr in der Duncker gewesen. Ich hatte natürlich gemeint, ich sei schon jahrelang nicht mehr zum Fotografieren in der Duncker gewesen, aber ehe ich präzisieren konnte, sagte er mit allen Zeichen der Verwunderung und einer feinen, aber nicht zu überhörenden Schärfe: »Ich denke, du bist hinter der Sache mit Randow her?«

Ich muß ihn schroffer, als ich wollte, angefahren haben, wie er auf diesen Blödsinn komme, und was er mit *hinterhersein* meine!

Zu diesem Zeitpunkt hatte ich alles andere im Kopf, als hinter irgendwelchen Sachen herzusein. Ich hatte wahrhaftig genug mit mir zu tun und mit dem Abschied von Therese. Genaugenommen hatte ich seit zwei Jahren mit nichts anderem zu tun als mit dem Abschied von Therese und wollte mir jedwede Sache vom Leibe halten, so weit wie möglich, sonst hätte ich diesen rätselhaften nächtlichen Anruf nicht ignoriert. Und wahrscheinlich hätte ich schon an dieser Stelle gezweifelt, ob sein Besuch wirklich nur der Auffrischung einer Jugendfreundschaft oder dem Signieren eines Fotobandes diene, der seine Frau, wie er es ausdrückte, besonders berührt habe.

»Komm«, sagte er. »Reg dich nicht auf.«

»Das hat nichts mit Aufregung zu tun«, sagte ich. »Ich will nur nicht, daß über mich irgendein Blödsinn kursiert.«

»Es kursiert doch nichts über dich«, sagte er mit einer so feinen, nachsichtigen Ironie in der Stimme, daß ich mir mit einemmal albern vorkam.

Ich hatte wirklich keinen Grund, mich aufzuregen. Es war keine drei Wochen her, daß ich den Kohlenträger aus der Nummer sieben nach Randow gefragt hatte. Ich stand an der Theke, um mir Zigaretten zu kaufen, und wartete, das Geld in der Hand, bis mich der Zapfer, der sich mit den Leuten am Stehtisch unterhielt, bediente. Obgleich sie laut redeten, konnte ich in dem Kneipengebrüll nicht verstehen, worum es ging. Bis auf den Kohlenträger waren mir alle unbekannt; bierstumpfe, erhitzte Gesichter, aus denen gebelferte Wörter fielen. Ich tippte mit der Hand leicht und in regelmäßigen Abständen auf das blanke

Metall, damit mich der Zapfer zur Kenntnis nehme und die Augenbrauen mit jener unnachahmlichen Bewegung hebe, mit der Zapfer seinerzeit ihre Bereitschaft ausdrückten, eine Bestellung entgegenzunehmen, vorausgesetzt, sie wurde schnell getätigt. In diesem Moment hörte ich deutlich, daß der Kohlenträger den Namen Randow aussprach.

Heute glaube ich, ich bin einer Sinnestäuschung erlegen, einem Gleichklang der Vokale vielleicht, aber im Gebrüll der Kneipe an der Dimitroff Ecke Duncker war ich mir sicher, und mir fuhren die Bilder, die sich mit diesem Namen verbanden, auf so plötzliche und stürmische Weise in den Kopf, daß ich Augenblicke wie benommen dastand, unfähig, dem noch immer wartenden Zapfer meinen Wunsch zu sagen, ich wies nur in Richtung der Zigaretten, und erstaunlicherweise tippte er nacheinander auf die drei vorhandenen Sorten, so daß ich nur nicken mußte, damit er die richtige Schachtel herüberreichen konnte. Ich zahlte und drehte mich halb zum Stehtisch herum, an dem der Kohlenträger noch immer redete, beugte mich vor und fragte: »Hast du eben Randow gesagt?«

Er verstand nicht gleich, und ich mußte die Frage wiederholen. Er schüttelte heftig den Kopf und sagte: »Nee. Wie kommst du darauf.«

Ich sagte, daß ich es gehört hätte.

»Randow?« sagte er. »Nee.«

Ich sagte: »Entschuldige.«

»Schon gut«, sagte er, und ich wollte gerade an meinen Tisch gehen, als er mich am Arm festhielt.

»Du hast in der Vier gewohnt. Zweiter Stock, stimmts?«

»Stimmt«, sagte ich.

»Moment mal, ich komm drauf«, sagte er und bewegte die Lippen, als spreche er sich etwas vor.

»Tommie. Du bist Tommie, stimmts?«

»Ja«, sagte ich.

Er wandte sich kurz zu den Leuten am Stehtisch und sagte: »Ich kenn alle. Die ganze Straße kenn ich!«, und zu mir sagte er: »Was macht deine Schwester?«

»Ach«, sagte ich unbestimmt, »ich denke, es geht ihr gut.«

»Sie war die schönste Frau der Duncker«, sagte er zu den Leuten am Stehtisch und zu mir: »Sie ist doch drüben?«

»Schon lange«, sagte ich.

»Dann gehts ihr gut«, sagte der Kohlenträger trocken.

Die Leute am Stehtisch lachten.

»Ich geh mal wieder«, sagte ich, lächelte ihnen zu und nickte zum Abschied.

»Hör mal«, sagte der Kohlenträger, »bist du hinter der Sache her? Du meinst doch den Randow aus der Fünf.«

»Wie kommst du darauf«, sagte ich und überlegte, wie ich auf die eleganteste Weise wieder an meinen Tisch käme.

»Warn Ding damals, was?« sagte er zu mir und fügte etwas leiser und mit aller Bedeutung, die er seiner Miene verleihen konnte, hinzu: »Ich hab ihn gekannt.«

Ich lächelte ihn an, blickte auf einen Punkt etwas unterhalb seiner Augen und schwieg. Die beste Methode, jemanden ins Leere laufen zu lassen, ist die, ihn etwas unterhalb der Augen anzusehen und lächelnd zu schweigen.

»Stimmts?« sagte er und beugte sich etwas vor. »Du bist hinter der Sache her.«

Über seine Wange zog sich ein Delta feiner, vom Kohlenstaub scharf konturierter Falten.

»Ich sag dir, es war Verrat. Sie hätten ihn nie gekriegt«, sagte er.

Ich tat, als suchte ich nach meinem Taschentuch.

»Er ist von der Presse«, rief er über die Schulter hinweg. »Aber kein Arsch!«

Wenn ich ihm jetzt das letzte Wort ließe, würde ich gehen können.

»Na, ich weiß ja, ihr quatscht nicht gern. Aber is schon okeh«, sagte er und kniff ein Auge zu.

Ich hob lächelnd die Hand und drehte mich um, trank noch zwei Bier, und fiel gegen Mitternacht ins Bett, mit bleiernen Gliedern und dieser Trägheit im Kopf, die alle Gedanken, alle Bilder in einen betäubenden, traumlosen Schlaf lenkt.

Daß ich das Gespräch mit dem Kohlenträger genauso aus meinem Bewußtsein gedrängt hatte wie den nächtlichen Anruf, will ich gerne zugeben. Ich war seit zwei Jahren von der Ahnung besessen, daß in einem Zustand, der sogar Therese veranlaßt hatte wegzugehen, ohnehin jede Hoffnung verloren war und mir und meinesgleichen nichts anderes übrigblieb, als in einen hundertjährigen Schlaf zu fallen, aus dem uns nur wer weiß wer erwecken könnte.

Von den wenigen Eigenschaften, die mich an Therese gestört hatten, war ihr Bedürfnis, ich will nicht sagen: ihre Sucht nach Geselligkeit mein größtes Problem gewesen, und als ich von einem Tag auf den anderen in einer plötzlich riesigen, weil von den meisten Möbeln entleerten Wohnung stand, hat mich die Erwartung auf einen Abend, der ohne Gäste vorübergehen würde, am wenigsten erschüttert. Ich habe immer darunter gelitten, daß ich zu viele Leute kannte, und obgleich ich mich schließlich an das krasse Gegenteil gewöhnt hatte, war der Wunsch nach einem Leben, das sich in dem überschaubaren Geflecht von höchstens drei oder vier Menschen abspielt, nie erloschen. Dennoch hatte es mich überrascht, wie beruhigend eine Existenz fern aller öffentlichen Angelegenheiten war, und ich spürte kein Bedürfnis, diesen Zustand zu ändern. Der Gedanke, daß ich es aus einem Zwang heraus tun könnte, lag mir, trotz dieser überfallartigen Bilder am Tresen der Kneipe Duncker Ecke Dimitroff, so fern wie das Wissen um die mögliche Absicht meines Besuchers, als er mit nachsichtig ironischem Tonfall meine Befürchtung beschwichtigte, über mich kursiere irgendein Blödsinn.

Anderthalb Stunden später, als er sich verabschiedet und ich so lange an der Tür gewartet hatte, bis es im Treppenhaus still geworden war, entdeckte ich, daß der Band, den ich signiert hatte, noch auf dem Stuhl lag. Ich lief zum Fenster, sah aber niemanden auf der Straße; nur einen mausgrauen Wagen, der um die Ecke fuhr. Ich schob den Band quer auf eine Bücherreihe im Regal, legte den Zettel, auf den er seine Telefonnummer geschrieben hatte, darunter und begann, den Tisch abzuräumen. Auf dem Weg in die Küche schwante mir plötzlich, was mich vorhin in diese Unruhe getrieben haben könnte, ich ging gleich ins Zimmer zurück und sah auf den ersten Blick meine Vermutung bestätigt. An der Wand sah ich alle Häuser der Vorderduncker, nur die Nummer fünf nicht.

Ich schüttelte den Kopf, für so unwahrscheinlich hielt ich es, ging zum Aktenschrank und ließ die Negativstreifen durch die Hand gleiten, und tatsächlich, ich fand nur eines, auf dem die Fassade der Nummer fünf zu sehen war, allerdings so ungünstig angeschnitten, daß ich es offenbar gar nicht erst vergrößert hatte.

Ich stellte mir vor, Therese könnte sehen, wie ungenügend ich meiner Eigenschaft, die sie in launigen Momenten immer als einen krassen Fall von Vollständigkeitswahn ironisiert hatte, gerecht geworden bin. Ich mußte laut lachen und fand, daß ich mit der Aussicht, Therese nachträglich ins Recht zu setzen, auch ein Prinzip verletzen durfte, wenigstes das eine Mal. Zudem könnte ich, statt der Hasselblad oder der Rollei, auch die 1928er Leica herausholen, die ich noch aus der Erbmasse meines Cousins besaß, und Thereses ironisch erstaunten Blick mit der Bemerkung kontern, daß ich nichts weniger vorhatte als die Revision des Entschlusses, meinen Beruf an den Nagel zu hängen – ich würde lediglich die professionelle von der obsessiven Ebene trennen. Ihren Vorwurf, an dialektischer Rabulistik habe es mir nie, an Kompromißlosigkeit aber öfter gefehlt, hatte ich schon im Ohr, als ich vor dem Schrank mit dem Fotokram stand.

Ich hatte mich damit abgefunden, daß Therese, trotz ihrer Abwesenheit, in meinem Leben unübersehbar vorhanden war. Zwei Jahre lang ertappte ich mich immer wieder bei stummen Dialogen mit ihr, und es war schon vorgekommen, daß ich Frauen, die mir für ein, zwei Nächte begegnet waren, mit Thereses Augen gesehen beziehungsweise mich gefragt hatte, ob sie mit meiner Wahl einverstanden gewesen wäre. Anfangs hatte ich mich darüber geärgert, aber seit mir klargeworden war, daß das Vergessen einer Liebe so viel Zeit braucht wie ihre Dauer, gewann ich der Tatsache, daß die räumliche Entfernung von einer Person nicht den geringsten Einfluß auf ihre Anwesenheit haben muß, einen gewissen Reiz ab.

Ich weiß nicht, was mich mehr trieb, den Schrank mit dem Fotokram zu öffnen: die Aussicht, mein vor Spannung rasendes Herz möge sich wieder beruhigen, oder die intensive, fast körperliche Vorstellung von Thereses Gesicht.

4

Öfter als über den Krieg, der schon seit sechs Jahren vorbei war, redeten wir nur über die Tour de France, das Profiboxen und Frauen. Über Frauen redeten wir selten konkret, ausgenommen über Frauen aus Filmen, wie über Esther Williams in *Die Badende Venus* oder Doris Day. So wie jeder von uns einen Rennfahrer von der Tour de France favorisierte, favorisierte jeder von uns eine Frau aus einem Film. Das heißt nicht, daß jeder eine andere Frau aus einem Film favorisierte, denn über die weiblichen Qualitäten von Esther Williams waren sich alle einig, und für Bernie zum Beispiel oder Wölfchen Rosenfeld ging nichts über Esther Williams in *Die Badende Venus*. Schmiege, der im Haus meiner Großmutter wohnte, favorisierte Debra Paget aus *Liebesrausch auf Capri*, womit er die Qualitäten von Esther Williams keinesfalls in Frage stellen wollte, aber wenn er über Debra Paget sprach, holte er tief Luft, richtete seinen Blick irgendwie nach innen, schüttelte den Kopf, als stünde er vor einem unlösbaren Rätsel, und sagte: »Du mußt dir mal diese Augen angucken. Wie die gucken, Mann!«

Alle standen für einen Moment wie ergriffen und versuchten, sich die Augen von Debra Paget vorzustellen, bis jemand die Rede auf etwas anderes brachte. Oft war ich es, der die Rede beim Thema Debra Paget auf etwas anderes brachte. Es war mir peinlich, Schmiege so zu sehen und Sätze von ihm zu hören, die nicht seine waren. Manchmal hatte ich nicht übel Lust, ihm eins in die Fresse zu hauen, wenn er über Debra Pagets Augen redete. Debra Paget war meine Entdeckung, und ich war es, der Schmiege von ihr erzählt hatte, von ihren Augen, und wie mir wird, wenn sie in Großaufnahme von der Leinwand herunterguckte.

Debra Paget kannte damals keiner von uns, ich hatte sie nur durch Zufall entdeckt, weil *Wasser für Canitoga* abgesetzt worden war und meine Schwester unbedingt ins Kino gehen wollte, egal, in welchen Film. Ich für meinen Teil wäre nie in einen Film gegangen, der *Liebesrausch auf Capri* hieß, auch wenn er, wie sich herausstellte, ganz passabel war. Er handelte von einem reichen Amerikaner, der sich auf einer Geschäftsreise, bei einer Zwischenlandung, in ein junges Mädchen verliebt, mit ihr ein paar wunderschöne Stunden verbringt, sie aber verlassen muß, weil er verheiratet ist, ein Geschäft hat und außerdem in Kürze weiterfliegen muß. Unglücklicherweise oder besser: glücklicherweise verpaßt er das Flugzeug, das dann kurz nach dem Start abstürzt, und weil die Passagierlisten noch nicht korrigiert worden waren, wird er für tot gehalten und kann ein neues Leben beginnen.

Selbstverständlich hatte der Film, wie jeder passable Film, kein Happy-End, ich glaube, das junge Mädchen verunglückte am Schluß. Über die Moral des Films hatte ich mir damals keine Gedanken gemacht, aber ich war, als wir in den hellen Tag hinaustraten, wie verzaubert zum Schaukasten gegangen, hatte mir die Standfotos angesehen und den Namen der Schauspielerin, die das junge Mädchen spielte, eingeprägt. Am Nachmittag war ich Schmiege in die Arme gelaufen und hatte ihm in meiner ersten Euphorie von dem Film erzählt und von den Augen der Schauspielerin, die Debra Paget hieß, und wie sie gucken können. Niemandem sonst hatte ich in meiner ersten Euphorie davon erzählt. Es war, als wollte ich dieses Erlebnis mit der Schauspielerin, die Debra Paget hieß und die niemand von uns kannte, für mich behalten, aber ein paar Wochen später, als wir vor der Haustür standen, holte Schmiege plötzlich tief Luft, richtete seinen Blick irgendwie nach innen, schüttelte den Kopf, als stünde er vor einem unlösbaren Rätsel, und redete von einem Film, der *Liebesrausch auf Capri* heiße, und von den Augen einer Schauspielerin namens Debra Paget, und wie die gucken können, Mann!

Ich weiß, ich setzte mehrmals zum Reden an, blieb aber sprachlos vor Verblüffung, ich fand einfach nicht das Wort, das die wirklichen Verhältnisse wieder herstellen konnte. *Mir* stand doch das Gesicht der Schauspielerin, die Debra Paget hieß, seit mindestens drei Wochen jeden Abend vor den geschlossenen Augen. *Mir* fuhr doch die Erinnerung an den zerfließenden Glanz ihrer Augen jeden Abend in den Körper, zuerst in die Brust, dann ins Geschlecht. Der einzige Protest, zu dem ich mich fähig fühlte, war ein ernsthafter, mit einer Spur Vorwurf und Empörung gemischter Blick auf Schmiege, aber ich fand seine Augen nicht, die noch immer wie nach innen gerichtet waren und, als er den Kopf hob, über uns, über mich, hinweggingen, irgendwohin in Richtung der Ruine des Hauses Nummer sechs.

Mehr als ein Jahr mußte ich warten, bis ich das Wort fand, das die wirklichen Verhältnisse wiederherstellte, auch wenn es in seiner Wirkung verpuffte, weil sich die Verhältnisse geändert hatten und das Gesicht, das ich jeden Abend vor den geschlossenen Augen sah, nicht mehr zu einer Schauspielerin namens Debra Paget gehörte, aber ich sagte über ein Jahr später, eine Fotografie aus dem Jahr, in dem ich geboren bin, in der Hand und vor unserer ganzen Truppe, dennoch, daß Debra Paget meine Entdeckung gewesen und ich es war, der sie ihm, Schmiege, mitgeteilt hatte. Alle standen etwas ratlos und starrten Löcher in die Luft. Vielleicht war es ihnen genauso peinlich, Schmiege der Lüge oder zumindest der fortgesetzten Angeberei überführt zu sehen, wie mir damals seine restlose Hingabe an Debra Paget peinlich gewesen war. Bernie Sowade sagte zu mir: »Laß doch, Tommie!«, aber ich schwenkte das Foto und nahm keinen Blick von Schmiege, der in den Knien wippte und die Arme schlenkerte, als wolle er heraus aus seiner Haut, aus seinem fleckigen, knapp sitzenden Schildermalerkittel, aus seinen klobigen, mit gelben Senkeln geschnürten Bergsteigerschuhen, die ihm sein bayerischer, Richtung München geflüchteter Vater hinterlassen hatte, bis er sich plötzlich drehte auf einem Bein und mit dem anderen einen kieselgroßen Stein auf den Damm schoß und die Schultern hob und grinsend sagte: »Hab ich gesponnen. Na und –?«

Es war, als wiche eine Spannung aus allen, auch aus mir, obgleich sich Schmieges Eingeständnis gar nicht auf Debra Paget bezog, sondern auf Max Schmeling und auf das Foto aus dem Jahr meiner Geburt, das ich noch immer in der Hand hielt wie Wölfchen Rosenfeld Schmieges Album mit den Boxbildern.

»Na und!« sagte Schmiege noch einmal, jetzt schon wieder trotziger, aber es war uns egal, wir waren zufrieden, daß wir die Sache hinter uns hatten. Es war ohnehin nicht gerade fair gewesen, Schmiege in die Falle laufen zu lassen, aber in diesem eklatanten Fall fortgesetzter Angeberei und Täuschung schien es uns angebracht.

Boxbilder sammelten wir schon seit Jahren, am Anfang noch unsystematisch und von dem Zufall abhängig, ob in der Zeitung von den Kämpfen am Wochenende Fotos abgebildet waren. Wir schnitten sie aus, schichteten sie zu kleinen Häufchen, tauschten doppelte untereinander, fragten auch Verwandte oder ältere Freunde, ob sie unsere Sammlung vervollständigen könnten, meine Tante Grete schenkte mir zu Weihnachten einen kleinen Packen Boxbilder aus den späten dreißiger Jahren, der aus dem Fundus gesammelter Jugendreliquien meines acht Jahre älteren, nach überstandener Kriegsgefangenschaft in Westdeutschland gebliebenen Cousins Manfred stammte. Wir schafften uns Alben an, klebten die besten der grob gerasterten Zeitungsbilder hinein, beschrifteten sie mit der Sorgfalt passionierter Sammler, bis wir ein Geschäft in der Schönhauser Allee entdeckten, das Fotografien unserer Idole in Postkartengröße für zwei Reichsmark das Stück verkaufte. Fortan floß jede Mark unseres Taschengeldes in die mattglänzenden und mit Zierrand versehenen Fotos des deutschen Schwergewichtsmeisters Hein ten Hoff, der Halbschweren Heinz Seidler, Adolf Heuser und Adolf Witt, der längst gestorbenen Großen des deutschen Boxsports Hans Breitensträter und Paul Samson-Körner; nur jene viermal größere, in der Mitte der ausgestellten Bilder postierte Fotografie des erfolgreichsten deutschen Boxers, des milde, fast verschmitzt lächelnden Max Schmeling, lag mit dem Preis von zwanzig Reichsmark in weiter, kaum

erreichbarer Ferne. Wir konzentrierten uns auf Näherliegenderes, harrten Stunden an der Garderobe in der Waldbühne aus, um ein Autogramm von Dietrich Hucks, dem Hufschmied aus Moers, zu ergattern, der ein Dutzend seiner Profikämpfe in den ersten drei Runden für sich entschieden hatte, besorgten uns Adressen noch lebender Größen, standen einmal in einem hochherrschaftlichen Haus in Charlottenburg vor der Wohnungstür des Halbschwergewichtlers Heinz Seidler, der uns ausgesprochen freundlich empfing, seinen Namen unter die Fotografie setzte und uns zehn Minuten Zeit opferte, um uns die gerahmten, an der Wand gereihten Bilder von den Kämpfen aus seiner Vergangenheit zu zeigen, die silbernen Pokale und mit kunstvollen Goldbuchstaben geschriebenen Urkunden; atemlos vor Respekt standen wir auf zweifingerdicken Orientteppichen in einem Ambiente, das wir höchstens aus Filmen kannten, und noch auf dem Heimweg tauschten wir unsere Beobachtungen in fast dialektfreien Sätzen aus: »Und hast du das gesehen, das Foto mit der Uniform neben der Tür? Der war auch Offizier.«
Am nächsten Tag standen wir zwischen heruntergekommenen Klinkerbauten auf einem Hof kurz vor der Weißenseer Spitze bei einem anderen Deutschen Meister, bei Männe Biesolt, der in der prallen Sonne Holz sägte und seine Hände an der Hose abwischte, bevor er sie uns reichte, völlig überrascht, daß es Jungen gab, die sich seiner erinnerten, und der hundert Entschuldigungen stammelte, daß er uns aus irgendwelchen Gründen nicht in seine Stube einladen könne. Er ließ uns einen Moment warten, verschwand in einem schuppenartigen Verschlag, kam zurück mit Fotos, die er unterschrieb und jedem einzelnen von uns in die Hand gab, und er brachte uns sogar zur Hoftür und forderte uns zum Wiederkommen auf, wenns besser passe, ja?, und auf der Rückfahrt mit der Straßenbahn zweiundsiebzig erklärten wir den so sicht-

baren Unterschied der materiellen Verhältnisse mit dem Unterschied der Gewichtsklassen: »Die Schweren ziehen eben mehr Leute!« Männe Biesolt hatte im Fliegengewicht gekämpft.

Bald hatten wir zwei, drei Alben mit Bildern von Boxkämpfen und Porträtfotos vollgeklebt, und da wir alles, was wir taten, mit Besessenheit taten, nahm auch alles irgendwann die Form eines Wettbewerbs an; stiller Triumph für den, der mehr Bilder, mehr Autogramme vorweisen konnte. Längere Zeit war ich allen, sogar Schmiege, um das Foto eines Kampfes zwischen Hein Domgörgen und Rudi Wagener aus dem Jahr 1927 mit beider Unterschriften voraus, bis zu jenem Tag, an dem Schmiege mit einem Gesicht, dem ein unvorstellbares Geschehnis anzusehen war, vor die Tür der Nummer vierundachtzig trat und uns Versammelten, auf Geschehnisse Wartenden mitteilte, wir würden nicht glauben, was er erlebt hätte, er könne es selber nicht, so ein Zufall, so ein Schwein, so ein unvorstellbares Schwein!

Schmiege mit einem Blick in die Runde. Schmiege mit einem Blick auf mich. Schmiege, der sich reckte und das große weinrote Kunstlederalbum, das er in der Hand trug, an die Brust drückte. In der Schönhauser Allee war er gewesen. Vor dem Schaufenster hatte er gestanden. Die Bilder hatte er sich angeguckt. Und wer, wer war plötzlich aus dem Laden gekommen? Das hatte er auch nicht glauben wollen! »Stimmt aber. Maxe. Ja. Maxe Schmeling!«

Ich glaube, ich hielt für einen Moment die Luft an vor Neid. Wölfchen Rosenfeld, der sich auf sein Sportrad stützte, zog mehrmals die Griffe der Felgenbremse, und Manne Wollank stand mit halboffenem Mund. Nur Bernie Sowade griente, aber obgleich ich es für ein Grienen hielt, das Anerkennung ausdrückte, sagte Schmiege, wenn Bernie ihm nicht glaube, habe er, Schmiege, einen Beweis, einen unschlagbaren Beweis, und er öffnete das weinrote

Album und hielt es vor die Brust, so daß wir das Foto sahen, das uns wegen seines Preises in so unerreichbarer Ferne gelegen hatte, und mehr noch, über dem milden, leicht verschmitzten Lächeln dieses breiten Gesichts mit seinen hervorstechenden, fast asiatischen Backenknochen, genau von der rechten Kinnhälfte bis unter das linke Ohrläppchen, ganz deutlich lesbar der Namenszug, das Autogramm.

Kein Zweifel, ich sah den Namen mit blauer Tinte auf hellem Grund, auch wenn seine Buchstaben eng standen und eigenartig verschnörkelt waren, anders als der elegante Schwung im Namenszug Heinz Seidlers oder die geübte Schleife unter dem t von Männe Biesolt.

Ich wußte, ich war in der Konkurrenz mit Schmiege um Längen zurückgefallen, höchstens das Autogramm von Joe Louis hätte mich, nebst dem Bild vom Domgörgen-Wagener-Kampf, wieder in Führung bringen können, aber das war so unwahrscheinlich wie die Tatsache, daß ich mich vor den Laden in der Schönhauser stellte und Max Schmeling ein zweites Mal vor die Tür träte. Noch vor dem Einschlafen sah ich Schmiege mit dem Bild in der Hand, sah die verschnörkelte Unterschrift, und erst jetzt fiel mir auf, daß seine Geschichte unlogisch war oder ihr zumindest eine Information fehlte. Ich lag lange wach, grübelte über der Frage, ob ich etwas versäumt haben könnte in seiner Erzählung, war mir aber sicher, daß es nicht der Fall war, und fragte ihn am nächsten Tag nebenbei und mitten in einem ganz anderen Thema, woher er denn, übrigens, das Geld gehabt hätte?

»Wat fürn Geld«, fragte Schmiege.

Manchmal war er arglos.

»Für das Foto«, sagte ich und sah ihn an.

Schmiege schlenkerte mit den Armen.

»Geschenkt«, sagte er und schlenkerte mit den Armen.

»Geschenkt!« sagte ich, eine Tonlage höher.

»Ja«, sagte Schmiege und steckte die Hände in die Taschen. »Das habe ich doch erzählt.«
»Von wem denn«, sagte Wölfchen Rosenfeld.
»Hab ich doch erzählt«, sagte Schmiege. »Er, er hats mir geschenkt. Hab ich das nicht erzählt?«
»Nee«, sagte ich.
Bernie hob die Schulter. Wölfchen Rosenfeld sagte nichts.
»Nee, hast du nicht«, sagte ich fest.
Schmiege sprach jetzt nur noch zu mir.
»Ich hab gesagt, Herr Schmeling, entschuldigen Sie, daß ich sie anspreche, aber ich hätte gern ein Bild von Ihnen.«
Ich sah ihn an. Auch Bernie sah ihn an. Alle sahen ihn an.
Schmiege sagte zu mir: »Er hat in der Tasche gesucht, aber nichts gefunden. Dann hat er gesagt, ich soll ihn besuchen. Ich hab gesagt: ›Och, Herr Schmeling, in Hamburg?‹«
Jetzt sah er Bernie an.
»Er wohnt ja in Hamburg«, sagte Schmiege.
Bernie nickte. Auch Manne Wollank nickte.
»Und da hat er gesagt, weißt du was, Junge, ich kaufs Dir«, sagte Schmiege und nahm die Hände wieder aus den Taschen. »Daß ich das nicht erzählt haben soll?«
Ich war mir sicher, er hatte es nicht erzählt, schwieg aber wegen der Bereitschaft, mit der die anderen Schmieges Erklärung annahmen, und kam an irgendeinem Abend, als meine Mutter, meine Schwester und ich am großen Tisch beim Essen saßen, auf Schmieges Foto zu sprechen; warum, weiß ich nicht. Ich redete zu Hause selten über unsere Truppe, und meine Mutter, die mich beinahe jeden Tag, wenn sie von der Arbeit kam, aufforderte, über meine Tätigkeiten während ihrer Abwesenheit zu berichten: »Was hast du gemacht, Junge, erzähl doch mal!«, fertigte

ich meist mit ein paar dürren Worten ab: »Was soll ich gemacht haben, nichts. Schularbeiten, sonst nichts.«

Dabei hatte ich alles andere gemacht als Schularbeiten. Von Hausaufsätzen abgesehen, machte ich Schularbeiten in der Schule, meist in der Pause vor der jeweiligen Stunde, schnell übertragen aus dem Heft eines Mitschülers, gerade ausreichend, um das Kürzel des Lehrers unter die hastig hingeworfenen Tabellen und die krakeligen Formeln zu erlangen und mich den Rest meiner Zeit mit den tatsächlich wichtigen Dingen dieses Lebens beschäftigen zu können, wie etwa mit der Tatsache, daß Schmiege eine Fotografie samt Unterschrift von Max Schmeling persönlich bekommen hatte.

»Haben wir doch auch«, sagte meine Schwester.

»Was?« sagte meine Mutter.

»Na, ein Foto«, sagte meine Schwester.

»Wir?« sagte meine Mutter. »Achiwo.«

»Doch«, sagte meine Schwester, stand vom Tisch auf und ging zum Kleiderschrank.

»Nun iß doch erst mal«, sagte meine Mutter, die jede Unruhe bei Tisch mit einer weinerlichen Zurechtweisung begleitete, aber meine Schwester hatte die Schranktür schon geöffnet und unter einem der sauber geordneten Wäschestapel ein Kuvert hervorgezogen und aus dem Kuvert einen Stoß Fotografien, die sie auf den Tisch legte und einzeln umzulegen begann. Ich reckte meinen Hals, wußte noch immer nicht, worauf meine Schwester hinauswollte, meine Mutter zog schnell den Butterteller aus der Reichweite der Fotos, ich sah die Fotoserie einer Radsportgruppe von Zeitungsfahrern, auf der mein Vater in Knickerbockern und spitz ausgeschnittenem Westover zu sehen war, mal jungenhaft lächelnd, mal mit wichtiger Miene, ich sah über die Räder gebeugte Männer beim Zieleinlauf und strahlende Männer mit Siegerkranz um den Hals, denen mein Vater die Hand drückte. Auch meine

Mutter hatte sich über den Tisch gereckt und mit leuchtenden Augen »Wo hast du die her, Mädel, die hab ich schon lange vermißt« gesagt, während meine Schwester ein Foto aus dem Stapel am Rand herauszog und »Hier!« rief. »Hier ist es doch.«

Mir wurde heiß. Mir wurde heißer, als es mir je bei Esther Williams in *Die badende Venus* oder bei der Vorstellung der Augen von Debra Paget geworden war. Ich nahm es vorsichtig, hielt es mit beiden Daumen am Rand fest, ging unter das Licht der Stehlampe, sah eine Reihe von Männern an einem Tisch sitzen, dahinter, leicht vornüber gebeugt, die Hände auf den Tisch gestützt, eine zweite Reihe, und wieder dahinter, eine dritte, aufrecht stehend, und im Zentrum der vorderen Reihe, zwischen einem Schwerleibigen in SA-Uniform und einem schon älteren, fahl scheinenden Mann mit Fliege und schütterem Haar, schräg unter dem ernst lächelnden, der Bedeutung des Augenblicks gewissen Gesicht meines Vaters – schräg darunter also, im Zentrum, mit hellem Hemd, den Kragen offen und die mächtigen Unterarme auf der Tischplatte verschränkt – der Oberkörper des Mannes mit den verschmitzt blickenden Augen und den breiten, fast asiatischen Backenknochen. Und da war sie auch, die Unterschrift, und keine verschnörkelten Buchstaben, kein enges Krikelkrakel vom Kinn zum Ohrläppchen, nein, ein Schriftzug mit der Kraft einer Hand, die am 19. August 1936, im New Yorker Madison Square Garden Joe Louis, den braunen Bomber, in zwölf Runden zermürbt hatte, mit Luft zwischen den Buchstaben und Schwung in der Führung, und da stand nicht nur die Unterschrift – ein ganzer Satz war über das untere Drittel des heftgroßen, glänzenden Fotos geschrieben, und ich las: *Zum Dank für den netten Abend in der Betriebsgefolgschaft Deutscher Verlag Expedition im schönen Monat Mai 37 Euer Max Schmeling.*

Gleich am Nachmittag des nächsten Tages ließen wir Schmiege in die Falle laufen. Wir fingen ihn vor der Haustür ab. Er war völlig arglos und gleich bereit, das Album aus der Wohnung zu holen. Er hatte sich nicht einmal umgezogen, als er uns in seinem engen, farbbeschmierten Malerkittel das Foto mit dem verschnörkelten Schriftzug noch einmal zeigte. Im gleichen Moment, in dem Wölfchen das Album mit geheucheltem Interesse in die Hand nahm, zog ich mein unter der Jacke verborgenes Schmeling-Foto hervor, hielt es Schmiege hin und sagte: »Wie damals mit Debra Paget!« Merkwürdigerweise warf er nur einen kurzen Blick darauf, er schneuzte sich und fing an zu wippen und mit den Armen zu schlenkern, bis er sich auf dem einen Bein kurz herumdrehte und mit dem anderen einen kieselgroßen Stein auf den Damm schoß und grinsend sagte: »Na und? Hab ich eben gesponnen.«

»Hier«, sagte Wölfchen Rosenfeld und hielt Schmiege das Album hin. Schmiege zuckte mit den Schultern, nahm es, stand noch eine Weile schweigend zwischen uns, ehe er mit wiegenden Schritten und betont langsam im Hauseingang Nummer vierundachtzig verschwand.

5

Ich sagte, ich wolle nicht so tun, als wüßte ich nicht, wie alles ausgegangen sei, sofern man überhaupt von einer Sache behaupten könne, man wisse über sie genau Bescheid. Das geht mir, wenn ich an Therese denke, genauso wie bei der Sache mit Randow. Die Tatsache, daß Therese mir zwei Jahre lang, wenn auch in anderer Form, gegenwärtiger war als in der Zeit, in der wir zusammenlebten, macht mich unsicher gegenüber dieser Sammlung stehender und bewegter Bilder, in die ich die Zeit meines Lebens fassen kann. Zum Beispiel war ich bis vor kurzem noch fest davon überzeugt gewesen, in der Kneipe Duncker Ecke Dimitroff das erste Mal wieder von Randow gehört zu haben, aber je länger ich darüber nachdachte, desto sicherer wurde ich mir eines anderen Moments, in dem ich über ihn gesprochen hatte. Genaugenommen hatte nicht ich über ihn gesprochen, sondern Schmiege.

Es mußte ein paar Jahre her sein, daß ich ihn wiedergetroffen hatte, zufällig natürlich. Ich weiß, es war in der Zeit, als Therese die ersten Schwierigkeiten bekam mit ihrem Stück über den Niedergang des Kleinhandels.

Ich hatte ihr einmal erzählt, wieviel Läden es in der Duncker früher gab. Allein im vorderen Teil bis zum Helmholtzplatz bekam ich siebzehn zusammen, vom Sarggeschäft bis zur Wäscherei. Ich weiß noch, wir lagen auf dem Bett, ich hatte die Augen geschlossen und ließ die Ladenfronten, die so unauslöschlich eingeprägt waren, an mir vorbeiziehen. Ich kannte alle Namen der Besitzer, ausgenommen den von der Heißmangel an der Ecke und vom Milchladen gegenüber. Ich hatte das Gesicht der Frau hinter dem Ladentisch nur unscharf im Gedächtnis, wir kauften meist bei Hildebrandt in der Drei, und später, als Frau Hildebrandt in den französischen Sektor gegangen war, bei Frau Iwen, die, kurz vorher, in der Nummer fünf einen Laden aufgemacht hatte.

In den Laden gegenüber hatte mich meine Mutter nur ein paarmal geschickt, einmal um Rohzucker zu kaufen, eine braune, grobkörnige und feuchte Masse. Ich kam herein und wartete, bis ich an der Reihe wäre, vor mir standen noch vier Kundinnen, unter ihnen Frau Leipert aus der Fünfundachtzig mit ihrem Sohn, der nur ein, zwei Jahre jünger war als ich und immer noch an der Hand seiner Mutter lief, nichtsdestoweniger aber im Mittelpunkt der Kundschaft stand, die ihn zu irgend etwas überreden wollte. Man sah ihm an, daß er sich genierte, er war feuerrot im Gesicht, starrte ständig auf den Linoleumboden, und während ihn seine Mutter ermunternd an der Hand zog, redeten die anderen mit Samtstimmen auf ihn ein: »Na, nu mach schon, tu uns doch den Gefallen, brauchst doch keine Angst haben.«

Vermutlich war es das Wort Angst, das ihn seine Verlegenheit überwinden ließ, er riß sich los von seiner Mutter, trat in die Mitte des Ladens, holte tief Luft und blickte in das hohe Regal hinter dem Ladentisch mit den altmodischen Kaffee- und Teebüchsen, um dann mit einer so weichen, hohen Stimme und in der Intonation des von unserer Truppe als Schmalzheini verachteten Rudi Schuricke *Wenn auf Capri die rote Sonne* zu singen, daß ich es nur eine Strophe lang aushielt und hinauslaufen mußte, um nicht vor Lachen herauszuplatzen.

Klar, daß ich es am nächsten Tag vor der Haustür zum besten gab, parodierend und in allen Einzelheiten. Klar auch, daß wir bei nächster Gelegenheit, kaum war Frau Leipert mit ihrem Sohn auf die Straße getreten, *Wenn auf Capri* anstimmten, roh und höhnisch aus fünf, sechs Kehlen, die Straße war erfüllt von grölendem Gesang, die Leute wendeten die Köpfe, und Frau Leipert zog an der Hand ihres Sohnes und beschleunigte den Schritt.

Therese und ich lagen auf dem Bett, ich erinnere mich, daß ihr Körper, während ich redete, zu vibrieren begann, wie immer, wenn sich etwas in ihrem Kopf zu einer Idee formte. Sie stand auf, zog ihr Kleid über und setzte sich wortlos an die Maschine. Drei Tage hintereinander schrieb sie an dem Stück, das vom geschäftlichen Abstieg eines Zigarettenladens handelte. Ich glaube, sie hatte sich von meinen Erzählungen über Wanda Wolzki inspirieren lassen, die in unserem Haus schon seit Vorkriegszeiten einen Tabakladen betrieb, in dem ich später meine ersten Zigaretten kaufte, einzeln meist, zwei oder drei, eingerollt in ein Stückchen quadratischen Zeitungspapiers, das sie mit angefeuchtetem Finger von einem kleinen Haufen neben der immer brennenden Gasflamme des Zigarettenanzünders nahm.

Jahre davor hatte Frau Wolzki mich der Mitwisserschaft am Diebstahl eines Reklameschildes für den Kautabak Marke Hanewacker verdächtigt. Es hatte an der rechten Schmalseite der Ladenfront gehangen, war von eindringlicher, schwefelgelber Farbe und zeigte, auf blaßblauem Grund, einen vollbärtigen Mann, der einen Priem in der Hand hielt und dabei so stechend auf den Betrachter schaute, daß ich eher an einen skipetarischen Räuberhauptmann dachte, als an einen Bewohner der Kautabakstadt Nordhausen, Südharz. Frau Wolzki hatte mich abgefangen, als ich aus dem Haus stürzte, um zum Helmholtzplatz zu rennen, hatte auf die leere, den Umriß des Schildes noch schattenhaft zeigende Stelle gedeutet und mich gefragt, ob ich wisse, wer das gewesen sei. Ich hatte die Schultern gehoben und wahrheitsgemäß »Weiß nich!« gesagt, war aber rot geworden, so daß sie mich anherrschte und noch jahrelang, bis ich ihr Kunde wurde, im Glauben war, ich hätte mit dem Diebstahl zu tun gehabt. Dabei wurde ich in dieser Zeit immer rot, wenn mich jemand etwas fragte, aber wie sollte ich ihr das erklären?

Frau Wolzkis Laden war ein Zentrum in der Vorderduncker, auch deshalb, weil sie ein Telefon und eine Korbsesselgarnitur hatte, und ich glaube, daß alles, was in unserer Straße jemals geschah, in Frau Wolzkis Laden durchgesprochen wurde.

Thereses Stück spielte am Tag des Umzugs der Zigarettenhändlerin aus einem großen, an der Hauptstraße gelegenen Laden in einen kleinen, ungünstig gelegenen und schaffte es, die komische Tragik eines wenn nicht aussterbenden, so doch vom Sterben bedrohten Standes mit purem Alltagsgeschehen und einem Humor darzustellen, den ich ihrer spitzen, ironischen Art gar nicht zugetraut hätte. Das Stück erlebte auf einer kleinen, aber angesehenen Provinzbühne vier erfolgreiche Aufführungen, ehe es – und obgleich nicht ein einziger provokanter Satz darin war – von einem Tag auf den anderen abgesetzt wurde; wie es hieß, auf *Anweisung von oben*. Die näheren Zusammenhänge sind mir nie ganz klar geworden, ich war damals mit dem Band über die Werft beschäftigt und wochenlang kaum zu Hause, und wenn, dann wurde ich Zeuge unzähliger Telefonanrufe und einer gereizten, manchmal in die Muschel brüllenden Therese.

Bisher schien sie vom Glück begünstigt gewesen zu sein, ihre Artikel wurden wegen ihrer Intelligenz geschätzt und weil sie sprachlich unangepaßt waren. Sie konnte sich ihre Themen immer aussuchen und mußte nicht auf Gedeih und Verderb schreiben. Um einigermaßen gut leben zu können, verdiente ich mit dem Fotografieren genug. Jetzt lief sie in der Wohnung tagelang auf und ab, rauchte unmäßig und schlief nachts nicht bei mir, sondern in ihrem Zimmer. Es war das erste Mal, daß ich sie so erlebte, sie war völlig in sich gekehrt, schien meine Anwesenheit kaum zu bemerken, und wenn, dann mit Erstaunen. Ich wußte, es war besser, sie in Ruhe zu lassen, und ging öfter als sonst aus dem Haus.

In diesen Tagen besuchte ich auch einmal meine Mutter, die damals noch in der Vorderduncker wohnte. Ich mußte bis zur nächsten Ecke fahren, um einen Parkplatz zu finden, und das Stück vom Helmholtzplatz zurücklaufen. Als ich die Straße überqueren wollte, lief mir ein Mann Anfang fünfzig über den Weg, in dem ich sogleich Schmiege erkannte. Im Gegensatz zu vielen Gesichtern, die sich im Laufe der Jahre, besonders nach Überschreiten der Vierzig, bis zur Unkenntlichkeit verformen, hat Schmiege eine so unverwechselbare Physiognomie, daß selbst starke Verfettung sie nicht wesentlich hätte verändern können.

Ungefähr auf der Höhe der Dreiundachtzig sah er mich,

hob lässig die Hand zum Gruß und wartete, daß ich näherkam. Es war, als wäre es etwas ganz Selbstverständliches, daß wir uns in der Vorderduncker trafen, und ich habe nicht einmal gefragt, was ihn ausgerechnet an diesem Tag hierher getrieben hatte, obwohl ich wußte, er wohnte weit außerhalb, in einer Neubausiedlung. Wir standen nicht länger als fünfzehn Minuten zusammen, aber ich glaube, wir hätten auch eine Stunde zusammenstehen können, ohne daß ich mehr über ihn erfahren hätte: wo er jetzt arbeite und als was, wieviel er verdiene und ob er sich arbeitsmäßig verändern wolle, daß er geschieden sei und eine neue Freundin habe und daß er *die da oben*, gelinde gesagt, für schwachsinnig halte. Das einzige, was mir noch auffiel, war sein demonstratives Spiel mit dem Autoschlüssel.

Selbst als er auf die Sache mit Randow zu sprechen kam, änderte sich nichts an seinem gleichmütigen Ton. Genaugenommen fragte er nach dem Befinden meiner Schwester und ob sie noch immer mit dem aus der Nummer fünf zusammen sei?

»Du meinst Hotta?«

»Na, mit dem, der bei der Schießerei dabei war.«

»Nein«, sagte ich. »Sie ist schon seit Jahren geschieden.«

»Aber hatte sie nicht so viele Kinder?« sagte er.

»Sechs«, sagte ich.

Er zog die Stirn kraus und senkte den Kopf, als müßte er nachdenken, mit wie vielen er sie noch erlebt hatte. Die schmale, hakengleich gebogene Nase zielte genau auf seine Brust. »Verrückte Zeit damals«, sagte er, hob den Kopf und sah mich an. »Ich meine, es war Mord.«

Ich sagte: »Das haben sie uns damals doch bloß erzählt, damit wir auspacken.«

»Ich meine nicht den Bullen«, sagte er. »Ich meine Ambach.«

Wir kannten Randow am Anfang nur unter seinem Spitznamen.

»Ambach«, fragte ich mit ungläubigem Tonfall. »Wieso Mord.«

»Du kannst auch *Liquidierung in höherem Interesse* sagen«, meinte Schmiege höhnisch und fuhr, ehe ich irgend etwas antworten konnte, wie abschließend mit der Hand durch die Luft. »Weißt du übrigens, was Bernie jetzt macht?«

Ich erfuhr, daß Bernie Sowade inzwischen eine Art Autowerkstatt betreibe, nebenberuflich und zusammen mit Bolle.

»Du weißt doch, Bolle«, sagte Schmiege, »der die Blonde geheiratet hat ... Wie haben wir sie noch genannt?«

Er zog wieder die Stirn kraus, kaute beim Nachdenken auf der Unterlippe und klapperte mit den Autoschlüsseln.

Natürlich wußte ich, wer Bolle war. Er gehörte eine Zeitlang zum festen Stamm unserer Truppe, auch wenn er keine Rolle spielte an dem Tag, von dem ich erzähle, ebensowenig wie die Blonde, die im Quergebäude der Nummer drei wohnte.

Schmiege sagte in einer Art stillen Verzweiflung: »Wie hieß sie denn bloß?«

»Schätzchen«, sagte ich. »Wir haben sie Schätzchen genannt.«

»Natürlich«, sagte er. »Schätzchen!«

Ich fragte ihn nach Sohni und Pasella, aber er schüttelte den Kopf und murmelte etwas von Frankfurt am Main und daß er als Rausschmeißer in einem Bordell gearbeitet habe.

»Er hat dann die Puffmutter geheiratet«, fügte Schmiege hinzu.

Ich war der Meinung, er sprach von Sohni.

»Und Christie?« sagte Schmiege. »Weißt du was von Christie?«

Ich hob die Schultern.

»Christie Baumgarten«, sagte Schmiege.
»Wer ist das«, fragte ich.
»Ach, ja«, sagte Schmiege. »Das war ja später.«
Wir verabschiedeten uns so selbstverständlich, wie wir uns begrüßt hatten. Er sagte: »Na dann, machs gut!«, und ich sagte: »Du auch!«, ging auf das Haus Nummer vier zu, drehte mich beim Öffnen der Tür noch einmal um und sah ihn wie früher über die Straße laufen mit wiegendem Gang, nur sein Rücken war runder geworden wie meiner wohl auch. Ich erinnerte mich, daß wir jahrelang die gleichen Probleme mit der Körperhaltung gehabt hatten, wir waren schon in früher Jugend ein wenig gebeugt gelaufen, hatten beide die Ermahnungen unserer Mütter im Ohr, die gleichen imperativen Sätze, »Junge, lauf gerade!« oder: »Bauch rein, Brust raus!«, und heute, da ich mich an diese Viertelstunde in der Vorderuncker erinnere, meine ich, es müßte mir bei der Tatsache kalt den Rücken herunterlaufen, daß ich von einem Menschen, mit dem ich so viele Jahre verbracht habe und der einen nicht unwesentlichen Einfluß auf mein Leben genommen hat, hauptsächlich die zunehmende Krümmung seines Rückens wahrgenommen habe und die Eigenschaft, demonstrativ mit seinen Autoschlüsseln zu spielen, und ich meine auch, daß Zweifel berechtigt sind, wenn jemand behauptet, er wisse über etwas ganz genau Bescheid.

Ich denke nur an die Sache auf dem Helmholtzplatz. Wenn ich mich ihrer erinnere, habe ich das Bild eines baumbestandenen Platzes vor Augen, der zur Mitte hin ansteigt, leicht nur, drei Meter, nicht mehr, aber genug für uns, um winters mit dem Schlitten hinabzufahren.

Gefährlicher war es auf den Eisbahnen, die wir uns selbst schafften, indem eine Schlange von zehn oder zwanzig Jungen drei-, viermal mit kurzem, kraftvollem Anlauf über den Schnee schlitterte, so daß er fester und glatter wurde und sich in schwarzes spiegelndes Eis verwandelte.

Das Tempo, das wir erreichten, war atemberaubend hoch, wir gingen, bevor wir die Bordsteinkante erreichten, in die Knie und sprangen über sie hinweg, landeten, wenns gutging, hart auf beiden Beinen und mußten auf dem Damm die Füße quer, die Hacken schräg stellen, um nicht an die gegenüberliegende Bordsteinkante zu prallen. Damals sagten wir nicht »Bordstein«; wir sagten, wie unsere Eltern, »Rinnstein«, und Sohni Quiram sagte sogar »Rennstein«, wie er auch »sämlich« sagte statt »nämlich«. Es war eine Angewohnheit, die zu ihm gehörte und die wir nicht in Frage stellten, wir wußten ja, daß er nämlich meinte, wenn er sämlich sagte, und so war es auch mit dem Rennstein. Ohnehin verschliffen wir die Wörter meistens bis zur Unkenntlichkeit, so daß einer, der nicht zu uns gehörte, kaum verstehen konnte, was gemeint war. Wir sagten »Na dit uffn Helmi!«, und Sohni Quiram sagte »Die war sämlich zwölf!« und Wölfchen, ungläubig, »Äh!« und Manne Wollank, bestätigend und mit einer Spur Hohn, »Mitm Leibchen an!«

Was genau passiert war bei der Sache auf dem Helmholtzplatz, könnte ich nicht einmal heute mit Sicherheit sagen. Vielleicht lag es daran, daß wir die Tatsachen, jedenfalls bestimmte, uns nicht passende, genauso verschliffen wie die Wörter. Genau weiß ich nur, daß Bernie Sowade zwei Wochen in Haft saß deswegen; und Benno dazu. Und ich weiß, daß es uns nicht die Sprache verschlug, damals.

Als sie aus dem Revier in der Pappelallee, wo vier Jahre später meine Schwester sitzen würde, von der Vernehmung zurückkamen, hatte Bernie die Schultern gehoben und mit diesem Grienen auf dem Gesicht gesagt: »Es war nischt. Gar nischt!« Und als Sohni Quiram mit einer Spur zitternder Erregung in der Stimme gefragt hatte »Und habta nu?«, hatte Benno den Finger an die Stirn getippt und gesagt, daß sie gleich losgelassen hätten.

»War nischt«, wiederholte Bernie.

»Awer jepuhlt«, fragte Sohni Quiram, der nicht nur sämlich für nämlich sagte, sondern in bestimmten Wortgebilden auch ein so weiches b sprach, daß es sich wie ein w anhörte. Er war der Kleinste von uns, so wie ich der Jüngste war, und von derart graziler Gestalt, daß ich mich noch heute frage, woher er die Kraft nahm, die Rolle, die er in unserer Truppe spielte, zu behaupten.

»Die hat doch geheult, Mensch. Die hat doch gleich losgeheult«, sagte Benno, reckte sich und drehte den Kopf in Richtung Haltestelle, als erwarte er jemanden und wolle das Gespräch über die Sache auf dem Helmholtzplatz abschließen, aber Sohni Quiram sagte scharf und mit allen Zeichen des Zweifels im Gesicht: »Wegen nischt...?«

Ich spannte meinen Körper. Alle spannten ihre Körper, als wären sie im nächsten Moment bereit, einen Schritt zurückzuspringen, um Platz zu schaffen für Benno und Sohni Quiram.

Bennos Worte in Zweifel zu ziehen war nicht ohne Gefahr. Alle wußten, Benno schlug schnell zu. Benno schlug schneller zu als jeder andere von uns, besonders, wenn er sich im Recht glaubte, und es gab kaum etwas, zu dem er Stellung nahm und sich nicht im Recht glaubte. Es war geradezu Bennos Nimbus, daß er fähig war, schneller zuzuschlagen, als jeder andere von uns.

Hätten wir damals schon die Sache mit dem Roten Rathaus und Bennos Schuh hinter uns gehabt, wären wir sicher nicht so angespannt gewesen, aber wir hätten auch keine Gelegenheit dazu gehabt, denn danach tauchte Benno nur noch selten in der Vorderduncker auf, vielleicht weil er wußte, daß im Fahrstuhlschacht vom Roten Rathaus sein Nimbus ebenso verlorengegangen war wie sein Schuh.

Unsere Truppe hatte nie so etwas wie einen Führer oder ein Oberhaupt. Bei der Truppe vom langen Maschke, die um die Laterne vor der Nummer fünf herumstand, war es klar, daß der lange Maschke den Ton angab, jedenfalls uns, sonst hätten wir nicht von der Truppe vom langen Maschke gesprochen. Bei der Truppe der Schreyer-Brüder aus dem Teil der Duncker, der zwischen der Vorderduncker und der Hinterduncker lag und den wir einfach die Duncker nannten, war es auch klar. Ich weiß natürlich nicht, ob es die Leute von der Truppe vom langen Maschke oder von den Schreyer-Brüdern genauso sahen, aber wer bei uns den Ton angab, entschied sich oft erst, wenn wir vor der Haustür standen. Natürlich gab es Autoritäten, etwa wenn einer wie Manne Wollank, der mit seinen gefetteten, nach hinten gekämmten Haaren meist schweigend danebenstand, uns durch unerwartete, trockene Bemerkungen zum Lachen brachte; oder wenn einer wie Schmiege, bei allem Verdacht auf fortgesetzte Angeberei und Täuschung, über die wirklich wichtigen Dinge wie die Tour de France, das Profiboxen oder neue Filme besser Bescheid wußte als wir anderen. Es kam sogar vor, daß das Wissen um so abgelegene Dinge wie die exakten Naturwissenschaften ein wenig Respekt erzeugte, und so konnte selbst ich, der ich zwei Jahre jünger war als die meisten anderen, durch die Tatsache, daß mir Hotta der Zimmermann, um, wie mir später klar wurde, in Kontakt zu meiner Schwester zu kommen, ein Lehrbuch der Organischen Chemie aus dem Jahr 1944 geschenkt hatte, manchmal den Ton angeben, indem ich auf Wunsch die Klassifizierungen für Eiweiße oder den vollständigen Namen des Insektengiftes DDT heruntersagte. Es kam vor, daß Manne oder Bernie ganz unvermittelt und während wir noch bei einem anderen Thema waren, fragte, wie das Zeug denn heiße, »det mit de Wanzen und so, Tommie, sag mal!«, und ich so gelassen wie möglich antwortete: »Dichlordiphenyltrichlormethylmethan.« In diesem Moment ruhten alle Blicke auf mir, und Bernie griente auf eine Weise, die ich auch als Ironie hätte auffassen können, wenn mir nicht einmal bewiesen worden wäre, daß es zumindest Respekt war, denn als ich das Fahrrad von Bernies und Mannes Einbruch in den Keller der Nummer sechs ohne Wissen meiner Mutter auf unserem Hängeboden versteckte, weil alle anderen wegen ihres schlechten Rufs eine Hausdurchsuchung befürchteten, schenkte mir Bernie, nachdem sich die Aufregung gelegt hatte und das Fahrrad unter der Hand verkauft worden war, als Belohnung das Schülermikroskop für 36 Mark aus der Drogerie in der Pappelallee, auf das ich schon eine ganze Weile mein Auge geworfen hatte.

Daß die Autorität der Körperkraft, obgleich sie selten gemessen wurde, die wichtigste war, muß ich nicht besonders hervorheben, und so war die Autorität eines Bernie Sowade latent vorhanden, ohne daß er bei uns als Führer oder Oberhaupt galt.

Vielleicht war es bei der Truppe vom langen Maschke oder den Schreyer-Brüdern ähnlich. Man nannte sie nach dem, der besonders auffällig war oder der das lauteste Organ hatte, und sie selbst wußten gar nichts davon. Vielleicht nannten die anderen uns die Truppe von Bernie Sowade oder vielleicht sogar von Benno, ohne daß wir davon wußten, obgleich Benno, der gar nicht in der Vorderduncker wohnte, nur relativ kurz zu uns gehörte und erst ein paar Jahre später wieder auftauchte. Er war zu uns gestoßen, weil seine Mutter beim Schuster in der Nummer vierundachtzig Arbeit hatte, und er stand auch nicht, wie wir, jeden Tag vor der Haustür. Der Schuster in der Vierundachtzig hatte den zweiten Laden von Kartoffel-Karkutsch gemietet, und solange Bennos Mutter dort Arbeit hatte, kam Benno öfter vor die Haustür. Ihm muß der Nimbus des sofort Zuschlagenden schon angehaftet haben, als er zu unserer Truppe stieß, denn ich kann mich nicht erinnern, daß er, ausgenommen ein einziges Mal, tatsächlich sofort zugeschlagen hätte.

Möglich, daß ihm dieser Nimbus wegen seiner wilden, fast vernachlässigten Erscheinung anhing und der Gleichgültigkeit, mit der er sie hinnahm; seinem starren, mit Dutzenden Wirbeln durchsetzten, durch keinen Façonschnitt zu bändigenden Haar, seinem flackernden Blick und den ständig mahlenden Kiefern. Angezogen war er, von den Schuhen abgesehen, erbärmlich – die Hosen zu kurz, die Jacken unförmig –, so daß er uns, die wir alltags meist selbst die Kleidung unserer Väter auftrugen, außergewöhnlich ärmlich vorkam. Ich glaube, Bennos Mutter verdiente nicht viel in dem Schusterladen, und von einem Vater wußten wir nichts, und er sprach auch nicht darüber. Er sprach nie über seine privaten Verhältnisse, nahm nie jemanden mit zu sich nach oben, ja, wir wußten eigentlich nur, daß er zwei Querstraßen weiter, in der Fransecky, jetzt Sredzki, wohnte, aber welche Nummer, welches Stockwerk, ob vorn oder hinten hinaus, darüber sprach er nicht.

Jedenfalls hatten wir damit gerechnet, daß er gleich zuschlagen würde, sonst hätten wir nicht so angespannt dagestanden, als Sohni Quiram Bennos Worte in Zweifel zog und Benno seinen Blick langsam von der Ecke nahm und auf Sohni richtete. Ich machte mich bereit, im nächsten Moment beiseite zu springen, ein paar Schlagwechsel abzuwarten und dann, wenn Sohni, woran ich nicht zweifelte, entscheidend getroffen war und blutete, dazwischenzugehen, wie alle anderen auch, erst mit lauten Hört-auf-Rufen, schließlich körperlich, indem wir sie festhielten und gleichzeitig besänftigend auf sie einredeten: »Mensch, laß! ... Komm jetzt ... Lassn doch!«

So wurde jeder Kampf, so selten einer ausbrach, zwischen uns beendet. Blut bedeutete den definitiven Schluß; oder wenn einer hoffnungslos am Boden lag. Aber entgegen unserer Vermutung flog die Hand, die Benno hob, nicht in Sohni Quirams Richtung, sondern gegen seine,

Bennos, Stirn; er schlug drei-, viermal mit der flachen Hand dagegen, starrte Sohni mit aufgerissenen Augen an und sagte, jedes Wort betonend, daß Sohni mal nachdenken solle, ob er ihn, Benno, oder Bernie erst, wirklich für so blöd halte, auf dem Helmi zu warten, bis die Polente komme, wenn da wirklich etwas passiert wäre mit der mitm Leibchen, Mensch. »Nischt war. Nischt!«

Ein hörbares Aufatmen ging durch die Truppe, die Sehnen entspannten, die Glieder lockerten sich, Benno senkte den Kopf und steckte sogar die Hände in die Hosentaschen, nur Sohni Quiram stand noch mit hochgezogenen Schultern, sei es aus Mißtrauen gegen die Logik der Erklärung oder wegen der plötzlich einfallenden Kühle des herannahenden Abends.

Den ganzen Herbst über waren wir auf den Helmholtzplatz gegangen, hatten uns unter den Arkaden des backsteinroten Transformatorenhäuschens versammelt und, wenn die Gaslaternen aufleuchteten, nach den Zigaretten gekramt, die wir aus den Manteltaschen unserer Mütter, aus Schubfächern oder, was seltener vorkam, aus herumliegenden Schachteln entwendet hatten, mal eine, höchstens zwei, damit es nicht auffiel. Irgend jemand hatte immer ein Feuerzeug oder Streichhölzer bei sich, wir standen und reichten die Zigaretten von einem zum anderen, bei jedem Zug glühte der brennende Kegel heller, Stille herrschte, solange wir rauchten, Blicke auf die Truppe der Schreyer-Brüder, die ein paar Meter weiter stand, ein Pfiff plötzlich, die Köpfe wendeten sich suchend, verhielten in Richtung eines Mädchenpaares, das sich, untergehakt und seltsam vorsichtig ein Bein vors andere setzend, näherte, als flaniere es über eine Straße am Sonntag nachmittag. Manchmal ging es ein paar Schritte entfernt an uns vorbei, manchmal blieb es stehen oder sammelte sich mit ein oder zwei anderen Mädchenpaaren zu einer kleinen Truppe, anfangs in einiger Entfernung von den Arkaden, dann näher, Rufe wie Bälle, die hin- und hergeschleudert werden, ein Greifen, ganz plötzlich, ein Zurückzucken, ein lachendes Kreischen und eine kurze Flucht, eine kurze Verfolgung, die immer im Sandkasten endete, für Sekunden sich wälzende Körperschatten, bis sie ein gellender, Grenzen ziehender Schrei trennte; aus dem Sand, in dem wir als Kinder gebuddelt hatten, tauchten Köpfe auf, deren Erhitzung mehr zu spüren als zu erkennen war; tiefes, verlegenes Luftholen und das Abklopfen der Röcke, der Kleider.

Ich nahm diese plötzlichen Bewegungen der anderen, älteren mit einem Gefühl wahr, das dem spätabendlichen, durch die Vorstellung der Augen Debra Pagets hervorgerufenen erstaunlich glich, nur daß es auf dem Helmholtzplatz wegen des fahlen, vom gelben Gaslicht erhellten Dunkels peinlicherweise in aller Öffentlichkeit entstand. Aber als die Truppe der Mädchenpaare größer, das lachende Kreischen stärker wurde, als die kurzen Verfolgungen zunahmen und das Wälzen im Sandkasten länger dauerte, nahm Benno einen Stein und warf ihn auf das Glas der grauen, dem Häuschen nächststehenden Laterne, das schallend zersprang und eine erregende, von allen bejohlte Schwärze hinterließ.

An diesem Abend mußte ich, wie in jeder Woche, wenn meine Mutter Frühschicht hatte, schon kurz nach dem Dunkelwerden nach Hause gehen. Nur wenn sie Spätschicht hatte, blieb ich solange wie möglich auf dem Platz, genoß es, wenn Sohni weggehen mußte und Manne Wollank und Schmiege und Wölfchen Rosenfeld, stand schließlich mit den Ältesten von uns oder den Schreyer-Brüdern noch bis kurz vor viertel elf unter den Arkaden des Transformatorenhäuschens, ehe ich zum S-Bahnhof Prenzlauer Allee ging, mich über das Eisengitter der Halle lehnte und auf den Augenblick wartete, an dem meine Mutter inmitten eines Schwarms eiliger Menschen die

Treppe heraufkam, lächelnd, wenn sie mich sah, und mit Stolz im Gesicht ihren Kolleginnen die Hand zum Abschied reichte, »Also bis morgen dann!«

In dieser Woche jedenfalls hatte sie Frühschicht, und ich mußte, kurz nachdem Benno die Laterne zum Erlöschen gebracht hatte, mit einem Gefühl des Bedauerns nach Hause gehen. Am nächsten Tag hieß es, daß Bernie sitzt, und Benno auch, und als sie von der Vernehmung im Revier in der Pappelallee nach Hause kamen, hatte Bernie gegrinst und gesagt, daß sie ein Mädchen, das an jenem Abend über den Platz gelaufen sei, die Bekanntschaft mit dem Sandkasten hätten machen lassen. Er hatte glaubhaft versichert: »Es war nischt«, und Benno hatte den Finger an die Stirn getippt und gesagt, daß sie gleich losgelassen hätten, aber Sohni Quiram hatte scharf und mit allen Zeichen des Zweifels im Gesicht gefragt: »Wegen nischt?«

Benno wild und mit flackerndem Blick. Benno, bei dem wir alle Sehnen spannten, wenn einer seine Worte in Zweifel zog. Benno in seiner erbärmlichen Kleidung; von den Schuhen abgesehen, dem einzigen, was er wirklich im Überfluß zu haben schien. Beinahe jede zweite Woche kam er mit einem anderen Paar, mal mit Slippern aus erdbraunem Leder, mal mit leichten Sandalen aus der Zeit vor dem Krieg, mal mit halbhohen, blankgewichsten Schnürstiefeln.

Es muß im folgenden Herbst gewesen sein, jedenfalls lange nach der Sache auf dem Helmholtzplatz und ein paar Monate nach dem Tag, an dem wir in den luftblauen Himmel über der Nummer fünf starrten. Es war heiß, Benno kam von der Ecke Danziger gerannt, die jetzt Dimitroff hieß, er war atemlos, und seine Stimme überschlug sich vor Aufregung: »Am Alex, im Rathaus, lauter Marken, Brot, Butter, Fleisch!« – »Wie, wat, wieso Marken?« – »Allet voll. Weiß ick! Tip gekriegt! – »Tip? Von wem!« –

»Na, von der Keule vom Nachbarn, is doch egal, aber los jetzt!« – »Jetze?« – »Klar!«

Wir waren, mit Benno und mir, sechs und liefen gleich los, die ganze Prenzlauer hinunter, über den Alexanderplatz, der wie verwaist lag an diesem späten Nachmittag, schattenhaft nahm ich die Hertie-Ruine wahr und den neuen Kiosk mit den knallfarbenen billigen Heften von Stalin und Engels, voller Hoffnung, ich könnte in den Besitz des Kostbarsten kommen, was es in dieser Zeit gab.

Merkwürdigerweise redeten wir, wenn wir vor der Haustür standen, nie über das Essen. Wir redeten über den Krieg, der nun schon sechs Jahre vorbei war, und öfter als über den Krieg redeten wir über die Tour de France oder über Frauen, aber nie über das Essen beziehungsweise über die Folge seiner Abwesenheit, den Hunger.

Hunger, scheint mir jetzt, hatten wir zu jeder Zeit, aber wir redeten über ihn nur vermittelt. Manne sagte, mitten hinein in ein Schweigen, in eine Pause: »Stell dir vor, plötzlich biste inne Schweiz!« Und Sohni steigerte: »Oder in Amerika!« Glänzende, aufgerissene Augen. Blicke von einem zum anderen, die einen unerfüllbaren, märchenhaften Wunsch ausdrückten, ähnlich dem Satz: »Wat würdste machen, wenn de ne Million hättst?«

Aber die Vorstellung von einer Million war an jenem Tag, an dem Benno sich vor Aufregung beinahe überschlug, geradezu banal im Vergleich zu der Vorstellung, in den Besitz des Kostbarsten zu kommen, das es in dieser Zeit gab.

Kostbarer als Marken waren höchstens noch amerikanische Zigaretten oder Nylonstrümpfe, und ich malte mir aus, ich würde meiner Mutter am Abend, wenn sie von der Arbeit käme, eine Handvoll Marken lässig auf den Tisch werfen, wie Alan Ladd in einem Film, dessen Titel ich nicht mehr wußte, das Bündel mit Dollars auf den Tisch des Saloons geworfen hatte.

Obgleich wir zu sechst waren, klopfte mein Herz, als wir uns durch die verbogenen, armdicken Kellergitter der Rathausruine zwängten, auf den Boden des finstern Raumes sprangen und uns zu den Türen tasteten, einer hinter dem anderen, immer dem dünnen Lichtstrahl nach, den Bennos nur noch schwach leuchtende Taschenlampe über den unratbedeckten Estrich warf. Schon im zweiten Raum hatten wir Erfolg; über und über war der Boden mit dem blaßfarbenen, rechteckigen oder quadratischen Papier bedeckt, Kleiderkarten, Raucherkarten, Lebensmittelkarten, wir griffen hinein in die knöchelhohe, feuchte Papierschicht, ich hörte Bernies höhnischen Schrei, hörte Mannes Lachen, drängte mich näher an den Lichtstrahl der Taschenlampe und sah auf das, was ich den Händen hielt, sah den breiten, wohlbekannten Adler, der den Kopf, von uns aus gesehen, nach links streckte und in den Klauen das schräge, in einem Kreis ruhende Hakenkreuz hielt. Wertloses Zeug, sechs Jahre vorbei, weg damit!, und wir warfen die Bündel, die wir in der Hand hielten, über die Köpfe und traten vor Enttäuschung in die weichen Papierhaufen.

Es war keiner, der Benno einen Vorwurf gemacht hätte, auch im stillen nicht, glaube ich, und was wußten wir schon von dem, was uns noch erwarten könnte in dieser riesigen Ruine, die wir Raum für Raum durchschritten. Jetzt hatten sich unsere Augen an das Dunkel gewöhnt, jetzt kamen wir über breite, schuttübersäte Stufen höher, jetzt stiegen wir über eine verwinkelte schmale Treppe hinauf auf den Turm, jetzt blickten wir auf die zerschmetterte, zu unseren Füßen liegende Innenstadt. Dort hinten die runden Kessel der Gasanstalt in der Prenzlauer, und ein Stück davor der Wasserturm am Ende der Ryke, irgendwo dazwischen, in einem zerlaufenen steinernen Braun, die Ahnung unserer Straße, der Vorderduncker.

Ich weiß, wir standen für Minuten schweigend vor unserer Stadt und spürten eine Art Erhabenheit, als verleihe schon der Blick aus der Höhe so etwas wie Herrschaft über die Ansammlung von Stein und Mörtel. Wir suchten nach handlichen Trümmerstücken zwischen dem Geröll auf der Plattform, warfen sie auf die spielzeugkleine Straßenbahn, die die Straße vor der Rathausruine in Richtung Alex entlangschlich, verfolgten den Flug bis kurz vor dem Aufprall und zogen die Köpfe ein, damit man uns von unten nicht etwa entdecke.

Manne hörte die Schritte zuerst oder glaubte, welche zu hören, er hob den Kopf, hob die Hand, wir erstarrten und lauschten in den säuselnden Gesang des leichten Windes unter dem zerschossenen, rostigen Gerüst der Dachpyramide; etwas scharrte, etwas knarrte, wir duckten uns, in der Hand Steinbrocken, die wir werfen würden, sollte ein Kopf auftauchen aus dem Ausstieg in der Mitte der Plattform, aber dann war Stille, Benno gab ein Zeichen, langsam erhoben wir uns, schlichen, die Brocken wurfbereit, die Stiege wieder hinunter zum Fuß des Turmaufbaues. Jetzt wieder Geräusche aus der Richtung der breiten Treppe, waren das Schritte? War das ein Tasten über den Schutt? Was, wenn am Treppenende jemand auf uns lauerte? Der Rückweg schien abgeschnitten, wir saßen in der Falle, Bernie sah fragend auf Benno und machte eine Kopfbewegung in Richtung der schwarzen Öffnung uns gegenüber, Benno nickte, und wir schlichen uns näher, blickten zwanzig, dreißig Meter hinunter in die schwärzliche Tiefe eines Fahrstuhlschachtes. Schlaffe Drahtseile, modriger Geruch; Benno schwang sich als erster ins Innere, griff in die rostigen Streben des stählernen Gerüstes und verschwand Schritt für Schritt nach unten, ich zögerte, Manne zögerte, Bernie sagte flüsternd, es sei die einzige Möglichkeit, die Treppe gefahrlos zu umgehen, »Los, kommt!«, stieg hinab, ich folgte als vorletzter, meine Knie zitterten, mein Fuß tastete nach der nächsten Strebe unter mir, bemüht, so leise wie möglich zu sein, über mir ahnte ich Manne Wollank mehr, als daß ich ihn sah, und kurz nach der Öffnung zum nächstunteren Stockwerk verhielt ich vor Schreck, als ich ein lautes, in die Tiefe sich entfernendes Poltern hörte und Bennos dumpf hallenden Fluch. Unter mir ein kurzer Wortwechsel, den ich nicht verstand, dann Bernies Kommando »Weiter!«, und schließlich der Ausstieg zwei Öffnungen tiefer, am Fuß der breiten Treppe. Niemand war da außer uns. Erleichterung für einen Moment, spähende Blicke, wohin wir uns wenden könnten, Harry Hoffmann drängte zum Weitergehen, auch Schmiege wollte nach Hause, auch ich, aber Benno stand wie angewurzelt, mit nackten Füßen, in der Hand einen Schuh. Bernie sagte: »Der andre is unten!« und deutete auf den Schacht. Benno sagte: »Ick hol ihn noch!«, stieg wieder hinab, und Bernie folgte ihm. Mir schien, sie blieben eine unendlich lange Zeit auf dem Grund des Schachtes, neben dessen Öffnung Benno seinen Schuh abgestellt hatte. Es war ein brauner lederner Slipper mit einer feinen Ziselierung über dem Spann.

Draußen dämmerte es, Harry Hoffmann trat von einem Bein auf das andere, sogar Manne Wollank verlor die Geduld und rief hinunter: »Macht hinne, Mensch, macht mal!«

Benno war blaß, wie ich ihn nie gesehen hatte, und Bernie winkte ab und sagte: »Allet Pampe da unten.«

»Ick muß aber los«, sagte Harry.

Schmiege sagte: »Brauchste den denn? Hast doch noch mehr.«

Benno sagte: »Haut doch ab!«

»Kannste doch morgen noch«, sagte Manne zu Benno.

»Scheiß morgen«, sagte Benno.

»Ick komm mit morgen«, sagte Manne zu Benno.

»Scheiß morgen!« sagte Benno noch einmal.

»Na, los«, sagte jetzt auch Bernie.

»Nee«, sagte Benno.

»Den findste nich mehr, den Schlapper«, sagte Bernie.

»Mensch, haut ab«, sagte Benno, drehte sich schroff herum, lief ein paar Schritte und blieb an einem Pfeiler stehen, den Rücken zu uns gewandt.

»Wart mal«, sagte Bernie und ging zu ihm. Ich sah, wie er auf Benno einredete, hörte aber nichts, auch Benno redete jetzt, ohne den Kopf zu wenden, und dann kam Bernie zurück und sagte: »Los kommt.«

Wir verstanden nichts, folgten ihm aber widerspruchslos, warfen nur einen Blick über die Schulter auf Benno, der noch immer mit dem Rücken zu uns stand, liefen die Treppe hinunter und zwängten uns durch die Gitterstäbe.

Anfangs redete niemand, eilig liefen wir Richtung Alex. Etwas Bedrückendes lag über der Vorstellung, daß Benno nicht zu bewegen gewesen war, die riesige, finstere Ruine zu verlassen, etwas drohend Gewaltiges auch, dessen Ursache uns rätselhaft blieb, bis Bernie, irgendwo in der Prenzlauer, plötzlich stehenblieb und vor Lachen herausplatzte: »Weißte, wat der hat? Der hat Schiß, Mann! Der hat son Schiß!«

Baffer Unglaube. Benno und Schiß?

»Warum denn Schiß!«

Kann Bernie nicht sagen.

»Wieso kannste nich?«

»Versprochen!«

»Na, komm.«

Manne drängte. Schmiege drängte, Harry drängte.

»Na, komm schon. Na, los.«

Bernie wieder ganz ernst. »Aber kein Wort drüber! Klar?«

»Wieso solln wir wat sagen! Wir sagen doch nicht. Weißte doch.«

Also, Bernie soll zu Bennos Mutter gehen. Soll ihr sagen, daß er nicht mehr nach Hause kommt. Soll ihr nicht sagen, wo er ist. Außer sie verspricht: Keine Dresche. Erst, wenn sie versprochen hat: Keine Dresche!, soll Bernie wiederkommen. Dann kommt Benno raus. Vorher nicht.

»Olle Benno«, sagte Schmiege in ungläubigem Ton, und Bernie, noch mit seinem Lachen im Gesicht: »Aber wehe, ihr sagt wat!«, und wir schüttelten grinsend die Köpfe und liefen weiter, und auf dem Weg von der Prenzlauer bis zur Vorderduncker verfiel mit der Vorstellung eines von seiner Mutter verdroschenen Benno auch der Nimbus dessen, der sofort zuschlägt.

Tatsächlich haben wir Benno nie von Bernies Wortbruch erzählt. Ohnehin hätten wir kaum Gelegenheit dazu gehabt, denn nach diesem Abend sahen wir ihn in der Vorderduncker nur noch von weitem; auch seine Mutter stand bald nicht mehr hinter dem Ladentisch des Schusters in der Vierundachtzig, und als Benno wieder auftauchte, war eine Zeit vergangen und die Geschichte, die noch einige Zeit unter unserer Truppe kursierte, zwar nicht völlig vergessen, aber doch in den Hintergrund gedrängt: daß seine Mutter, als Bernie zu ihr kam, darauf bestand, daß er sie zu ihrem Sohn führe; daß Bernie mit ihr durch die Kellergitter in die Rathausruine gestiegen sei; daß sie durch die zertrümmerten Säle lief und laut jammernd nach ihrem Sohn gerufen habe, »Bennolein! Bennolein!«, und daß Benno schließlich aus der Finsternis getreten sei, barfuß, verheult und mit einem Schuh in der Hand – aber davon hatten wir noch keine Ahnung, als Benno vor Sohni Quiram stand und ihm den Widersinn allen Zweifels an seiner Darstellung über die Sache auf dem Helmholtzplatz klarmachen wollte, und auch nicht, als wir, sechs Jahre nach dem Krieg, auf dem Damm gegenüber der Nummer fünf standen, inmitten einer Menge von hundert oder sogar hundertfünfzig Menschen, aus der heraus plötzlich ein Schrei fiel.

6

Plötzlich ein Schrei aus der Menge vor dem Haus Nummer fünf. Genaugenommen ist es weniger ein Schrei als ein lauter, durchdringender Ruf, der die nachlassende Aufmerksamkeit wieder auf einen Punkt konzentriert, denn seit mindestens einer halben, wenn nicht einer Stunde haben wir schon nicht mehr in den Himmel über der Nummer fünf gestarrt. Wir stehen in Gruppen, haben zum wiederholten Male über den Hergang der Geschichte geredet und die Frage diskutiert, ob der Mann, der Randow genannt wird, Chancen hat, der angeblich überall präsenten Kriminalpolizei zu entkommen; nur gelegentlich haben wir einen kurzen Blick in die Höhe geworfen, wie wenn wir uns des Anlasses, aus dem wir hier stehen, versichern wollten. Manche sind allerdings gar nicht mehr überzeugt, daß sich der Mann tatsächlich noch auf dem Dach versteckt hält, und vertreten die Ansicht, er müsse schon ganz schön blöd sein, wenn er nicht gleich, nachdem er auf das Dach geflüchtet, an einer anderen Stelle wieder herunter gekommen sei.

Die Verhältnisse auf den Dächern kennen wir genau. Die letzten zwei Sommer haben wir zu einem Teil auf den Dächern unseres Karrees zugebracht. Wir wissen, daß es gar nicht so einfach ist, über den Dachboden in ein anderes Haus zu kommen. Selbstverständlich steht keine Leiter direkt unter der Luke; und selbst wenn, ist die Tür zum Treppenhaus meistens abgeschlossen. Allerdings hat Randow, oder wie er auch heißt, die Dachböden des ganzen Karrees zur Auswahl, die Danziger herum, die jetzt Dimitroff heißt, das Stück Senefelder und das Stück Raumer, ausgenommen natürlich das Göhrener Ei, das mit Bretterzäunen abgesperrt ist und von den Russen bewohnt wird. Das heißt, daß die Wahrscheinlichkeit, eine offene Tür zu finden oder eine Leiter unter der Luke, um ein weniges steigt. Und wer mit Handschellen aus dem Dritten springt, wird doch wohl vor den paar Metern von der Luke bis zum Dachboden keine Hemmungen haben.

Andere können über diese Ansicht nur den Kopf schütteln und die höhnische Frage stellen, was wohl passieren würde, wenn einer mit Fesseln an den Händen plötzlich irgendwo auf die Straße träte? »Na, nu sag mal, was –?!« – Einer, den ich nicht kenne, bezweifelt allerdings, daß der Mann überhaupt noch Handschellen trägt. »Die kriegt doch ein Kind auf«, sagt er, »mit einer umgebogenen Haarnadel kriegt man die ganz einfach auf!« Jetzt geht der Streit darum, ob jemand, dessen Hände gefesselt sind, noch in der Lage sei, eine umgebogene Haarnadel in das Schloß einzuführen, auch wenn es sich noch so leicht öffnen lasse. Und wer hat denn schon eine Haarnadel bei sich, außer Frauen? Nun lachen ein paar, der lange Maschke zum Beispiel, und Hotta der Zimmermann; auch meine Schwester und Edith Remus lachen, und der Mann, den ich nicht kenne, macht ein Gesicht, als denke er angestrengt nach, wie jemand, der keine Frau sei, an eine Haarnadel kommen könne.

Ich stehe schon seit geraumer Zeit wieder bei der Truppe vom langen Maschke. Irgendwann habe ich es vor lauter Neugier bei Schmiege, Manne und Sohni Quiram nicht mehr ausgehalten, habe »Komme gleich wieder!« gesagt und bin auf ein paar Umwegen in die Nähe der Laterne vor der Nummer fünf geschlendert. Edith Remus hat mich entdeckt und ist ein Stück zur Seite getreten, so daß ich in die Lücke zwischen ihr und Burkhard Drews geschlüpft bin. Wir haben ganz eng beieinander gestanden, und als sie vorhin über den Unsinn mit der Haarnadel gelacht hat, habe ich jede Vibration ihres Körpers gespürt. Für einen Moment ist mir heiß geworden, ich habe die Luft angehalten und mich ganz auf die Berührung konzentriert, aber dann ist irgendwer hinzugekommen, hat gesagt: »Hotta, erzähl mal!« und mich mit seinem breiten Hinterteil zur Seite gedrängt, so daß ich genau vor Burkhard Drews geschoben worden bin. Wenigstens habe ich jetzt hören können, was Hotta der Zimmermann zum ich weiß nicht wievielten Mal erzählt hat, und festgestellt, daß wir gar nicht so schlecht informiert sind.

Er ist nach dem Mittagessen vor die Tür gegangen und hat eine geraucht. Da hält ein Auto, und zwei Männer steigen aus. Sie kommen auf ihn zu und fragen: »Sind Sie Randow?« Er schüttelt den Kopf und sagt: »Randow wohnt im dritten Stock.« Das wissen die Männer auch und fragen ihn, ob er sich ausweisen könne? »Warum«, sagt er, und da hält ihm einer der Männer einen Kripoausweis unter die Nase und sagt: »Darum.«

»Nein«, sagt er, »mein Ausweis ist oben. Ich bin nur mal runtergegangen, um eine zu rauchen.« – »Na, dann holen Sie ihn mal.« Er also rauf mit dem einen und zeigt ihm seinen Ausweis. »Gut«, sagt der, und als sie wieder unten sind, kommt Randow gerade die Treppe runter. Er hätte ihn natürlich warnen können, aber als sie oben waren, hat er den, der seinen Ausweis sehen wollte, noch gefragt, was er von Randow will. »Wegen einer Bürgschaft«, hat der gesagt, und er hats geglaubt. Sonst hätte er doch nicht gesagt: »Da ist Randow ja.« Da hätte er Randow doch irgendwie warnen können. Jedenfalls sagt Randow ganz freundlich »Guten Tag« und will aus dem Haus raus, aber da haben sie ihn schon gehabt. Und gleich Handschellen an, so nach vorne. Randow hat sich auch nicht gewehrt, hat noch gesagt, er kommt auch freiwillig mit, klar, aber ob er noch seiner Mutter Bescheid sagen kann und ein paar Sachen holen. Der eine ist dann mit Randow nach oben gegangen, und dann hat es gar nicht lange gedauert, und dann ist der Schuß gefallen. Der zweite, der mit ihm vor der Tür gewartet hat, ist gleich rauf in den dritten Stock, und er, Hotta, hinterher. Der hat mitten in der Stube gelegen, Bauchschuß, und das Fenster sperrangelweit offen. Der mit dem Bauchschuß hat gesagt: »Der Junge ist rausgesprungen.« – Und der andere hat runtergeguckt und nur noch den Kopf geschüttelt und gesagt: »Mut hat der ja.« Dann haben sie den mit dem Bauchschuß vorsichtig runtergetragen und ins Auto gesetzt. Der hat nicht einen Ton gesagt. Und dann hat der andere über Funk Verstärkung geholt, und sie haben ihn ins Krankenhaus gefahren. Aber daß der Randow aus dem Dritten gesprungen und über den Hof ins Hinterhaus von der Nummer sechs gelaufen ist und von dort aufs Dach, steht fest. Mindestens fünf Zeugen gibt es dafür. Die sind ja alle gleich ans Fenster, als es geknallt hat.

Hotta der Zimmermann hat tief Luft geholt, sich die Haarsträhne aus der Stirn gestrichen und von einem zum anderen geguckt. Die Leute haben genickt und so ausgesehen, als würden sie über das Erzählte, wer weiß wie oft schon Gehörte, nachdenken. Mir ist eine Frage durch den Kopf gegangen, aber bevor ich sie habe stellen können, hat Hotta der Zimmermann selbst bemerkt, daß sein Bericht ein Lücke enthält, und hinzugefügt: »Die Pistole hat Randow aus der Schublade gezogen.« Der mit dem Bauchschuß hätte es erzählt. »Der konnte noch reden?« hat der, den ich nicht kenne, gefragt. »Natürlich«, hat Hotta geantwortet und eine genaue Beschreibung des Zustandes gegeben, in dem der Mann mit dem Bauchschuß sich befunden hat, während ich versucht habe, mich wieder in die Nähe von Edith Remus zu schieben, aber bevor ich bei ihr gewesen bin, hat jemand mit durchdringender Stimme gerufen: »Da oben isser!«

Alle haben die Köpfe hochgerissen, alle haben in den Himmel über den Häusern geguckt, auch ich. Ist da nicht ein Schatten? Ist da nicht ein Gesicht? Seh ich Gespenster?

Wie öfter, wenn ich zu schnell den Kopf bewege, flimmert es vor meinen Augen, und ich muß ein paarmal zwinkern und mit den Fingern über die Lider streichen, ehe ich alles genauestens mit meinen Blicken abtasten kann, das flache überhängende Dach, auf dem wir so oft gesessen haben, die blanken Fenster im vierten, wo Gisela Schrade wohnt, und darunter die Balkons. Nichts ist da zu entdecken, kein Gesicht, kein Schatten, weder in der Nummer fünf noch in der Ruine der Nummer sechs; nur die Sonne ist schon bis in den Dritten gekrochen und wirft blendende Reflexe auf uns, so daß wir die Augen mit den Händen abschirmen müssen.

Noch immer sehe ich kleine flimmernde Kreise. Das kommt entweder vom Blutdruck oder von der Mangelernährung, glaubt meine Mutter und will schon seit einem halben Jahr mit mir zum Arzt gehen deswegen, aber meine Schwester ist sich sicher, das sei eine Folge der Pubertät. Ich muß jetzt ganz ruhig stehen, die Lider schließen und darf den Kopf nicht bewegen, bis diese flimmernden Kreise über das Gesichtsfeld gewandert und aus ihm verschwunden sind. Manchmal dauert es weniger als eine Minute, manchmal länger. Wenn es länger dauert, habe ich hinterher meist Kopfschmerzen. Am schnellsten geht es vorbei, wenn ich liege, aber ich habe verdammt wenig Lust, jetzt, wo es spannend zu werden beginnt, nach oben zu gehen und mich hinzulegen, auch wenn auf dem Dach absolut nichts zu entdecken ist.

»Aber da war einer, bestimmt!« Der Mann mit der rauhen Stimme will es beschwören. »Ick bin doch nicht blind!« Aber selbst wenn da einer gewesen ist, wer sagt, daß es der gewesen ist, den sie suchen? Warum nicht einer von der Polente, die jetzt vielleicht die Dächer durchkämmt, oder sonstwer? Vielleicht sogar Herr Landberg aus dem Hinterhaus in der Nummer sechs, der sich seit dem Zusammenbruch und seit er Kommunist geworden ist, um beinahe alles kümmert? Der mit seinem verkniffenen Gesicht jedesmal ans Fenster kommt und herunterbrüllt, wenn wir in der Ruine im Vorderhaus herumklettern. Zugegeben, er hat es geschafft, daß wir in letzter Zeit höchst selten in der Vorderhausruine herumklettern, aber sicher nicht so sehr wegen seines Gebrülls als wegen der Tatsache, daß er mit der Polente zu tun hat. Auf welche Weise er mit der Polente zu tun hat, wissen wir nicht genau, wir haben es nur den Andeutungen entnommen, die Werner Landberg, mit dem wir manchmal reden, über seinen Vater gemacht hat.

Werner Landberg ist ein blasser strohblonder Junge, der schon ein ähnlich verkniffenes Gesicht hat wie sein Vater. Bernie Sowade ist sich sicher, daß Werner Landbergs verkniffenes Gesicht weniger auf die Ähnlichkeit mit seinem Vater zurückgeht als auf seine Krankheit. Von Werner Landberg ist bekannt, daß er was an der Lunge hat. Deshalb kann er nicht mitspielen, wenn wir auf den Fußballplatz gehen. Manchmal begleitet er uns, steht aber nur daneben und sieht uns zu. Und wenn wir, verschwitzt und völlig außer Puste, unsere sieben Sachen zusammensuchen, ist er meist nicht mehr da, und wir merken es dann erst; so gleichgültig ist er uns. Allerdings haben wir ihm die Geschichte mit der Holzkohle und dem Russenhemd zu verdanken, die wir zu unserer Belustigung nicht selten erzählen. Wie bei der Sache auf dem Helmholtzplatz bin ich, wenn auch aus anderem Grund, bei der Geschichte mit der Holzkohle und dem Russenhemd nicht selbst dabeigewesen, aber inzwischen habe ich sie so oft selbst erzählt und gehört, daß ich manchmal glaube, ich bin dabeigewesen, als Werner Landberg mit verschmiertem Gesicht auf einem Schornstein sitzt und Holzkohle frißt.

Laut Bernie haben sie ihn im letzten Sommer einmal mit aufs Dach genommen. Er ist extrem ängstlich gewesen und hat schon gezittert, wenn man mal einen halben

Meter hat springen müssen, um aufs nächste Dach zu gelangen, und als Sohni Quiram die Idee gehabt hat, zu den Dächern der Russenhäuser vorzustoßen, will Werner Landberg auf der Stelle umkehren, aber auf keinen Fall allein. Es gibt eine heftige Debatte, und sie einigen sich so, daß er auf dem Dach der Raumer 12, dessen Balken seit dem Krieg von einer Stabbrandbombe angekohlt sind, so lange warten soll, bis sie wieder zurück sind.

Sie denken nun, sie können losgehen, aber da entdeckt Werner Landberg den verkohlten Dachstuhl, der, laut Bernie, tatsächlich ein wenig unheimlich gewirkt hat.

»Was isn das hier?«

»Na, siehste doch.«

»Isses gefährlich?«

»Quatsch. Verbranntet Holz. Holzkohle, Mensch, kennste nich?«

»Holzkohle is gesund«, sagt Sohni Quiram plötzlich.

»Wie«, fragt Werner Landberg.

»Sämlich für die Lunge!« sagt Sohni Quiram.

Werner Landberg starrt auf die verkohlten Balken. »Wirklich?«

»Wirklich!«

»Und wie?«

»Na, muß man essen.«

Laut Bernie haben sie alle Mühe gehabt, sich das Lachen zu verbeißen, aber wenigstens läßt er sie jetzt gehen. Sie haben wirklich gleich zurückkommen wollen. Sie haben nur mal, flach auf die Dachpappe gedrückt, über den First auf das Göhrener Ei gucken wollen, das zu betreten verboten gewesen ist, aber auf dem Weg hat einer diesen Dachboden voller Wäsche entdeckt. Zwar ist die Luke von innen verschlossen gewesen, aber es hat einen Weg durch das offenstehende Fenster gegeben. Laut Bernie ist es ein Wagnis allergrößten Ausmaßes gewesen, vom Dach aus in den Trockenboden einzusteigen. Aber Pech! Die Wäsche tropfnaß! Bis auf ein Oberhemd, das Manne Wollank kurzentschlossen von der Leine gerissen hat. Wenigstens haben sie auf dem Rückweg die Leiter anstellen und den Riegel an der Luke von innen zurückschieben können. In der Aufregung hat natürlich keiner an Werner Landberg gedacht. Na, die Überraschung, wie der mit völlig verschmiertem Gesicht auf einem Schornstein sitzt und das verkohlte Holz kaut!

Laut Bernie haben sie sich vor Lachen nicht mehr halten können. Der kleine Landberg plärrt sofort los, wie er sie sieht, und ist nicht zu beruhigen. Damit er mit dem Plärren aufhört, hat Manne ihm das Hemd gegeben und ihm eingeredet, sie haben es einer Frau abgehandelt, extra für ihn.

Tatsächlich trägt Werner Landberg seit letztem Sommer dieses Hemd, das rot kariert ist, und immer, wenn er die Straße entlangkommt, müssen wir losprusten, nicht nur wegen der Vorstellung, daß er wirklich von dem Holz des verkohlten Balkens gegessen hat, sondern auch wegen seines Vaters, der sich seit dem Zusammenbruch, seit er Kommunist geworden ist, um jeden Dreck kümmert und sich wer weiß wie wichtig vorkommt und keine Ahnung davon hat, daß sein Sohn ein geklautes Russenhemd trägt.

Ob Werner Landbergs Vater tatsächlich erst seit dem Zusammenbruch Kommunist geworden ist, weiß ich natürlich nicht mit letzter Sicherheit. Ich habe es von Bubi Marschalla. Genaugenommen habe ich es von meiner Schwester, die es von Bubi Marschalla hat. Einmal, beim Abendessen, hat sie Bubi Marschallas Äußerung wiedergegeben, daß der Landberg aus der Nummer sechs, seit er Kommunist geworden ist, sich ausgesprochen wichtig nimmt. Der Art, wie sie bei dem Wort Kommunist die Stimme gehoben und ihr Gesicht verzogen hat, habe ich entnommen, daß Herr Landberg aus der Nummer sechs nicht immer Kommunist gewesen sein muß, aber sicher bin ich mir nicht.

7

Das Haus Nummer sechs liegt wegen der fortlaufenden Numerierung der Duncker genau gegenüber der Nummer vierundachtzig. Zusammen mit dem Reklameschild für Kautabak aus Nordhausen spielt es an dem Tag, von dem ich erzählen will, eine besondere Rolle. Obgleich ich es noch als normales, unzerstörtes Haus gekannt haben muß, existiert es in meiner Erinnerung nur als Ruine. Dabei muß ich oft genug an ihm vorbeigelaufen sein, denn der Bäcker Liepe, bei dem wir kauften, hatte seinen Laden in der Nummer sieben, und meine Tante Hete, die meine Patentante war, wohnte in der Nummer acht.

Das Geräusch, mit dem das Haus Nummer sechs in eine Ruine verwandelt wurde, habe ich allerdings genau im Ohr. Es war das Geräusch eines gewaltigen, raumerfüllenden Schlags. Der Raum war unser Luftschutzkeller, der genau unter dem Hausflur lag und in dem wir auf rechteckig angeordneten Bänken saßen, den Rücken gekrümmt, den Kopf an die Brust gezogen. Zuvor war das anschwellende Dröhnen sich nähernder Flugzeuge zu hören gewesen. Danach nicht die Spur eines Lautes.

Als wir nach der Entwarnung ins Freie traten, lag die Straße im Nebel eines feinen Staubes, der sich langsam senkte und den Blick auf einen Haufen kantiger, bis auf die gegenüberliegende Seite gesprungener Steinbrocken freigab. Ich stand neben meiner Mutter und meiner Schwester, die die Hände vor den Mund geschlagen hatte und erst wieder herunternahm, als sie Bubi Marschalla entdeckte, der in der Menge vor der Nummer fünf stand und in die staubdampfenden Trümmer seines Wohnhauses starrte.

Ich halte es für ein unerklärbares Defizit meiner Erinnerung, wenn mir trotz der Tatsache, daß eine so wichtige Person wie Bubi Marschalla im Vorderhaus der Nummer sechs gewohnt hat, kein anderes Bild gelingt, als das einer Ruine; genaugenommen einer Teilruine. Die Bombe hatte den von der Straße aus gesehen rechten Teil des Vorderhauses bis zum Erdgeschoß vollkommen und den linken Teil zur Hälfte zerstört. Unversehrt waren die ersten beiden Stockwerke des linken Teils, der Seitenflügel und das Quergebäude geblieben. Ebenso unversehrt waren die an der Brandmauer zur Nummer sieben gelegenen Zimmer vom dritten und vierten Stock, blieben aber unzugänglich wegen des vom zweiten Stock an aufwärts zerstörten Treppenhauses.

Ein Teil der Trümmer war auf die Straße, ein anderer auf den Hof gestürzt. Die Trümmer auf der Straße wurden schon in den nächsten Tagen weggeräumt; die auf dem Hof blieben noch jahrelang als Aufschüttung fast bis zum zweiten Stockwerk liegen. Das erklärt auch, weshalb sechs Jahre nach dem Krieg niemand daran zweifelte, daß dieser Randow aus dem dritten Stock gesprungen war und danach noch über das Quergebäude der Nummer sechs aufs Dach flüchten konnte. Im Grunde mußte er nur die Höhe eines Stockwerkes überwinden; außerdem hatte er eine schräge Fläche vor sich, die die Wucht des Aufpralls entschieden milderte.

Daß mir sein Flug durch die Luft aus dem Hoffenster des dritten Stocks auf die schräge, nun schon von dürren Pflanzen bewachsene Aufschüttung, sein Staub aufwirbelnder Aufsprung, sein Rutschen über die letzten Meter des Trümmerbergs, seine ausholend gehetzten Schritte über die Reste der Gartenfläche bis zur Tür des Quergebäudes – daß mir der Ablauf seiner Flucht also bis in alle Einzelheiten vor Augen stand, nicht aber sein Weg aufs Schafott, war mir lange Zeit ebenso rätselhaft wie das völlige Verschwinden meiner Erinnerung an die unzerstörte Nummer sechs. Dabei hatte ich eine Vielzahl Filmen oder Fotografien entlehnter Bilder, die mir als Folie einer Imagination dienen könnten, im Gedächtnis, ja ich erfuhr sogar Details über Randows letzte Minuten, aber es gelang mir nicht, sie mit seiner Erscheinung auch nur entfernt in Einklang zu bringen.

Zeit meines Zusammenlebens mit Therese konnte ich solcherart Defizite oft durch das pure, verschüttete Bilder schattenhaft freisetzende Reden darüber ausgleichen, und einmal mehr wurde mir klar, was ihre Gesellschaft für mich bedeutet hatte. Manchmal glaubte ich, daß meine Unfähigkeit, einer anderen Person als Therese Platz zu geben, auf einer unaustauschbaren, mit niemandem sonst als mit ihr herzustellenden, von mir auch nicht erklärbaren Übereinstimmung in der Sprache, genaugenommen im Sprechen, beruhte. Noch nie hatte ich das Abenteuer des Dialogs so intensiv und vor allem so körperhaft erlebt, und noch nie hatte ein Verlust eine derart voluminöse Leere in mir hinterlassen wie der Verlust des Sprechens mit Therese.

Vielleicht ist das der wahre Grund, weshalb ich lange Zeit so gut wie alles von mir ferngehalten hatte, was die Probleme meiner Umwelt betraf. Dreimal in der Woche ging ich halbtags zu meiner neuen Arbeitsstelle und versuchte, die in Schuhkartons, Kisten und kunstledernen Alben gesammelten Fotos aus einigen hundert erbenlos gebliebenen Nachlässen deutscher Familien in ein System zu ordnen, das eine vermutlich wenig interessierte Nachwelt, wenn sie es denn wollte, handhaben konnte. Schon lange las ich keine Zeitung mehr, und das Fernsehen schaltete ich lediglich am Montag ein, wenn irgendein alter Film kam, oder bei Sport. Den anonymen Anruf, der mich kurz nach meiner Frage an den Kohlenträger erreichte, hatte ich ignoriert, und der Besuch meines waffentragenden Jugendfreundes war zwar nicht spurenlos, doch ohne Folgen an mir vorbeigegangen; von meinem Blick in den Schrank mit dem Fotokram abgesehen.

Erst als sich Thembrock meldete und ausgerechnet für die Sache mit Randow interessierte, wurde ich unruhig.

Angeblich hatte er seine Sekretärin beauftragt, mich telefonisch wegen irgendwelcher alter Fotos zu befragen, aber offenbar sollte sie nur herausbekommen, ob ich bereit sei, mit ihm zu reden. Sie sagte: »Ich glaube, der Kollege Thembrock wollte noch etwas von Ihnen.« – »So«, sagte ich. »Was denn.« – »Ich weiß auch nicht so genau«, sagte sie. »Vielleicht habe ich das auch mißverstanden. Am besten, ich stelle mal durch, ja?«, und ehe ich etwas antworten konnte, hörte ich schon seine Stimme.

»Ich dachte, wir sollten mal reden«, sagte er.

Das letzte Mal hatte ich ihn im Zimmer der Chefredaktion reden hören, vor drei Jahren, und wenn ich daran zurückdachte, erinnerte ich mich an ein Gefühl, das zwischen Beklemmung und Erleichterung schwankte. Beklemmung deshalb, weil ich damals völlig unvorbereitet mit einer Situation konfrontiert wurde, die ich weder von den Chefs noch von Thembrock erwartet hätte. Erleichterung, weil ich endlich den Anlaß gefunden hatte, eine längst fällige Konsequenz zu ziehen.

Als ich damals in den zweiten Stock kam und die Tür zum Chefzimmer öffnete, hatte ich noch gedacht, ich sei zu einer dieser alle Jahre wiederkehrenden, Perspektivgespräche genannten Unterhaltungen geladen, die das, was ohnehin zu machen war, in Form von Verpflichtungen und persönlichen Plänen festhielten, aber schon auf der Schwelle fiel mein Blick auf die Fotos, die keiner besser kannte als ich. Sie hatten nicht einmal die Mühe gescheut, aus der Kantine eine Stellwand heraufzubringen, an die sie eine Auswahl dessen, womit ich in den letzten Monaten beschäftigt gewesen war, angepinnt hatten, in erster Linie Porträts, aber auch einige Produktions- und Landschaftsmotive, und während ich, um Zeit zu gewinnen, vor den Fotos stehenblieb und so tat, als sähe ich sie mit

Interesse und wie zum ersten Mal, hörte ich die Stimme Kralls, der seit einem halben Jahr der Redaktion vorstand, sagen, wie sehr ihn meine Aufmerksamkeit freue und daß er sich wünschte, mir falle bei einem so genauen Betrachten der Fotos das gleiche auf wie ihm.

Worauf er hinauswollte, war mir unklar, aber die leichte, vielleicht nur von mir registrierte Distanziertheit in seiner Stimme gab schon den Ton vor, in dem der Rest des Gespräches ablaufen würde, es sei denn, ich käme zu der gleichen Meinung wie er. Ich trat zurück, neigte meinen Kopf ein wenig und dachte, daß ich – von der Kombination abgesehen – keine andere Auswahl getroffen hätte, müßte ich das Charakteristische meiner letzten Arbeiten zeigen. Wahrscheinlich hatte Thembrock die Fotos ausgesucht, einem der Chefs würde ich diese Wahl auf keinen Fall zugetraut haben, eher schon diese erbärmliche Zuordnung.

Ich dachte, daß ich schon lange keine Ausstellung mehr gehabt hatte und daß es vielleicht nicht uninteressant wäre, die Spannung einer Tätigkeit, die eigentlich spannungslos war, in den Gesichtern der Menschen zu suchen, die sie ausführten, so wie bei der Porträtserie aus dem Textilkombinat, von der ich drei Fotos auf der Stellwand entdeckte, verwarf den Gedanken im gleichen Moment, in dem mir das Werktor mit seinem gewölbten, bröckelnden Bogen und der eingemeißelten Jahreszahl 1908 vor Augen stand. Genaugenommen war es das Werktor im Moment des Schichtwechsels, in dem die heraus und hinein strömenden Menschen zu einem gallertartig wabernden Körper verwuchsen und die Gesichter im Licht einer sinkenden, von Dunst verhüllten Sonne flächig, ja formlos wurden; der Moment, in dem über allem eine Verlassenheit lag, die zu bannen nur in absolutem Scheitern enden konnte, und in dem ich das erstemal, seit ich beruflich mit einer Kamera umging, den Automatismus des

Fotografierens vergaß, so wie einer plötzlich nicht mehr weiß, wie man Messer und Gabel hält.

»Lassen Sie sich ruhig Zeit, wenn es unserer Sache dient«, sagte Krall, und seine Distanziertheit war nun nicht mehr zu überhören.

Ich dachte an Therese und daß sie seit einem Jahr keine Zeile veröffentlichen konnte, und ich sagte, noch den Fotos zugewandt, mir sei tatsächlich etwas aufgefallen.

»Da sind wir gespannt«, sagte Krall.

Kann sein, es war meine unvernünftigste Handlung seit langem, aber seit langem schien mir die vernünftige Lösung, daß wenigstens einer von uns, Therese oder ich, über ein geregeltes Einkommen verfügen müßte, korrekturbedürftig. Warum, weiß ich nicht. Es war eine Sache des Gefühls.

Ich sagte, es sei mir rätselhaft, wie in der Redaktion einer Zeitschrift, deren Wirkung so wesentlich vom Bild abhinge, eine derart erbärmliche Kombination von Fotos zustande gebracht werde. Ich sagte, daß jemand, der die Serie aus der Lausitzer Braunkohle neben das Großformat des Dichterporträts stelle, bar jeglichen Formempfindens sein müsse. Ich sagte, daß ich immer wieder bemerkte, wie sehr die Form unterschätzt werde, und daß das nicht nur ein ästhetisches Problem sei, sondern auch eines der Wirkung. Was nütze ein noch so gutes Foto, sagte ich, wenn es durch eine gedankenlose Anordnung um seinen Reiz gebracht werde; wenn die Leute, die es sähen, achtlos darüber hinwegblätterten, statt derart von ihm angezogen zu werden, daß sie nicht mehr anders könnten, als in ihm zu lesen?

Im Zimmer war es so still, daß ich mein Atmen hörte. Ich hatte ganz bewußt einen leicht gekränkten, ja belehrenden Ton angeschlagen. Erst jetzt drehte ich mich herum, sah die beiden Chefs und Sonja Zimmermann, die die Partei vertrat, mit versteinertem Gesicht auf den Sechzigerjahre-Sesseln sitzen, Thembrock hockte auf dem Rand des Sofas und starrte auf die blanke, nur in der Mitte von einem winzigen Textil bedeckte Platte des flachen Tisches. Wider bessere Ahnungen fragte ich ihn: »Hast du diesen Schlamassel etwa angerichtet?«

Er antwortete nicht, aber ich glaubte, um seinen Mund so etwas wie den Anflug eines Lächelns zu entdecken.

»Ich denke, Sie sollten sich setzen«, sagte Krall so sanft, daß ich mir sicher war, er hatte die Fotos selbst an die Stellwand gepinnt. »Wir werden uns etwas Zeit nehmen müssen.«

Sie nahmen sich zwei Stunden Zeit mit mir, aber ich will beigott nicht das ganze Gespräch wiedergeben. Ohnehin habe ich das meiste vergessen, habe nur noch Töne im Ohr und Begriffe vertrauter Fremdheit wie *optimistische Grundhaltung* oder *depressives Menschenbild* oder *subjektivistische Sicht*. Es war ein Ritual, das ich dutzendfach miterlebt und, wie ich glaubte, ohne ernsthaften Schaden überstanden hatte.

Ich will nicht verschweigen, daß ich weit weniger sagte, als ich hätte sagen können, daß mein Herz stärker klopfte, als ich es später gegenüber Therese eingestehen wollte, ja daß ich einmal Zweifel an meiner Konsequenz bekam und sogar aufstand, wieder zur Stellwand ging, um an einem Beispiel zu erklären, weshalb ich das Längsformat aus dem Glühlampenwerk, das zwei Frauenhände im geometrischen Geflecht einer Flexiermaschine zeigte, so und nicht anders geschnitten habe. Ich kam ins Stottern, als ich mir die Situation in Erinnerung rief und wiederzugeben versuchte, ich sagte: »Nach meinem Empfinden war es …«, stockte aber, hatte den Zusammenhang verloren und sah aus den Augenwinkeln, daß Thembrock aufstand und neben mich trat.

»Nach meinem Empfinden«, wiederholte ich und wußte nun wieder, was ich sagen wollte, aber Thembrock legte die Hand auf meine Schulter und sagte: »Ich bitte dich.«

Er schaute mich an, wie man einen Kranken anschaut, der sich jeder Hilfe verweigert.

»Es geht doch nicht darum, was *du* empfindest«, sagte er. »Es geht darum, was *wir* unsere Leser empfinden lassen wollen.«

»Sehr richtig«, sagte Krall aus dem Hintergrund.

Ich gebe zu, daß ich verdutzt war für einen Moment. Wenn ich Thembrock alles zugetraut hätte, diesen Satz nicht. Vergebens suchte ich in seinem Gesicht nach irgendeinem Zeichen, einem Augenzwinkern vielleicht, es wäre kein Risiko für ihn gewesen, er stand mit dem Rücken zu den Chefs, ja ich wäre schon mit einem Gran Ironie im Mundwinkel, einem Hundertstelsekundenblitz in seinen Augen zufrieden gewesen, aber er sah mich so fest und bedauernd an, daß mir mit einem Mal klar wurde, die Chance, aus der Verpflichtung zu ihm entlassen zu werden, käme so bald nicht wieder, und ich müßte sie, wenn je, dann in diesem Moment nutzen. Ich weiß noch, ich steckte die Hände in die Taschen, spreizte die Beine ein wenig und sagte mit aller Ruhe, zu der ich fähig war, wenn die Leitung der Redaktion diesen Satz nicht sofort dementiere, betrachtete ich meine geschäftlichen Verbindungen zu ihr mit sofortiger Wirkung als gelöst.

Offenbar hatte es ihnen allen, auch Thembrock, die Sprache verschlagen, denn bis auf Sonja Zimmermanns eher ratloses als empörtes Schnaufen hörte ich keinen Laut. Ich stand vor dem Mann, der seit dreißig Jahren das geistige Rückgrat der Redaktion war und von sich sagen konnte, er habe nie die Zeitung gewechselt, sondern immer die Chefs. Ich hatte seine bedachtsame, weiche Stimme im Ohr, wenn er von der Verantwortung sprach, den Keim einer ästhetischen Gesetzen sich fügenden Fotografie, eines sprachlich sauberen Textes auch in Zeiten virulent zu halten, in denen flachstes politisches Zweckdenken vorherrsche; seine erhobene Stimme, wenn er mich in Phasen der Resignation oder des Bedürfnisses nach irgendeiner Veränderung, und sei es einer halbjährigen Pause, beschwor, ob ich mit einem Rückzug dem landesüblichen Durchschnitt, diesen Scharen von Agitationsknipsern, tatsächlich den Platz räumen wolle?

Im Chefzimmer stand ich vor ihm und sah in seinem langsam sich verändernden Blick die Ahnung wachsen, daß er die Summe all seiner verpflichtenden, mich immer wieder gewinnenden Sätze mit diesem einen, nicht relativierten, für lange Zeit verspielt hatte.

Auch wenn mein Herz klopfte, konnte ich mir ein Grinsen nicht verkneifen, und als Krall aus dem Hintergrund die vermittelnde Phrase sprach, er wäre enttäuscht, wenn meine Verbindung zur Redaktion nur eine geschäftliche sei, da wäre doch noch mehr und Entscheidenderes, drehte ich mich herum, ging aus dem Zimmer und lief die zwei Stockwerke hinunter. Draußen war ein milder Herbsttag, doch als ich vor der Tür stand, fröstelte mich, und mir wurde unvermittelt klar, daß die Schwierigkeit, meinen Entschluß mit Leben zu erfüllen, in dem Detail lag, dieses Gebäude, in dem ich seit fast dreißig Jahren aus und ein ging, für lange Zeit nicht mehr zu betreten. Ich mußte mir einen Ruck geben, damit ich nicht umkehrte, und nur der Gedanke an Therese half mir, den Zweifel schon im Entstehen zu töten.

Obgleich sich in der folgenden Zeit weder Thembrock noch jemand von den Chefs bei mir meldete, wurde mein Fixum pünktlich zum Dritten des Monats überwiesen, und in den Freiexemplaren, die zum Wochenende im Postkasten lagen, fand ich zu meiner Überraschung jedesmal ein, zwei der Fotos, die ich Thembrock in den letzten Monaten geliefert hatte und die zum Demonstrationsobjekt meiner subjektivistischen Sichtweise, meines deprimierenden Menschenbildes geworden waren. Was immer sie dazu bewogen haben mochte, sicher war, daß es sie immer irritiert hatte, wenn jemand, was selten genug vorkam, von sich aus und ohne großen Widerstand die Konsequenzen zog. Es paßte einfach nicht in das Ritual von Bezichtigung und Selbstbezichtigung, an dessen Ende, wie jeder wußte, die Buße stand und die Absolution. Ich hatte mir spaßeshalber ausgerechnet, daß die Redaktion, behielt sie Zahl und Frequenz der Veröffentlichung bei, für anderthalb bis zwei Jahre Fotos von mir vorrätig hatte, aber nach rund einem Vierteljahr wurden Zahlungen und Druck eingestellt, genaugenommen einen Monat nach dem Tag, an dem der Reisebericht von Thereses Bekanntem, einem jüngeren Autor aus Bremen, in einer Hamburger Illustrierten erschienen war. Die Szene, die Therese ihm in aller Ausführlichkeit beschrieben hatte, diente seinem Bericht in einer pointierten Kurzfassung als Beleg für den wachsenden Druck, dem Kunst und Presse hierzulande ausgesetzt waren, und obgleich er keine Namen nannte, war doch jedem Eingeweihten klar, um wen es sich handelte; es gab hier nicht viele Paare, dessen einer Teil schrieb und dessen anderer vor allem fotografierte. Seine verknappte Darstellung und die etwas einseitig politische Auslegung sah ich ihm nach, als ich die Stelle in der Fotokopie las, die in Thereses Hände gelangt war. Was mich störte, war etwas anderes, schwerer Faßbares.

Merkwürdig fand ich, daß es mich damals nicht gestört hatte, Thereses Schilderung der Szene zuzuhören, so wie es mich nicht gestört hatte, daß Thereses Bremer Bekannter einzig zu dem Zweck Notizen machte, sie für einen Bericht zu verwenden, ja, ich erinnere mich, daß ich ihr sogar, wenn es um Details ging, die sie nicht wissen konnte, erläuternd beigesprungen war. Nun, als ich die Szene las, hatte ich eine Empfindung von Peinlichkeit, es war tatsächlich so, als wäre meine Intimsphäre verletzt worden, etwas, das nur mir gehörte und Thembrock und natürlich Therese; selbst Krall und sein Vize schienen mir für den Augenblick näherzustehen, als Thereses Bekannter es jemals gekonnt hätte. Ich weiß noch, ich wollte mit ihr über diese merkwürdige Empfindung reden, fand in den folgenden Tagen aber nicht die Gelegenheit, vergaß es dann im Trubel der Ereignisse, die dem Besuch von Thereses Bekanntem, wie ich heute weiß, ursächlich folgten, und dachte erst wieder daran, als Thembrock am Telefon von der Notwendigkeit sprach, wieder einmal zu reden. Anfangs verhielt ich mich reserviert, war allerdings überrascht, daß seine Stimme noch immer klang, als hätten wir das letzte Mal vor einer Woche gesprochen und nicht vor drei Jahren, so daß ich seinem Vorschlag, uns, wenn es mir passe, in der nächsten Stunde im Café zu treffen, schon wegen dieser erstaunlichen Vertrautheit zustimmen wollte, hätte er nicht hinzugesetzt, ob es mir möglich sei, das Material gleich mitzubringen, er sei, wie ich mir vorstellen könne, außerordentlich daran interessiert.

»Welches Material?« fragte ich.

»Na, über diesen Jungen, den du kanntest! Diesen Randow!«

Ich sagte nichts.

»Ich kann dir ein ausgezeichnetes Angebot machen«, sagte er. »Zweitausend für sechs Seiten!«

Ich glaube, ich holte tief Luft.

»Günstiger kann die Situation nicht werden«, sagte er. »Was meinst du, was hier los ist? Alle rennen herum wie aufgescheuchte Hühner und fragen sich, was für eine Linie wir haben.«

»Und?« sagte ich.

»Na, wie üblich, wir haben gar keine.«

Ich hörte das unterdrückte Lachen in seiner Stimme.

»Und ich sage dir, du kannst dir nicht vorstellen, wie die Herren Genossen dabei ins Schwimmen kommen!«

Den letzten Satz hatte er mit einem Triumph gesprochen, der mich beunruhigte.

»Laß mich da heraus«, sagte ich.

»Tommie, verstehst du denn nicht?« sagte er und dehnte jedes Wort. »Ich kann hier im Moment machen, was ich will.«

Ich sagte, das freue mich für ihn, aber selbst wenn ich wollte, könnte ich ihm nicht dienen.

»Tommie, komm!« rief er. »Du sitzt doch an dieser Geschichte!«

»Ich sitze dreimal in der Woche im Museum und sortiere Fotos aus Nachlässen«, sagte ich. »Von wem hast du übrigens diesen Blödsinn?«

»Mach mich nicht schwach«, sagte er.

»Von wem«, fragte ich noch einmal.

»Wie meinst du ... von wem?«

Alles in seiner Stimme klang mir unecht.

»Überlegs dir«, sagte ich und legte auf. Ich will auf keinen Fall den Eindruck erwecken, ich hätte mit den mehr und mehr in Mode kommenden Begriffen wie Schicksal oder Vorherbestimmung irgend etwas im Sinn. Thereses stille Leidenschaft für das Tarot, ihre Hingabe an die, wie sie es nannte, psychologische Astrologie hatte ich immer mit Ironie, in kritischen Situationen sogar mit Spott begleitet, auch wenn ich zugebe, daß ich seit Thereses Abschied gegenüber Konstellationen, die der Zufall ordnet, aufmerksamer geworden war. Einmal, als ich die Papiere meiner Familie durchsah, war mir aufgefallen, daß mein Großvater väterlicherseits, als sein Sohn, also mein Vater, geboren wurde, genauso alt war wie mein Vater, als ich geboren wurde. Auch waren wir beide, mein Vater und ich, sogenannte Nachzügler. Ebenso war mir aufgefallen, daß meine männlichen Vorfahren, einschließlich all ihrer Brüder und Schwäger, nie älter wurden als fünfundvierzig Jahre, sei es, daß sie an Unfällen, an Tuberkulose oder, wie die meisten, durch Kriegseinwirkung starben. Ich war überzeugt, Therese hätte für diese Parallelität der Ereignisse höchstes Interesse gezeigt, und ich wäre gespannt gewesen, wie sie meine absolut andersverlaufende Biographie, die sich in der Kinderlosigkeit ebenso äußerte wie in der Tatsache, daß ich älter geworden war als mein Vater oder mein Großvater, in einen höheren Zusammenhang stellen würde. Ich nahm an, sie hätte, im Zweifelsfall, sogar die Legalität meiner Herkunft in Frage gestellt, so wie sie lange Jahre an der Vermutung festhielt, ihr Vater, der als vermißt galt, läge nicht in einem Massengrab in der Nähe von Halbe, sondern lebte irgendwo in Sibirien und hätte eine neue Familie, nur weil sie einmal geträumt hatte, er sei lächelnden, ja glücklichen Gesichts mit einem Karren voller Holz durch einen mächtigen, endlos scheinenden Wald gezogen.

So oder so, esoterische Abschweifungen hatten mich nie interessiert, aber ich konnte mich fragen, ob nicht auch gediegenere Materialisten unsicher geworden wären, hätte ein Hörfehler in einer Kneipe derartige Folgen gezeigt; hätten Personen, die absolut nichts miteinander zu tun haben konnten, in einer Weise Forderungen erhoben, deren Zwecke undurchsichtig blieben.

Ich jedenfalls nahm sie wahr als Zeichen einer nahenden Bedrohung, vergleichbar jener knapp unter der Schwelle des Bewußtseins lagernden Furcht, die im Krieg vor Blindgängern herrschte – sie waren irgendwo eingeschlagen, konnten jeden Moment explodieren und ließen sich, falls man sie entdeckte, nur durch Ausbauen des Zünders oder vorzeitige Sprengung kontrollieren.

Ich nahm den Zettel aus dem Fotoband über die Werft, wählte die Telefonnummer und war fest entschlossen, meinen unklaren Zustand auf der Stelle zu beenden, hatte aber nicht mit dem matten, brüchigen »Ja, Hallo« dieser weiblichen Stimme am anderen Ende der Leitung gerechnet.

»Bin ich beim Anschluß Zeitler«, fragte ich verdutzt.
»Sie wollen sicher meinen Mann sprechen«, sagte die Frau.
»Ja ... ja«, stotterte ich.
»Er ist noch nicht zu Hause«, sagte sie in einem Tonfall, daß ich nur antworten konnte, das täte mir leid.
»Sie können ja nichts dafür«, sagte sie.
»Das stimmt«, sagte ich. »Rechnen Sie bald mit ihm?«
»Das weiß ich nicht. Wer spricht denn?«
»Ach, Entschuldigung«, sagte ich, nannte meinen Namen und fügte noch hinzu, »der Fotograf!«, aber entgegen meiner Erwartung schien es ihr nichts zu sagen, denn ihre Stimme hatte sich um keinen Ton verändert, als sie mich fragte, in welcher Angelegenheit ich ihn sprechen wolle.
»Er hat etwas bei mir vergessen«, sagte ich.
»Dienstlich?« sagte sie.
»Nicht direkt.«
»Wenn es dienstlich wäre, könnte ich Ihnen eine Nummer geben.«
»Wir kennen uns seit vierzig Jahren«, sagte ich.
»Aber ist es dienstlich?« sagte sie wieder und betonte das Wort so eindringlich, als hoffte sie auf meine Zustimmung.
»So wichtig ist es nicht«, sagte ich. »Ich versuchs einfach später noch mal.«
»Warten Sie bitte«, sagte sie. »Ich muß überlegen.«
Wie immer, wenn ich telefoniere, versuchte ich, aus der Art und Weise, wie sie sprach, eine Vorstellung von ihr zu gewinnen, aber ich konnte nicht einmal auf ihr Alter schließen. Sie hatte das dunkle, leicht rauhe Timbre einer gestandenen Barsängerin und sprach mit der Unsicherheit eines Mädchens vom Lande.
»Vierzig Jahre«, sagte sie. »So lange kennen Sie ihn schon?«

»Ungefähr«, sagte ich.
»Darf ich was fragen?«
»Natürlich«, sagte ich.
»Was hat er denn vergessen?«
»Ein Buch. Einen Fotoband.«
»Komisch«, sagte sie, »ich wußte gar nicht, daß er sich für Fotografie interessiert.«
Ich schwieg, und sie sagte: »Ich will ja keinen Fehler machen.«
»Wirklich, ich kann später anrufen«, sagte ich.
»Warten Sie doch«, sagte sie und, nach einer Pause: »Haben Sie etwas zu schreiben?«
Ich notierte die Nummer und sagte, sie brauche sich keine zu Sorgen machen, es ginge schon in Ordnung.
»Wie kommen Sie darauf, daß ich mir Sorgen mache?«
»Ich dachte wegen der Nummer«, sagte ich.
Erst an der Art, wie sie lachte und von einem Moment zum nächsten in einen schroffen, aggressiven Ton fiel, merkte ich, daß sie getrunken haben mußte: »Was sagen *Sie* denn zu der ganzen Lage!«
Ich sagte, ich wisse nicht, welche Lage sie meine.
»Welche Lage!« rief sie höhnisch. »Meingott, seht ihr denn nichts! Seid ihr in eurer Ignoranz blind geworden!«
»Frau Zeitler«, sagte ich, so gelassen ich konnte. »Vielleicht sollten wir uns darüber einmal außerhalb eines Telefongesprächs …«
Sie unterbrach mich und schrie: »Ach, ihr habt Angst! Ihr seht vor lauter Angst nichts! Geht euch der Arsch auf Grundeis, ja?«
Ich nahm den Hörer vom Ohr, lauschte dem verzerrten Geräusch ihrer Stimme, ohne etwas zu verstehen, und überlegte, ob ich das Gespräch unterbrechen sollte, aber dann war Stille, ich hob langsam den Hörer, vernahm ihr: »Hallo!«, ihr: »Reden Sie doch!«, jetzt ruhiger, fast bittend gesprochen, und als ich mich meldete, atmete sie auf,

sagte mit gedehnter Stimme: »Gut. Sehr gut. Ich verlaß mich jedenfalls auf Sie!« und legte auf.

Für wen immer sie mich gehalten haben mochte – der Ausbruch dieser Frau hielt mich fast den ganzen Nachmittag davon ab, die Nummer, die sie mir gegeben hatte, zu wählen.

An der Stimme erkannte ich ihn sofort, auch wenn er, nach Behördenart, nur die Nummer des Telefonanschlusses herausstieß; vierunddreißig null sechs. Er schien auch nicht überrascht zu sein, als ich meinen Namen nannte, eher in Zeitdruck oder auf eine andere Sache konzentriert, denn obgleich seine Stimme nicht unfreundlich klang, war ihr eine gewisse Förmlichkeit eigen, die einem möglichen Zuhörer, wie mir später auffiel, in keiner Weise verraten hätte, in welchem Verhältnis wir zueinander standen. Er kam sofort auf den Fotoband zu sprechen, sagte, es täte ihm leid, daß er mir Ungelegenheiten bereite, aber wegen seiner Mutter habe er den Kopf in letzter Zeit ein wenig voll.

»Geht es ihr schlecht«, fragte ich.

»Altersprobleme«, sagte er.

Ich sagte: »Grüß sie von mir.«

»Danke«, sagte er, »aber ich fürchte, sie wird sich nicht erinnern.«

Ich sprach eine bedauernde Floskel ins Telefon und wollte endlich auf die Sache mit Randow zu sprechen kommen, aber bevor ich sie erwähnen konnte, sagte er sehr bestimmt, er stünde erheblich unter Druck und wolle mich, sobald es ginge, zurückrufen. »Ist immer jemand zu erreichen?«

»Bis sieben, acht bestimmt«, sagte ich.

»Gut«, sagt er, »ich melde mich.«

8

»Da oben isser!« hat eine rauhe Stimme gerufen. Alle haben die Köpfe hochgerissen, auch ich. Ist da ein Schatten gewesen? Ein Gesicht? Ich habe versucht, wieder in die Nähe von Edith Remus zu kommen, während der Mann mit der rauhen Stimme beschwören will, etwas gesehen zu haben, und da hat es vor meinen Augen geflimmert und ich habe sie schließen und den Kopf ganz still halten müssen, bis diese flimmernden Kreise aus meinem Gesichtsfeld verschwunden sind. Mindestens eine halbe Minute habe ich ganz still gestanden und nur auf die Geräusche gehört, die um mich herum waren, das unaufhörliche Gerede der Stimmen, das leise, kaum vernehmbare Gurren der Tauben in den Traufen und dann das blecherne Klappern eines Pferdewagens, das sich auf dem Kopfsteinpflaster schnell nähert. Da öffne ich die Augen, die Kreise sind verschwunden, und ich trete, mit den anderen, ein wenig zurück, um dem Fuhrwerk, das gerade um die Ecke gebogen ist, Platz zu machen.

Merkwürdigerweise gelten meine ersten Blicke nicht Edith Remus, deren schmalen, an den Schultern gepolsterten Rücken ich aus den Augenwinkeln wahrnehmen kann. Schon vorhin ist mir aufgefallen, daß meine Schwester die ganze Zeit neben Hotta dem Zimmermann gestanden und jede seiner Gesten beobachtet hat. Auch jetzt steht sie neben ihm und lehnt sich, als Hotta eine Bemerkung macht, die ich nicht verstehe, für einen Moment sogar an seine Schulter und lacht hell auf. Auch der Ausdruck ihres Gesichts ist anders. Sonst kneift sie, wenn sie mit Hotta dem Zimmermann und der Truppe vom langen Maschke steht, immer die Augen ein wenig zusammen, und um ihren Mund liegt ein nicht unfreundlicher, wenn auch spöttischer Zug. So sieht sie alle großen Jungs an, die irgendwann einmal bei uns auftauchen, um sie zum Tanzen ins Café Pötig zu holen oder auf eine Dampferfahrt oder ein Betriebsvergnügen. Sie ist nie unfreundlich, hat aber immer diesen spöttischen Zug um den Mund, jedenfalls seit dem Tag, an dem Bubi Marschalla verschwunden ist.

Mir fällt auch auf, daß sie die ganze Zeit, die wir hier stehen, nicht ein einziges Mal zur Ecke geguckt hat. Sonst guckt sie immer mal wieder zur Ecke, wenn sie bei der Truppe vom langen Maschke steht; auch wenn sie sich ein Kissen aufs Fensterbrett legt und die Straße hintersieht, geht ihr Blick zuerst zur Ecke, besonders an Sonntagen. Ich glaube, es gibt einen Zusammenhang zwischen ihren Blicken zur Ecke und dem Verschwinden von Bubi Marschalla. Das vermute ich, weil meine Mutter gelegentlich ausruft: »Du kannst doch nicht jeden Sonntag warten.« Oder: »Schlag dir doch die Sache aus dem Kopf, Mädel!«

Meine Schwester gibt darauf nie eine Antwort, macht nicht einmal eine Kopfbewegung oder sonst eine Geste, und meine Mutter, was bei ihr selten vorkommt, bohrt auch nicht weiter nach.

Genaugenommen hat sich dieser spöttische Zug nicht sofort nach Bubi Marschallas Verschwinden eingestellt, erst ein wenig später, als klar geworden ist, daß er für die nächste Zeit nicht, wie sonst jeden Tag, an der Laterne vor der Nummer fünf stehen würde, und genaugenommen ist Bubi Marschalla auch nicht wirklich verschwunden. Alle, die es angeht, wissen, daß er sich im Westsektor aufhält. Niemand, auch meine Schwester nicht, weiß seine genaue Adresse. Es heißt, er hält sich für die nächste Zeit in einer Villa am Wannsee auf, bei einem Geschäftsfreund.

Unter dem Aufenthalt in einer Villa am Wannsee kann ich mir nichts vorstellen. Ich bin als Kind mit meiner Mutter ein- oder zweimal in diesem unerträglich heißen und überfüllten Strandbad Wannsee gewesen, und immer, wenn es im Sommer angestanden hat, habe ich meine Mutter lieber zu einem Ausflug an den Orankesee überredet, der zwar kleiner ist, aber nie so laut und so überfüllt. Allerdings wird meine Mutter schon durch die Erwähnung des Wortes Villa in Verbindung mit dem Wort Wannsee in einen andächtigen Zustand versetzt, so daß ich annehme, eine Villa am Wannsee müßte in mir einen mindestens ebenso atemlosen Respekt hervorrufen wie das Haus in Charlottenburg, in dem der Halbschwergewichtler Heinz Seidler wohnt. Was aber hinter einer Bezeichnung wie Geschäftsfreund steckt, weiß ich absolut nicht, schon gar nicht in Verbindung mit Bubi Marschalla. Ich weiß, mein Vater hat als Expeditionsgehilfe beim Ullstein-Verlag in Tempelhof angefangen und ist später, als Ullstein schon Deutscher Verlag hieß, Expedient geworden, mein Onkel Kurt ist Elektriker, Bernie Sowade lernt Klempner, Schmiege Schildermaler, und ich selbst will einmal Forscher werden. Ich weiß, es gibt Berufsboxer, Filmschauspieler und Autorennfahrer. Das alles sind Bezeichnungen, unter denen ich mir etwas vorstellen kann; aber Geschäftsfreund? In der Nummer drei gibt es das Geschäft von Frau Hildebrandt, in dem wir Milch oder Butter kaufen; in unserem Haus ist das Seifengeschäft Göritz, das eine Heißmangel hat, aber ich kann mir Bubi Marschalla schlecht in Verbindung mit Seife oder Milch oder Heißmangeln vorstellen; gerade Bubi Marschalla nicht.

Von allen großen Jungs, die irgendwann einmal bei meiner Schwester auftauchen oder aufgetaucht sind, hat mich Bubi Marschalla am meisten interessiert. Dabei ist es nicht etwa deswegen, weil er mir besondere Beachtung geschenkt hätte so wie Hotta der Zimmermann, von dem ich ein Lehrbuch der Organischen Chemie bekommen habe, oder wie Schultheiß, der mich manchmal zu sich heranzieht und fragt: »Na, wie geht's in der Penne?« Vielleicht interessiert mich Bubi Marschalla deshalb am meisten, weil er sich so gibt und so aussieht, wie ich mich gern geben und aussehen möchte, wenn ich zwanzig bin: genauso lässig, genauso verwegen, mit offenem Hemd und zweifingerdicken Kreppsohlen unter den Schuhen.

Bei Bubi Marschalla kann ich mir einfach nicht vorstellen, daß er vor irgendwem Schiß hat oder sich sonstwie beeindrucken läßt, und wenn er irgendwo in ein Zimmer tritt oder unter eine Laterne, wie die vor der Nummer fünf, gibt es keinen, den ich kenne, der nicht sofort akzeptiert, daß er den Ton angibt.

Bei Bubi Marschalla hat meine Schwester auch nie diesen feinen Spott um den Mund herum gehabt, und sie hat nicht die Augen zusammengekniffen; eher hat sie so geguckt wie jetzt, da sie neben Hotta dem Zimmermann steht: mit großen, ein wenig erstaunten Augen, die manchmal, wenn sie lächelt, aufleuchten und ganz hell scheinen unter ihrem kastanienbraunen, auf die Schulter fallenden Haar, das sie jeden Morgen und jeden Abend vor dem großen Spiegel an der Waschtoilette bürstet.

Manchmal, wenn ich bei der Truppe vom langen Maschke stehe, kommt es vor, daß einer über meine Schwester spricht, die vielleicht gerade aus der Haustür tritt und, noch nicht in Hörweite, langsam auf uns zukommt, und er sagt: »Schöne Haare hat deine Schwester.« Ich hebe dann lässig die Schultern, so als sei es für mich etwas völlig Uninteressantes, und ein wenig ist es mir auch peinlich, wenn so über meine Schwester gesprochen wird, zumal ich weiß, daß das Bild einer Frau für die Truppe vom langen Maschke im geringsten von den Haaren bestimmt wird.

»Die Beine«, hat Schultheiß einmal gesagt, »sind das wichtigste an einer Frau«, und daß sie hoch sein müssen. »Hohe Beine«, hat er gesagt, »sind das aufregendste an einer Frau«, und der lange Maschke hat hinzugefügt: »Und Schenkelschluß.«

Alle haben gelacht bei der Vorstellung der langen Beine einer Frau mit Schenkelschluß, auch ich, obgleich ich wieder ein peinliches Gefühl bekommen habe und mir zwar unter langen Beinen viel, unter Schenkelschluß aber gar nichts vorstellen kann. Jedenfalls habe ich genauso gelacht wie die Jungs von der Truppe vom langen Maschke, bis einer mir gegen die Schulter geboxt und gesagt hat: »Kiek mal, der grüne Junge, wie der sich amüsiert!«, und sie haben wieder gelacht, diesmal auf meine Kosten.

Wenn die Truppe vom langen Maschke zu lachen beginnt, hört sich das an wie der Donner bei einem heftigen Gewitter, das genau über einem ist. Solange man mitlachen kann, ist das ein starkes Gefühl, aber wehe, es geht auf die eigenen Kosten. Dann fährt es einem durch den ganzen Körper, das Blut schießt in den Kopf, man kann nichts denken, nichts reden und findet seine Sprache erst wieder, wenn einer sagt: »Na, brauchst doch nicht gleich Osram einzuschalten!« und dich leicht boxt oder versöhnlich angrinst oder sogar zu sich heranzieht.

Jetzt jedenfalls, auf dem Damm vor der Nummer fünf, lacht niemand, ausgenommen meine Schwester, die manchmal lächelt, wenn Hotta der Zimmermann etwas sagt, und sich sogar an ihn gelehnt hat für einen Moment. Ich kann mir nicht helfen, ich habe dabei eine unangenehme Empfindung. Ich drehe mich halb herum, damit ich meine Schwester nicht mehr sehen muß. Ohnehin glaube ich, es hat jemand meinen Namen gerufen, nicht laut, wie von der anderen Seite der Straße her, sondern so, als wenn er in meiner Nähe steht, und tatsächlich sehe ich hinter den Leuten in der Nähe der Laterne Manne Wollank auftauchen. Er schwenkt seine Arme, auf seinem gebräunten Gesicht liegt eine Spur Vorwurf, und er sagt: »Tommie, wo bleibste so lange!«

»Wieso lange?« sage ich. »Doch nich lange.«

»Na, Mann«, sagt er, »wir warten schon. Benno is da!«

9

Wie wenn die Erwähnung des Namens Benno ein Signal in mir ausgelöst hat, geht ein Ruck durch meinen Körper. So ist es mir nur in früheren Jahren ergangen, wenn meine Mutter nach mir gerufen hat. Ich habe ihren langgezogenen Ruf noch immer im Ohr, obgleich er seine reflexhafte Befehlskraft schon lange eingebüßt hat. Heute hebe ich höchstens gelangweilt den Kopf, wenn ich sie meinen Namen rufen höre, oder verziehe das Gesicht auf angeödete Weise und antworte höchstens nach dem zweiten, meist erst nach dem dritten, energischer klingenden Ruf mit beherrschter Ungeduld »Ja, doch! Komm gleich!« und bleibe mit demonstrativer Gleichgültigkeit noch ein paar Minuten stehen, ehe ich, widerwillig und noch bevor sie das Fenster abermals aufreißt, über die Straße auf unser Haus zuschlendere.

»Benno?« sage ich und straffe mich und bin gleich bereit loszugehen. Um an die Stelle zu kommen, an der unsere Truppe steht, müssen wir, wenn wir uns nicht durch die Menschengruppen drängen wollen, einen Bogen schlagen. Aus den Augenwinkeln sehe ich noch Herrn Smolka, den Stiefvater von Hotta dem Zimmermann, vor die Haustür der Nummer fünf treten, und wir sind schon auf der Höhe von Kartoffel-Karkutsch, als vor uns, wie aus dem Boden gewachsen, Pasella steht. Er trägt alle Zeichen von Aufregung im Gesicht, er ist eben aus dem Garten gekommen und will wissen, was hier überhaupt los ist, aber Manne Wollank schüttelt den Kopf und zieht ihn, mit Verweis auf den wartenden Benno, mit sich. Noch im Laufen erzählt er stichpunktartig die Abfolge dieses Sonntagsnachmittags, und als wir die Menge im Halbkreis umgangen haben, bleibt er stehen, sieht sich ratlos um, flucht laut und stellt sich auf die Zehenspitzen, kann aber keinen von unserer Truppe entdecken. Eine Weile warten wir unschlüssig und recken die Hälse, finden aber weder von Benno noch von Schmiege noch von Sohni Quiram eine Spur. Pasella hat sich gleich angeboten, nach ihnen zu suchen, während Manne und ich auf dem Damm vor der Vierundachtzig warten, und ich sehe Pasellas weißblonden Kopf durch die Köpfe der Leute wandern, die er alle ein wenig überragt.

Mir fällt auf, daß wir mit vierzehn oder fünfzehn oder sechzehn schon größer sind als die Erwachsenen. Wir sind zwar nicht größer als die Jungs, die um die Laterne vor der Nummer fünf stehen, aber größer als unsere Eltern oder zumindest gleich groß, wobei wir uns in den meisten Fällen nur mit unseren Müttern messen können. Ich bin mit fast vierzehn schon größer als meine Mutter, wenn auch nur ein paar Zentimeter, Schmiege mit sechzehn fast einen halben Kopf, Manne und Bernie ebenfalls, auch Wölfchen Rosenfeld, der sogar noch seinen Vater hat; selbst Sohni Quiram, der kleiner ist als wir alle, ist nicht kleiner als seine Eltern.

Merkwürdig, daß mir gerade jetzt, wo ich doch wahrhaftig mit anderem beschäftigt bin, Größenunterschiede auffallen, aber es passiert mir immer häufiger, daß meine Gedanken eine Richtung nehmen, die ich gar nicht einschlagen will. Ich denke nur an die Probe im Schulchor, bei der ich mir durch das Abgleiten meiner Gedanken alle Chancen verbaut habe, aufgenommen zu werden. In den Chor wollen wir alle, weil es die einzige Möglichkeit ist, an die Mädchen aus den oberen Klassen heranzukommen, in meinem Fall an Gretchen Paskarbeit aus der 9 g. In unserer Schule gibt es keine, die eine klarere Stimme hat, und an der Wandtafel neben dem Direktorat ist sie als erste von denen genannt, die das *Abzeichen für Gutes Wissen* erworben haben. Nicht, daß eine klare Stimme oder das *Abzeichen für Gutes Wissen* irgendein Kriterium für mein Interesse hätte sein können; im Gegenteil. Aber wenn sie in der Hofpause an uns vorbeiläuft und ich fast gegen meinen Willen lauter als üblich nach dem Ball rufe, »Schieß ihn her, Mann! Hierher!«, glaube ich, einen ebenso feinen Spott um ihren Mund herum zu sehen wie manchmal bei meiner Schwester. Ich bin mir nicht einmal sicher, ob sie mich bei den kurzen Blicken, die sie in Richtung unseres lärmenden, ballspielenden Haufens wirft, überhaupt bemerkt, aber ich kann nichts dagegen tun, irgendwann in dieser Zeit hat mir abends statt der warmen, zerfließenden Erscheinung Debra Pagets aus *Liebesrausch auf Capri* das klare, von dunklem Haar gerahmte Gesicht Gretchen Paskarbeits vor Augen gestanden.

Aufnahme in den Chor ist einmal im Monat. Die Kandidaten warten in einer Schlange neben dem Flügel, auf dem der Musiklehrer die Töne anschlägt, die sie nachzusingen haben. Ich bin einer der letzten in der Reihe, suche unter den Schülerinnen des Chors nach Gretchen Paskarbeit, kann sie aber zu meiner Enttäuschung nirgends entdecken, sehe nur Haare, die den ihren ähnlich scheinen, auf dem Kopf eines ernst blickenden Mädchens in der meerblauen Bluse der Freien Deutschen Jugend, wie sie mein neuer Mitschüler und Vordermann, der blasse Bernd Ullrich, den niemand wirklich ernst nimmt, als einziger in der Klasse trägt, und während ich auf das kräftige Blau der Bluse starre und langsam zu begreifen beginne, daß das ernst blickende Mädchen, das ich nur im Profil sehe, mit dem spöttisch blickenden der Hofpause identisch ist, denke ich an das Gesicht meiner Schwester auf dem Einsegnungsfoto aus dem Jahr 1944, und mir fällt ein, es ist das letzte Mal gewesen, daß ich meinen Vater eine längere Zeit gesehen habe, und indem ich an meinen Vater denke, stelle ich mir vor, wie die Leute aus meiner Truppe reagierten, würde ich plötzlich mit einem Mädchen in der Bluse der Freien Deutschen Jugend vor ihnen stehen, sehe mich unversehens in einer trotzigen, verteidigenden Rolle und werde plötzlich, nach einem hinter mir gezischten »Bist dran, Tommie!«, nach vorne geschoben, stehe vor dem Musiklehrer, der auf dem Flügel ein C hart anschlägt, zweimal, dreimal, und höher geht, ich summe die Töne, so gut ich kann, mit, aber er unterbricht sein Spiel, ruft laut, ich solle den Mund aufmachen, schlägt auf die Tasten des Flügels und singt mir mit übertriebener Intonation vor, »La! La! La!«, und jedesmal, wenn seine Zunge an den Oberkiefer schnellt, gibt sie im hinteren Bereich eine erstaunlich lange Reihe silberner Zähne frei, noch nie habe ich einen Menschen mit so vielen silbernen Zähnen gesehen, ich wende den Kopf, um nicht ständig auf dieses blitzende, speichelumsäumte Silber sehen zu müssen, gebe mir alle Mühe, die Töne zu treffen, singe »La! La! La!«, und noch einmal, eine Tonlage höher, »La! La! La!«, aber irgend etwas in meiner Brust vibriert ungewollt, und die Töne kommen zitternd aus meinem nun weit geöffneten Mund, ich höre im Hintergrund das Kichern der Chormitglieder und höre vor mir den Musiklehrer, der »Schluß!« sagt und daß ich es ja im nächsten Jahr noch einmal versuchen kann. »Aber nicht früher, verstanden?«

10

»Na, endlich«, sagt Manne Wollank und stößt mich leicht an die Schulter. Ich habe Pasellas blonden Kopf schon lange aus den Augen verloren, jetzt taucht er im Hintergrund wieder auf, direkt vor Herrn Smolka und seiner dicken Frau, die sich in Richtung Raumer entfernen, kommt er auf uns zu, neben sich Benno und die anderen. Ich sehe gleich, daß sich etwas verändert hat. Bennos Gang ist angespannt, und auf seinem Gesicht liegt ein Ernst, wie ich ihn nur aus den heikelsten Situationen kenne. Noch auf dem Damm verständigen sich Benno und Pasella mit einem Blick, Pasella macht eine Kopfbewegung zu uns, und sie ändern die Richtung, so daß wir ihnen in den Hauseingang der Nummer vierundachtzig folgen. Obgleich wir nun einige Meter entfernt von den anderen stehen, redet Benno halblaut und fast ohne die Lippen zu bewegen. Ich verstehe ihn kaum, dränge mich näher heran, Pasella und Schmiege schauen unauffällig und mit schrägem Blick über meinen Kopf hinweg in die Höhe, ich will ihren Blicken folgen, werde aber barsch korrigiert. »Nicht so auffällig, Mensch!« Ich werde rot, verstehe nichts mehr, es muß inzwischen etwas passiert sein, das ich verpaßt habe. Wenigstens höre ich drei-, viermal den Namen Ambach, kann mir aber nicht erklären, warum sie mit so einer Nervosität von ihm reden. Hat Benno Ambach getroffen? Oder Pasella? Und wenn ja, hat Ambach etwas Neues erzählt? Weiß er etwas über diesen Randow? Ich könnte ja einfach fragen, was das alles mit Ambach zu tun hat, aber ich will mich nicht zum Affen machen, indem ich eine Frage stelle, die für keinen mehr eine Frage ist. Mit nichts macht man sich in unserer Truppe leichter zum Affen. Und so trete ich aus Trotz sogar einen Schritt zurück und schaue betont gelangweilt zur Ecke, bis mir auffällt, daß Benno von Ambach genauso gesprochen hat wie vorhin von diesem Randow. Ich weiß nicht, wie es kommt, aber mit einem Male weiß ich auch warum, es fällt mir wie Schuppen von den Augen, na klar, und dieser Randow, der jetzt irgendwo auf dem Dach hockt und auf eine günstige Gelegenheit zur Flucht wartet, bekommt mit einer erschreckenden Plötzlichkeit ein Gesicht. Es ist hager und von gelblicher Blässe. Es hat einen schmalen Mund, der sich nach unten verzieht, wenn er von Geld spricht oder von Kino. Er sagt beispielsweise, daß Geld kein Problem ist. »Du hast es oder hast es nicht. Ambach!«

Die Erkenntnis, daß Randow und Ambach identisch sind, hat mir eine Hitzewelle durch den Körper gejagt.

Jetzt verstehe ich auch Bennos nervöse Rede. Es ist *eine* Sache, über jemanden zu reden, der auf dem Dach hockt und auf eine Gelegenheit zur Flucht wartet. Es ist eine andere Sache, wenn man denjenigen kennt. Du denkst gleich an das letzte Mal, an dem du ihn gesehen hast. Oder an das erste Mal. Als meine Schwester mich umgefaßt und gegen die Brust gedrückt hat, um mir zu sagen, daß meine Tante Grete tot ist, habe ich sie gleich zum letzten Mal über den Damm gehen sehen: mit Trippelschritten, die Einkaufstasche in der Hand und die Augen starr aufs Pflaster gerichtet, weil sie einmal eine Lebensmittelkarte gefunden hat.

Bei Ambach denke ich gleich an Kino und Geld. Mit keinem kann man so gut über Geld oder Kino reden wie mit Ambach. Ich weiß es, obgleich ich nur zweimal mit ihm geredet habe, aber diese beiden Male habe ich so viel gelernt wie bei keinem sonst. Nicht, daß er irgendwelche Regeln verkündet hat; überhaupt nicht. Es ist einfach die Art und Weise, mit der er über Kino oder Geld redet. Es ist einfach die Art, mit der er seine Verachtung des Geldes ausdrückt, wenn er uns die Schachtel mit den Ami-Zigaretten hinstreckt, obwohl Ami-Zigaretten mit das Kostbarste sind, das es zur Zeit gibt.

Daß ich nur zweimal mit Ambach geredet habe, liegt nicht an mir. Es ist ein äußerst seltenes Ereignis, daß er mal vor der Haustür auftaucht und sogar stehenbleibt. Ambach haben wir ihn genannt, weil er bedeutende Aussagen wie »Kino ist alles Theater. Selbst ist der Mann!« mit dem Wort »Ambach« beschließt, was so viel heißt wie »So ist es!«, aber auch andere Bedeutungen annehmen kann, etwa wenn von einer bedrohlichen Situation gesprochen wird, der man nur mit Standhaftigkeit entgegentreten kann: »Wenn die kommen, is aber Ambach!«

Ambach wohnt noch nicht lange in der Vorderdunkker. In den Ferien habe ich ihn das erste Mal aus dem Haus

Nummer fünf treten sehen. Zuerst habe ich angenommen, er würde sich zu der Truppe vom langen Maschke gesellen, aber tatsächlich hat er mit ihr nicht mehr zu tun als Guten Tag, Guten Weg. Benno, der schon mehr als zweimal mit ihm geredet haben will, ist sicher, daß Ambach ein Einzelgänger ist. Wenn Benno das Wort Einzelgänger ausspricht, bekommt seine Stimme einen dunklen, nachdrücklichen Ton, als wenn er auf eine Besonderheit aufmerksam machen will. Einzelgänger sind ein Thema, das Benno besonders interessiert. Alle wichtigen Leute, meint Benno, sind im Grunde Einzelgänger. Gino Bartali zum Beispiel, der die Tour de France gewonnen hat; davon zwei Etappen quasi in Alleinfahrt. Wirklich wichtige Sachen, meint Benno, kann man nur allein machen. Er ist sich auch sicher, daß Hitler ein Einzelgänger gewesen ist.

Bei Gino Bartali oder Hitler mag Benno recht haben; bei Ambach bin ich mir nicht sicher, dazu ist er zu mannschaftsdienlich. Ich muß nur an den Nachmittag denken, an dem wir Fußball gespielt haben. Wir haben immer quer über die Straße gespielt, pro Mannschaft drei Leute und mit fliegendem Torwart. Einem, ich weiß nicht mehr wem, ist der Ball über den Spann geruscht und genau auf einen Großen zugeflogen, der von der Ecke Danziger hergekommen ist. Wir haben gewartet, daß der ihn zurückschießt, aber der hat ihn gestoppt und ist, den Ball am Fuß, auf uns zugelaufen. Natürlich haben ihn einige von uns sofort angegriffen, aber er hat erst Schmiege und Manne Wollank umspielt, mit einer ganz überraschenden Körperwendung sogar Wölfchen Rosenfeld, der schon im Verein spielt, stehengelassen und ist auf das Tor zugesteuert, wo noch der Kleine, dem der Ball gehört hat, und Harry Hoffmann gestanden haben. Ich bin mir sicher, er hätte auch sie ohne Schwierigkeiten ausspielen können, aber er hat den Ball gestoppt, sich kurz umgesehen und ihn zu mir herüber gepaßt. Wir haben noch zwei, drei

Pässe gegen die anderen gespielt, bis ich den Ball an Wölfchen Rosenfeld verloren habe, und der Große hat laut lachend die Haare in den Nacken geworfen und ist in der Nummer fünf verschwunden. Damals haben wir natürlich noch nicht gewußt, daß dieser Große Ambach ist.

Seit ich weiß, daß Randow und Ambach eine Person ist, haben meine Gedanken eine andere Richtung genommen. Nicht nur, daß mir sein Gesicht vor Augen steht und wie er den Ball zu mir paßt, ich muß auch daran denken, daß es unsere verdammte Pflicht und Schuldigkeit wäre, ihm aus seiner Notlage herauszuhelfen. Wie das zu tun ist, weiß ich im Moment nicht, aber daß es getan werden muß, scheint mir unbestritten. Vor allem, denke ich, ist es wichtig, daß Ambach seine Handschellen los wird, vorausgesetzt, er hat sie noch um. Dazu, denke ich, müssen wir, ohne aufzufallen, aufs Dach kommen. Wir könnten es, wie letzten Sommer, über den Boden im Seitenflügel der Nummer sechs versuchen. Wir müssen auch an Werkzeug denken, vermutlich eine Feile oder eine Metallsäge. Dabei fällt mir ein, daß wir uns bei der Annäherung an Ambach vorsichtig verhalten müssen. Nicht nur wegen der Polente, die sicher überall herumsucht. Kann ja auch sein, er hat die Pistole noch und erkennt uns vielleicht nicht sofort. Natürlich wird er nicht so dumm sein und seinen Kopf herausstrecken, wenn er Geräusche hört. Er wird sich im Gegenteil so klein wie möglich machen. Wir müssen uns also verständlich machen; aber wie?

Unter uns können wir uns sofort verständlich machen. Wir haben einen Pfiff. Wir pfeifen mit eingezogenen Lippen durch die Zähne, zweimal. Das hört sich zwar nicht übermäßig laut an, ist aber so gut wie unverwechselbar. Nur ob Ambach den Pfiff schon einmal von uns gehört hat, weiß ich nicht. Aber wer anderes pfeift denn, als einer, der ihm helfen will? Egal, denke ich, das wird sich zeigen.

Das Wichtigste ist ohnehin erst einmal, unauffällig aufs Dach zu kommen.

Während der ganzen Zeit, in der ich darüber nachdenke, wie wir Ambach aus seiner Notlage befreien können, ist mir auch ein bißchen komisch zumute. In meinem Kopf hat sich das Wort *Beihilfe* festgesetzt. Andererseits beschwichtige ich mich. Ich weiß ja nicht einmal, wozu wir Beihilfe leisten würden. Und wer außer uns weiß denn schon, daß wir Beihilfe leisten wollen? Daß Ambach geschossen hat, steht wohl fest. Aber er wird auch einen Grund gehabt haben zu schießen. Hätte er keinen Grund gehabt, hätte er nicht geschossen. So einfach schießt einer wie Ambach nicht. Und vorausgesetzt, man schnappt uns, können wir immer noch einen *auf doof machen*.

Einen auf doof machen haben wir wirklich gelernt. Hände auf die Brust, Augen aufgerissen: »Icke? Icke doch nich!« – Zuerst mußt du immer einen auf doof machen. Nischt gesehn, nischt gehört. Solln sie dir was nachweisen. Zuerst müssen sie dir was nachweisen können. »Das elfte Gebot!« sagt Ambach: »Du sollst dir nich erwischen lassen.«

Ich hole Luft, ich sehe mich um. Der Schatten ist schon in den ersten Stock gekrochen, und auf der Straße sind jetzt viel weniger Leute. Edith Remus steht genau unter der Laterne, hat die Hände im Genick verschränkt und wippt mit den Ellbogen nach hinten. Schultheiß hat die Hände in den Taschen und guckt schräg nach unten auf Edith Remus' Brust, die sich mit jedem Wippen unter der Dirndlbluse spannt. Meine Schwester sehe ich nicht, nur den langen Maschke, der einen Schritt zurücktritt und einen Blick nach oben wirft. Alle die Quatschköppe da! Stehn da rum und quatschen, und Ambach hockt da irgendwo auf dem Dach und weiß nicht, wie er runterkommen soll.

»Hört mal«, höre ich mich sagen.

Von der Ecke das zitternde Summen der Straßenbahn, das, je langsamer sie fährt, immer dunkler und zittriger wird, und mir ist, als übertrage sich die Vibration auf meinen Körper und staue sich und will hinaus.

»Hört mal«, sage ich noch einmal, und jetzt sind tatsächlich alle still und sehen mich an. Ich gehe einen Schritt vor, schiebe meinen Kopf in die Nähe von Bennos Kopf und sehe aus den Augenwinkeln, daß alle ihre Köpfe ein Stück vorschieben, Wölfchen und Manne und Schmiege und Pasella. Nur Sohni Quiram bewegt sich keinen Millimeter.

»Den holen wir da oben raus«, sage ich so leise und so nachdrücklich, wie ich kann. »Ambach holen wir raus!«

Zweiter Teil

1

Ich will nicht den Eindruck erwecken, ich sei in einen Kriminalfall verwickelt gewesen. Auch wenn es mir vorkam, als würde ich mehr und mehr in die Rolle eines Ermittlers gedrängt, der einen lange zurückliegenden Fall aufhellen soll – von Thembrocks Versuch einmal abgesehen, die Sache mit Randow in seine Illustrierte zu bringen, hätte ich nicht einmal sagen können, von wem ich beauftragt worden sei.

Nicht, daß ich etwas gegen Kriminalgeschichten hätte. Nur könnte ich ihrer Voraussetzung, die Rätsel, die sie aufgeben, auch zu lösen, kaum entsprechen. Eine alberne Reklame für den Kautabak Echt Hanewacker eignet sich nun einmal schlecht als Symbol für die flirrende Grenze zwischen ehrlichem Wollen und schäbigem Verrat.

Der Tag, von dem ich erzähle, hält keine Lösung bereit. Er kam und verging, wie die Tage vor ihm gekommen und vergangen waren und wie die Tage nach ihm kommen und vergehen würden; außer daß er ein Sonntag war; außer daß Randow, der mit Ambach identisch war, irgendwo auf dem Dach hockte; außer daß ich auf die verrückte Idee kam, ihn von dort oben herunterzuholen.

Natürlich hatte der Tag, von dem ich erzähle, auch noch andere Besonderheiten. Er war, wie ich einmal in der Zeitung las, mit einer Temperatur von 28,3 Grad Celsius der heißeste Tag jenes Monats seit 1928. Und er war der Tag, an dem ich das erste Mal eine Urkundenfälschung beging, indem ich auf der Toilette, die außerhalb unserer Wohnung ein halbes Stockwerk höher lag, die Unterschrift meiner Mutter unter eine mißratene Englischarbeit setzte.

Daß er für einige Personen, die ihn erlebten, existenzentscheidende Folgen hatte, will ich betonen. Dabei denke ich gar nicht an Randow, der als Konsequenz der Geschehnisse dieses Tages immerhin seinen Kopf verlor. Ich denke zum Beispiel an Bubi Marschalla oder an Hotta den Zimmermann und vor allem an meine Schwester.

Einmal, als meine Schwester und Hotta der Zimmermann schon in der Einzimmerwohnung im unzerstörten Seitenflügel der Nummer sechs wohnten, habe ich gehört, wie er zu ihr gesagt hat: »Wenn die Sache mit Randow nicht gewesen wäre, hätte ich dich nicht gekriegt!« – Dabei hat er gelacht und ihr, die gerade mit einem Arm voller Kinderwäsche an ihm vorbeiging, so halb und halb unter den Rock greifen wollen. Mit einer schnellen Hüftbewegung ist sie ihm ausgewichen und hat gesagt: »Laß das!« – Es hat nicht ärgerlich geklungen, aber auch nicht freundlich, einfach nur sachlich, so als würde die Tatsache, daß er sie gekriegt hatte, nicht das Recht einschließen, ihr unter den Rock zu greifen, auch nicht so halb und halb. Damals war Hotta schon nicht mehr Zimmermann, sondern Student an der Arbeiter- und Bauernfakultät mit einhundertfünfzig Mark Stipendium, Verheiratetenzuschlag und Kindergeld. Statt in schwarzem Cord und mit Schlapphut ging er mit Windjacke und Gabardinehosen aus dem Haus. Statt eines Zollstocks wippte in Kniehöhe seine neue, schweinslederne Aktentasche, wenn er nachmittags um fünf die Vorderduncker herunterkam. Von Semester zu Semester wechselte sein Berufswunsch vom Tiefbauingenieur zum Hochbauingenieur, vom Hochbauingenieur zum Philosophen, vom Philosophen zum Altertumsforscher.

Sein Wortschatz wuchs so schnell wie sein Blick für Zusammenhänge, und mindestens ein Jahr lang war ich abends öfter im Seitenflügel der Nummer sechs zu finden, statt auf der Straße, lehnte mit Hotta aus dem Fenster im vierten Stock, lauschte, die Ellenbogen auf ein Kissen gestützt, seinen neuesten Erkenntnissen über die materialistische Grundlage der Menschheitsentwicklung, prägte mir Begriffe kunstgeschichtlicher Perioden ein und folgte dem Lauf des Mondes von Schornstein zu Schornstein des Daches der Nummer fünf mit transzendenten Gefühlen. Noch heute vermute ich, daß Hotta der Zimmermann nicht Student geworden wäre, hätte er nicht als Konsequenz jenes Tages eine Wohnung im Seitenflügel der Nummer sechs bekommen und sich, wie er einmal sagte, vorgenommen, die Treppe hinaufzufallen.

Auch für mich hätte der Tag, von dem ich erzähle, der Beginn einer einschneidenden Veränderung sein können, wenn ich nicht am nächsten Morgen, in der Pause vor der Englischstunde, angesichts meiner zittrigen Nachahmung unter der mißratenen Klausur, die Seite herausgerissen und behauptet hätte, mein Heft müsse noch zu Hause auf dem Tisch liegen. Fräulein Kopietz, unsere Lehrerin, sah mich mit einem so durchdringenden Blick an, daß ich die Augen niederschlug. Daraufhin durchsuchte sie meine Schultasche, fand das um eine Seite ärmere Heft zwischen Weltatlas und Grammatikbuch, und ich bekam statt eines Schulverweises wegen Urkundenfälschung nur einen Tadel wegen Lügens.

Wenn es stimmt, was meine Schwester meiner Mutter ein paar Jahre später erzählte, muß selbst Bubi Marschalla in den Sog jenes Tages geraten sein, denn er hatte tatsächlich die Absicht gehabt, meine Schwester an diesem Sonntag, nach so langer Zeit, endlich wiederzusehen. Er war von Wannsee aus mit der S-Bahn über die Grenze gefahren, am Alexanderplatz in die U-Bahn gestiegen, die er nach drei Stationen völlig desorientiert verließ, weil statt Danziger Straße Dimitroffstraße auf dem Stationsschild stand, aber doch alles noch genauso aussah, wie er es kannte. Kopfschüttelnd ging er die Treppe hinunter, überquerte die Kreuzung Schönhauser, trank, um seiner Aufregung wegen des bevorstehenden Wiedersehens mit meiner Schwester Herr zu werden, im Hackepeter Ecke Treskow noch einen Kaffee, lief dann schnell die Straße hinunter, blieb aber Ecke Duncker, angesichts des Auflaufes in der Mitte der Straße, unvermittelt stehen. Um zu erfahren, was geschehen war, wollte er eigentlich in die Blaue Donau gehen, sich ans Fenster setzen und den Fortgang des Geschehens beobachten, aber gerade, als er sich dazu entschloß, bemerkte er kurz hinter der Ecke zwei Spinnen, wie die Funkwagen der Polizei damals wegen ihrer lauernden Fahrt durch die Straßen genannt wurden, und da drehte er sich, Gefahr witternd, auf dem Absatz herum und fuhr auf dem gleichen Weg über die Grenze zurück, um sie, nach eigener Aussage, in den nächsten Jahren nicht mehr zu überschreiten.

»Wenn er gewollt hätte, hätte er auch nächsten oder einen anderen Sonntag kommen können«, hatte meine Mutter in ihrer spitzen Art zu meiner Schwester gesagt.

»Aber Mama, er hat doch geglaubt, die Polizei sucht *ihn*.«

»Sag ich doch«, sagte meine Mutter widersinnigerweise. »Wenn man wirklich will, findet man auch einen Weg.«

Meine Schwester warf den Kopf in den Nacken und verkniff den Mund zu einer geraden Linie. Ich habe sie gegenüber meiner Mutter nie aufsässig erlebt, außer wenn es um Bubi Marschalla ging.

»Ich will ja nur, daß du nicht in dein Unglück rennst«, sagte meine Mutter.

»Mama«, sagte meine Schwester versöhnlich.

»Und denk dran, daß du verheiratet bist«, sagte meine Mutter. »Noch bist du verheiratet!«

Meine Schwester verschloß ihr Gesicht und sagte nichts.

Seit dem Frühling lebte Hotta im Flüchtlingslager Marienfelde, kam nur alle zwei Wochen nach Einbruch der Dunkelheit in die Nummer sechs und verschwand in der Frühe des nächsten Morgens.

»Machst du es nun?« sagte meine Schwester nach einer Weile. Sie war für den Abend mit Bubi Marschalla im Tanzcafé Pötig in der Weißenburger verabredet und brauchte jemanden, der auf die Kleine aufpaßte.

»Hast du es dir genau überlegt«, fragte meine Mutter ernst.

»Es ist doch nichts dabei, Mama. Soll ich ewig zu Haus sitzen?«

»Jedenfalls«, sagte meine Mutter, »wenn er damals gewollt hätte, hätte er einen Weg gefunden.«

»Mama, er konnte wirklich nicht!« sagte meine Schwester eindringlich und bittend.

»Ich hoffe nur, du glaubst nicht alles, was er dir erzählt, Mädel«, sagte meine Mutter seufzend. »Und sei um zwölf wieder zurück.«

»Danke«, sagte meine Schwester, ging auf sie zu und küßte sie auf die Wange.

Ich weiß natürlich nicht, was an Bubi Marschallas Darstellung über seine lange Abwesenheit stimmte, denn als er nach zwei, drei Jahren in der Vorderduncker wieder auftauchte, fuhr er ein weißes Kabriolett, Marke Volkswagen, mit westlicher Nummer und betrieb einen schwunghaften Schmuggel von Ost nach West, was ohne mehrfache Überschreitung der Grenze kaum möglich gewesen wäre. Nicht unwahrscheinlich ist, daß er mit der Wiederaufnahme des Kontaktes seine möglicherweise vorhandenen, von mir nicht bestrittenen Gefühle für meine Schwester mit einem geschäftlichen Interesse verband. Kühl betrachtet, ist die Behauptung meiner Mutter, er habe eine Notlage meiner Schwester schamlos ausgenutzt, um sich zu bereichern, nicht im ganzen falsch.

Daß er ihrer Gefühle noch immer sicher sein konnte, mußte ihm in dem Moment klar geworden sein, als er sein Kabriolett am Bürgersteig stoppte und das Gesicht meiner Schwester sah, die, über und über errötend, mit dem Kind an der Hand im Hauseingang der Nummer vier stand. Er lehnte sich zur Seite, öffnete die Beifahrertür, lud sie samt Kind mit gespielt großartiger Geste ein, Platz zu nehmen, strich ihr, nachdem sie, ebenso verlegen wie freudig lachend, eingestiegen war, das Haar zur Seite, gab ihr die Andeutung eines Kusses aufs Ohrläppchen und fuhr sie beide, Frau und Kind, an den Weißen See.

Von diesem spontanen, einen kurzen Nachmittag dauernden Ausflug erzählte meine Schwester selbst dann noch in schwärmerischen Tönen, als die Katastrophe sie längst eingeholt hatte. Noch Jahre danach war ihr jedes Detail gegenwärtig, und wann immer die Gelegenheit günstig war, kam sie auf diesen Nachmittag am Weißen See zu sprechen und auf die paar Monate, in denen Bubi Marschalla wieder in die Duncker sechs kam. Nicht nur seine weltmännisch großzügige Art, auch sein verständnisvoller, ja einfühlsamer Umgang mit der Kleinen habe in krassem Gegensatz zu den Erfahrungen gestanden, die sie im Zusammenleben mit Hotta dem Zimmermann gemacht hatte. Kaffee und Kuchen im Gartenrestaurant, eine Limonade und Eis für die Kleine, danach die Fahrt im Ruderkahn. Auf die Mietzeit sei es nicht angekommen, zehn oder mehr gemächliche Runden um den See, am Bootshaus vorbei und an der Badeanstalt, durch die prallen Blättergardinen schräg übers Wasser ragender Trauerweiden hindurch; Erinnerungen an die Kinderjahre, zarte Andeutungen über die Gefühle während der Zeit der Trennung, resignatives Seufzen angesichts feststehender, nicht leichterhand verrückbarer Tatsachen wie einem Eheverhältnis; die Frage, was Hotta mache?

Der ist nach drüben.

Ohne sie beide?

Sie hat nicht gewollt. Sie hat hier doch alles. Die Wohnung. Die Familie. Na, und mit der Kleinen im Lager? Na, hör mal! Soll er erst mal Arbeit finden. Soll was aufbauen. Dann kann sie immer noch sehen.

Hat er weggemußt?

Er meint ja. Sie meint nein.

Hottas Verwandlung vom Studenten der Arbeiter- und Bauernfakultät in einen politischen Flüchtling war an einem Wochenende geschehen. Am Freitag war er noch guter Dinge aus dem Haus gegangen, aber als er nachmittags wiederkam, schien er, nach Auskunft meiner Schwester, irgendwie verändert, lief in dem kleinen Zimmer hin und her, rauchte eine nach der anderen, herrschte das Kind an und sagte, als meine Schwester ihn zur Rede stellte: »Lilli, ich glaub, ich hab einen Fehler gemacht.«

Meine Schwester bekam einen Schreck und dachte, er hätte irgendwo in die Kasse gegriffen oder eine Geschichte mit einer anderen Frau angefangen, aber er schüttelte nur den Kopf und sagte: »Ich soll in die Partei.«

Den ganzen Vormittag hätten sie mit ihm geredet wegen Arbeiterklasse und Vertrauen, und daß die Partei gute Leute brauche, und er wär so einer und so weiter. Er habe immer gezögert und versucht, sich damit herauszureden, daß er noch nicht so weit wär, bewußtseinsmäßig und so weiter, aber die hätten von Klassenpflicht gesprochen, und daß er nicht immer nur nehmen könne, sondern auch mal geben müsse, wo sich doch alles verschärfe, der Klassenkampf und der Friedenskampf, und für den Frieden sei er doch auch, aber das reiche natürlich nicht, einfach nur für den Frieden zu sein, da müsse man auch was für tun, und zwei Bürgen hätten sie auch schon, und er wolle doch wohl nicht behaupten, daß die sich so irren könnten, was seine politische Reife angehe, die hätten ihn lange genug geprüft, er diskutiere doch meistens auch schon vom Klassenstandpunkt aus, und seine gesellschaftliche Tätigkeit berechtige zu einigen Hoffnungen, und da habe er schließlich ja gesagt, und nun sei er Kandidat.

Meine Schwester fand das nicht schlimm. Kandidat sein heißt ja erst mal nicht viel. Und wer weiß, ob sie ihn überhaupt übernehmen. Da hat er ja ein Jahr Zeit. Vielleicht bewährt er sich gar nicht. Nein, Kandidat fand sie nicht so schlimm. Aber sein Vater.

Sein Vater, der eigentlich sein Stiefvater ist, war, kaum daß er ihm die Sache mit der Partei angedeutet hat, aufgesprungen vom Stuhl und blutrot angelaufen. Er hat auf den Tisch gehauen und hat ihn gefragt, ob er noch ganz bei Troste ist. Ob er nicht weiß, mit wem er sich da einläßt? Kommunismus sagen die? Na, da kann er nur lachen! Das sind doch keine Kommunisten! Teddy war Kommunist. Teddy Thälmann. Aber die? Was meint Hotta, wer den Teddy verraten hat, damals. Der dicke Pieck hat den Teddy verraten, das wissen doch die Hühner. Und der Spitzbart? Der hat doch einen Puff gehabt in Leipzig, einunleipzich. Wenn Hotta ihn fragen würde, könnte er nur sagen: Die haben Deutschland verraten! Nichts weiter! Und wenn Hotta sich mit denen einläßt – mein lieber Scholli, dann sind sie getrennte Leute!

So zornig hat Hotta seinen Vater selten gesehen, und er hat ihn beruhigen wollen und gesagt, er wird Montag hingehen und sagen, daß er sich geirrt hat. Da ist sein Vater, der eigentlich sein Stiefvater ist, beinahe umgefallen wegen so viel Dummheit. Ob er meint, die lassen ihn dann in Ruhe. Ach, du meine Güte! Wen die sich einmal ausgeguckt haben, den lassen die nicht mehr in Ruhe. Das einzige, was er machen kann: Frau und Kind und zwei Taschen nehmen und ab!

Meine Schwester hat Hotta gefragt, ob er noch richtig tickt da oben. Ob er nicht weiß, was er seiner Familie schuldig ist, und mit Familie meint sie nicht seinen Vater, der eigentlich sein Stiefvater ist. Will er sie und die Kleine da drüben mit Stempelgeld durchfüttern oder was? – Da hat Hotta ganz wirr geguckt und beinahe angefangen zu weinen und gesagt, er weiß nicht mehr weiter. Zurück will er nicht, er kann doch keinem mehr in die Augen sehen, und sie sagt so, und sein Vater sagt so, und er hat sie doch lieb und die Kleine, aber sein Vater ist nun mal sein Vater, auch wenn er nur sein Stiefvater ist, und wat soll er denn machen. Und da hat sie gesagt: »Tu, was du tun mußt!«, und da hat er angefangen von seinem Lehrherren zu reden, den er im vorigen Sommer, als er rein zufällig mal drüben war, getroffen hätte, und der ihm gesagt hat, wenn er mal Arbeit braucht, soll er sich nur melden, er war ja schließlich mal sein bester Lehrling. Sie hat nichts gesagt, nicht, daß er gehen soll, nicht, daß er bleiben soll, und da hat er dann Sonntagabend eine Tasche gepackt und ist rüber.

Bubi Marschallas aufmerksamer Blick, sein mißbilligendes Kopfschütteln.

Aber er kümmert sich doch wenigstens, der Hotta!

Der? Na, wie denn? Von den paar Pfennigen? Er kriegt doch nur Taschengeld im Lager.

Dann steht sie ganz allein da?

Allein? Nö! Sie hat doch ihre Mutter.

Wieder Kopfschütteln, eine Pause des Nachdenkens. Von Ferne das Gekreisch der Badenden und das langgezogene Quietschen, mit dem die Straßenbahn 72, vom Pasedagplatz kommend, in die Berliner Straße einbiegt und Richtung Antonplatz fährt.

Ob er helfen kann.

Ach, er soll aufhören. Verhungern wird sie schon nicht.

Ehrlich, er will ihr helfen. Nicht daß sie denkt, er schwimmt in Millionen. Aber geholfen werden muß ihr!

Wirklich, er soll aufhören. Sie hätte nicht davon anfangen sollen. Ist doch peinlich.

Peinlich? Wieso peinlich. Aber wenn sie unbedingt will, kann sie auch was machen dafür.

Arbeiten will sie sowieso wieder gehen. Im Kindergarten brauchen sie immer jemand.

Arbeiten! Sie soll doch nicht gleich mit dem Schlimmsten kommen!

Och, ihr hats eigentlich immer Spaß gemacht.

Aber heutzutage! Er zum Beispiel macht in optischen Geräten. Und Schreibmaschinen.

Davon hat sie keine Ahnung, von optischen Geräten.

Da muß sie doch keine Ahnung von haben. Das macht sie mit der linken Hand. Na, er will sie nicht zu was überreden. Er kann ihr auch so helfen, ehrlich. Nur peinlich solls ihr nicht sein.

Nun soll er wirklich damit aufhören und mal sagen, was er meint.

Zum Beispiel Ferngläser. Die wird man gut los, drüben.

Über die Grenze? Nee, nee, nee. Traut sie sich nicht. Nee, nee!

Sie doch nicht. Sie geht bloß rein in den Laden, kauft und kriegt ihr Geld hinterher. Nichts weiter. Das andere macht er schon, keine Sorge. Sie muß nur den Ausweis mitnehmen, weil, die schreiben den Namen auf.

Da haben die einen ja gleich.

Was sie sich denkt! Da ist überhaupt kein Risiko. Man darf nur nicht so dämlich sein und zweimal im selben Laden kaufen. Klar. Das Fernglas für ihn, fünfzig Mark für sie. Aber er will sie nicht zu was überreden. Gotteswillen! Er hilft ihr auch so. Er läßt sie doch nicht im Regen stehen!

Fünfzig Mark?

Für Schreibmaschinen fünfundsiebzig. –

In den folgenden drei Monaten tauchte Bubi Marschalla weit mehr als ein dutzendmal in der Nummer sechs auf, flog die Treppe, zwei Stufen auf einmal nehmend, hoch in den vierten Stock des Hauses, in dessen zerstörtem Teil er einmal selbst gewohnt hatte, klopfte zweimal kurz, zweimal lang, übergab meiner Schwester, neben der Adresse einer Verkaufsstelle, in der gerade eine Lieferung der ebenso knappen wie begehrten Ware eingetroffen war, die Kaufsumme plus Provision, verabredete Zeit und Ort der Übergabe und setzte sich wieder in sein Kabriolett, das er, aus Vorsicht, nie mehr vor dem Haus, sondern in der Danziger, die jetzt Dimitroff hieß, parkte.

Meine Schwester nahm die Kleine an der Hand, setzte sie in den Kinderwagen und fuhr, je nach Lage der Verkaufsstelle, mit der S-Bahn durch die halbe Stadt, kaufte ein Fernglas oder eine Schreibmaschine, Marke Erika, in Baumschulenweg, Adlershof, Friedrichshain oder lief auch nur ein paar Straßen weiter in die Schönhauser oder Prenzlauer Allee und ließ ihre Personalien in eine Liste eintragen. Peinlich genau achtete sie darauf, nie im gleichen Laden zweimal zu kaufen, und mußte Bubi Marschalla, der sie einmal sogar, weil er einen Lieferungstermin zu spät erfahren hatte, alle Vorsicht mißachtend, selbst zur einer Verkaufsstelle fahren wollte, darauf aufmerksam machen, daß sie erst vor zwei Wochen dort gewesen sei.

»Na, und?« fragte Bubi Marschalla verdutzt, faßte sich aber gleich wieder, tippte sich an die Stirn wegen seiner Vergeßlichkeit, murmelte etwas von einem festen Abnehmer, dem er unmöglich absagen könne, ging ein paar Mal im Zimmer auf und ab, schnippte dann mit dem Finger und sagte, schon wieder mit aufgehellter Miene: »Na klar! Das ist doch ganz einfach!«

Er nahm ihre Hände, lächelte sie an und meinte, sie brauche sich keine Sorgen zu machen, könne beruhigt mit ihm fahren und das Gerät kaufen. Gleich hinterher solle sie einfach zur Polizei gehen und eine Verlustanzeige für das Erstgekaufte aufgeben und damit den Kauf des zweiten rechtfertigen. »Ist das nicht eine Idee?«

Meine Schwester mußte nicht lange überlegen, um, eingedenk seiner Warnung während der Kahnfahrt auf dem Weißen See, nachdrücklich und mit einem Blick auf das Kinderbett, in dem die Kleine ihren Mittagsschlaf hielt, den Kopf zu schütteln: »Nein, Bubi, das geht schief.«
»Was soll da schiefgehen?«
»Das kriegen die doch raus.«
»Aber Lilli, das müssen sie dir doch erstmal beweisen!«
»Nimms mir nicht übel, aber ich hab ein ganz dummes Gefühl.«
»Gefühl! – Mädel! – Denk doch mal nach. Wer kann dir den Verlust beweisen? Niemand. Verlust kann man nicht beweisen.«
»Bubi«, sagte meine Schwester mit aller Festigkeit, zu der sie fähig war, »Bubi, das kannst du nicht von mir verlangen.«
Bubi Marschalla wandte sich schroff von ihr ab, ging ein paar Schritte zum Fenster und sagte mit leiser, fast brechender Stimme: »Lilli, dann bin ich erledigt.«
Erschrocken sah sie auf seine ungewohnt mutlos hängenden Schultern, seinen gesenkten Kopf, seine zu Fäusten sich ballenden, dann wieder streckenden Hände. Ein schwaches Zittern lief über seinen Körper, bevor er, noch immer abgewandten Gesichts, zu reden begann. Er ist in der Pflicht. Ist einem Kunden was schuldig, der keinen Spaß versteht. Absolut keinen Spaß. Mehr kann er nicht sagen. Mehr darf er nicht sagen. Ob sie versteht, was er meint.
Meine erschrockene Schwester, Bubi Marschallas gepreßter Atem.
Ob er denn niemand anderes weiß?
Er hob die Schultern, seufzte.
Er ist doch den lieben langen Vormittag rumgefahren. War aber keiner da. Das ist ja das Drama.
Sie stand hinter ihm und sah mit seinem Blick hinaus

auf die Höfe der Nummer fünf und der Nummer sechs, auf die klaffende Lücke im Vorderhaus, in der die Wohnung seiner Eltern gelegen hatte, auf den Schutthaufen, auf dem vor zwei, drei Jahren Ambach bei seinem Sprung gelandet war, auf die Fenster im zweiten Stock gegenüber, wo Hottas Eltern wohnten. Ihr Schreck. Die Vorstellung, die dicke Frau Smolka könnte für einen Moment von ihrer Nähmaschine Marke Singer aufschauen und einen Mann am Fenster der Frau ihres Sohnes entdecken.

»Bubi!«

Bubi, der sich langsam herumdreht, aber am Fenster stehenbleibt.

»Bubi, ich machs.«

Ein ungläubiges, dankbares, strahlendes Bubi-Marschalla-Gesicht. Bubi, der endlich vom Fenster weggeht. Eine kurze, heftige Umarmung, ein Kuß aufs Ohr. Die Erleichterung meiner Schwester.

Ich sah sie aus der Tür kommen, Bubi Marschalla voneweg, dann meine Schwester, die die aus dem Schlaf gerissene, brüllende Kleine hinter sich her zog. Ich pfiff nach ihnen, lief über die Straße, hielt meine Hand mit dem verbundenen Finger, den ich einem Betriebsunfall in meiner neuen Lehrstelle zu verdanken hatte, in die Höhe, drei Tage Krankschreibung, schönes Wetter und das Kabriolett von Bubi Marschalla. Die Kleine brüllte noch immer, warf sich sogar auf die Erde, meine Schwester redete vergeblich auf sie ein, hob verzeifelt die Arme und rief dem ungeduldig am Auto wartenden Bubi zu: »Was soll ich denn machen?«

Jetzt war ich bei Bubi angekommen, jetzt fragte ich schon, ob sie mich mitnehmen würden, jetzt sah mich Bubi ganz prüfend an.

»Hast du deinen Ausweis?«

Ich fuhr über die flache Aufwerfung in meiner Gesäßtasche.

»Willst du dir was verdienen?«
Ich segnete meinen zerschnittenen Finger und stieg in das Kabriolett.

Meine Schwester winkte uns hinterher, rief etwas, das im Lärm des Motors unterging, und eine Viertelstunde später stand ich hinter der Schaufensterscheibe eines Fachgeschäftes für Foto und Optik, Nähe Antonplatz, und hielt ein angenehm schwer in der Hand liegendes, stumpfschwarzes Jenaer Fernglas mit der Vergrößerung 8 mal 50 vor die Augen, holte die vorbeieilenden, sich unbeobachtet glaubenden Passantengesichter auf der anderen Straßenseite ganz dicht an mich heran, suchte das parkende Kabriolett, sah in das unstet um sich blickende Jungengesicht Bubi Marschallas, schwenkte auf die bleiche Fassade des Hauses gegenüber, blieb an dem zerlaufenen Hammerkopf eines Fünfjahrplan-Symbols zwischen dem zweiten und dritten Stock hängen, während sich die Verkäuferin über den Ladentisch beugte und Namen, Adresse und Personalausweisnummer des jugendlichen Käufers säuberlich in eine Liste übertrug.

Es dauerte etwas länger als ein halbes Jahr, bis ich in der Post die Aufforderung fand, mich zwecks Klärung eines Sachverhaltes am folgenden Dienstag, neun Uhr, im zuständigen Polizeirevier, Greifenhagener Straße, einzufinden. Eine Hitzewelle fuhr durch meinen Körper, und ich stieß so laut Luft aus, daß meine Mutter aus der Küche kam und mit ebenso vorwurfsvollem wie mitfühlendem Blick in der Tür stehenblieb.

»Junge«, sagte sie, »das beste ist, du bleibst bei der Wahrheit.«

»Klar, Mama«, sagte ich und begann, die knappe, von Bubi Marschalla entworfene Legende im Kopf zu rekapitulieren. Meine Schwester, die im achten Monat schwanger war und inzwischen, samt Rückkehrer Hotta, drei Querstraßen weiter nördlich wohnte, hatte ihre Vernehmung über den Verbleib von dreizehn Jenaer Ferngläsern und sechs Schreibmaschinen, Marke Erika, schon hinter sich, und wenn alles nach Plan gegangen war, mußte Bubi Marschalla samt Frau, Cousine und Geschäftsfreund den St. Lorenz-Strom, Richtung Quebec, Französisch-Kanada, schon lange passiert haben.

2

Was ich zu sagen habe, weiß ich genau. Leugnen wäre zwecklos, Verschleiern unklug. Möglichst kurze Antworten auch auf die ausschweifendsten Fragen. Kein Drumherumreden, aber es darf auch nicht eingelernt klingen. Manchmal ein Zögern, wie wenn man sich Mühe gibt mit der Erinnerung, auch wenn man genau weiß, was zu sagen ist.

Für den Vormittag habe ich arbeitsfrei bekommen, zwecks Klärung eines Sachverhaltes. Der Doktor hat die Karte mit der Vorladung ein paarmal gewendet, hat mich skeptisch angeguckt und gefragt, was dahinterstecke. Ich habe gesagt, es gehe um einen Einbruch in unsere Kohlenkeller, und ich sei vorgeladen, weil ich die kaputten Schlösser als erster entdeckt hätte. Er hat gefragt, ob das öfter bei uns vorkomme und was denn verschwunden sei, und ich habe gesagt, daß bei den anderen ein paar Fahrräder fehlten, aber bei uns nur das Beil zum Holzhacken und ein paar Werkzeuge. Er hat meine Geschichte offenbar geglaubt und gesagt: »Na, dann geh, aber mach keine Umwege!« – »Ich komme gleich zurück«, habe ich geantwortet und das unschuldigste Gesicht aufgesetzt, das mir zur Verfügung steht.

Ein unschuldiges Gesicht brauche ich nicht nur beim Doktor, obgleich ich bei dem einen Stein im Brett habe. Der Doktor hat im Krieg sein rechtes Bein verloren und

läuft am Stock und mit weit ausschlagenden Bewegungen seiner Prothese. In der Zeit, als die Kasernierte Volkspolizei aufgestellt wurde und auf den Werktoiletten politische Sprüche auftauchten, ist er wegen Pazifismus aus der Partei ausgeschlossen worden. Während der Versammlung soll er sich gegen jegliche Militarisierung gewendet haben, und als der Genosse Lahner, der bei uns Parteisekretär war, mit erhobener Stimme auf die verstärkten Anstrengungen des Imperialismus und des westdeutschen Separatstaates aufmerksam machte, unseren jungen Friedensstaat mit allen Mitteln zu beseitigen, soll der Doktor mehrere Male mit dem Knöchel auf seine Prothese geklopft und gesagt haben, der Verlust eines Beines reiche ihm.
Der Genosse Lahner ist in den folgenden Tagen durch die Abteilungen gegangen und hat individuelle Gespräche geführt, in denen er durchblicken ließ, daß ein Ausschlußverfahren noch die günstigste Lösung für den Doktor sei und daß ihn im Grunde nur seine Zugehörigkeit zur verbündeten bürgerlichen Intelligenz vor strengeren Konsequenzen bewahre, als es ein Ausschluß oder vielleicht die Versetzung in einen anderen Betrieb sei. Vom Genossen Lahner wußte ich nur, daß er das Konzentrationslager überlebt hatte und, wie er bei jeder Gelegenheit betonte, ein Herz für die Jugend besaß. Das verhinderte nicht, daß er unter den Kollegen als scharfer Hund galt, vor dem man seine Zunge hüten müsse, und in den Tagen vor dem Generalstreik war unter den politischen Parolen auf den Werktoiletten schon mal die Aufforderung zu finden, den Genossen Lahner an die nächste Laterne zu hängen. Zwei, drei Wochen lang war die Lage für den Doktor ausgesprochen kritisch, und ich fand keinen, der für ihn auch nur einen Pfifferling gegeben hätte.
Auch mit mir hat der Genosse Lahner ein individuelles Gespräch geführt, in dem er auf die pazifistische Einstel-

lung meines Ausbilders allerdings nur nebenbei einging. Wichtiger war ihm, mich vor dem Abhören westlicher Musiksendungen zu warnen, wollte ich nicht vom Dikkicht imperialistischer Geheimdienste verschlungen werden. Da mir der Zusammenhang zwischen Musik und Geheimdiensten nicht auf den ersten Blick schlüssig zu sein schien, mußte ich mir seine Erklärung anhören, daß die Grüße, die in den Schlagern der Woche von West nach Ost und Ost nach West gesandt wurden, nichts anderes seien als chiffrierte Botschaften für Saboteure und Agenten, damit sie ihre Wühltätigkeit gegen die neue Ordnung verstärken könnten. Ich setzte mein unschuldigstes Gesicht auf und sagte, dann sei ich wohl dagegen gefeit, denn ich würde immer nur auf die Musik, nie auf die Zwischentexte hören. Da legte er mir seine schwere Hand auf die Schulter, sah mich lange und unendlich traurig an und sagte: »Ihr müßt noch viel lernen, aber ihr jungen Leute seid doch nun mal unsere Zukunft.«

Ein unschuldiges Gesicht brauche ich nicht nur beim Doktor. Genaugenommen brauche ich es bei ihm am wenigsten. Er weiß, daß ich schon öfter die Berufsschule geschwänzt habe, um am Potsdamer Platz, gleich hinter der Sektorengrenze, ins Kino zu gehen. Nicht, daß er darüber hinweggegangen wäre. Im Gegenteil. Aber ich weiß, er hat eine Schwäche fürs Kino. Über den Krieg hinweg hat er sogar einen Schmalfilmprojektor gerettet und mich einmal eingeladen, seine Stummfilmsammlung anzusehen. Einen ganzen Abend saß ich in seinem Haus gleich hinter dem Weißen See, sah einen Charlie-Chaplin-Film nach dem anderen und durfte die Cocktailkarte der Hausbar heruntertrinken. Trotz seines Parteiausschlusses war er noch immer Leiter der Abteilung Forschung und Entwicklung. Statt seiner hatte der Genosse Lahner nach dem Generalstreik den Betrieb wechseln müssen. Im Grunde hat der Doktor den Genossen Lahner sogar vor Schlimmerem bewahrt, als er ihn, nach der großen Streikversammlung im Kultursaal, im Werkleiterzimmer einschloß und sich schützend vor die Tür stellte. Der Doktor sagte: Als alle Genossen sich schon in den Wind gedrückt hatten, sei der Genosse Lahner aufs Podium getreten und hätte ein heiliges Donnerwetter auf die Streikversammlung niedergehen lassen. Die Leute hätten ihm sogar zugehört, ob aus Furcht oder Respekt sei dahingestellt. Erst als seine emphatische Rede über die revolutionäre Rolle des Streiks in der Ausbeutergesellschaft und seine konterrevolutionäre Rolle in der sozialistischen Gemeinschaft in der Frage mündete: »Wollt ihr eure Klasse verraten?«, sei ein ohrenbetäubender Tumult ausgebrochen, Fäuste seien gegen ihn gereckt worden, und als die Arbeiter aus dem Kesselhaus Anstalten gemacht hätten, die Bühne zu stürmen, sei er mit einem Sprung über die Blumenrabatten an der seitlichen Rampe Richtung Werkleiterzimmer geflüchtet.

Bei der Vorstellung, wie der Genosse Lahner über die Blumenrabatten geflüchtet ist, mußte ich unwillkürlich lachen, und auch der Doktor lächelte in sich hinein und fragte mich, ob er noch einen Manhattan mixen solle oder lieber eine Bloody Mary?

Dem Doktor verdanke ich auch eine Anzahl Einsichten, deren tieferer Sinn mir allerdings erst später einleuchtete. So war er eines Tages auf der jährlichen Konferenz aller Forschungsleiter, die in einem Werk an der Ostsee stattfand, seinem alten Widersacher, dem Genossen Lahner, begegnet. »Und weißt du, wo er saß? In der Pförtnerloge!« Er lächelte still in sich hinein und fügte dann in außerordentlich vergnügtem Tonfall hinzu: »Tja, mein Lieber, merk dir das! Im Leben sieht man sich zweimal!«

Nein, beim Doktor brauche ich mein unschuldiges Gesicht am wenigsten, und jetzt, auf dem Polizeirevier, weiß ich genau, daß Leugnen zwecklos wäre und Verschleiern unklug.

Selbstverständlich habe ich vor einem halben Jahr ein Jenaer Fernglas, 8 mal 50, in der HO-Verkaufsstelle für Foto und Optik Nähe Antonplatz käuflich erworben. Selbstverständlich habe ich es nicht von meinem Geld bezahlt. Und selbstverständlich ist es nicht mehr in meinem Besitz.

»Wieso nicht?«

Der Kriminalpolizist mir gegenüber macht einen leicht verdutzten Eindruck. Er ist nicht viel älter, als es mein Lehrer für Gegenwartskunde war, der gleich nach der Kriegsgefangenschaft einen Lehrgang für Neulehrer absolviert hatte und sich von allen Lehrern am leichtesten auf ein anderes Thema bringen ließ.

»Es kann nicht in meinem Besitz sein, weil es im Besitz meines Freundes, des Herrn Marschalla, ist.«

Der Kriminalpolizist mir gegenüber räuspert sich. Er hat ein liniiertes Schreibheft vor sich liegen, in das er gelegentlich etwas notiert. Bisher hat er drei Wörter notiert, die ich nur lesen könnte, wenn ich mich vorbeugte.

»Wie, sagen Sie, heißt der Herr?«

Ich wiederhole den Namen und buchstabiere ihn artig. Jetzt notiert er das Wort Marschalla.

»Vorname?«

»Georg.«

»Und warum ist das Fernglas im Besitz des Georg Marschalla? Haben Sie es ihm geborgt?«

»Selbstverständlich habe ich es nicht verborgt. Ich habe es für ihn gekauft.«

»Warum hat er es nicht selbst gekauft?«

»Er hatte seinen Ausweis nicht dabei.«

»Moment mal! Das Ganze mal von vorn.«

»Ich bin gerade vom Arzt gekommen, wo ich wegen eines Arbeitsunfalls in Behandlung war, da ist mir mein

Freund, der Herr Marschalla, auf der Straße begegnet. Er war völlig niedergeschlagen, aber als er mich gesehen hat, hat er mich ganz aufgeregt gefragt, ob ich ihm einen Gefallen tun und ein Fernglas kaufen könnte. Gerade eben sei eine Lieferung eingetroffen, nur habe er leider seinen Ausweis nicht dabei.«

»Hätte er ihn nicht holen können?«

»Seine Frau hat die Wohnungsschlüssel versehentlich mit auf ihre Arbeitsstelle genommen.«

»Er hätte warten können, bis sie zurück ist!«

»Dann wäre alles ausverkauft gewesen!«

Ich sehe dem Kriminalbeamten an, daß ihm die Erklärung logisch erscheint. Ich bin mir auch sicher, daß er wenig Ansatzpunkte hat, mich in einen Widerspruch zu verstricken. Zu oft habe ich diese Legende vor dem Einschlafen rekapituliert. Genaugenommen habe ich seit Bubi Marschallas Einschiffung nach Französisch-Kanada nichts anderes getan, als mir wieder und wieder zu erzählen, warum ich nicht im Besitz eines Jenaer Fernglases, Vergrößerung 8 mal 50, sein kann.

Daß Bubi Marschalla so plötzlich verschwand, wie er wieder aufgetaucht war, hatte seinen Grund darin, daß ihm der Boden unter den Füßen zu heiß geworden war. Die ganzen letzten Wochen vor seinem Abgang war er von einer auffälligen Unruhe befallen. Er kam abends nicht mehr ins Tanzcafé Pötig, sondern traf sich mit meiner Schwester im Café Bernauer Ecke Schwedter, dessen vorderer Ausgang in den französischen, dessen hinterer in den russischen Sektor führte. »Wenn eine Seite hinter einem her ist, kann man noch auf die andere gehen«, sagte er zu meiner Schwester, »aber wenn beide Seiten hinter einem her sind, muß man irgendwann machen, daß man wegkommt.«

Hinter Bubi Marschalla war der Osten genauso her wie der Westen. Im Osten fiel seine Tätigkeit unter die Rubrik unerlaubte Ausfuhr, im Westen unter die Rubrik unerlaubte Einfuhr hochwertiger technischer Artikel. Meine Schwester sagte, daß es ein eigentümlich aufregendes Gefühl gewesen sei, mit Bubi Marschalla im Café Bernauer Ecke Schwedter zu sitzen, auch wenn es kaum noch möglich gewesen sei, mit ihm ein ruhiges Gespräch zu führen. Vogelartig habe er, um beide Eingänge im Auge zu behalten, den Kopf hin- und hergeworfen und die Gewohnheit angenommen, seine Zeche sofort zu bezahlen. Er habe ihr eingeschärft, daß sie, falls etwas passiere, mit ihrer Aussage so lange warten solle, bis er das deutsche Hoheitsgebiet verlassen habe. Danach könne sie alles auf ihn schieben, alles!

»Was soll denn passieren«, hatte meine Schwester mit ängstlicher Stimme gefragt und sich seiner Versicherung erinnert, daß der Kauf registrierungspflichtiger Waren, sofern er nicht im gleichen Laden geschehe, eine absolut sichere Sache sei. »Hat sich denn was geändert?«

»Ich meine ›falls‹«, sagte Bubi Marschalla mit gedämpfter Stimme und beugte sich zu ihr hinüber. »Ich wäre beinahe aufgeflogen!«

Schon vor drei Wochen sei er zweimal, kurz nach Passieren des Brandenburger Tores, in eine Kontrolle westlicher Zöllner geraten, die sein Kabriolett so genau durchsuchten, als hätten sie auf ihn gewartet. Es sei einem Zufall zu verdanken, daß er beide Male nichts im Wagen gehabt habe. Er sei daraufhin nur noch mit der S- oder U-Bahn gefahren, aber vor kurzem, noch im Osten, und zwar Bahnhof Potsdamer Platz, hätte ihn ein Mitreisender, der das Paket, das Bubi auf dem Schoß hielt, schon längere Zeit fixiert und sich plötzlich als Polizist ausgewiesen habe, zum Aussteigen aufgefordert. Er sei ihm lächelnd und leichthin gefolgt, als hätte er nichts zu verbergen gehabt, aber kurz vor der Bude des Stationsvorstehers, in der die Kontrollen stattfanden, habe er laut gerufen:

»Fang!«, dem verdutzten Kriminalen die kiloschwere Erika vor die Brust geworfen und sei losgerannt.

»Und er hat sie gefangen«, hatte meine Schwester gefragt.

»Das ist ein Reflex«, hatte Bubi Marschalla überzeugt geantwortet. »Das klappt ganz sicher.«

Auch wenn neulich, als ich die Vorladung in der Post fand, eine Hitzewelle durch meinen Körper geschossen ist, und auch wenn mein Herz auf dem Revier in der Greifenhagener so stark schlägt, daß ich es bis im Hals spüre, fühle ich mich absolut sicher. Das einzige, was mich irritiert, ist die Anwesenheit einer weiblichen Person hinter meinem Rücken. Sie ist derart plaziert, daß ich sie nicht einmal aus dem Augenwinkel wahrnehmen kann. Nur die gelegentlichen Blicke des Kriminalpolizisten über meine Schulter hinweg scheinen darauf hinzudeuten, daß sie an ihrem Schreibtisch nicht nur irgendwelche Papiere bearbeitet, sondern möglicherweise meine Aussage verfolgt.

Von dem Verhör meiner Schwester auf dem Revier in der Pappelallee weiß ich, daß mein Name nicht gefallen ist. Ich weiß auch, daß meiner Schwester, die im achten Monat schwanger ist, von den Verhörenden großes Verständnis entgegengebracht worden ist. Die Schilderung der finanziellen Notlage einer seinerzeit vom Ehemann Richtung Westen verlassenen Frau mit Kleinkind, die den arglistigen Täuschungen eines Jugendfreundes erlegen ist, hat bei den Verhörenden, zwei Männern in reiferem Alter, deren einer meine Schwester an unseren Onkel Ewald erinnerte, verständnisvolles Kopfnicken und die Bemerkung hervorgerufen, eigentlich gehöre ihr Gatte, nicht sie, auf diesen Platz im Polizeirevier. Ungläubigkeit habe sie nur erfahren, als sie den Lohn für ihre Tätigkeit genannt habe: Fünfzig Mark pro Kauf.

»West«, sagte der, der sie an unseren Onkel Ewald erinnerte.

»Nein, Ost, natürlich«, antwortete meine Schwester.

»Liebe Frau«, sagte der zweite Verhörende mit immer noch nachsichtiger, aber schon leicht ungeduldiger Stimme, »das können Sie uns doch nicht erzählen.«

»Aber, ich schwöre«, sagte meine Schwester so fest und ernsthaft, daß die beiden Männer ihre Aussage schließlich unwidersprochen zu Protokoll nahmen.

Nur einmal sei es kritisch geworden, hat mir meine Schwester erzählt. Als der, der sie an unseren Onkel Ewald erinnerte, von dem Gewinn sprach, den ihr Jugendfreund bei der illegalen Transaktion nur eines einzigen Jenaer Fernglases von Ost nach West erzielt haben müsse, sei sie, wohl verführt vom Klima des Wohlwollens, von der mit Bubi verabredeten Legende abgewichen und habe ihrer Phantasie freien Lauf gelassen. Nach einem erstaunten Blick auf die beiden Männer habe sie gesagt, sie sei nie davon ausgegangen, daß ihr Jugendfreund die Ferngläser in den Westen schmuggeln würde, sondern daß sie für seine Sportfreunde bestimmt gewesen seien, und habe hinzugefügt: »Er war doch ein richtiger Fußballnarr.«

Die beiden Männer hätten sich seufzend zurückgelehnt und lange geschwiegen, ehe der eine sie gefragt habe: »Und die Schreibmaschinen?«

Da sei sie so erschrocken über ihren Fehler gewesen, daß sie in Tränen ausgebrochen sei und, beide Hände auf ihrem mächtigen Bauch, ratlos die Schultern gehoben habe.

Insgesamt aber schätzte meine Schwester ihr Verhör als positiv verlaufen ein und munterte mich mit dem Rat auf, wenn ich alles, wie verabredet, auf Bubi Marschalla schöbe, könne mir gar nichts passieren. »Außerdem bist du in einem anderen Revier.«

Glücklicherweise ist meine Schwester nicht auf dem Revier in der Greifenhagener, sondern auf dem in der Pappelallee verhört worden, sonst fühlte ich mich nicht so sicher. Als Bruder einer Person, die dreizehn Ferngläser und sechs Schreibmaschinen im Auftrag einer dritten Person gekauft hat, könnte ich mich sonst schlecht auf einen Freundschaftsdienst an dieser Person herausreden. Es wäre in der Tat unglaubhaft, eine Unkenntnis der Beziehung dieser Person zu meiner Schwester vorzutäuschen.

Daß meine Schwester auf dem Revier in der Pappelallee verhört worden ist, hat mit einer erfreulichen Veränderung in ihrem Leben zu tun. Statt in der Einzimmerwohnung in der Duncker wohnt sie jetzt drei Straßen weiter in anderthalb Zimmern. Die Wohnung liegt im ersten Stock des Quergebäudes, ist aber relativ hell und geräumig. Ihr einziger Nachteil ist, daß die hinteren Fenster genau über einem Kuhstall im zweiten Hof liegen und, besonders an warmen Tagen, wegen des intensiven Geruchs geschlossen bleiben müssen. Meine Schwester hat auch eine neue Couchgarnitur, neue Küchenmöbel und eine Flurgarderobe gekauft, die sie in der korridorlosen Wohnung der Nummer sechs immer vermißte.

Eines Tages hat sie in unserem Zimmer gestanden und strahlend verkündet: »Mama, ich kriege eine neue Wohnung!«

»Mensch, Mädel, wie hast du das angestellt?« hat meine Mutter gerufen und sie, ganz außer sich vor Freude, auf die Wange geküßt.

»Und neue Möbel kaufe ich mir auch!«

Da ist die Miene meiner Mutter wieder ernster geworden.

»Woher willst du denn das Geld nehmen? Du machst mir doch wieder Dummheiten!«

Statt einer Antwort hat meine Schwester einen Zeitungsartikel aus der Tasche gezogen, in dem zu lesen stand, daß Bürger, die durch die feindliche Propaganda zum Verlassen unserer jungen Republik veranlaßt wurden, bei Rücksiedlung durch eine großzügige Maßnahme unserer

Regierung ab sofort einen zinslosen Kredit von 2 000 Mark in Anspruch nehmen könnten sowie bei der Vergabe von Wohnraum bevorzugt behandelt würden.
»Will Horst denn zurück?« hat meine Mutter gefragt.
»Na, das glaube ich nicht.«
»Er wird schon kommen«, hat meine Schwester überzeugt geantwortet und die Hände auf ihren Bauch gelegt. »Ich kriege ein Kind.«
Tatsächlich hat mein Schwager Hotta schon in der nächsten Woche wieder jede Nacht in der Duncker sechs geschlafen, vierzehn Tage später eine Stelle als Zimmermann beim VEB Tiefbau angetreten und ist bald darauf mit meiner Schwester in die Pappelallee gezogen. Über seine Zeit im Notaufnahmelager Marienfelde hat er selten gesprochen. Nur einmal hat er mir erzählt, daß er die ganze Zeit in einem Sechsbettzimmer wohnen mußte und wegen der nächtlichen Belästigungen öfter zu seiner Tante in eine Laubenkolonie in Britz ausgewichen ist. Von seiner vergeblichen Arbeitssuche im Baugewerbe der freien Marktwirtschaft hat er das Wort *konjunkturschwach* mitgebracht und von seinem letzten Taschengeld im Flüchtlingslager ein längsgestreiftes Hemd mit Haifischkragen.
Meine Schwester hatte ich lange nicht so fröhlich gesehen wie in der Zeit, in der ihr Bauch zwischen den neuen Möbeln zu einer riesenhaften Kugel wuchs und die Kleine zum Schlafen in ein separates Zimmer gelegt werden konnte. Wenn ich sie besuchte, fragte sie mich nach meiner Arbeitsstelle aus und war immer aufs neue beeindruckt, daß mein Chef ein Doktor war. Ob Bubi Marschalla sich noch in deutschem Hoheitsgebiet aufhielt, schien sie ebenso wenig zu interessieren wie mich. Selbst als sie ihr Verhör hinter sich hatte, war sie so guter Dinge, daß sie mir noch Mut machte: »Schieb nur alles auf Bubi, dann kann dir nichts passieren.«
Ich habe mich an ihren Rat gehalten und alles auf Bubi

geschoben. Ich habe mit meinem unschuldigsten Gesicht erzählt, wie ich aus Freundschaft dazu gekommen bin, ein Fernglas zu kaufen, das ich nicht selbst brauchte. Ich habe seinen Vornamen gesagt und sogar seinen Nachnamen buchstabiert. Nur als ich seine Adresse sagen sollte, bin ich ins Stocken gekommen.

»Ja?« hat der Kriminalpolizist mir gegenüber gefragt und erwartungsvoll die Brauen gehoben. »Sie wissen doch, wo er wohnt?«

Natürlich weiß ich, wo Bubi Marschalla wohnt, das heißt, ich weiß, wo er früher gewohnt hat. Er hat meiner Schwester die Adresse genau eingeschärft, und meine Schwester hat mir die Adresse genau eingeschärft und gesagt: »Für uns wohnt er immer noch dort.«

Ich habe die Adresse wieder und wieder rekapituliert, und jetzt, wo ich sie sagen soll, beginnt sich in meinem Kopf etwas zu drehen. Die Nummer weiß ich noch ganz genau, aber der Name der Straße fällt mir nicht ein. Das Schlimme ist, ich bin in dieser Straße noch nie gewesen, so daß ich sie mir nicht einmal vorstellen kann. Ich habe mir schon öfter etwas ins Gedächtnis zurückgeholt, wenn ich es mir vorstellen konnte.

»Siebzehn«, sage ich, um überhaupt etwas zu sagen. »In der Nummer siebzehn.«

»Aber welche Straße«, fragt der Kriminalpolizist und schaut über meine Schulter hinweg.

»Weiß ich nicht mehr«, sage ich und schüttele den Kopf und hebe die Arme in echter Verzweiflung.

Hinter meinem Rücken ein Schnaufen, ein Stuhlscharren, eine Stimme: »Na, da haben wir ihn ja – den berühmten unbekannten Dritten!«

Ich habe es gewußt. Ich habe gewußt, daß hinter mir ein Feind sitzt. Der Feind, der jetzt neben mir auftaucht, hat eine Stimme, die jede Silbe mit höhnischer Schärfe bis zum Äußersten dehnt.

»Nein«, rufe ich, »doch kein Unbekannter!«

»Und da wollen Sie uns erzählen, es ist ihr Freund, und da wissen Sie nicht, wo dieser Freund wohnt? Na, das ist eine schöne Geschichte, die Sie uns da auftischen wollen!« sagt der Feind.

»Es ist mir doch nur entfallen«, sage ich.

Ein kurzer gedrungener Körper, eine blaßblaue Bluse über einer fülligen Brust.

»Nur im Moment«, füge ich hinzu.

»Nur im Moment«, äfft der Feind mich nach und baut sich in seiner ganzen gedrungenen Häßlichkeit rechts von mir auf. Der einzige, der helfen könnte, wäre der Kriminalpolizist mir gegenüber. Ich kann nicht sagen, daß er besonders glücklich aussieht, aber er macht auch keine Anstalten, mich in irgendeiner Weise zu entlasten. Mein Hilfeersuchen muß er doch in den Blicken spüren, die ich über den Schreibtisch werfe, aber statt mich mit irgendeiner, und sei es auch noch so scharfen, Frage zu entlasten, kritzelt er Figuren auf seinen Notizblock. Von rechts her spüre ich einen bohrenden Blick und habe nicht die Kraft, ihm zu begegnen. Mir ist, als hätte meine Mutter von der Wohnungstür her gerufen, was ich so lange auf der Toilette machte, und ich hätte vor Schreck meine Hand weggezogen, die zwischen den Beinen lag. Mir ist, als wäre ich beim Abschreiben ertappt worden oder bei einer Lüge, wie damals, als mich meine Englischlehrerin aufforderte, den Inhalt meiner Schultasche vorzuzeigen. Schöne Scheiße, daß ich nicht daran gedacht habe, das Heft mit der herausgerissenen Seite vorher unter die Bank zu schieben. Schöne Scheiße, daß irgend etwas in meinem Kopf sich zu drehen begonnen hat und zusammen mit Bubis Adresse eingestürzt ist. Wahrscheinlich laufe ich unter diesem bohrenden Blick sogar noch rot an und bin für die nächste Viertelstunde unfähig, auch nur ein Wort hervorzubringen.

»Schönhauser Allee«, höre ich mich sagen und wundere mich, woher mir das Wort zugefallen ist.

»Also, Schönhauser Allee«, sagt der Kriminalpolizist mir gegenüber und hört mit seiner Kritzelei ganz plötzlich auf.

»Nein, nein«, sage ich. »In der Nähe. Es war eine Querstraße von der Schönhauser Allee, glaube ich.«

»Glaubt er«, sagt die höhnische Stimme.

Langsam wächst Haß in mir.

»Na, dann wollen wir mal«, sagt die Stimme, die jetzt von links kommt. Links an der Wand hängt unter dem Wilhelm-Pieck-Bild ein Stadtplan von Groß-Berlin, ich springe auf, will nähertreten, will suchend beweisen, daß ich die lautere Wahrheit spreche, werde aber zurückkommandiert mit einem gezischten »Setzen Sie sich!«, wie wenn man »Kusch!« sagt zu einem Hund.

Ganz steif setze ich mich wieder hin. So habe ich nur gehaßt, als die schlampige Dicke mit dem Neufundländerpaar aus dem ersten Stock der Nummer siebenundachtzig gleich nach dem Krieg in Richtung meiner Schwester, die aus dem Fenster lehnte, quer über die Straße gerufen hat: »Dit Nazischwein lebt ooch noch?«

Meine Schwester, die im Bund Deutscher Mädel gewesen war, hat den Kopf in den Nacken geworfen, betont langsam das Kissen vom Fensterbrett genommen und das Fenster zugemacht. Gegenüber stand die schlampige Dicke mit ihrem unförmigen Neufundländerpaar und rief noch etwas, das wir nicht mehr verstehen konnten. Zwei Jahre später starb sie zusammen mit ihren Neufundländern nach dem Verzehr von verdorbenem Fisch. Die Leute in der Vorderduncker fanden es vor allem unmöglich, daß man in diesen Zeiten Hunde mit etwas so Kostbarem wie Fisch füttern konnte. Meine Mutter lächelte nur, und immer, wenn wir auf die Szene kurz nach dem Krieg zu sprechen kamen, sagte sie mit unverhohlenem Triumph in der Stimme: »Damals habe ich die Frau verflucht.«

Auch ich hätte nicht übel Lust, diese Frau, die mit dem Finger Stück für Stück über den Stadtplan von Groß-Berlin fährt und mit ihrer höhnischen Stimme jedesmal einen Straßennamen nennt, mit einem Fluch zu belegen, der sie in den nächsten zwei Jahren unter die Erde befördert, ob nun mithilfe verdorbenen Fischs oder sonstwie.

»Ist es vielleicht die Schivelbeiner?«

»Nein.«

»Ist es vielleicht die Carmen-Sylva?«

»Nein.«

»Oder die Gleimstraße?«

Sie hat mit ihrem Finger ans nördliche Ende der Schönhauser Allee getippt und ist nun Stück für Stück südlich gerückt. Sie ist mit dem Finger an meinem Schulweg entlanggefahren und an dem Fotoladen, in dem Schmiege das Bild von Max Schmeling gekauft hat. Jetzt ist sie schon in der Nähe des Exers und gleich ist sie über die Kreuzung Danziger, die schon lange Dimitroff heißt, hinweg. Mein Nein, das ich schon durch ein Kopfschütteln ausdrücke, ist ihr jedesmal sicher. So genau wie diese Gegend kenne ich nur die Gegend um die Duncker, und mir wäre eine Straße, in der Bubi Marschalla gewohnt hat, in dieser Gegend nie entfallen, auch nicht für einen Moment. In die Oderberger ist meine Mutter jede Woche einmal mit mir ins Stadtbad gegangen, hat eine Kabine für eine Stunde gemietet, und wir haben ein Wannenbad genommen. Und in der Schwedter hat Hotta der Zimmermann mit seinen Eltern bis zu ihrer Ausbombung gewohnt. Nur die Gegend hinter dem Senefelder Platz ist mir fremd. Auch wenn meine Mutter kurz nach dem Krieg öfter mit mir in den Gewerbehof in der Schönhauser drei gegangen ist und Heimarbeit besorgt hat, sagt mir die Metzer nichts und nichts die Saarbrücker Straße.

Auf meinem Stuhl bin ich schon etwas zusammengesunken. Meine Hände liegen schlaff auf den Knien. Ich fühle schon keinen Haß mehr, nur noch die Ohnmacht eines Menschen, dem seine Wahrhaftigkeit mit jedem Stück, den ein Finger auf einem Stadtplan entlangfährt, genommen wird. Ich weiß nicht einmal mehr, ob Bubis ehemalige Straße tatsächlich an der Schönhauser lag. Im Gegensatz zum Verhör meiner Schwester wird es keine telefonische Nachfrage an die Meldestelle geben, keinen Rückruf mit der Nachricht, der Bürger Georg Marschalla sei bis zu seiner illegalen Flucht nach Westberlin tatsächlich dort ansässig gewesen. Der Wahrheitsgehalt meiner Aussage würde nicht mehr bestätigt werden, jedenfalls nicht während dieses Verhörs.

Selbst meinem Feind ist nach der Aufzählung eines guten Dutzends von Straßennamen der Hohn vergangen. Nur noch einmal blitzt er auf, als der Finger fast am Ende der schmalen Linie angelangt ist, die auf dem Stadtplan von Groß-Berlin vom Norden ins Zentrum führt: »Da hätten wir noch die Lottumstraße zu bieten.«

Durch meinen Körper geht ein Ruck, im Kopf wird mir hell. Plötzlich ist mir die ich weiß nicht wie oft wiederholte Adresse so nahe, als wäre es meine eigene. »Ja«, sage ich erschöpft und ohne jede Spur von Triumph, »das ist die Straße.«

3

Meine Schwester floh an einem Mittwoch, zwei Monate nach meinem Verhör. Am Sonntag hatten wir uns noch zu einem großen Essen getroffen, meine Schwester, mein Schwager Hotta, seine Eltern und meine Mutter. Das Neugeborene lag in einem Korb neben dem großen Tisch. Es wog schon acht Pfund und war so braunäugig wie Hotta der Zimmermann.

Meine Mutter hatte Rouladen mit Rotkohl gekocht und alles, in zwei Töpfen verstaut, in der großen Tasche von meiner Oma in die Pappelallee getragen.

Meine Oma war zur Jahreswende gestorben, ein halbes Jahr nach meinem Opa. Als mein Opa starb, waren alle ein wenig erleichtert und meinten, nun hätte meine Oma endlich Zeit für sich. Sie habe ja ihr ganzes Leben nichts anderes getan, als sich für meinen Opa krummzulegen. Aber schon ein halbes Jahr später klagte sie über starke Schmerzen in der Bauchgegend und mußte ins Krankenhaus Nordmarkstraße eingeliefert werden.

In die Nordmarkstraße wurde ich auch schon einmal eingeliefert, kurz nach dem Krieg. Vor lauter Bauchschmerzen hatte ich nicht mehr stehen und liegen können und wimmerte nur noch vor mich hin. Doktor Kunze von der Ecke Duncker, der ins Haus gekommen war, hatte den Verdacht auf Blinddarmentzündung ausgesprochen und die sofortige Einlieferung in ein Krankenhaus verfügt. Da ich nicht fähig war zu laufen, holte meine Mutter aus dem Krankenhaus ein Transportgerät. Das war ein länglicher schwarzer Kasten mit einem Verdeck am Kopfende, wie ihn Kinderwagen haben, und zwei großen Speichenrädern an den Seiten. Meine Schwester und meine Mutter trugen mich hinunter und fuhren mich in die Nordmarkstraße. Als ich den Kasten sah, erinnerte ich mich, daß man mit einem solchen oder ähnlichen Karren die Toten wegtransportiert hatte, die bei Kriegsende auf den Straßen lagen. Er hatte auch eine verdammte Ähnlichkeit mit einem fahrbaren Sarg, und den ganzen Weg von der Duncker vier bis zum Nordmarkkrankenhaus glaubte ich, ich würde nun zum Sterben gefahren, und habe die Häuser, von denen ich in meiner Lage nur die rechts und links zurückbleibenden oberen Teile wahrnehmen konnte, angesehen, als wäre es zum letzten Mal. Ich habe es vermieden, in das Gesicht meiner Mutter zu blicken. Ich habe gedacht, wenn sie dich schon zum Sterben fährt, soll sie nicht sehen, daß du Angst davor hast. Im Grunde war ich maßlos enttäuscht, daß mich meine eigene Mutter zum Sterben fährt, und nahm mir vor, sie bis zu meinem Tod nicht mehr anzusehen. Weil in der Kinderstation kein Platz war, wurde mein Bett in ein Zimmer geschoben, in dem acht erwachsene Männer lagen. Schon da hatte ich keine Schmerzen mehr, auch nicht am nächsten Morgen, aber ich mußte noch eine Woche zur Beobachtung bleiben.

Es war eine heitere Zeit mit den Männern, die von morgens bis abends Witze rissen. Im Grunde war es meine heiterste Zeit, kurz nach dem Krieg. Deshalb habe ich es auch nicht so ernst genommen, als meine Oma wegen ihrer Bauchschmerzen ins Nordmarkkrankenhaus eingeliefert wurde. Ich bin nicht einmal zur Besuchszeit mitgegangen und konnte es lange nicht glauben, daß sie zur Jahreswende wirklich gestorben war. Wir mußten ihre Wohnung auflösen, die im dritten Stock des zweiten Hinterhofs der Nummer vierundachtzig lag, in dessen Parterre auch Schmiege mit seiner Mutter wohnte. Immer, wenn ich zu meiner Oma ging, habe ich auch bei Schmiege vorbeigeschaut, aber nicht immer, wenn ich zu Schmiege ging, bei meiner Oma.

Der zweite Hinterhof der Nummer 84 war der interessanteste von allen Höfen in der Vorderduncker. Er hatte nur einen Seitenflügel, und der Teil, an dem sonst das Quergebäude steht, war mit einem Maschendrahtzaun abgeteilt. An der Brandmauer zur Schliemann war ein Verschlag mit einem geteerten Holzdach angebracht, unter dem drei Pferdewagen standen, und an der Stelle im Seitenflügel, in dem sonst die zweite Parterrewohnung liegt, waren zwei große Flügeltüren, die zu einem Pferdestall führten. Vor dem Krieg soll es dort drei Pferde gegeben haben, nach dem Krieg war es nur eines. Manchmal stand eine Flügeltür offen, und das Pferd hielt sich auf dem Kopfsteinpflaster innerhalb des umzäunten Hofteils auf. Es war ein kräftiger, kurzbeiniger Brauner, der mit schwerem Tritt seiner eisenbeschlagenen Hufe an den Zaun trabte, wenn ich zu meiner Oma oder Schmiege ging, und seine feuchten Nüstern an den quadratischen Drahtmaschen rieb. Wenn der Kutscher nicht in der Nähe war, haben wir es mit allem gefüttert, was uns in die Hände fiel, manchmal auch mit den langbeinigen Spinnen, die Weberknechte heißen und die wir zuhauf an dem rissigen Holzzaun fingen, der den zweiten Hof der Nummer vierundachtzig von dem der Nummer fünfundachtzig trennte. Erstaunlicherweise hat das Pferd nicht nur alte Brotstükken gefressen, sondern auch diese Weberknechte, wo es doch heißt, Pferde seien Pflanzenfresser. Am liebsten aber war ihm das Ersatzeipulver Marke Milei, von dem Schmieges Mutter noch Jahre nach dem Krieg einen nahezu unerschöpflichen Vorrat besaß. Es war in einer stabilen, mit Aluminiumfolie überzogenen Papiertüte verpackt und stammte aus den Plünderungen der Vorratslager, die während der Tage nach der Kapitulation stattfanden.

Auch meine Mutter war, zusammen mit meiner Tante und meiner Schwester, zum Wasserturm in der Rykestraße gelaufen, unter dem ein riesiger Vorratskeller lag. Durch das Eingangstor wären Hunderte von Menschen geströmt und hätten herausgetragen, was sie gerade packen konnten. Meine Mutter hätte meiner Schwester wegen des gefährlichen Gedränges befohlen, draußen zu warten, und sich mit meiner Tante armrudernd und schimpfend in das finstere Innere gezwängt. Drinnen wäre ein unvorstellbarer Tumult gewesen, die Leute hätten sich um die Sachen geschlagen, und beide wollten nur eines: gleich wieder hinaus. Meine Tante hätte noch den erstbesten Karton gegriffen und ihn unter Aufwendung aller Kräfte zusammen mit meiner Mutter durch die Anstürmenden hindurch ins Freie gebracht. Schweißgebadet und erschöpft wären sie bei meiner Schwester angekommen und hätten erst dort festgestellt, daß sie einen Karton mit Bierhefe in den Händen hielten. Vor Enttäuschung hätte meine Mutter beinahe angefangen zu weinen, und sie wäre nicht mehr zu bewegen gewesen, das Vorratslager noch einmal zu betreten.

»Nun haben wir den Krieg überstanden und sollen uns jetzt wegen so was tottrampeln lassen?« soll sie meine Tante angefahren und der vor ihr stehenden Kiste einen Tritt versetzt haben. Meine Tante hat das Paket daraufhin den Vorübergehenden, besser: Vorüberstürmenden zum Tausch angeboten, aber schon nach einem kurzen Blick auf den Inhalt haben die meisten den Kopf geschüttelt oder sind weitergelaufen. Lediglich ein Kriegsinvalide hat gewisses Interesse gezeigt, indem er neben ihnen stehenblieb und jede Abweisung mit dem Satz kommentierte: »Das werden Sie nie los.« Nach einer halben Stunde hat meine Mutter die Geduld verloren und zum Aufbruch gedrängt, aber meine Tante wollte das Paket partout nicht seinem Schicksal überlassen und fragte den Invaliden, ob er es gebrauchen könne.

»Eigentlich nicht«, antwortete der, »aber wenn ich Ihnen einen Gefallen tun kann?« – »Man weiß ja nie, wozu etwas gut ist«, sagte meine Tante und wollte sich schon zum Gehen wenden, aber der Invalide hielt sie zurück. Er sei aufgrund seiner Kriegsbeschädigung gar nicht in der Lage, eine Last zu tragen. Ob sie ihm nicht helfen könnten? Meine Mutter und meine Tante waren erst etwas verdutzt, aber nach der Versicherung, er wohne ganz in der Nähe, trugen sie, abwechselnd mit meiner Schwester, das Paket in den dritten Stock eines Hauses, das tatsächlich ganz in der Nähe lag. Als Dank für ihre Mühe wollte der Invalide ihnen den Rest einer Juno-Schachtel anbieten, aber da weder meine Tante noch meine Mutter rauchten und meine

Schwester nicht zugeben durfte, daß sie es gelegentlich tat, lehnten sie außer Atem, aber dankend ab.

»Wir könnten doch tauschen«, raunte meine Schwester meiner Mutter zu, aber meine Mutter antwortete ebenso leise wie bestimmt: »Keine Schiebergeschäfte!«

Noch Jahre danach erzählte meine Mutter bei Familientreffen die Geschichte mit der Bierhefe, teils zur Erheiterung, teils aber auch, um ihre Benachteiligung durch das Schicksal zu dokumentieren. Bei der Hochzeitsfeier meiner Schwester, die entgegen der Regel wegen Platzmangels nicht in der Wohnung der Braut, sondern in der des Bräutigams stattfand, war ihre Erzählung einer der heiteren Höhepunkte. Nur Hottas Vater, der eigentlich sein Stiefvater war, schüttelte über so viel Naivität den Kopf, eine in jenen Zeiten derartig kostbare Beute praktisch zu verschenken.

»Was sollten wir denn mit Bierhefe«, fragte meine Mutter und zog wegen der Kritik ihre Mundwinkel abweisend nach unten.

»Das hätte sich schon gefunden«, sagte Hottas Stiefvater und sah meine Mutter so gewinnend an, daß sie lächelte und vor Verlegenheit in die Runde rief: »Kinder, jetzt tanzt doch mal oder was!«

Auch bei dem großen Essen am Sonntag vor der Flucht meiner Schwester sagte meine Mutter in irgendeine Pause hinein: »Wißt ihr noch, die Sache mit der Bierhefe?«, und Hotta der Zimmermann, der schon das zweite Bier getrunken hatte, fing bestätigend an zu lachen, als wäre er dabeigewesen, aber meine Schwester sagte mit Verweis auf den Babykorb neben dem Tisch: »Nicht so laut. Denk doch an den Kleinen.«

Das große Essen verdankten wir dem neuen Mieter, der in die Wohnung meiner Oma gezogen war. Genaugenommen verdankten wir es dem Vertiko meiner Oma, das weder von meiner Mutter noch von meiner Schwester in der kurzen Zeit zwischen dem Tod meiner Oma und der amtlichen Zuweisung ihrer Wohnung an einen neuen Mieter losgeschlagen werden konnte. Zum Verschenken war es zu gut erhalten, zum Verkaufen zu altmodisch. Der neue Mieter, dem meine Schwester die Wohnung übergab, erklärte sich bereit, es im Gegenzug der Benutzung so lange stehenzulassen, bis sich eine Verwendung fand. Erst als Aussicht auf eine größere Wohnung bestand, erinnerte sich meine Schwester des Vertikos, aber der neue Mieter, den sie zufällig auf der Straße getroffen hatte, bot ihr auf der Stelle an, es für einen guten Preis zu übernehmen. Er habe sich inzwischen an die Existenz des Möbels gewöhnt und im Moment auch gar keine Zeit, sich nach etwas Gleichwertigem umzusehen. Er zog ein gerolltes Geldbündel aus der Tasche, zählte vier Hundertmarkscheine ab, und als meine Schwester, verblüfft über den Betrag, der den Monatslohn ihres Mannes überstieg, für einen Moment zögerte, legte er noch einen Hundertmarkschein drauf.

Meine Schwester wurde ganz verlegen und meinte, das könne sie nicht annehmen, für so ein altmodisches Ding.

»Nehmen Sie nur, schöne Frau«, sagte der neue Mieter. »Sie tun mir damit einen Gefallen.«

Noch beim großen Essen am Sonntag vor ihrer Flucht wies meine Schwester mehrere Male auf den ungewöhnlichen Verkauf und das gerollte Bündel hin, das der neue Mieter mir nichts dir nichts aus der Tasche gezogen hätte.

»Ich glaube, so viel Geld habe ich noch nie gesehen«, sagte sie.

»Und als Opa gewonnen hat?« sagte meine Mutter.

Kurz vor Kriegsende hatte mein Opa, der laut meiner Mutter und zum Leidwesen meiner Oma das ganzes Geld auf die Rennbahn trug, in Hoppegarten 1288 Reichsmark gewonnen.

»Das war mehr als bei Opa«, sagte meine Schwester überzeugt. »Das waren ja alles Hundertmarkscheine.«

»Bei manchen weiß man wirklich nicht, wie sie zu so viel Geld kommen«, sagte meine Mutter.

»Er soll auch ein Auto haben«, sagte die dicke Frau Smolka, die sich sonst nur selten ins Gespräch mischte, mehr fragend als feststellend.

»Eins?« sagte meine Mutter in ihrem ironischsten Ton. »Mal ist es eins aus dem Westen, mal aus dem Osten!«

»Nein, nein, Mama, er hat nur eins«, sagte meine Schwester. »Es gehört seinem Chef.«

»Ich hab doch die Nummern gesehen«, sagte meine Mutter und wandte sich an mich: »Du hast doch schon mit ihm gesprochen.«

»Was weiß ich«, sagte ich ausweichend.

»Ich hab euch doch gesehen, Bernie und dich.«

»Na, nur so. Nichts Besonderes«, sagte ich, stand auf und fragte meine Schwester, wo der Toilettenschlüssel zu finden sei.

»Am Haken neben der Tür«, sagte sie. »Das weißt du doch.«

Wenn die Rede auf den neuen Mieter kam, wich ich, wenn möglich, aus. Daß er ungefähr zur gleichen Zeit in der Vorderduncker aufgetaucht war, in der Bubi Marschalla Richtung Französisch-Kanada verschwand, war dem Zufall einer amtlichen Wohnungszuweisung zu verdanken, aber obgleich er in nichts Bubi Marschalla glich, übte er eine ähnlich starke Anziehungskraft auf uns aus. Bei Bubi Marschalla schwang, wenn er über die Straße ging, der ganze Körper. Der neue Mieter lief, wie ich mir einen jungen Elefanten vorstellte. Im Winter trug er einen froschgrünen, bis ans Knie reichenden Ledermantel. Obgleich er nicht viel älter war als Bubi Marschalla, wölbte sich unter seiner Brust schon ein erheblicher Bauch. Seine Haare waren von matschigem Blond und auf Façon geschnitten, statt daß sie, wie bei uns allen, über den Kragen standen. Alles in allem war er, trotz des Ledermantels, eine so fade Erscheinung, daß wir ihn anfangs glatt übersehen hatten. Genaugenommen war es auch nicht seine Person, sondern seine Frau, die unsere Aufmerksamkeit auf ihn lenkte. Eines Nachmittags im Spätwinter, es war ein klarer, bitterkalter Tag, kam Schmiege ganz aufgeregt vor die Tür und rief: »Habt ihr die Olle schon gesehn?«

»Wat! Wat für ne Olle!«

»Na, die von der Wohnung von Tommie seine Oma. Die jetzt da wohnt, im Dritten«, sagte er so schnell und ungeduldig, daß der Dampf aus seinem Mund schoß wie aus einer Lokomotive, und ehe wir nachfragen konnten, rief er emphatisch: »Mann, ick sag euch!«, winkelte seine Arme und hielt die Handflächen einen halben Meter vor die Brust: »Son Balkon!«

Gelassen hoben wir die Schultern, sahen kurz in die Runde und wollten auf ein Thema wechseln, in dem wir uns wenigstens auskannten, aber Schmiege verdrehte die Augen wie damals bei Debra Paget, schüttelte den Kopf vor lauter Fassungslosigkeit und sagte immer wieder: »Haste noch nich gesehn! Sone Schönheit!«

Daß die Wirklichkeit seinem Eindruck nicht nur entsprach, sondern ihn weit übertraf, konnten wir am gleichen Nachmittag feststellen. Aus dem Laden von Frau Iwen trat eine kleine Frau in weichem Pelz, die trotz der Kälte rote hochhackige Schuhe trug. Quer über den Damm kam – nein: schritt sie direkt auf uns zu, und mit jedem Meter, den sie näherrückte, erschien sie uns unwirklicher, so als wäre sie der Leinwand des Kinos am Vinetaplatz im Wedding entsprungen, in dem wir immer noch mindestens einmal jede Woche für 25 Pfennig West saßen, Wechselkurs eins zu fünf.

Ihre Haare glänzten in schwärzestem Schwarz, ihr Gesicht war von porzellanener Klarheit, der Mund weich und blutrot bemalt. Wir gaben die Tür, durch die sie schreiten würde, mit zwei kurzen Schritten frei, grüßten übertrieben respektvoll, man kann schon sagen ehrerbietig, ernteten ein Lächeln und einen Blick aus rehsanften Augen, die unter den haarfeinen, nachgezogenen Brauen den Eindruck der Unwirklichkeit noch verstärkten, indem sie uns gleichzeitig wahrzunehmen schienen, wie sie durch uns hindurchsahen. Nur ihr dünnstimmig plärrender, wenn auch freundlicher Gruß fiel gegenüber dem vollen Baß des Mannes an ihrer Seite, der ebenfalls »Guten Tag« sagte und dabei leicht den Kopf neigte, dissonant ab und hätte uns in die Wirklichkeit zurückholen können, wäre das ganze übrige ihrer Erscheinung nicht so umwerfend phantastisch gewesen, daß wir alles, was ihm entgegenstand, auf der Stelle vergaßen.

Wie in stiller Verabredung standen wir jetzt wieder jeden Tag vor der Tür der Nummer vierundachtzig und warteten auf den Augenblick, da das Paar aus dem Milchladen trat oder von der Ecke her kam oder aus dem mausgrauen Opel Olympia stieg, der unter der Laterne links von der Haustür parkte. Wie immer grüßten wir ehrerbietig und inzwischen auch mit der gleichen leichten Verbeugung wie der Mann, ernteten ihr Lächeln, ihren Gruß und ihren rätselhaften Blick, und mit der Zeit fiel der Glanz und das Rätsel dieser unwirklichen Frau auch auf den Mann an ihrer Seite, dessen Auto, was Bernie zuerst auffiel, tatsächlich verschiedene Nummernschilder besaß. Zwar fuhr es meist unter dem Zeichen GB, was für Groß-Berlin stand und zum Osten gehörte; manchmal aber stand vor den Zahlen das Kürzel KB, für Kreis Berlin.

»Gibts denn dit«, fragte Bernie mit allen Zeichen der Verwunderung, »daß du son Ding fürn Osten hast *und* fürn Westen?«

»Da stecken die Russen hinter!« sagte Manne überzeugt, wußte aber nichts Näheres. So starrten wir noch eine Weile auf das Schild und redeten schon wenig später über

Frauen im allgemeinen und über die des neuen Mieters im besonderen.

Eines Nachmittags, und danach fast zwei Wochen, warteten wir vergeblich auf die Ankunft der Frau und ihres Mannes. Wir vermuteten eine gemeinsame Urlaubsreise, auch wenn der Frühling noch jung und die Tage empfindlich kühl waren, aber eines Tages hielt der Opel Olympia wieder unter der Laterne, nur daß wir schon beim Heranfahren die Abwesenheit der Frau auf dem Beifahrersitz registrieren mußten. Der neue Mieter stieg aus, erwiderte unseren Gruß und verbeugte sich leicht. Seine Stimme war freundlich, seinem Gesicht nichts anzusehen, keine Trauer, keine Enttäuschung.

Am dritten Tag rief Manne Wollank mit belegter Stimme und für uns alle überraschend: »Na, heut so alleine?«, aber außer mit dem freundlichen Gruß und der Kopfneigung reagierte der neue Mieter nicht darauf. Schmiege, der von seiner Wohnung aus den besten Überblick über die Passage des zweiten Hinterhofes hatte, konnte zwei Wochen lang keine Spur von der kleinen Frau entdecken, kam dann aber, in der Hand eine Zeitung, vor die Tür, sah uns, einen nach dem anderen, mit dem Ausdruck höchster Wichtigkeit an und sagte: »Det gloobt ihr nich!«

Das Blatt ging von Hand zu Hand, es war die Seite mit den Anzeigen, und in der Rubrik Verschiedenes lasen wir, von Schmiege mit einem roten Stift umrahmt, die kleingedruckte Notiz: Hiermit erkläre ich, daß ich für die Schulden meiner Frau nicht mehr aufkomme. Günter Gottke, Berlin N 58, Dunckerstraße 84.

4

Am Karfreitag stand er einen kurzen Moment neben uns vor der Tür, am Ostersonntag hielt er uns eine Schachtel amerikanische Zigaretten hin, und Ostermontag redeten wir ihn schon mit dem Vornamen an. Am Nachmittag, als wir vom Fußballturnier im Poststadion kamen, sind wir mit ihm in die Prenzlauer spaziert und haben bei Wagi-Eis Station gemacht.

Wagi-Eis war ein privater Laden, und es gab keinen Sonntagnachmittag, an dem wir dort nicht mindestens einmal Station machten, schon wegen der beiden Schwestern, die hinter dem Ladentisch standen. Sie waren, wenn überhaupt, nur wenig älter als wir, trugen weiße Schürzen und Hauben, auf die der Name Wagi in roter Schreibschrift gestickt war. Jedesmal, wenn wir uns eine Waffel zu fünfzehn Pfennig kauften, versuchten wir, ihnen mit irgendeinem lustigen oder vorsichtig anzüglichen Wort näherzukommen, aber sie lachten nur und blitzten mit den Augen, und noch nie war es einem von uns gelungen, sich zu verabreden oder in sonst einen Kontakt zu treten.

Am Abend ging er mit uns in die Blaue Donau, und wir saßen bis Mitternacht zusammen am Stammtisch. Zum Kneipenschluß torkelten wir hinaus, grölten die ganze Straße lang das Deutschlandlied und fielen haubitzenblau in unsere Betten. Ich allein hatte vierzehn kleine Bier getrunken und mußte am nächsten Tag statt zur Arbeit zum Arzt gehen und mich wegen einer Gastritis krank schreiben lassen.

Natürlich hatte Günter die ganze Zeche bezahlt. Ich wußte schon so viel von ihm, daß er in der linken Hosentasche das Ostgeld, in der rechten das Westgeld trug. Wenn er einen Geldschein aus dem gerollten Bündel holte, zog er ihn ein- oder zweimal über der Tischkante glatt.

Natürlich wußte ich noch mehr von ihm. Zum Beispiel,

daß er auf seine Frau nicht gut zu sprechen war. Auch wenn es uns brennend interessierte, etwas über ihren Verbleib zu erfahren, waren wir doch nicht so taktlos, ihn direkt zu fragen. Wir leisteten uns höchstens mal eine Andeutung oder auch einen Vergleich, in dem wir von der Attraktivität der Schwestern bei Wagi-Eis sprachen und nebenbei darauf hinwiesen, daß sie mit Günters Frau natürlich nicht konkurrieren könnten. Er lächelte dann mit seinen aufgeworfenen Lippen, hinter denen eine Reihe nikotingelber Zähne zu sehen waren, und fragte uns, ob wir noch ein Bier vertrügen. Wir hoben in gespielter Entrüstung die Hände; ein Bier verträgt man doch immer noch, auch wenn unsere Stimmen schon schwer waren und die Gedanken wie im Nebel. So dauerte es eine Weile, bis in meinen Kopf hineinging, daß Günter ganz von allein die Rede auf seine Frau gebracht hatte.

»Was hat er gesagt«, fragte ich Bernie, der neben mir saß.

»Vor die Tür gesetzt hat er sie, hat er gesagt«, sagte Bernie.

Ich versuchte vergeblich, mir vorzustellen, wie man eine so unwirklich schöne Frau vor die Tür setzen konnte. Ich versuchte mir klarzumachen, welchen vernünftigen Grund es überhaupt geben könnte, eine so unwirklich schöne Frau vor die Tür zu setzen, und so sehr ich mich mühte, es wollte mir keiner einfallen. Ich war mir sicher, ich würde beinahe alles machen, um eine solche Frau in der Wohnung zu behalten.

»Schönheit«, sagte Günter Gottke in unsere benebelte Runde hinein, »Schönheit ist *eine* Sache.«

Ich beugte mich vor, denn ich sah ihn manchmal nur noch verschwommen und mußte mir große Mühe geben, seine Worte zu verstehen, obgleich er so gewählt sprach wie keiner von uns, nicht einmal ich. Auch wenn er gelegentlich ein Kraftwort verwendete, war mir seine gewählte

Sprache von Anfang an aufgefallen, und in der Art und Weise, mit der er seine Meinung vortrug, erinnerte er mich an Ambach. Es war die gleiche Bestimmtheit, die gleiche Zweifellosigkeit in seiner Stimme, auch wenn sie mir jetzt wieder verschwamm und wie von weither kam, so daß ich nach Bernies Arm griff und meinem irritierten Gesicht wohl anzusehen war, daß ich einen Moment nicht folgen konnte.

»Er hat gesagt, daß man eine Nutte nicht halten kann, Mensch«, sagte Bernie, schon ein wenig ungeduldig wegen meiner Begriffsstutzigkeit.

»Nutte? Wieso Nutte?« fragte ich, aber Bernie hing mit seinen Augen schon wieder an Günter Gottke, der an seiner Brieftasche nestelte und unter einem Haufen Papiere etwas hervorzog, das wie eine Fotografie aussah. Trotz meiner Trunkenheit fiel mir auf, daß seine Handstellung etwas Unnatürliches hatte, so als wollte er den Haufen, den er aus seiner Brieftasche gezogen hatte, vor den Blicken anderer verdecken. Jetzt aber starrte er das kleine Ding, das wie ein Foto aussah, an und lächelte breit, bevor er es auf den Tisch warf, nach seinem Bierglas griff und hinter sich zum Tresen blickte. Schmiege nahm es als erster auf, Harry Hoffmann beugte sich zu ihm hinüber, ich hörte einen Laut des Erstaunens, mußte aber im gleichen Moment gegen eine Welle leichter Übelkeit ankämpfen, so daß ich nicht nachvollziehen konnte, wer ihn ausgestoßen hatte und warum. Ein neues Glas stand neben dem, das ich erst zur Hälfte ausgetrunken hatte, ich holte Luft, stürzte den Rest hinunter, sah Bernies breites Grienen und sein respektvoll bewunderndes Kopfnicken in Richtung Günter Gottke, während er das weiße Etwas an mir vorbei zu Wölfchen reichen wollte, der sich, mit Verweis auf sein Training, als einziger beim Trinken zurückhielt. »Eh!« rief ich, »zeig mal!« und hielt gleich darauf ein Foto in der Hand, das mich trotz meiner nebelhaften

Wahrnehmung beim ersten Blick erröten ließ. »Manometer«, sagte ich und grinste pflichtschuldigst und schob es gleich zu Wölfchen hinüber.

Ich nahm mein Glas und schmeckte mit der Zunge die Bitternis des Schaums. Noch immer war ich rot im Gesicht, aber nicht aus Scham, eher aus einer großen Verlegenheit heraus, die mich im selben Moment befiel, als ich das Abbild der Frau, bei deren Anblick mein Herz noch vor kurzem schneller zu schlagen begann, bar jeder Kleidung, auf einem Bett liegend, das rechte Bein ein wenig angewinkelt, die Arme hinter dem Kopf verschränkt und mit diesem unwirklichen, nur ihr eigenen Lächeln um den vollen Mund, vor Augen hatte.

Ich sah, daß Benno, der gegenüber Schmiege saß, die Fotografie, die Wölfchen Rosenfeld ihm reichte, gleich zu Günter Gottke schob, als müßte er sie schon einmal gesehen haben. Einen Moment saßen wir schweigend, Günter Gottke verstaute das Foto zwischen seinen Papieren und sagte, als Schmiege auf die äußeren Merkmale des Abbildes zu sprechen kommen wollte, sehr entschieden, daß er das Thema für erledigt hielte. Wir nickten bereitwillig und immer noch ein wenig verlegen, tranken uns zu und lästerten bald wieder herum, mal über Wölfchen und seine Enthaltsamkeit, mal über Sohni Quiram, den seine Eltern ins Internat gesteckt hatten. Ich weiß nicht, wie es den anderen ging, aber bis ich im Bett lag, hatte ich das Abbild der Frau vor Augen und fühlte gleichzeitig diese merkwürdige Verlegenheit, und später, als ich mit Benno und Günter Gottke durch die Bars zog und ständiger Kunde auf dem Gelände in Hohenschönhausen war; als ich schon ein Netz von Abnehmern für amerikanische Zigaretten, Kaffee und Nylons geknüpft und mir, zu meinem Lehrlingsgehalt von 70 Mark im Monat, von dem ich 25 Mark als Taschengeld behalten konnte, einen Nebenverdienst gesichert hatte – später fuhr mir diese Verlegenheit immer dann in den Körper, wenn mir, gewollt oder ungewollt, das Abbild der entkleideten Frau des neuen Mieters vor Augen trat; auch beim großen Essen am Sonntag vor der Flucht meiner Schwester, als ich, um nicht über meine Beziehung zu Günter Gottke reden zu müssen, zum Schein auf die Toilette ging.

Als ich mich wieder an den großen Tisch setzte, redete man von einem anderen Thema. Ich senkte die Lider, gab mich dem schwachen Nachzittern meiner Knie, der langsam weichenden Spannung auf der Haut zwischen den Beinen hin, und die Müdigkeit nach der heftigen, nie ganz vollkommen scheinenden Befriedigung legte sich so massiv auf meinen Körper, daß sich die Stimmen von mir entfernten und ich in die vertrauten Töne fiel wie in ein wattiges Bett. Von weit her das Lachen meiner Schwester über dem verblassenden Körper der Frau des neuen Mieters, noch sah ich klar das buschige Schwarz ihrer Haare, ihr betörend milchweißes Gesicht, dessen Konturen ganz langsam verschwammen und zu einem neuen Gesicht sich formten, das den Zügen Debra Pagets ebenso glich wie denen Gretchen Paskarbeits. Ich versuchte es festzuhalten, für Momente gelang es mir, aber dann verfiel es rapide und rückstandslos zu einer rötlichen Schwärze, in die das Wort Otto mit der ernsten Kraft einer brummenden Stimme drang.

»Wißt ihr denn nicht, was mit Otto passiert ist?« hatte Hottas Stiefvater gesagt.

»Du meinst Onkel Otto?« sagte meine Schwester.

Mit einem Schlag war ich wach.

»Ich meine meinen Bruder Otto«, sagte Hottas Stiefvater betont. »Wen denn sonst.«

»Ach«, sagte meine Schwester. »Was denn?«

Hottas Stiefvater zog Luft ein und sagte nichts.

»Er mußte rüber«, sagte die dicke Frau Smolka leise. »Vorgestern.«

»Otto?« sagte ich.

»Na, du hörst doch«, sagte meine Mutter nach einem kurzen, verweisenden Blick zu mir und bevor sie sich an Hottas Stiefvater wandte: »Wieso denn das?«

Noch immer sagte Hottas Stiefvater nichts. Ich dachte an den Mann mit dem Gesicht eines freundlichen Hundes, der zu meinen ständigen Kunden gehörte. Zweimal im Monat lieferte ich zwei Stangen amerikanische Zigaretten der Marke Ninety-Nine und anderthalb Pfund Kaffee aus dem Lager in Hohenschönhausen in das Vorderhaus in der Lychener.

»Sie haben ihm aufgelauert«, antwortete die dicke Frau Smolka anstelle ihres Mannes. »In der U-Bahn. Als er zur Arbeit fuhr. Drei Mann hoch!«

»Na, wer macht denn so was?« sagte meine Mutter in einem Ton fassungsloser Empörung.

Von Onkel Otto wußte ich nur, daß er bei der Westpolizei war. Ich wußte auch, daß er morgens in Zivilkleidung wegging und abends in Zivilkleidung wiederkam, so wie ich wußte, daß man darüber besser nicht sprechen sollte.

»Sie haben ihm gedroht«, sagte die dicke Frau Smolka. »Sie haben gesagt, er soll machen, daß er rüberkommt, sonst könnte er auch mal vor den Schienen liegen.«

Meine Mutter schlug die Hand vor den Mund.

»Stellen Sie sich vor«, sagte Frau Smolka, die meine Mutter noch immer siezte. »Sie haben gesagt, wenn er nicht freiwillig geht, wollen sie ihn vor die U-Bahn stürzen!«

Meine Mutter schüttelte vor lauter Fassungslosigkeit den Kopf.

»Sie haben auch Arbeiterverräter zu ihm gesagt«, sagte Frau Smolka. »Und da weiß man ja...«

»War er nicht auf dem Revier im Wedding?« sagte meine Mutter.

»Zuerst«, sagte die dicke Frau Smolka. »Aber dann ist

er wegen Grenznähe nach Steglitz versetzt worden, auf eigenen Wunsch.«

»Woher wußten die denn, was er macht«, fragte meine Schwester. »Das wußte doch keiner.«

»Die haben doch ihre Leute überall«, sagte die dicke Frau Smolka überzeugt.

Hottas Stiefvater straffte sich, erhob sich langsam vom Stuhl, um seine Zigaretten vom Rauchtisch am Fenster zu holen, und sagte trocken: »Nicht nur die!«

Über seiner Nase stand eine Falte, die so gerade war wie seine Körperhaltung, wenn er in der blauen Uniform mit dem geflügeltem Rad auf den Kragenspiegeln von der Ecke Raumer nach Hause kam. Ich kannte ihn als schweigsamen Mann, der meist am Küchentisch saß, Kreuzworträtsel löste und nach der Arbeit selten aus dem Haus ging, denn wegen seiner Tätigkeit als Zugführer bei der Reichsbahn war er oft eine halbe Woche oder länger, wie er sich ausdrückte, auf der Strecke.

»Hier, Horschti, ne Gute«, sagte er und streckte seinem Stiefsohn eine offene Chesterfield-Schachtel hin. An der Steuerbanderole sah ich, daß es eine Kaufschachtel war und überlegte, wie ich ihn als Kunden gewinnen könnte, ohne daß es meiner Mutter zu Ohren kam.

»Und«, sagte er zu seinem Stiefsohn, der ihm Feuer reichte, »läuft alles?«

»Och«, sagte Hotta paffend, »man kann nie genug klagen.«

Mit Hottas Rückkehr schien sich Herr Smolka abgefunden zu haben, auch wenn er sich nie dazu geäußert hatte.

»Tschuldigung«, sagte er zu meiner Mutter und hielt ihr ebenfalls die Schachtel hin, »muß man sich erst dran gewöhnen, daß die Frauen auch rauchen.«

»Ich bin so frei«, sagte meine Mutter, setzte ihr gewinnendstes Lächeln auf und griff in die Schachtel.

»Und Sohnimann?« sagte Hottas Stiefvater mit einer Kopfbewegung in meine Richtung.

»Soweit kommts noch«, rief meine Mutter. »Mit achtzehn vielleicht.«

»Laß ihn doch mal«, sagte meine Schwester, die natürlich wußte, daß ich rauchte.

»Danke, ich will jetzt nicht«, sagte ich schnell und abweisend. Der Verzicht auf das Rauchen war mir weniger unangenehm, als es mir vor allen anderen von meiner Mutter erlauben zu lassen. Daß ich in ihrer Gegenwart nicht rauchte, war, neben der Verheimlichung meines Schwarzhandels, die letzte Respektierung ihrer Autorität.

Ich griff, um meiner Ablehnung Nachdruck zu verleihen, über den Tisch nach der Puddingschüssel, lehnte mich zurück und löffelte in aller Ruhe die Reste heraus. Für einen Moment war es still im Zimmer. Meine Schwester hatte das Neugeborene nach nebenan geschoben, die Kleine spielte in der Ecke neben dem Ofen. Nur das gleichmäßige Einziehen und Ausstoßen des Rauchs war zu hören. Hotta und sein Stiefvater rauchten mit tiefen Zügen, meine Mutter sog nur die Hälfte des Rauchs ein und spitzte die Lippen, wenn sie ihn ausstieß. Die dicke Frau Smolka hatte die Hände über ihren Leib gefaltet, bei dem Bauch und Brust zu einer hervorschwellenden Einheit verwachsen schienen, und starrte gedankenverloren auf die Tischplatte. Hottas Stiefvater zog an der Zigarette und paffte blaßblaue, zitternde Ringe, die sich, von den Augen meiner Mutter verfolgt, über seinem Kopf in Schwaden auflösten. Für den Bruchteil einer Sekunde trafen sich ihre Blicke. Ich wußte, daß meine Mutter ihm eine gutaussehende und stattliche Erscheinung attestierte.

»Auf deiner Hochzeit«, hatte sie einmal zu meiner Schwester gesagt, »hat er mir ganz schön den Hof gemacht.«

»Mein Schwiegervater«, hatte meine Schwester betont verwundert gefragt.

»Was meinst du, wie der einen anfaßt«, hatte meine Mutter geantwortet, ihre Hand vorgestreckt, als führe sie jemand beim Tanzen, und hinzugefügt: »Aber natürlich ganz harmlos.«

»Sind doch teuer, die Amis«, sagte ich in diesen Blick hinein, griff nach der Chesterfield-Schachtel und drehte sie nach allen Seiten.

Er sagte so etwas wie, es koste, was es koste.

»Ich glaube, die kriegt man auch für die Hälfte«, sagte ich so beiläufig wie möglich.

Ich spürte seinen prüfenden Blick beinahe körperlich. Jetzt kam alles darauf an, ob er auf meine vage Bemerkung eine konkrete Frage anschloß. So ähnlich hatte ich seinen Bruder Otto als Kunden gewonnen, indem ich auf seine Frage nach den Bedingungen die Frage nach seinem Bedarf stellte und die Möglichkeit einer diskreten Bedienung andeutete. Er war so schnell zur Sache gekommen, daß ich, gegen die Versicherung seines Stillschweigens gegenüber allen anderen, besonders meiner Mutter, eine Hauslieferung im Abstand von zwei Wochen vereinbaren konnte.

Natürlich hätte ich bei dem großen Essen und im Beisein meiner Mutter bei einer andeutungsweise positiven Reaktion alles im vagen gelassen und wäre erst später darauf zurückgekommen, aber Hottas Stiefvater enthob mich aller Taktiken mit einem ernst und nachdrücklich gesprochenen: »Da laß mal die Finger davon.«

Um einem mißtrauischen Satz meiner Mutter zuvorzukommen, winkte ich gleich ab, sagte: »Ich doch nicht!«, blickte kurz zu meiner Schwester, die mir neben Kaffee gelegentlich ein Paar Nylons abnahm und die Aufmerksamkeit mit einem munteren »Wer will noch Kaffee?« von mir ablenkte.

Bis zum Ende des Treffens vermied ich es, Hottas Stiefvater in die Augen zu sehen, so unsicher war ich mir, ob sein Bruder sich an das Versprechen des Stillschweigens gehalten hatte, aber er ging selbst dann nicht auf das Thema ein, als meine Mutter in ein langes Lamento über die Unsitte des Schwarzhandels im allgemeinen und seine familiären Auswirkungen im besonderen verfiel.

»Die stürzen uns noch alle ins Unglück«, sagte sie mit ihrer dramatischsten Stimme, diesmal ohne einen dieser leidend besorgten Blicke in Richtung meiner Schwester, und drückte die Glut der Zigarette mit schleifenden Bewegungen aus.

Ich sah ihre Hand über dem Aschenbecher mit der Randaufschrift Josetty, und mir fiel ein, daß sich meine Mutter das Rauchen erst kurz nach dem Krieg angewöhnt hatte, weil sie, aus lauter Angst, etwas Verbotenes zu tun, unfähig war, die Zigaretten, die ihr auf der Raucherkarte zustanden, zu verkaufen oder zu tauschen, und ich mußte unwillkürlich lachen, versuchte noch, den Reiz irgendwie zu unterdrücken, aber vergeblich, ich glukste ein paarmal, dann brach es heraus, ich lachte aus vollem Herzen, und meine Schwester fiel in das Lachen ein und auch Hotta; sein Stiefvater, der ihm gegenübersaß, verzog breit das Gesicht und wurde von einem lautlosen lachenden Schütteln erfaßt, und selbst die dicke Frau Smolka lächelte nach einem unsicheren Blick auf ihren Mann, und meine Mutter, verwirrt, vielleicht sogar verletzt im ersten Moment, konnte nicht anders, als in das Lachen, das sich von einem zum anderen fortgesetzt hatte, einzufallen, sich schnell zu steigern und zwischen Kaskaden aus höchsten Tönen atemlos und stoßweise zu fragen, welchen Anlaß die Heiterkeit habe, »Lacht ihr etwa über mich? Ihr lacht doch wohl nicht über mich?«, bis meine Schwester, die als erste die Fassung wiedergewann, mit Tränen in den Augen und kopfschüttelnd »Mama« sagte, »du bist manchmal wirklich komisch«, und meine Mutter, nach letzten zitternden Tönen, erschöpft in den Stuhl zurückfiel und wie abschließend sagte: »Naja, ist doch wahr.«

Am Abend nach dem großen Essen, als die dicke Frau Smolka und ihr Mann in Hottas Begleitung schon gegangen waren, kam meine Mutter beim Abräumen des Tisches noch einmal auf den Fall meines verlorenen Kunden zu sprechen.

»Daß die ihn vor die U-Bahn schmeißen wollten, glaubst du das?« fragte sie meine Schwester, die die Schultern hob und mit dem Tablett Richtung Küche ging.

»Verständlich ist das schon, daß sie ihn rüber haben wollen«, sagte meine Mutter und folgte ihr. »Bei uns hier wohnen und drüben bei der Polizei sein? Das lassen die doch nicht zu.«

»Er war doch schon vor der Spaltung dabei«, sagte meine Schwester. »Wer kann denn wissen, wie alles kommt?«

»Jedenfalls«, sagte meine Mutter, die in der Tür stehengeblieben war, »verdienen wird der Otto auch nicht schlecht. Wenn der sich das alles umgetauscht hat!«

»Aber es ist doch schrecklich«, hörte ich meine Schwester in der Küche sagen. »So von einem Tag auf den anderen alles aufgeben? Nee, das möchte ich nicht.«

5

Nach Hohenschönhausen fuhr ich einmal die Woche. Seit mich Günter Gottke das erste Mal in das Lager, das früher einmal eine Garagenanlage gewesen war, mitgenommen hatte, waren schon Monate vergangen. Ich wußte inzwischen, daß es noch mehrere Lager dieser Art gab und daß das Hauptlager in der Schlegelstraße war. Ich wußte auch, daß die Ware aus dem Freihafen von Rotterdam kam, wobei ich mir, als ich es hörte, nicht sicher war, ob Rotterdam in Holland oder in Belgien liegt, und erst auf dem Atlas nachgucken mußte. Gesichert aber war mein Wissen darüber, daß die Lager nicht ohne Kenntnis der Behörden bestehen konnten, obgleich keines von ihnen im Telefonbuch zu finden war und niemand in der Öffentlichkeit von ihnen sprach.

Weiterhin wußte ich, daß die Läden, die sich hinter den fünfzehn bis zwanzig Garagentüren in Hohenschönhausen verbargen, von sogenannten DPs betrieben wurden, was mir Günter Gottke als Abkürzung des Begriffs *displaced persons* erläuterte und wegen meines offenkundigen Unverständnisses hinzufügte: »Na, die Staatenlosen aus den Ka-Zetts und so!«

»Aber warum gerade *die*!« fragte ich einmal Günter Gottke.

»*Nur* die«, antwortete er mit Nachdruck in der Stimme, aber ohne weitere Erklärung, »nur die können dieses Geschäft machen.«

Die Händler waren meist kleinwüchsige, brünette Männer mit kehligen Stimmen und eigentümlichen Namen. So hieß der Händler, bei dem Günter Gottke angestellt war, Jakob Hase; der links davon Erwin Adler; und rechts davon Alfred Fink. Ferner gab es noch die Händler Hirsch, Eber, Amsel und Wallach. Daß es sich dabei um Pseudonyme handeln mußte, war mir schon wegen ihrer Häufung aus dem Tierbereich klar und wurde logisch, als ich erfuhr, daß die meisten von ihnen noch eine Wohnung im amerikanischen, französischen oder englischen Sektor hatten. Obgleich ich, wenn sie im Sommer auf dem Hof saßen und sich kartenspielend unterhielten, keinen zusammenhängenden Satz verstand, zog mich die vokalreiche und singende Sprache an, so daß ich, wenn ich mit unserer Truppe in der Blauen Donau saß, schon manchmal den Tonfall nachahmte oder rojt statt rot sagte und masseltov statt Glück.

Mit Jakob Hase fand ich überraschend schnell einen unkomplizierten Umgangston. Beim ersten Besuch in Hohenschönhausen hatte mich Günter Gottke um die Schulter gefaßt und gesagt: »Das ist Tommie. Er hat übrigens Randow gekannt.« Jakob Hase hatte kurz genickt.

Nach anfänglich forschenden Blicken war er zunehmend freundlicher geworden, ja manchmal sogar herzlich, nahm auch mein Ostgeld ohne weiteren Kommentar und trotz des handgeschriebenen Plakats an der Wand seines flüchtig gekalkten Garagenraumes, auf dem zu lesen stand: »Es wird nur Westgeld in Zahlung genommen.« Hin und wieder sprach er in Günter Gottkes und meiner Gegenwart von seiner Lehrzeit als Tuchhändler irgendwo in Galizien und streifte einmal ganz plötzlich und ohne jeden Vorwurf in den Augen seinen Hemdsärmel über den Ellenbogen, so daß wir die blautätowierte Ka-Zett-Nummer auf seinem Unterarm lesen konnten.

Bis zuletzt, bis die Lager im Jahr nach dem Ungarnaufstand geschlossen wurden, fuhr ich mit einem Gefühl freudiger Spannung auf die kurze Begegnung mit Jakob Hase nach Hohenschönhausen. Während der ganzen Jahre gab es nur ein einziges Mal so etwas wie eine Disharmonie zwischen uns. Das war in der Zeit, als Schmiege immer ganz aufgeregt und wie verändert vor die Tür kam und mir einmal ein schmales Büchlein in die Hand drückte und mit allen Zeichen der Begeisterung »Kennste Tucholsky? Mußte unbedingt lesen! Unbedingt!« rief. Seit der Sache mit Debra Paget nahm ich alles, was von Schmiege kam, mit Skepsis entgegen und ließ das Büchlein erst mal ein paar Tage auf der Ablage unter dem Rauchtisch liegen, ehe ich es eines Abends mit ins Bett nahm und nicht mehr aufhören konnte zu lesen, bis mir die Augen zufielen. In den folgenden Tagen las ich es in der Straßenbahn, wenn ich in den Betrieb fuhr, oder in der Frühstückspause, hatte es auch in der Seitentasche meines Sakkos, als ich zu Jakob Hase kam, dessen Blick sich so lange am herausstehenden Rand des flammend rotgelben Umschlages mit dem Autorennamen festsog, bis ich das Buch herausnahm und neben einen der Kaffeesäcke aus Brasilien legte. Mit einer Art stillen Ehrfurcht nahm er es in die Hand und blätterte, kopfnickend und ohne mehr als einen Blick auf die Titel der kleinen Artikel und Gedichte zu werfen, immer wieder zwischen den Seiten, als begegne er einem verloren geglaubten Gut. Ich lehnte mich auf die Ladentheke und wartete, nicht ohne Stolz, bis er es mit behutsamer Geste zurückreichte und mich fragte, ob es mir denn gefalle.

»Is schon okeh«, sagte ich beiläufig, denn mit dem Wort »gefallen« wäre die erleuchtende Nähe, die ich zu dem Verfasser dieses Büchleins gefunden hatte, und die größer war, als ich sie je zu Gino Bartali oder Maxe Schmeling hätte finden können, auch nicht annähernd ausgedrückt worden.

Und ob ich wisse, fragte Jakob Hase und sah mich wieder mit diesem forschenden Blick aus den ersten Tagen unserer Bekanntschaft an, ob ich denn wisse, was dieser Tucholsky gewesen sei?

Ich schob das Buch in die Jackentasche und setzte mein unverständigstes Gesicht auf.

»Na, was wohl. Na, ein Schriftsteller.«

Jakob Hase hob die Hände. Ein Schriftsteller. Wasn sonst! Aber *was* für einer?

»Wie – was?« Ich zuckte die Schultern, schüttelte den Kopf und sah Jakob Hase so lange voller Unverständnis an, bis er den Blick von mir nahm, meine Ware hinüberschob und ganz sachlich kassierte.

Natürlich wußte ich, was er hatte hören wollen. Daß ich es nicht sagen konnte, blieb mir unerklärlich. Es war schon die Zeit, in der wir mit uns Probleme bekamen, wenn es um unsere Herkunft ging. Zum Beispiel war es schon wichtig geworden, ob einer Deutsch-Ost oder Deutsch-West war, und für meinen Teil hätte ich eine solche Frage am liebsten damit beantwortet, daß ich sagte, ich käme aus der Duncker. Vielleicht fürchtete ich damals, daß sich dieser Tucholsky, würde ich zu Jakob Hase gesagt haben, er sei ein Jude wie er, im gleichen Maße von mir entfernte wie er mir eines Abends nahegerückt war.

Meist fuhr ich montags ins Lager, seltener dienstags, aber es kam auch schon vor, daß ich wegen einer besonderen Auftragslage an einem anderen Wochentag ins Lager fuhr. Noch immer war es ein aufregender Moment, wenn ich durch die eiserne Seitentür trat, den dicken Walter in seiner Pförtnerloge mit einer Handbewegung begrüßte, quer über den Hof zum Laden von Jakob Hase lief, meine Ware einkaufte und beim Verlassen des Geländes in die Pförtnerloge rief, wieviel ich in der Tasche hatte. Ich rief beispielsweise: »Drei Stangen und vier Pfund für Tommie!«, und der dicke Walter nickte und notierte die Menge in sein Quittungsbuch. Das Ritual des Zurufs hatte ich von Günter Gottke eingeschärft bekommen, falls ich auf einem Grenzbahnhof in die Kontrolle geriete. »Der Schlepper«, hat er mir nachdrücklich erklärt, »soll seine Tasche nicht vor den Mitreisenden öffnen, sondern ganz ruhig aufstehen und den Organen folgen. Erst am Kontrollort selbst soll er seine Waren vorweisen und möglichst nur einer Person die Telefonnummer des Lagers in Hohenschönhausen nennen, damit durch Rückruf bestätigt werden kann, daß sein Warentransport über die Grenze offiziell abgedeckt ist, und er ohne Behelligung weiterfahren kann.«

Ich war seiner Belehrung aufmerksam gefolgt, obgleich ich sie als ebenso überflüssig empfand wie die Tatsache, daß ich dem dicken Walter zurief, was und wieviel ich in meiner Tasche trug, aber Günter Gottke riet mir dringend, es dennoch zu tun. Dabei wußte er, daß ich die Wünsche meines kleinen Kundenkreises befriedigen konnte, ohne die Grenze zu passieren. Auch er setzte mindestens die Hälfte einer erheblich größeren Warenmenge ab, ohne die Grenze zu passieren. Beinahe alle, von denen ich wußte, daß sie in dem Lager in Hohenschönhausen aus und ein gingen, setzten mindestens die Hälfte ihrer Waren ab, ohne die Grenze zu passieren. Ich wußte natürlich auch, daß es nicht gestattet war, die Waren abzusetzen, ohne die Grenze zu passieren. Schließlich hatte man die Lager nicht deshalb geschaffen, um den Bedarf unserer Bevölkerung an Bohnenkaffee, amerikanischen Zigaretten oder schottischem Whisky zu decken, sondern um einer dramatischen, durch die Einführung der Spaltermark sich ständig verschärfenden Devisenknappheit zu begegnen. So jedenfalls erklärte es mir der Nachfolger des Genossen Lahner, der Genosse Westphal. Ich hatte ihn nach einer der Betriebsversammlungen, die nach dem Generalstreik häufiger als sonst stattfanden, direkt angesprochen. Ich hatte ihn gefragt, wie er mir begreiflich machen könne, daß auf dem Boden eines Staates, der den Besitz von Westmark für illegal und strafwürdig halte, ein Gelände existiere, auf dem erklärtermaßen nur Westgeld in Zahlung genommen werde.

»Meinst du das provokatorisch«, hatte der Genosse Westphal mich gefragt.

»Nein«, hatte ich geantwortet, »ganz ehrlich.«

Er hatte sich kurz umgeschaut, ob mich außer ihm noch jemand verstanden haben könnte, mich am Arm gepackt und ein wenig beiseite gezogen, genau dorthin, wo nach der Schilderung des Doktors sein Vorgänger, der Genosse Lahner, sich mit einem Sprung über die Blumenrabatten vor dem Zorn der Belegschaft gerettet hatte. Dann blickte er mir sehr ernst in die Augen und begann seine Erklärung mit den Worten: »Offen gesagt, es ist auch mir schwergefallen, das einzusehen. Aber ...«

Er holte zu einer Erklärung aus, die fast eine Viertelstunde dauerte, und bemühte sich ehrlich, auch den kleinsten Widerspruch in einen begründeten Zusammenhang zu stellen. Mir fiel auf, daß er an alle Sätze das Wort »aber« anschloß, selbst wenn er keine Einschränkung im Sinn hatte. Er sagte beispielsweise: »Die Entwicklung der Produktivkräfte ist das wichtigste Instrument zur Steigerung des Lebensstandards, aber wir werden alle Kräfte dafür mobilisieren.«

Ich sagte: »Und.«

»Wieso und«, fragte er.

Ich sagte: »Und alle Kräfte mobilisieren.«

»Richtig«, sagte er. »Du entwickelst schon Einsicht.«

»Ja«, sagte ich, »aber.«

Er fing seine Erklärung noch einmal von vorne an, mit etwas anderen Worten zwar, aber mit gleicher Argumentation, verstärkte nur ihr Gewicht bei der Bedeutung des Kampfes um den Frieden und um die Erhaltung der Einheit Deutschlands.

»Das ist doch nicht so schwer zu verstehen«, sagte er und blickte mich wieder ganz ernsthaft an.

»Natürlich nicht«, sagte ich, »aber.«

Jetzt zog er Luft ein, wurde schon etwas prinzipieller im Tonfall und fragte schließlich, die Stirn gerunzelt, die Augen prüfend skeptisch auf meine nachlässig verschränkten Arme gerichtet: »Du bist doch für den Frieden oder –?«

An dieser Stelle wußte ich, daß die Diskussion beendet war. Nicht für den Frieden zu sein, war natürlich eine Unmöglichkeit, und nun mußte ich, um keinen negativen Eindruck zu hinterlassen, so tun, als wollte ich mir alles, was er gesagt hatte, in Ruhe durch den Kopf gehen lassen, damit ich, woran er offenbar keinen Zweifel hatte, zu dem gleichen Ergebnis käme wie er.

Zum Abschluß klopfte er mir auf die Schulter und ermahnte mich im Ton eines Eingeweihten, ich solle Vertrauen haben und mit der ganzen Sache keine Propaganda machen. »Junge, glaub mir, das sind Übergangsschwierigkeiten!«

Daß er wenigstens die Berechtigung meiner Frage hatte gelten lassen, kam einem Sieg gleich. Noch vor ein paar Wochen, als ich allen Mut zusammengenommen und sie während einer anderen Versammlung öffentlich gestellt hatte, war der Referent von der Kreisleitung nach der kurzen Feststellung, wie leicht ein junger Kollege der Feindpropaganda zum Opfer fallen könne, sehr bestimmt auf ein anderes Thema gewechselt. Knallrot vor Zorn sah ich mich um, aber außer dem Doktor war keiner, der auch nur einen Blick für mich übrig gehabt hätte, nicht einmal die Personen, die zu meinen Kunden gehörten. Als ich Herbert Obst aus der Technischen Konstruktion, der mir gelegentlich eine Stange Lucky Strike abnahm, ein paar Tage später darauf ansprach, schüttelte er nur den Kopf und war der Meinung, ich könne mich nicht im Stil eines Anklägers vor die Versammlung stellen, wenn ich selber daran beteiligt sei. Ich sagte, ich hätte doch gar nichts davon erfahren, würde ich mich nicht beteiligt haben. Er sagte, das sei immer so gewesen, daß, wer etwas wüßte, auch daran beteiligt sei. »Aber«, wollte ich sagen, doch er schob mir das Geld für die Stange Lucky so resolut über den Schreibtisch, daß ich ihm die Antwort schuldig blieb und hinausging. Den ganzen Weg durch die Gütekontrolle und die Silberscheiderei suchte ich nach einer passenden Antwort. Ich hatte das sichere Gefühl, daß ich als ein Lehrling mit fünfundzwanzig Mark Taschengeld im Monat, die allein für die Raucherei draufgingen, als eine Halbwaise dazu, mit anderen Maßstäben gemessen werden wollte als so ein gewaltiges Ding wie der neue Staat, der mir durch Leute wie den Genossen Lahner oder seinen Nachfolger bei jeder passenden oder unpassenden Gelegenheit versicherte, er verkörpere das wirkliche Ziel allen Menschseins, und es sei ein Glück, in ihm zu leben. Erst kurz vor Feierabend, ich stand am eisernen Garderobenschrank und zog mir meine Jacke über, hatte ich den Satz, nach dem ich suchte, im Kopf. Aber, hätte ich sagen sollen, ich reiße auch nicht das Maul so weit auf!, doch im gleichen Moment fiel mir ein, daß ich mir, meines Redebeitrages wegen, selbst widersprach, und so stieß ich mit dem Fuß gegen die Garderobentür, die scheppernd zuschlug, und korrigierte meine Antwort in ein klares, alle Einwände verwischendes Scheißdrauf.

Ohnehin war die Sache verworrener, als sie sich darstellte. Ich wußte, daß der Verkauf der Waren aus dem Lager in Hohenschönhausen diesseits der Grenze nicht gestattet war. Ebenso aber wußte ich, daß alle, die daran beteiligt waren, es dennoch taten. Wenn ich beim Lebensmittelhändler Iwen in der Nummer fünf in der Schlange stand, kam es mehr als einmal vor, daß ein Kunde dem Verlangen nach einem Viertel Butter oder einem halben Liter Milch auch noch das nach fünfundzwanzig Gramm hinzufügte. Er sagte mit nur wenig leiserer Stimme: »Und fünfundzwanzig Gramm.« Er sagte nicht, von welcher Ware er fünfundzwanzig Gramm haben wollte, aber auch ohne eine genaue Angabe legte Frau Iwen neben Milch und Butter ein spitzes, prall gefülltes Tütchen auf den Ladentisch und berechnete dafür in etwa die Summe, die ich für das Zwanzigstel eines Pfundes brasilianischen Kaffees in Hohenschönhausen bezahlt hätte, plus Verdienstspanne natürlich und in Ostgeld, umgerechnet zum Tageskurs, der jeden Morgen im Westrundfunk am Ende der Nachrichten, aber noch vor dem Wetterbericht bekanntgegeben wurde. Und einmal, als ich mit Günter Gottke und Benno durch die Kneipen in der Friedrichstraße gezogen war, rief Günter, morgens gegen zwei, seinen Cousin an, der als Unterleutnant der Kripo im Polizeirevier 91 in der Müggelstraße Nachtdienst hatte, und kündigte unseren Besuch an.

»Kannst du einen Wagen schicken«, fragte er ins Telefon, und tatsächlich stand zehn Minuten später eine dieser schwarzen Spinnen vor der Tür der Kleinen Melodie und fuhr uns vom Zentrum in die Nähe des S-Bahnhofs Stalinallee. Wir wurden mit großem Hallo empfangen, Günters Cousin nahm die Flasche Kaffeelikör entgegen, setzte uns ins Vernehmungszimmer und kam kurz darauf mit zwei Kollegen und einer Gläserbatterie zurück. Schneller als erwartet, war die Flasche bei lautem Gefrotzel und Witzereißen leergetrunken, und Günters Cousin griff zum Telefon, wählte eine Nummer und bestellte selbstsicher eine neue Flasche. »Und nun paßt mal auf«, rief er, löschte das Licht und winkte uns zum Fenster, wo wir auf der gegenüberliegenden Seite einen älteren Mann im Morgenmantel und mit Filzlatschen in die Dämmerung treten sahen. Er kam aus der Tür des Lebensmittelladens und trug in der Hand einen papierumwickelten Gegenstand, der wie eine Flasche aussah.

»Wie habt ihr geschafft, daß der so spurt«, fragte Günter Gottke voller Bewunderung.

»Dem machen wir schon Beine«, sagte sein Cousin. »Der handelt mit eurem Kaffee.«

Jetzt wußte ich, es war das, was meine Mutter ein offenes Geheimnis nannte. Kurz nach dem Krieg hatte sie auf den Stoßseufzer meiner Nenntante Martha, daß man von den ganzen Schrecklichkeiten ja nichts gewußt habe, die Stirn kraus gezogen und, als wir wieder allein waren, gesagt: »Die sollen mal alle nicht so tun. Das mit den Juden war doch ein offenes Geheimnis.«

Ein offenes Geheimnis war auch die Tatsache, daß die Lager ihren wirtschaftlichen Zweck nicht erfüllten; jedenfalls nicht nach Günter Gottkes Meinung. Einmal hatte jemand am Stammtisch in der Blauen Donau von dem Riesengeschäft geredet, das der neue Staat mit dem geheimen Zigarettenhandel mache, aber Günter Gottke hatte nur gelacht und abgewinkt. Er war wegen der Anzeige eines wachsamen Hausbewohners gerade von einer Aussprache bei der Polizei gekommen, in deren Verlauf er versprechen mußte, mit dem Opel Olympia in der Vorderduncker nur noch mit einer, entweder der West- oder der Ostnummer, zu erscheinen. Er hatte noch Verständnis für seine komplizierte Lage zu finden versucht, da der Grenzübertritt mit Westnummer risikoloser verlaufe und das Lager in Hohenschönhausen, in dem er die Nummer wechsele, bei seiner Rückkehr meist schon geschlossen sei, aber der Dienststellenleiter beschwor ihn, eine Lösung zu finden, und appellierte an seine Einsicht: »Wir können unsere Bevölkerung doch nicht zur Wachsamkeit gegenüber dem Klassenfeind anhalten, und dann passiert vor unserer Tür so was!«

»Bei sonem Klotzen Geld, wat die daran verdienen«, hatte jemand, ich glaube Schmiege, gesagt, »solln die sich doch selbst wat einfallen lassen.«

»Du meinst, die verdienen?« hatte Günter Gottke in gedehntem Tonfall gefragt. Er hatte noch einmal von seinem Bier getrunken, sich den Schaum von den Lippen gewischt und gesagt: »Von Wirtschaft verstehen die da oben nicht *so viel*!«

Dabei streckte er die Hand aus und drückte den Daumen an den gekrümmten Zeigefinger, um auf das Schwarze unter dem Fingernagel hinzuweisen, auch wenn seine Nägel immer ausgesprochen gepflegt waren. Wir unterbrachen unsere Gespräche, Bernie schneuzte sich noch einmal, und dann richteten wir unsere Augen auf Günter Gottke, der in dieser gedehnten Art fortfuhr.

»Der Staat«, sagte er, »schickt seine Strohmänner nach drüben in die Wechselstuben und läßt Ostgeld in Westgeld eintauschen, kauft damit die Waren in Rotterdam ein, um durch den Weiterverkauf an die Händler in den Lagern einen Devisengewinn zu machen. Klar...?«

Wir saßen um den runden Tisch, glotzten auf Günter Gottke und nickten.

»Du kannst aber damit rechnen«, fuhr er fort, »daß die Hälfte der Waren im Osten bleibt und auch mit Ostgeld bezahlt wird. Die andere Hälfte geht zwar nach drüben, wird aber mindestens wieder zur Hälfte, wenn nicht zu Dreiviertel, von den Leuten im Osten gekauft, natürlich auch mit Ostgeld.«

Wieder nickten wir. Von Günter Gottke selbst wußte ich, daß er, wenn er mit seinem Opel Olympia nach drüben fuhr, neben einigen Bars in der Nähe vom Bahnhof Zoo, vor allem die langen Budenreihen belieferte, die sich in den Straßen an der Sektorengrenze angesiedelt hatten und deren Kundschaft meist aus dem Osten kam. Auch meine Mutter blieb manchmal, wenn wir meine Tante Anna im französischen Sektor besuchten, an den Buden in der Bernauer stehen, kaufte jedoch wegen der hohen Preise nur selten etwas, höchstens mal eine Ecke Schmelzkäse.

Günter Gottke hatte langsam und wie immer gewählt gesprochen und nach jedem Satz in die Runde geschaut, als sei er sich nicht sicher, ob ihm auch alle folgen konnten, aber weder Bernie noch Schmiege noch ich ließen auch nur andeutungsweise erkennen, daß wir nicht auf der Höhe des Verständnisses seien, und so fuhr er in fragendem Ton fort: »Das Ostgeld aus dem Osten und das Ostgeld aus dem Westen tragen die Händler natürlich – na, wohin...?«

Jetzt sah er uns wieder an, und in seinen Augen blitzte es vor Schlauheit, und als niemand antwortete, fiel er in einen gelangweilten Leierton: »Natürlich in die Wechselstube, womit das Angebot erhöht wird, was den Wechselkurs steigen läßt, wozu du wieder mehr Ostgeld brauchst, um die Ware einzukaufen. Kapito?«

Auf die Logik seines wirtschaftlichen Exkurses folgte unsererseits baffes Erstaunen. »Mann!« sagte Schmiege und schüttelte heftig den Kopf, »is ja verrückt!«, und ich konnte mich nicht zurückhalten, ihm zuzustimmen, und sagte: »So ein Riesenbetrieb, und keiner verdient.«

»Doch«, rief Günter Gottke, und seine schlauen Augen blitzen mich an: »Du, zum Beispiel!«

Jetzt guckten alle auf mich. Ich dachte an die dreißig Mark, die ich in der Woche zusätzlich hatte, und sagte abschwächend: »Na, das bißchen!«

»Und ich!« sagte Günter Gottke und klopfte mit der Hand auf die Stelle seiner Jacke, an der die Brieftasche saß, obgleich er sein Geld ja in der Hose trug.

Sicher dachten jetzt alle an den Moment, an dem Günter Gottke die Zeche bezahlen würde. Er verdiente im Lager monatlich Tausendsechshundert auf die Hand, zuzüglich dem, was ihm sein privater Kundenkreis einbrachte.

»Und nicht zu vergessen mein Chef«, sagt Günter Gottke in einem so trockenen Ton, als habe er die Quadratur des Kreises gelöst.

Hatten wir uns vorhin noch über den Widersinn gewisser staatlicher Maßnahmen gewundert, ließ uns Günter Gottkes schlagende Logik für einen Moment die Luft anhalten. Alle verdienten, nur der Staat, der verdienen wollte, verdiente nichts?

»Nastarowje«, sagte Günter Gottke höhnisch grinsend und hob sein Glas, und auch wir hoben die Gläser und grinsten höhnisch und stürzten die Reste des Biers herunter. Gleich würde Günter Gottke nach einer neuen Runde rufen, mein Blick fiel auf Benno, der neben Günter Gottke saß, und ich fragte mich, warum er ihn, der ebenso breit und höhnisch grinste wie alle, in seiner Aufzählung nicht genannt hatte. Auch Benno verdiente an dem Lager in Hohenschönhausen, und besser als ich.

Als mich Günter Gottke das erste Mal nach Hohenschönhausen mitgenommen hatte, war mir ein Junge in meinem Alter aufgefallen, der trotz des milden Wetters einen hellen, seinen Körper eigenartig verformenden Staubmantel trug. Daß es Benno war, erkannte ich erst auf den zweiten Blick, rief überrascht und vor Freude: »Was machst du denn hier, Mensch!« und war einen Moment verdutzt über seinen kurzen, ja flüchtigen Gruß und die Eile, mit der er in einem entenhaften, bei ihm nicht gewohnten Gang zum Tor strebte; schließlich hatten wir uns seit der Sache mit dem Fahrstuhl nicht mehr gesehen.

Ich sagte zu Günter Gottke: »Na, der spinnt wohl.«

»Du kennst ihn?« fragte er.

»Klar«, sagte ich, »das war ein Kumpel von uns.«

»Laß ihn mal«, sagte Günter Gottke. »Der hat ganz schön zu tragen!«, und ich erfuhr, daß Benno als Schlepper für seinen Chef arbeitete, der Jakob Hase hieß und seinen Laden hinter der zweiten Tür links vom Eingang hatte. Drei- oder viermal die Woche zog Benno den Staubmantel über, der innen mit einer Unmenge Taschen präpariert war, füllte sie mit Zigarettenstangen, Kaffeepäckchen und Whiskyflaschen, setzte sich in die S-Bahn Richtung Westsektor, stieg Bahnhof Zoo aus und lieferte seine Ware in den Bars um die Augsburger oder Lietzenburger herum ab. Vielleicht hatte Günter Gottke bei seiner Aufzählung Benno deshalb vergessen, weil ein Schlepper trotz seiner aufwendigen und risikoreichen Arbeitsweise in Hohenschönhausen auf der niedrigsten Stufenleiter des Ansehens stand, noch unter einem wie mir, der einen Hauptberuf hatte und sich lediglich etwas dazuverdiente. Ich konnte mich auch deutlich daran erinnern, daß ich zu jener Zeit gegenüber Benno eine Art uneingestandener Überlegenheit empfand, die mich selbst dann nicht ganz verlassen hatte, als ich ihn fast vierzig Jahre später überra-

schend wiedersah. Ich glaube, ich verdankte dieses Gefühl der Tatsache, daß ich von dem Lager in Hohenschönhausen weniger abhängig war als Benno oder selbst Günter Gottke, auch wenn die dreißig Mark pro Woche ein unverzichtbarer Teil meines Einkommens geworden waren und mich der Verlust eines so sicheren Kunden wie Hottas Onkel Otto in Verlegenheit brachte. Vielleicht hatte ich meiner Schwester beim Abschied deshalb so eindringlich zu verstehen gegeben, daß ich morgen ins Lager fahren würde und ihr, was sie brauchte, mitbringen könnte.
»Ein Pfund«, fragte ich so leise, daß meine Mutter, die die Tasche mit den abgewaschenen Töpfen aus der Küche holte, nichts verstehen konnte.
»Höchstens ein halbes«, sagte sie zögernd und ebenso leise.
»Und Strümpfe?« sagte ich in einem Ton, als wäre es die letzte Chance.
»Hab ich noch«, flüsterte sie, korrigierte sich aber gleich: »Na, ein Paar.«
»Junge, nun komm doch«, rief meine Mutter, die schon im Korridor stand.
»Aber zahlen kann ich erst am Wochenende«, flüsterte meine Schwester.
Am Freitag bekam Hotta seinen Wochenlohn, den er, bis auf sein Taschengeld für Zigaretten und Bier, ablieferte.
»Mit oder ohne«, fragte ich, schon im Gehen.
»Was habt ihr denn noch?« rief meine Mutter.
»Wie immer«, sagte meine Schwester leise zu mir, und zu meiner Mutter rief sie: »Er kommt schon!«
Mein Schwester nahm aus praktischen Gründen neuerdings Strümpfe ohne Naht, obgleich ihr solche mit Naht besser gefielen. »Da sieht man mehr vom Bein«, sagte sie, »und wer hat, der soll auch zeigen, oder –?« Das einzige, was ihr mißfiel, war das dauernde Zurechtziehen der Naht,

die bei dem Hin und Her mit den Kindern häufiger verrutschte, als ihr lieb war. Welche Farbe ich bringen sollte, mußte ich nicht erfragen; sie trug mit Vorliebe ein zartes rauchiges Grau.

Im vergangenen Jahr hatte sie immer Strümpfe mit Naht bestellt, am besten mit Naht und Zierferse, die sie meist gleich aus der knisternden Verpackung zog und überprobierte. Sie nahm den kleinen Spiegel von der Wand neben der Eingangstür, stellte ihn auf den Fußboden, drehte sich halb herum, hob den Rock zwei Handbreit höher und prüfte mit einem Blick über die Schulter den Sitz der Naht. Obgleich ich so tat, als interessierten mich ihre Manipulationen nicht im geringsten, spürte ich eine Erregung, die um so peinlicher war, als ich sie mir nicht eingestehen wollte. Aus dem Augenwinkel nahm ich diese zwei Drittel eines Frauenbeines wahr als etwas von der Gestalt erregend Gelöstes, das in seiner vollständigen Erscheinung nichts anderes in mir wachrief als die sachliche Feststellung, dies sei meine ältere Schwester. Es war die gleiche Diskrepanz, die zwischen dem abstoßenden, auf dem Stuhl mit den Anziehsachen ruhenden Faserhäufchen und seiner fesselnden Entfaltung am Bein meiner Schwester bestand.

Gleich am Montag fuhr ich während einer verlängerten Mittagspause mit der Straßenbahn dreiundsechzig in das Lager nach Hohenschönhausen, besorgte zweieinhalb Pfund Kaffee, zwei Stangen Zigaretten und das Paar Nylons und verteilte die Ware abends an meine Kunden, ausgenommen meine Schwester. Warum ich nicht wenigstens am Dienstag in die Pappelallee gegangen war, weiß ich nicht mehr, aber am Mittwoch, an dem ich es mir vorgenommen hatte, klingelte im Zimmer des Doktors das Telefon. Er rief mich herein, hielt mir den Hörer entgegen und sagte: »Deine Mutter.« An ihrer gepreßten Stimme, mit der sie mich aufforderte, gleich nach der Arbeit ohne

Umweg nach Hause zu kommen, merkte ich, daß etwas Besonderes geschehen war. Ich fragte, was denn los sei, aber sie wollte am Telefon keine Auskunft geben, und erst, als ich eine dringende Verabredung vorschob, stieß sie mit Nachdruck heraus: »Lilli ist zu Tante Anna gezogen!«

»Nee«, sagte ich vor lauter Verblüffung. »Wieso denn das?«

»Schluß jetzt«, sagte meine Mutter.

»Was ist denn passiert«, fragte der Doktor, nachdem ich den Hörer aufgelegt hatte.

»Ich glaube, meine Schwester ist gerade rüber«, sagte ich und dachte nach, ob es vielleicht eine andere Erklärung für die Andeutung geben könnte, daß sie zu meiner Tante Anna, die im französischen Sektor wohnte, gezogen wäre, aber mir fiel keine ein.

Der Doktor zog den Block mit den Passierscheinen aus der Schublade, füllte das obere Blatt mit flüchtiger Schrift, riß es aus der Perforierung und sagte: »Mach, daß du nach Hause kommst.«

»Danke«, sagte ich und sah in der Spalte für den Grund zum vorzeitigen Verlassen des Werks die steile Schrift des Doktors: »Dringender Behördengang«.

6

Die Anklage war mit der Frühpost gekommen, kurz nach zehn Uhr. Es war ein einfacher Amtsbrief, der vier eng mit Maschine beschriebene Seiten enthielt und die Unterschrift eines Oberstaatsanwalts namens Reichert trug. Im Wohnzimmer stehend, hatte meine Schwester den Brief überflogen und, als sie ans Ende gekommen war, laut »Ach, du meine Güte!« gerufen. Dann war ihr schwarz vor Augen geworden, und sie hatte sich an der Sessellehne festhalten und auf die neue Couch fallen lassen müssen.

Als sich ihr Zustand gebessert hatte, las sie die Anklage ein zweites und drittes Mal. Im Gedächtnis behielt sie dennoch nichts, außer ein paar Begriffen wie *Verbrechen gegen das Volkseigentum* oder *Untergrabung der sozialistischen Wirtschaftsordnung*. Fast zwei Seiten, erinnerte sie sich später, seien mit der Beschreibung der aggressiven Frontstadtpolitik des Westberliner Spaltersenats gefüllt gewesen. »Ich hab mich immer gefragt«, sagte sie, »was ich mit dem ganzen Quatsch zu tun habe.«

Einen Zweifel an der Notwendigkeit ihrer Flucht hatte sie keinen Augenblick gehabt. Auch wenn ihr die Tatsache ihrer Nichtfestnahme, die auf eine Verurteilung zur Bewährung beziehungsweise eine Verurteilung mit Haftverschonung hinwies, als flüchtiger Gedanke durch den Kopf geschossen war, hatte sie fast automatisch nach den beiden Reisetaschen gegriffen, die im Korridor neben Besen und Müllschippe standen.

Eindringlich erinnerte sie sich der warnenden Zeitungsartikel über die harten Strafen für Täter, die Buntmetall oder Lebensmittel über die Grenze gebracht hatten, aber auch an die Schilderung eines schulisch angeordneten Gerichtsbesuches, die ich ihr geliefert hatte, bei dem ein Arbeiter aus dem Zentralviehhof, der anderthalb Kilo Rinderfilet unter der Jacke versteckt aus dem Werk schmuggeln wollte, nur wegen seiner nachweislich schlechten sozialen Familiensituation zur Mindeststrafe von einem Jahr Zuchthaus verurteilt worden war. »Ein Jahr Zuchthaus!« hatte ich damals aufgebracht gerufen. »Für anderthalb Kilo Fleisch!«

Beim Zusammensuchen der wichtigsten Habseligkeiten war ihr der Widerspruch zwischen den aufmunternden Sätzen der beiden älteren, sie verhörenden Männer und dem harten, unpersönlichen Ton der Anklageschrift besonders klar vor Augen getreten, und sie hatte eine Empörung gespürt, als wäre sie betrogen worden. Gleichzeitig wäre sie sich plötzlich so schmutzig vorgekommen, daß sie die Anklage kurzerhand in kleine Schnipsel gerissen und in der Kochmaschine verbrannt hätte. Erst danach hatte sie sich wieder wie ein Mensch gefühlt.

Noch während das Papier verglomm, hatte sie zu überlegen begonnen, was mit der Einrichtung geschehen solle. Beim dumpfen Blöken der Kühe auf dem zweiten Hinterhof dachte sie an das Möbellager, das gegenüber dem Stall von der Mutter ihrer Jugendfreundin Gisela Schrade eingerichtet worden war. Vom Fenster des Kinderzimmers bat sie die Frau zu sich herauf, die, nach einer kurzen Besichtigung, bereit war, die Möbel zu übernehmen, allerdings nur *in Kommission*, falls sie staatlicherseits beschlagnahmt würden. Natürlich, betonte Frau Schrade eindringlich, natürlich würde sie so tun, als habe sie von den Plänen meiner Schwester nichts gewußt. »Das ist doch selbstverständlich«, antwortete meine Schwester und einigte sich mit ihr dahingehend, daß die Summe aus einem möglichen Verkauf der Möbel meiner Mutter übergeben werde, damit diese die ausstehende Schuld vom Kredit für Rückkehrer zurückzahlen konnte.

Mithilfe eines Angestellten und zufällig vorbeikommender Hausbewohner wurde die Anderthalb-Zimmer-Wohnung meiner Schwester in weniger als einer Stunde leergeräumt. Was Frau Schrade für nicht verkaufbar hielt, bot meine Schwester den Helfern, die im übrigen keinen Zweifel daran ließen, daß sie mit der Flucht meiner Schwester rechneten, als Gegenleistung an. Meinem Schwager Hotta, der zufällig eine Stunde früher Feierabend gemacht hatte, blieb wenig, eigentlich gar keine Zeit, die Entscheidung meiner Schwester in irgendeiner Weise zu beeinflussen. Er hätte es vermutlich auch nicht gewollt, denn als sie ihm, der mit großen Augen in der Tür seiner zur Hälfte leergeräumten Wohnung stand, »Faß an und frag nicht! Wir müssen rüber!« zugerufen hatte, war ihm die freudige Überraschung unübersehbar ins Gesicht geschrieben.

Mit den zwei vollgepackten Taschen und dem Kinderwagen waren sie im Strom der zum Feierabend die Grenze passierenden Menschen in der Bernauer vom Ost- in den Westsektor gegangen. Noch auf dem Weg hatte meine Schwester ihren fröhlich schweigenden Mann in Stichworten über alles informiert, und erst als sie bei unserer Tante Anna im nördlichen, zum französischen Sektor gehörenden Teil der Swinemünder angekommen waren, äußerte er einen Zweifel, ob die Vernichtung der Anklageschrift klug gewesen sei. Wenn sie so politisch abgefaßt gewesen wäre, hätte sie ihnen für die Anerkennung als Flüchtlinge sicher von Nutzen sein können. Er kenne sich da aus!

»Meinst du, ich will hier auch noch ins Gefängnis kommen«, platzte meine Schwester, in Anspielung auf die beiderseits illegalen Transfers optischer Geräte und Schreibmaschinen, heraus und begann kurz darauf, heftig zu weinen.

Gleich nach dem Anruf meiner Mutter war ich von meiner Arbeitsstelle mit der Straßenbahn Linie 70 in die Pappelallee gefahren. Die Wohnungstür war nur angelehnt, die Fenster standen weit offen, und über der Verlassenheit der Zimmer mit dem verbliebenen Gerümpel von leeren Bierflaschen, Zeitungspapier und Resten billigen Hausrats, den nutzlosen Haken, an denen die Flurgarderobe befestigt gewesen war, den fast neuen, zartgemusterten, von meinem Schwager Hotta und mir an einem Wochenende geklebten Tapeten – über all den Resten einer abgebrochenen Existenz stand ein so beißender Stallgeruch, daß ich mich fragte, warum ich ihn früher nie als störend wahrgenommen hatte.

Dritter Teil

I

Ich rede nicht von einer beliebigen Straße, ich rede von der Duncker. Natürlich muß ich, wenn ich von der Duncker rede, auch von anderen Straßen reden; etwa von der Bernauer, die man über die Danziger, die jetzt Dimitroff heißt, und die Eberswalder erreicht und deren südliche Seite zum Osten, deren nördliche zum Westen gehörte. Ich weiß nicht, wie oft wir durch die Bernauer gegangen sind, natürlich nicht öfter als durch die Duncker, aber sicherlich öfter als durch die Schliemann, die quasi um die Ecke lag. Die Bernauer war für uns so etwas wie das Tor zur Welt, zu einer anderen Welt genaugenommen, denn selbstverständlich blieb die Duncker für uns der Mittelpunkt des Lebens schlechthin.

Daß wir auch öfter in den Spielhallen in Grenznähe herumstanden und zur Musik aus den Boxen rhythmisch die Füße und Oberkörper bewegten, will ich nicht verschweigen, auch wenn wir uns neben den Typen aus dem französischen Sektor etwas verloren vorkamen, und das nicht nur, weil wir, wegen des hohen Umtauschkurses, weniger Geld als sie hatten und die Mädchen uns, vermutlich wegen unserer anderen Kleidung, überhaupt nicht zur Kenntnis nahmen. Warum, wußte keiner so genau zu sagen, aber so sehr uns die Welt dieser Spielhallen anzog, so fremd fühlten wir uns nach einer halben Stunde Fußwippen und Kopfnicken und nutzten die nächste Musikpause zu einem schlendernden Abgang.

Meist liefen wir durch die Bernauer, wenn wir uns die Schaufenster im französischen Teil der Brunnenstraße angucken wollten; und natürlich wenn wir ins Kino am Vinetaplatz gingen. Für Bernie zum Beispiel ist die Bernauer mit einem Erlebnis verbunden, das ihm eine Platzwunde am Hinterkopf eintrug, die mit vier Stichen genäht werden mußte. Es war das einzige Mal, daß ich ihn nicht habe grienen sehen, als er davon erzählte, wie er mit Harry Hoffmann aus dem Kino am Vinetaplatz gekommen ist. Es war schon die Zeit, als sich unsere Truppe langsam, aber sicher aufzulösen begann. Zum Beispiel ließ Manne Wollank hinter vorgehaltener Hand verlauten, daß er sich mit dem Gedanken trage, nach Abschluß seiner Lehre als Fernmeldemonteur vom volkseigenen Betrieb RFT zu Siemens nach München zu wechseln. Schon jetzt fehlte er manchmal, wenn wir uns vor der Haustür versammelten, und wenn einer fragte, wo Manne sei, bekam er zur Antwort: »Na, auf Montage.« – Außerdem hatte sich Harry Hoffmann, der der Älteste von uns war, zur Kasernierten Volkspolizei gemeldet. Ich will nicht sagen, daß wir besonders begeistert waren, als er das erste Mal in vollem Wichs auf die Straße kam. Genaugenommen herrschte für einige Minuten ein eisiges Schweigen, und ich dachte schon, er würde wieder abziehen müssen, ohne daß einer mit ihm gesprochen hätte, aber glücklicherweise fand Harry Hoffmann selbst das Wort, das dieses eisige Schweigen brach. Er sagte: »Wat willste? So ville verdienste mit Arbeit nich!«

Obgleich wir Uniformen zu dieser Zeit mindestens genauso verachteten wie Politik oder wenn einer beim Fußball ein Tor mit der Hand erzielte und es nicht zugab – eine handfeste Begründung hat bei uns immer Wunder bewirkt. Sie mußte nur wirklich handfest sein und nicht auf Überzeugung beruhen oder auf Glauben. Außerdem war es das einzige Mal, daß Harry Hoffmann, wenn er auf Urlaub war, die Uniform trug. Und daß seine Begründung nicht auf Überzeugung oder Glauben beruhte, bewies er schon dadurch, daß er mit Bernie ins Kino am Vinetaplatz ging, obgleich ihm das Betreten des französischen Sektors, natürlich auch des englischen und amerikanischen, verboten war.

Laut Bernie hatten sie beide nicht gewußt, daß auf dem Vinetaplatz von unserer Seite irgend etwas geplant war, auch wenn es in der Zeitung gestanden haben soll. Jedenfalls sind sie nach Kinoschluß in einen Haufen aufgebrachter und Losungen brüllender Leute hineingeraten, die wohl alle mit dem Jugendtreffen zu tun hatten, das an diesem Wochenende in unserem Sektor stattfand. Laut Bernie wollten sie sich möglichst unauffällig Richtung Gesundbrunnen entfernen, aber die ganze Swinemünder war von einer Kette mit West-Polizisten abgesperrt. Sie überlegten einen Moment und entschlossen sich dann, auf die Polizisten zuzugehen und ihnen zu erklären, daß sie gerade aus dem Kino kämen und nichts mit den Demonstranten aus dem Osten zu tun hätten. Laut Bernie hatten sie sich so unbefangen wie möglich der Polizistenkette genähert, die in dem Moment, als sie nicht einmal mehr fünf Meter von ihr entfernt waren, den Befehl zur Räumung des Vinetaplatzes erhielt und mit gezogenem Knüppel auf sie losstürmte. Beide drehten sich auf dem Absatz herum und nahmen die Beine in die Hand, Richtung Bernauer. Fast hätten sie es geschafft, unbeschadet über die Grenze in den Osten zu kommen, wäre Harry Hoffmann nicht gestolpert und Bernie auf ihn aufgelaufen, so daß der Polizist, der hinter ihnen her lief, Bernie noch mit einem Knüppelschlag auf den Hinterkopf treffen konnte. Mehr vor Wut als vor Schmerz fing Bernie an, auf den Polizisten einzubrüllen, und für einen Moment ließ der sogar von ihm ab, aber da wurden sie auch schon umzingelt und mußten, mit einem Haufen anderer Leute, in die Grüne Minna steigen. Sechs Stunden mußten Harry und Bernie mit mindestens zwanzig anderen Leuten in einer Vierbettzelle verbringen, ehe sie den Polizisten klarmachen konnten, daß sie mit der ganzen Sache nichts zu tun hätten. Zuerst wollte man ihnen nicht glauben, weil sie zusammen mit den anderen die »Internationale« gesungen hatten und »Brüder zur Sonne zur Freiheit«. Aber laut Bernie wäre ihnen gar nichts anderes übriggeblieben. »Sitzte im Knast, biste ja irgendwie dabei und willstet den Arschlöchern zeigen!«

Wenn wir mit Bernie durch die Bernauer liefen, versäumte er nie, uns auf die Stelle aufmerksam zu machen, an der er den Knüppel auf den Hinterkopf bekommen hatte, und einmal sagte er, er hätte ja wegen der Sache in der Stalinallee sechs Monate bei der Sicherheit in Lichtenberg gesessen und einiges erlebt, aber so was noch nicht.

2

Merkwürdigerweise erinnere ich mich an die Bernauer wie an eine überbelichtete Fotografie. Wenn ich die Augen schließe, sehe ich grelle Fassaden mit gleißenden Rändern, die sich scharf von einem milchigen Himmel abheben. Dabei bin ich mir sicher, daß sich das Erscheinungsbild der Bernauer in keiner Weise von dem der anderen Straßen in unserer Gegend unterschied. Unsere ganze Gegend, hatte ich in der Schule gelernt, ist um die Jahrhundertwende gebaut worden, und auf dem alten Stadtplan, der aus dem Nachlaß meiner Oma stammt, war die Gegend um die Duncker herum noch unbebaut. Der Stadtplan ist 1883 erschienen, dem Geburtsjahr meiner Oma. Die Ecke mit dem Café, in dem Bubi Marschalla sich vor seiner Abreise nach Französisch-Kanada mit meiner Schwester getroffen hatte, ist schon als bebaut ausgewiesen, ebenso der eine Teil der Querstraße, an dem Randow sich von den Grenzposten die Waffen Kaliber Nullacht besorgt haben soll.

Ich hatte damals keinen Grund, die offizielle Darstellung von Randows Coup in Frage zu stellen, zumal sie meine Zweifel an Bennos Behauptung, daß Randow ein Einzelgänger sei, bestätigte. Danach sollen die Mädchen aus der Randow-Truppe die Polizisten, die längs der Sektorengrenze postiert waren, mit eindeutigen Avancen abgelenkt haben, damit Randow und seine Leute die Posten überwältigen und ihnen die Waffen abnehmen konnten.

Daß dieser Punkt im Prozeß gegen Randow eine herausragende Rolle spielte, überraschte uns. Bei allem, was recht war, konnten wir ihn keineswegs – wie vom Staatsanwalt betont – als besonders verwerfliche, gegen die Grundordnung des neuen Staates gerichtete Handlungsweise ansehen. Wir hatten uns, als wir den Bericht über den dritten Prozeßtag in der Zeitung lasen, nur an die Stirn getippt und über diesen Quatsch mit der besonderen Verwerflichkeit gelacht. Wie sollte Randow besser an Waffen herankommen? Nicht, daß es zu dieser Zeit unmöglich war, an Waffen heranzukommen, aber er hatte eben die billigste, wenn auch nicht unkomplizierteste Weise gewählt.

Übrigens war es zu keiner Zeit unmöglich gewesen, an Waffen heranzukommen. Ich denke nur an die Walther-Pistole, die Mannes Vater, der Unterscharführer bei der Waffen-SS war, seiner Frau zurückgelassen hatte, damit sie im Fall der Kapitulation erst ihrem Sohn, dann sich eine Kugel durch den Kopf schießen könne. Wenn Manne von der Pistole seines Vaters erzählte, bekam sein Gesicht einen so besessenen Ausdruck, daß ich mich manchmal fragte, ob ihm die Konsequenz der Tatsache bewußt war, daß sein Vater die Pistole zurückgelassen hatte. Glücklicherweise hatte Mannes Mutter die Pistole gleich nach dem Krieg auf dem Hof vergraben; wo, hatte sie Manne nicht erzählt. Es kamen aber nicht viele Stellen in Frage, weil der Hinterhof der Nummer sechs, außer am Zaun, asphaltiert war. Die Nummer fünf und die Nummer sechs hatten praktisch einen gemeinsamen, nur durch einen Drahtzaun getrennten Hof, an dem sich zu beiden Seiten drei oder vier Meter Rasenfläche anschlossen. Oft genug waren wir mit gesenktem Kopf und zusammengekniffenen Augen an der grünen, etwas verwilderten Fläche vorbeispaziert und hatten jeden Quadratzentimeter nach einer Spur abgesucht, die auf einen früheren Aushub hätte deuten können, aber wir fanden damals nur ein paar gläserne Bucker, die irgendein Kind aus dem Fenster geworfen haben mochte, und einen rostigen Granatsplitter aus der Zeit der Fliegerangriffe. Immer wieder hatten wir uns vorgestellt, wie wir den ganzen Rasen in kleine Karrees einteilen und mit einem der dünnen Eisenstäbe, die auf Bernies Baustelle zuhauf herumlagen, in jedes Karree stechen, bis wir auf die Pistole von Mannes Vater stoßen. Daß es bei der Vorstellung blieb, hatte einfach damit zu tun, daß bei allem, was wir uns ausdachten, eine Pistole einfach nicht nötig war.

An dem Tag, an dem Randow aus dem dritten Stock gesprungen war und wir die Fußeindrücke inspizierten, die seine Flucht über den Rasen hinterlassen hatte, war Sohni sogar auf die Idee gekommen, daß Randow die Pistole, mit der er den Kripo niedergeschossen hatte, gefunden und ausgegraben haben könnte. Er, Randow, hätte doch immer auf den Hof gucken können, und gerade von oben, hatte Sohni steif und fest behauptet, sei es viel leichter, eine Veränderung auf dem Rasen zu entdecken: »Sämlich, weil det Gras heller is!« – Wir hatten nur einen Moment diese Möglichkeit erwogen, um sie dann mit Nachdruck in den Bereich des Unwahrscheinlichen zu verweisen: »Mensch, nach soner Ewigkeit! Da is nischt mehr heller oder wat!«- Jahre später hatte Manne zu zweifeln begonnen, ob seine Mutter die Pistole, mit der er sogar selbst einmal geschossen haben wollte, im Hof vergraben hatte.

Manne war es nämlich gewesen, der darauf gedrängt hatte, die Pistole nicht, wie von seiner Mutter geplant, in den Müllkasten zu werfen, sondern in wasserdichtes Ölpapier verpackt irgendwo zu vergraben. Sie mußte es ihm hoch und heilig versprechen, weil er ihr einredete, die Pistole sei sein einziges Andenken an seinen Vater, und er würde es nicht verwinden können, wäre sie für immer und ewig verschwunden. Bei Einbruch der Dunkelheit hatte sie Manne ihrerseits das Versprechen abgenommen, ins Bett zu gehen und sich um nichts weiter zu kümmern, und war, nachdem sie alle Fotos, die ihren Mann in Uniform zeigten, in kleine Schnipsel zerrissen und verbrannt hatte, mit dem Ölpapierpäckchen aus der Wohnung gegangen. Schon nach weniger als zehn Minuten war sie wieder zurückgekommen, aber nicht bereit gewesen, dem gespannt im Bett wartenden Manne über den Verbleib der Pistole Auskunft zu geben. Erst nach Wochen, als Manne immer wieder nachbohrte, hatte sie behauptet, die Pistole vergraben zu haben, aber wo, werde sie ihm nicht verraten. Aus der Kürze ihrer Abwesenheit hatte Manne geschlossen, daß sie es nur auf dem Rasenstück im Hof getan haben könnte, und war fürs erste beruhigt gewesen, die Waffe in seiner Nähe zu wissen. Manne hatte deshalb an der Aussage seiner Mutter, die im übrigen wieder verheiratet war, zu zweifeln begonnen, weil sie auf seine überraschend beiläufige, Jahre nicht geäußerte Frage nach dem Verbleib der Pistole die Schultern gehoben und spontan »Was weiß ich? Wahrscheinlich im Müll!« geantwortet und jeder weiteren Nachfrage des aufbrausenden, sie an das Versprechen erinnernden Manne mit Verweis auf ihr nachlassendes Erinnerungsvermögen den Sinn genommen hatte.

Daß es außer dem Stochern in ungepflegten Rasenstükken auch noch andere Möglichkeiten gab, an Waffen heranzukommen, war ein offenes Geheimnis. Laut Wölfchen Rosenfelds Vater, der für die Russen einen Laster fuhr und einmal bei uns vor der Haustür stehenblieb, mußte es ein Kinderspiel gewesen sein, am Rand einer Kaserne hinter Oranienburg gegen fünf Flaschen Schnaps eine Neunmillimeter einschließlich Munition zu tauschen. Wölfchen Rosenfelds Vater ging sogar soweit zu behaupten, er benötige nur eine entsprechende Menge Schnaps, dann könne er auch einen T 34 besorgen. Er sagte das mit einem so überzeugten Ausdruck, daß wir am Wahrheitsgehalt seiner Aussage nicht den geringsten Zweifel hatten, zumal er hinzufügte: »Oder ne Stalinorgel! Braucht ihr ne Stalinorgel?«

Wir hatten Wölfchen Rosenfelds Vater staunend zugehört, jetzt schüttelten wir erschrocken die Köpfe, riefen großspurig »Nee, nee! Soweit isset noch nich!«, aber als er sich einen Ruck gab, in die Hände klatschte und mit schwerem Schritt zu seinem Laster ging, gab Schmiege ein beeindrucktes Schnaufen von sich und sagte: »Stellt euch mal vor, wir hätten ne Stalinorgel!«

Obgleich niemand antwortete und alle, auch Schmiege, dem davonfahrenden Laster bis zur Ecke hinterhersahen, hatte Wölfchen Rosenfelds Vater unsere Phantasie beflügelt, und ich kann bestätigen, daß selbst der flüchtigste Glaube an die Möglichkeit einer derartigen Transaktion ein Gefühl der Sicherheit hervorrief, auch wenn wir weder mit dem einen etwas anzufangen gewußten hätten, noch über das andere verfügten.

Einmal, als wir uns über den Dachboden der Nummer sechs in unser geheimes Kabinett geschlichen hatten und auf dem schiefen Sofa saßen, sah Bernie in die Runde und fragte, ob jemand wisse, wie man Schnaps mache.

»Hatten wa!« rief Sohni Quiram, und sein Gesicht war ganz hell, als hätte er die Schulstunde noch genau vor Augen.

»Sämlich Gärung!« rief er, und wir sahen an seinem Gesicht die Anstrengung der Erinnerung, es arbeitete förmlich in seinem ganzen Körper, er starrte auf den rissigen, kotbraunen Lack der Dielen, bewegte unaufhörlich die Lippen, war aber nicht in der Lage, auch nur einen Gedanken herauszubringen, schüttelte endlich den Kopf und rief in ärgerlichem Ton: »Kiekt mir doch nich so blöd an!«

Noch am gleichen Nachmittag holte ich aus der untersten Schublade unserer Waschtoilette Dr. Oetkers Warenkunde heraus und verschlang alles, was über Weinbrände und Getreidekorn, obergärige und untergärige Biere, Obstweine und Moste geschrieben stand, fand eine einigermaßen praktikable Anleitung aber erst, als ich mich des Lehrbuchs für Organische Chemie erinnerte, das mir Hotta der Zimmermann überlassen hatte.

Ich lief in die Drogerie in der Pappelallee, die außer mit Schülermikroskopen für 32 Mark auch mit anderen chemischen Apparaturen handelte, ließ mir die Preise für eine Destillationsanlage aus Jenaer Glas, für Gärröhrchen und Glasballons nennen, wollte in der Woche darauf noch zu einem anderen Laden in die Chausseestraße fahren, bevor ich Bernie über die Höhe der Kosten informieren konnte, aber vorher gerieten wir in den Streit über die Länge der Duncker. Alle glaubten ihm und nicht mir, und als ich am nächsten Tag mit dem Beweis vor die Haustür kam, daß es bis zur Weißenseer Spitze nicht ein Kilometer sei, sondern 1,4, war Bernie nicht da, niemand wußte, was mit ihm passiert war, bis Benno kam und sagte, daß sie ihn abgeholt hätten, und schon am folgenden – nein, am übernächsten Sonntag hatten wir in der Vorderduncker auf dem Damm gestanden, in den luftblauen Himmel über der Nummer fünf gestarrt, und ich war auf die blödsinnige Idee gekommen, Ambach von da oben herunterzuholen.

3

Ich habe Luft geholt und mich umgesehen. Der Schatten hat schon auf dem ersten Stock gelegen, und auf der Straße haben nicht mehr so viele Leute gestanden wie vorhin. Ich habe nach meiner Schwester geguckt und sie nicht gefunden. Vielleicht ist sie schon nach oben gegangen und ruft mich gleich zum Kaffeetrinken. Ich habe, bis auf Hotta den Zimmermann, auch die Truppe vom langen Maschke gesehen und habe mich gefragt, warum sie nur immer über Ambach reden und reden und nicht die Spur für ihn tun? Ich habe mich nach vorne gebeugt und wiederholt und mit unterdrückter Stimme »Hört mal!« gesagt. Nicht beim ersten, aber beim zweiten Mal sind alle still geworden, haben mich angesehen und, bis auf Sohni Quiram, ihre Köpfe vorgestreckt.

Indem ich ausspreche, was mir als Gedanke im Kopf herumspukt, ist mir auch schon klar, wie wir es anstellen müssen, Ambach in angemessener Weise zu helfen. Ich sage: »Den holen wir da oben runter, den Ambach!« und weiß im gleichen Moment, daß wir ihn keinesfalls von da oben herunterholen dürfen. Mir ist völlig schleierhaft, wie ich auf so einen blöden Gedanken kommen kann, ihn von da oben herunterzuholen. Ich kenne die Lage doch ganz genau und weiß, daß hinter jeder Gardine einer hockt und auf die Höfe glotzt oder sonstwohin. Ob nun bei Bernie oder Manne oder bei mir – wir brauchen uns doch nur länger als eine Minute auf den Hof zu stellen und zu rauchen oder irgend etwas zu quatschen, dann reißt jemand das Fenster auf und brüllt heraus, daß wir uns verziehen sollen, aber schleunigst.

Nein, es wäre ein krasser Fehler, Ambach von dort herunterzuholen. Im Gegenteil, er muß auf jeden Fall da oben bleiben, er muß nur auf eine Weise da oben bleiben, die ihn praktisch unauffindbar macht, und ich weiß auch, wie!

Alle, die um mich herumstehen und ihren Kopf vorstrekken, wissen wie!, oder müßten es jedenfalls wissen, und am unverständlichsten ist mir, warum ich nicht gleich daran gedacht habe; an das *Kabinett* hätte ich wirklich gleich denken können!

Vielleicht habe ich deshalb nicht gleich an das Kabinett gedacht, weil wir es einen Herbst und einen Winter lang und im Grunde bis heute vor allen geheim gehalten haben. Nicht einmal meiner Schwester habe ich davon erzählt, und um ihr nicht irgendwann doch davon zu erzählen, habe ich mir Mühe gegeben, nicht daran zu denken. Ich habe mir vorgenommen, es in dem Moment zu vergessen, in dem ich es verlasse, und tatsächlich habe ich weder zu meiner Schwester noch zu meinen Kumpels in der Schule etwas gesagt; nicht einmal eine Andeutung. Dabei wäre es bei meinen Kumpels in der Schule gar nicht schlimm gewesen, hätte ich eine Andeutung gemacht, sie kennen sich in unserer Gegend gar nicht aus, bis auf Wolfgang Knacke vielleicht, der in der mittleren Duncker wohnt und von uns Chomitsch genannt wird, weil wir finden, er fischt die Flankenbälle auf ebenso elegante Weise aus der Luft wie der Torwart von Dynamo Moskau. Aber selbst wer in der mittleren Duncker wohnt, kennt sich in der vorderen Duncker so gut wie gar nicht aus. Dennoch habe ich mich vor jeder Andeutung gehütet, nicht nur, weil wir es vor allen geheim gehalten haben, sondern auch, weil ich mir vorgenommen habe, es in dem Moment zu vergessen, in dem ich es verlasse. Deshalb vielleicht habe ich nicht gleich an das Kabinett gedacht und habe den blöden Gedanken geäußert, Ambach von da oben herunterzuholen. Es ist ein so blöder Gedanke, daß ich mich nicht wundern muß, wenn Benno mich ansieht, als wäre ich von einem anderen Stern. Ich würde Benno auch ansehen, als wäre er von einem anderen Stern, wenn er einen derart blöden Gedanken geäußert hätte, das heißt, ich würde es eher denken, als ihn so ansehen, denn noch glaube ich, daß nichts gefährlicher ist, als auf Benno zu gucken, wie wenn er von einem anderen Stern wäre.

Noch während Benno mich ansieht, als wäre ich von einem anderen Stern, und seinen Oberkörper zurückbiegt und den Kopf ein wenig zu den anderen dreht, um seiner Ablehnung stärkeren Ausdruck zu geben, schießt mir durch den Kopf, daß ich auf keinen Fall etwas von meiner Idee mit dem Kabinett sagen darf, bevor ich mir nicht ganz sicher bin, daß wir sie in die Tat umsetzen können. Eben habe ich auch eine Idee geäußert, die ich bei etwas längerem Nachdenken selbst verworfen hätte. Immer wenn ich eine Idee habe, äußere ich sie zu schnell, ob nun in der Schule, wo ich es am Lachen der anderen merke, oder bei unserer Truppe. Jetzt bedauere ich, daß Bernie Sowade nicht hier sein kann. Könnte Bernie Sowade hier sein, hätte Benno mich vielleicht nicht so angesehen. Vielleicht hätte ich in Bernies Anwesenheit die Idee gar nicht geäußert, weil ich gleich an das Kabinett gedacht hätte, denn nichts ist mit dem Kabinett so sehr verbunden wie Bernies rundes Gesicht im Bodenfenster der Nummer sechs. Aber Bernie steht schon seit mehr als zwei Wochen nicht mehr mit uns vor der Tür, so lange ist es schon her, daß Benno uns mitgeteilt hat, Bernie sei abgeholt worden, von der Arbeit weg, zwei Mann in so langen Ledermänteln, und rein ins Auto.

Vor drei Wochen wußte Benno nicht, warum Bernie abgeholt worden ist, aber inzwischen hat es sich herumgesprochen. Laut Schmiege, der Frau Sowade bei Kartoffel-Karkutsch getroffen hat, soll Bernie eine Dummheit begangen haben, jedenfalls nach Frau Sowades Meinung. An der Kellerwand von Bernies Arbeitsstelle in der Stalinallee ist beim Rundgang einer Delegation von Schnellmaurern aus der Volksrepublik Polen eine Zeichnung entdeckt worden, auf der Flugzeuge Bomben auf Häuser abwerfen. Der Bauleiter hat an Ort und Stelle eine Versammlung einberufen und an die Arbeiter appelliert, so einen Quatsch in Zukunft zu unterlassen. »Sollen denn die polnischen Freunde denken, wir haben aus dem Krieg nichts gelernt? Wir sind eine sozialistische Baustelle und kein Haufen von Militaristen!« Keiner hat etwas gesagt, und alle haben nur den Kopf geschüttelt, daß sie wegen so einer Bagatelle abgehalten werden, ihre Norm zu erfüllen. Einige haben sogar gegrinst, so daß Bernie sich gemeldet und gesagt hat, daß er es gewesen ist, aber doch nur so aus Spaß, und der Bauleiter soll doch nicht so einen Wind machen. Tatsächlich hat der Bauleiter auch nur den Kopf geschüttelt und Bernie aufgefordert, solche Späße in Zukunft zu unterlassen. Alle sind wieder an die Arbeit gegangen und haben geglaubt, die Sache ist erledigt, aber kurz vor Feierabend sind zwei Männer in so langen Ledermänteln gekommen und haben Bernie abgeholt.

Laut Schmiege hat Frau Sowade sich alles von Bernies Arbeitskollegen erzählen lassen, nachdem die beiden Männer zu ihr nach Hause gekommen sind und sie informiert haben, daß ihr Sohn wegen des Verdachts auf Verstoß gegen das *Friedensschutzgesetz* inhaftiert worden ist.

»Wieso gegen den Frieden?« hat Frau Sowade, laut Schmiege, die beiden Männer gefragt. »Er hat doch unterschrieben!«

Die Männer sind gleich aufmerksam geworden und haben ganz lauernd gefragt, wo Bernie was unterschrieben hat? – »Na, diese Sache da, diesen Appell«, hat Frau Sowade geantwortet. Die beiden Männer sind ein wenig enttäuscht gewesen, weil Frau Sowade den Stockholmer Friedensappell gemeint hat, für den überall Unterschriften gesammelt wurden, auf der Arbeit, in der Schule und sogar vor den Bahnhöfen, und sie haben ihr erklärt, daß, wenn einer wirklich für den Frieden ist, er nicht solche Sachen an die Wand schmieren kann.

»Aber was ist denn schon dabei?« hat Frau Sowade die beiden Männer gefragt. »Das haben die Jungs doch alles erlebt.«
Die beiden Männer haben sie sehr ernsthaft angesehen und ihr erklärt, daß eine Zeichnung nicht nur eine Zeichnung ist, sondern daß es darauf ankommt, wo sie gezeichnet worden ist und aus welchem Motiv. Im Fall von Bernies Zeichnung, haben die beiden Männer, laut Schmiege, gesagt, ist es offensichtlich kein Zufall, daß er sie ausgerechnet auf der Ersten Sozialistischen Baustelle des Neuen Berlins angefertigt hat und am Tage des Besuches einer Delegation polnischer Schnellmaurer aus der Heldenstadt Warschau.
»Aber mein Sohn ist doch Installateur und kein Maurer«, soll Bernies Mutter empört gerufen und die Frage hinzugefügt haben: »Was will man ihm anhängen?«
Die beiden Männer sind ganz kühl geworden und haben sie darauf aufmerksam gemacht, daß im ersten Arbeiter- und Bauernstaat auf deutschem Boden keinem Menschen etwas angehängt wird, aber wenn sie sich als Mutter und Erziehungsberechtigte mal ein paar Gedanken macht, wird sie schnell einsehen, daß mit den gezeichneten Häusern nur die gerade fertiggestellten Bauten der Stalinallee gemeint sein können und mit den Flugzeugen die Luftflotte des Klassengegners, die sich ihr Sohn Bernhard möglicherweise herwünscht, ob nun in subjektiv feindlicher Absicht oder nur objektiv!
Laut Schmiege ist Bernies Mutter ganz baff gewesen und hat noch während ihrer Erzählung zu weinen begonnen und geschluchzt, daß sie nicht mehr versteht, was hier vorgeht, am wenigstens aber, daß ihr Sohn gerade wegen einer solchen Dummheit in Schwierigkeiten gekommen ist, wo er doch im Zeichnen immer eine Vier gehabt hat.
Mensch, Bernie fehlt mir jetzt wirklich. Ich hätte ihn

zur Seite nehmen und ihm meine Idee mit dem Kabinett vorschlagen können, aber wahrscheinlich wäre er selbst darauf gekommen; er hat es ja entdeckt. Im letzten Herbst, lange vor Ambachs Einzug in die Nummer fünf, habe ich einmal eine halbe Stunde allein vor der Tür gestanden und gewartet, daß die andern kommen würden oder wenigstens einer. Es ist bei uns außergewöhnlich selten, daß einer eine halbe Stunde vor der Tür stehen kann, und keiner gesellt sich hinzu.

Damals bin ich langsam ungeduldig geworden und habe dieses unangenehme Gefühl bekommen, das ich immer bekomme, wenn ich länger als gewohnt allein bin. Es entsteht mit einemmal irgendwo in der Bauchmitte und kriecht ganz gemächlich höher und höher. Ich muß dann mehrmals kräftig aus- und einatmen, daß es sich in Grenzen hält und nicht unerträglich wird. Wenn es unerträglich geworden ist, bin ich losgelaufen, einfach die Straße runter und um die Ecke, und unterwegs habe ich mir überlegt, zu wem ich gehen könnte, damit es wieder verschwindet. So bin ich manchmal zu meiner Nenntante Martha gegangen oder zu irgendeinem Schulkameraden. Ich wollte gar nichts von ihnen. Ich wollte nur dieses Gefühl los sein.

An dem Tag, am dem ich allein vor der Tür gestanden habe, bin ich im Begriff gewesen, gleich loszulaufen, und habe mir schon überlegt, ob ich nicht durch die Straße laufen soll, in der Gretchen Paskarbeit wohnt. Vielleicht steht sie auf dem Balkon, und ich finde endlich den Mut, ihr irgend etwas zuzurufen, damit sie herunterkommt. Ich habe schon losgehen wollen, da ist so etwas wie ein Pfiff gewesen, ganz dünn und von weit her, mindestens von der Ecke Raumer. Ich habe mich umgesehen, aber bis auf zwei, drei Passanten niemanden entdecken können. Dann wieder der Pfiff, nicht weniger dünn und wie über meinem Kopf. Ich habe die Häuser gegenüber gemustert und bin ein paar Schritte vorgegangen, um auch die Häuser hinter mir zu mustern. Schließlich habe ich den Pfiff so deutlich gehört, daß kein Irrtum möglich gewesen ist. Von weit oben ist er gekommen, wahrscheinlich vom Dach, und ich habe den Hals gereckt und den First der Vier und der Fünf vergeblich mit meinen Blicken abgetastet und seitlich so etwas wie eine Bewegung wahrgenommen: in der Höhe kurz unter dem First der Nummer sechs, im ovalen Dachfenster des verbliebenen Vorderhauses ganz klein und ganz kurz Bernies Eierkuchengesicht und seine energische Handbewegung, wie wenn er sagen will: »Komm ruff!«

Ich bin sofort den Seitenflügel der Nummer sechs hochgerannt, zwei Stufen auf einmal, habe atemlos vor der angelehnten Bodentür gestanden und Bernie in der Mitte des Dachbodens stehen sehen, den Finger auf dem grienenden Mund. Ich bin auf Zehenspitzen über die knarrenden Dielen bis in Fensternähe hinter Bernie hergeschlichen, der sich niedergehockt und drei kurze, querliegende Bretter ausgehoben hat, unter denen eine körpergroße, wie von einer Granate gerissene Öffnung sichtbar geworden ist.

»Los!« hat Bernie geflüstert und mich an die Öffnung gezogen. Ich habe mich auf den Rand gesetzt, meine Arme auf dem Boden abgestützt, mich hinuntergelassen und mit den Füßen nach einem Halt getastet, habe ihn auf provisorisch übereinandergenagelten, als Leiter dienenden Brettern gefunden und meine Füße vorsichtig auf den rissigen Fußboden eines kahlen Zimmers mit verblichenen Tapeten und einem weißgekachelten, bis zur Decke reichenden Ofen gesetzt. Bernie ist gleich hinterhergekommen und hat, auf der provisorischen Leiter stehend, von unten die Bretter wieder über das Loch geschoben. Aus der Nähe habe ich Stimmengemurmel gehört, mich sofort gespannt, fragend auf Bernie gesehen, aber der hat nur gegrient und die Hand gehoben und einen lauten, grunzenden Ton von sich gegeben. Die Stimmen sind sofort erstorben, einen Moment hat totales Schweigen über dem kahlen Raum gelegen, dann ist Bernie zu der Tür neben dem Ofen geschlichen und hat sie aufgerissen.

Da haben sie alle gesessen, unsere ganze Truppe mit vor Schreck erstarrten Gesichtern: Harry, Pasella und Wölfchen auf einem Brett über zwei Kisten; Sohni, Schmiege und Manne auf einem zerschlissenen Sofa, das schief stand, weil ihm ein Fuß fehlte. Und an der Wand darüber das schwefelgelbe Hanewackerschild mit dem räubergesichtigen Skipetaren aus Nordhausen, das Frau Wolzki so sehr vermißt hat.

»Mensch«, habe ich gerufen, »da isset ja!«, und alle haben gefeixt und auf Sohni Quiram geguckt, der wegen seines Handstreichs vor Stolz geradezu aufgeschwollen ist.

Im letzten Herbst haben wir wochenlang fast jeden Nachmittag im vierten Stock der Nummer sechs gesessen. Es ist schon ein starkes Gefühl, einen unübertroffen geheimen Ort zu besitzen, den irgend jemand, ich weiß nicht wer, Kabinett genannt hat, unser Kabinett. Wenn die anderen unser Geheimnis nur ebenso gehütet haben wie ich, gibt es keinen besseren Ort, Ambach zu verstecken. Aber ich habe keinen Grund zu zweifeln, daß die anderen es nicht ebenso gehütet haben wie ich. Die Frage ist also nur die, wie wir an Ambach herankommen, ohne beobachtet zu werden. Wir dürfen dieses Mal nicht über den Seitenflügel der Nummer sechs auf den Dachboden gehen; das wäre zu auffällig. Wir können einzeln in unser Haus, in die vier, gehen und von dort aufs Dach; oder auch von der Nummer drei aus; oder von der Danziger, die jetzt Dimitroff heißt. Wir müßten nur eine unverschlossene Bodentür finden und aufpassen, daß uns von unten niemand sieht. Wir können auf dem Bauch vorwärts kriechen und die Schornsteine als Deckung benutzen. Am besten, es gehen nur zwei von uns, höchstens drei.

Von unserem Haus kann ich den Bodenschlüssel besorgen, der neben dem Toilettenschlüssel an der Leiste über dem Gaszähler hängt. Ich muß nur vermeiden, daß meine Mutter mich oben behält, wenn ich schon einmal da bin. Ich muß nur irgend etwas vortäuschen, damit ich einen Grund habe, unsere Wohnung wieder zu verlassen, und sei es nur für den Moment der Schlüsselübergabe. Ich bin sicher, das könnte mir gelingen, mir ist bisher immer etwas eingefallen, wenn meine Mutter mich hat oben behalten wollen. Meine Mutter macht mir die wenigsten Sorgen, viel wichtiger ist, meine Idee so vorzutragen, daß Benno mich nicht wieder ansieht, als wäre ich von einem anderen Stern.

Ich drehe mich ein wenig, so daß ich halb in Bennos, halb in Mannes Richtung stehe, und sage abschwächend: »Quatsch! Nich runter!« und schüttele den Kopf und dehne meine Stimme, um meinem Irrtum Ausdruck zu geben: »Hab ich ja nich gemeint!«, bekomme aber keine Gelegenheit, meine Idee mit dem Kabinett auch nur im Ansatz auszusprechen, denn Schmiege fällt mir ins Wort. Ich habe gesehen, wie sich sein Gesicht zwischen Bennos und Mannes Gesicht geschoben hat, und höre seine belehrende Stimme sagen: »Der ist doch hin, Tommie!«, und weil ich die Stirn runzele und ihn aus Unverständnis »Wer?« frage, »Wer ist hin?«, herrscht er mich mit gepreßter Stimme an und betont jedes Wort, als solle ich etwas ein für alle Mal begreifen: »Der Kripo is hin!«

4

Zwei Tage später staunten wir nicht schlecht, daß wir mit einem der gefährlichsten Verbrecher der Nachkriegszeit bekannt sein sollten. Natürlich war es Schmiege gewesen, der die Meldung von Ambachs Verhaftung als erster gelesen hatte und am Nachmittag mit der aufgeschlagenen Zeitung aus der Haustür trat. Außer mir standen nur noch Harry, Manne und Wölfchen Rosenfeld vor der Vierundachtzig; Benno kam erst gegen sechs, und Sohni ließ sich aus gutem Grund eine Woche lang nicht sehen. Laut der Zeitung, die Schmiege uns unter die Nase hielt, hieß Ambach mit vollem Namen Klaus-Jürgen Randow, war achtzehn Jahre alt und stand im Verdacht, für zwei Morde, einen Mordversuch an einem Kriminalpolizisten und mindestens zwanzig Raubüberfälle auf Sparkassen, Rummelplätze und Juweliere in allen vier Sektoren der Stadt verantwortlich zu sein.

»Olle Ambach!« rief Manne immer wieder, schüttelte den Kopf und machte das ungläubigste Gesicht der Welt, und Wölfchen Rosenfeld war der Meinung, daß Ambachs Verstellungskunst meisterhafte Grade erreicht haben mußte, sonst wäre uns doch bestimmt etwas aufgefallen. Auch bei mir versagte die Vorstellungskraft, in Ambach den Anführer einer Bande zu sehen, die die Größe unserer Truppe und der des langen Maschke zusammengenommen hatte. Nur Schmiege verwies auf die Merkwürdigkeit, daß Ambach sich weder zu unserer noch zu einer anderen Truppe gesellt und die paar Kontakte, die wir zu ihm hatten, immer abgebrochen hatte, indem er sich, manchmal mitten im Gespräch, auf dem Absatz herumdrehte und nach oben ging oder Richtung Ecke verschwand, als hätte er seine Zeit lange genug mit uns verschwendet. In der Tat war ihm das Kunststück gelungen, seine vielfältigen Beziehungen vor der aufmerksamsten Truppe der Vorderduncker zu verbergen, und lediglich Pasella, den ich am nächsten Tag traf, wollte einmal gesehen haben, wie Ambach in einen, laut Zeitung gestohlenen und zum Überfall auf den Puhlmann-Rummel benutzten, Fiat Topolino eingestiegen sei, genau vor der Nummer fünf.

Wir standen alle noch unter dem Eindruck der Geschehnisse des vergangenen Sonntags. Daß Randow, als wir schon in den Betten lagen, doch noch geschnappt worden war, hatte sich am nächsten Tag wie ein Lauffeuer verbreitet, nur wußte niemand genau, wie, und auch nicht, was ihm vorgeworfen wurde. Die am häufigsten geäußerte Meinung sah in ihm einen Buntmetallschmuggler, der in den Ruinen der Innenstadt Bronzefiguren und andere Denkmäler demontiert und in den Ankaufstellen im Westsektor verkauft haben sollte. Andere hielten ihn für den Verursacher organisierten Diebstahls an den Gleisanlagen der S-Bahn, deren Kupferverbinder ein besonders begehrtes Objekt des Schmuggels von Ost nach West waren, der wegen Transportgefährdung auch besonders scharf verfolgt wurde.

Wie sehr diese Spekulationen an Randows tatsächlichen Taten vorbeigingen, erfuhren wir nur bruchstückweise und letztlich erst durch die Berichterstattung über den Prozeß, den wir mit einer Intensität wahrnahmen wie sonst nur die Tour de France oder so etwas Außergewöhnliches wie das Comeback von Maxe Schmeling.

Allein der Bericht über den Raub von Schmuckstücken aus dem Magazin eines Pfandleihers in der Potsdamer Straße im amerikanischen Sektor und Ambachs anschließende, in allen Einzelheiten beschriebene Flucht über das Ruinengrundstück des Sportpalastes verursachte einen zweistündigen, heftigen Streit zwischen Schmiege und Manne Wollank über so eine Nebensächlichkeit wie die Wertzeichnung von Edelmetallen, besonders von Trauringen. Daß Schmiege durch keine noch so sachliche Argumentation davon abzubringen war, die höchstwertige Prägung sei die auf der Innenseite eines Goldringes eingestanzte Zahl 800 und nicht, wie Manne behauptete, die 900, war nur Ausdruck einer nach außen verborgenen Anteilnahme, die bei der kleinsten Erschütterung höchste

Gereiztheit auslöste. Manne Wollank, der Zeuge war, als seine Mutter kurz nach dem Krieg bei einem Juwelier in der Kastanienallee ihren 900er Trauring verkaufen mußte, bezichtigte Schmiege der völligen Ahnungslosigkeit, hob sogar die drei Finger der rechten Hand und war am Schluß den Tränen nahe, weil niemand seine Behauptung bestätigen konnte. »Dukatengold!« brüllte er den unbewegten Schmiege an. »Weißte nischt von Dukatengold, Mensch?«

Je länger wir uns mit den täglichen Zeitungsberichten beschäftigten, desto mehr Indizien entdeckten wir für Ambachs verborgenes Leben. Benno erinnerte sich deutlich zweier Siegelringe an Ambachs Hand und war sich sicher, daß sie mit den Abbildungen übereinstimmten, die er seinerzeit bei einem Besuch seiner Tante im englischen Sektor gesehen hatte, neben der Notiz über eine hohe Belohnung für Hinweise auf den oder die Täter. »Zweitausend«, sagte er, »zweitausend mal fünf!« und blickte so vielsagend in die Runde, daß ich den Kopf senkte wegen des heißen Stroms, der mir bei dem Gedanken an diese astronomische Summe unvermittelt durch den Körper gefahren war, und ich fragte in heftigem Ton und vielleicht mehr an mich selbst als an die anderen gerichtet: »Wer wär denn hin zur Polente!?« – »Quatsch, doch nich wir!« antwortete Benno ebenso heftig. »Ich sag doch bloß, wenns irgendeiner mitgekriegt hätte!«

Sohni Quiram rief uns Ambachs wiegenden Gang und die Tatsache in Erinnerung, daß er seine Arme immer ein wenig angewinkelt hatte. »Und weeßte warum?« fragte er, steckte die Hand unter seine Popelinjacke und zog sie blitzschnell wieder hervor, Daumen und Zeigefinger rechtwinklig voneinander gespreizt: »Sämlich wegen der Knarre!« – Auch wenn die Vorstellung einen gewissen Reiz auf uns ausübte, daß Ambach die Male, die wir ihn getroffen hatten, eine Pistole im Schulterhalfter trug, zweifelten wir an Sohnis Vermutung schon deshalb, weil es keinen unter uns gab, der nicht so gelaufen wäre wie Ambach, und warum sollte er dann die Waffe ausgerechnet am Tag seiner Verhaftung nicht bei sich gehabt, sondern erst, wie von Hotta dem Zimmermann berichtet, aus der Schublade gezogen haben, nachdem ihn der Kripo in die Wohnung begleitet hatte?

Wie dem auch sei, noch heute glaube ich nicht daran, daß Wölfchen Rosenfeld, als wir uns einmal auf den Weg zu Wagi-Eis machten, nur aus einer Eingebung heraus vorschlug, einen entfernten Verwandten zu besuchen, der Amateurradfahrer mit Gedanken an den Übertritt ins Profilager war. Wir liefen gleich los, quer über den Nordmarktplatz, die ganze Danziger hinunter bis zum Arnswalder Platz, standen ohne Enttäuschung vor der Tür einer Parterrewohnung, die auch nach Wölfchens energischem Klingeln verschlossen blieb, nahmen aber, als hätten wir uns abgesprochen, nicht den gleichen Weg zurück, sondern schlugen einen Bogen über die Bötzow und den nördlichen Rand des Friedrichshains, dessen Flakbunker nach dem Krieg zwei Sprengungen widerstanden hatte. Wir liefen viel schneller als sonst, achteten kaum auf das, was um uns herum zu sehen war und verhielten erst an der breiten Ecke des Königstors.

Ging Benno zuerst zu dem schmalen, lange wieder verglasten Schaufenster des Ladens, über dem eine verblaßte Schrift Gold- und Silberwaren anbot, oder Wölfchen selbst? Ich jedenfalls spürte plötzlich einen unangenehmen Druck in der Magengegend und hielt mich zwei, drei Schritte zurück, sah neben Schmieges gebogenem Rücken durch das Glas, das Ambach vor nicht mal einem Jahr mit einem kurzen Stoß seines Ellbogens zerbrochen hatte, um mit zwei Griffen die Auslagen in einem Brotbeutel zu verstauen; sah in der Helle des Ladens den neuen Besitzer, einen Mann mit glatt gekämmten Haaren und Hornbrille, seinen Kopf heben und aufmerksam in unsere

Richtung starren, drehte mich mit einem Gefühl von Peinlichkeit herum, schlenderte, wie wenn nichts wäre, die fünf, sechs Meter zum Straßenrand, die Ambach zu seinem Fahrrad wie der Teufel gerannt sein mußte, hinter sich den Juwelier, der gleich aus dem Laden gekommen war und ihn mit einem Sprung erreicht hatte, sich an das Rad klammerte und trotz der gebrüllten Warnung nicht losließ, auch nicht, als Ambach schon geschossen hatte, erst neben, dann gezielt auf die Arme, zwei Schüsse, von denen einer den Mittelfinger zerriß, aber vergeblich, der Mann ließ nicht los, so daß Ambach das Fahrrad Fahrrad sein ließ und weglief, die Straße am Hain hinauf, links hinein in die ersten Büsche, verfolgt von einer Gruppe Trümmerarbeiter, die durch die Schüsse aufmerksam geworden waren, an ihrer Spitze ein gewisser Torgow und ein Maurerlehrling namens Rudi Bolz, die während des Überfalls ein Stück abseits in einem Hausflur gewartet hatten und, wie mit Ambach im Fall einer mißglückten Flucht besprochen, die Verfolger auf eine falsche Fährte lenken sollten, sich aber, als das nicht gelang, weil Ambach gestolpert war und sich von der Gruppe umstellt sah, plötzlich auf seine Seite schlugen, die Knarren im Anschlag und, langsam rückwärts gehend, in der Mitte den lachenden Ambach, der zur Warnung noch die letzten beiden Patronen aus dem Magazin über die Köpfe der erstarrten Verfolger verschoß – die also rückwärts gehend und noch vor Eintreffen der Polizei in den Büschen verschwanden.

Ambachs Aussage, er habe nur auf die Arme des Verfolgers gezielt und erst aus der Zeitung vom Tod des Juweliers erfahren, glaubten wir damals aufs Wort, und seine Antwort auf die Frage, wie er sich dann die tödliche Folge seiner Schüsse erkläre, schien uns mit seinem Verweis auf die Wirkung eines Querschlägers schlüssig. Als wir weiterhin lasen, daß der Richter von ihm tatsächlich habe wissen wollen, ob ein paar Armbanduhren so viel Leid rechtfertigten, brachen wir über Ambachs lässige Antwort, die Beute habe ihn eigentlich nie interessiert, in lautes Lachen aus.

Daß unsere Umwelt anders als wir reagierte, nahmen wir gelassen hin. In der Schule ließen die Lehrer gehäuft Bemerkungen über die Notwendigkeit der Gesetzestreue und Warnungen vor den Konsequenzen unbedachter Handlungen in den Unterrichtsstoff einfließen, die von uns nur insofern zur Kenntnis genommen wurden, als sie vielleicht für ein Aufsatzthema in Frage kamen.

In der Vorderduncker gab es in diesen Tagen natürlich nur ein Thema. Ob vor den Haustüren oder in den Geschäften, überall redeten die Leute über eine gerade verhandelte und in der Zeitung berichtete Tat. Ihre Gesichter wurden ernst und nahmen besorgte Züge an, wenn sich einer von uns näherte oder ein Geschäft betrat. Schmiege berichtete uns belustigt, daß seine Mutter ihn auffallend häufig nach seinen Tätigkeiten in der Freizeit befrage, was Manne Wollank mit Kopfnicken und Grinsen seinerseits bestätigte, und Wölfchen Rosenfeld mußte sogar fast drei Wochen lang pünktlich um acht Uhr abends in der Wohnung sein. Alle Gespräche, die ich durch Zufall beim Einkaufen mitbekam und die sich meist mit der Diskrepanz zwischen dem zuvorkommenden Verhalten und den verabscheuungswürdigen Taten Ambachs beschäftigten, endeten irgendwann mit einem verseufzten: »Gottchen, nee! Die arme Frau.«

Ich erinnere mich meiner heftigen, gefühlsmäßigen Auflehnung gegen diese Verbindung zweier, wie ich meinte, unabhängig voneinander existierenden Dinge. Als hätte Ambach den lieben langen Tag nichts weiter zu tun gehabt, als an seine Mutter zu denken! Dabei war sie, schon am Morgen nach seinem Sprung aus dem dritten Stock, in Begleitung eines hochgewachsenen, kräftigen Mannes, der ihr Bruder gewesen sein soll, mit zwei Koffern in den Händen in eine brandenburgische Landgemeinde der Johannischen Kirche abgereist und durfte dem Prozeß, wie zu lesen war, wegen nervlicher Belastung fernbleiben.

Zu Hause redete ich, außer mit meiner Schwester, kein Wort über Ambach, und meine Mutter war nach der Schichtarbeit viel zu erschöpft, um mir, von schulischen Belangen oder Alltagsaufgaben abgesehen, irgendeine Frage zu stellen. Nur einmal, als ich über einem Hausaufsatz zum Thema »Erster Fünfjahrplan« saß, sah sie mich von der Seite her so lange und eindringlich an, daß ich die Konzentration verlor, wütend aufsprang und mit meinem Heft in die Küche ging.

Entgegen ihrer Gewohnheit kam sie mir nicht sofort hinterher, um mich zur Rede zu stellen, sondern wartete ein paar Minuten und tat dann so, als wollte sie nur ihre Kaffeetasse auf der Kochmaschine abstellen. Demonstrativ hörte ich mit dem Schreiben auf, starrte gegen die lindgrüne Küchenwand, den offenen Füllhalter unbeweglich über dem Heft. Ich hörte, wie sich ihre Schritte wieder entfernten, und wollte gerade weiterschreiben, als meine Mutter, auf der Höhe der Küchentür, mit einer Stimme zu sprechen begann, wie ich sie weicher und trauriger nur in den Monaten kurz nach dem Krieg bei ihr gehört hatte.

»Junge«, sagte sie und machte eine lange Pause, in der ich gegen meinen Willen mehrmals schlucken mußte und den Blick nicht von der Wand nehmen konnte.

»Junge«, wiederholte sie. »Ich bete zu Gott, daß du mir nie solche Sorgen machst.«

Ich schluckte und starrte auf diese glatte Küchenwand. Natürlich wußte ich, was sie meinte, und ich wußte, daß sie mich in entscheidenden Momenten mit ihrer atemlosen Frage, ob ich ihr etwa dieses oder jenes antun wolle, immer wehrlos gemacht hatte; so wie ich wußte, daß die einzige Art der Selbstbehauptung meine Schroffheit war oder die Ablenkung auf eine Nebensache, etwa wenn ich ihr jetzt die Gegenfrage stellte, was zum Teufel die ganze Sache mit Gott zu tun hätte? und ob sie an diesen Firlefanz tatsächlich noch glaubte?, aber diesmal spürte ich etwas in ihrem Ton, das mich zur Beherrschung zwang, und ich brummte ein wenig unwillig, aber schon wie versöhnt: »Was denn für Sorgen?« und konnte mich endlich herumdrehen, aber da war sie schon auf dem Weg in die Stube.

5

Zwei Ereignisse schoben den Prozeß gegen Randow für eine kurze Zeit aus dem Zentrum an den Rand meines Interesses. Es war ein Samstagnachmittag, an dem wir uns vor der Vierundachtzig versammelt hatten und gerade überlegten, ob wir zu den beiden Schwestern von Wagi-Eis oder besser zu den Spielhallen in der Bernauer schlendern sollten, als Bernie Sowade in einem Anzug mit weißem Hemd und dunkelrotem Binder aus der Tür des Nachbarhauses trat, ein wenig steif in den Beinen, aber grienend und die Hände in den Taschen. Wir rissen die Augen auf vor Erstaunen: im ersten Moment über den Wandel in seiner Erscheinung, die wir kurzbehost oder in installateurblauer Kombination kannten; im zweiten Moment über sein plötzliches, unangekündigtes Auftauchen aus dem Gewahrsam der Männer in den Ledermänteln.

»Ham se dir nich mehr ausgehalten!« rief Schmiege überschwenglich, und Manne Wollank, seinen Arm schon um Bernies Schulter, fügte hinzu: »Keen Wunder bei *die* Fresse!«

Bernie griente und kostete seinen Auftritt eine Weile aus, ehe er uns mit dem Grund für seine Entlassung ein neues Rätsel aufgab: »Wegen minderbemittelt.«

»Minderbemittelt? Wer!«

»Na icke!«

Wir standen im Halbkreis um Bernie herum, lauerten begierig auf einen ausführlichen Bericht, aber in den Einzelheiten gab sich Bernie mit Hinweis auf ein Schweigegebot wortkarg, und viel mehr als eine vage Begründung für seine Entlassung konnten wir nicht erfahren. Danach hatten die Untersuchungsorgane die Frage, ob Bernie Sowade seine Zeichnung an der Kellerwand auf der Ersten Sozialistischen Baustelle des Neuen Berlins nun in subjektiv oder objektiv feindlicher Absicht erstellt hatte, nach Kenntnisnahme seiner letzten Schulzeugnisse und der im Praktischen zwar mit Glanz, im Theoretischen aber nur mit Mühe bestandenen Zwischenprüfung seiner Lehre als Gas- und Wasserinstallateur sowie seines glaubwürdig festgestellten Wissensdefizits in den Schicksalsfragen der deutschen Nation dahingehend beantwortet, daß Bernie wegen mangelnder geistiger Fähigkeiten objektiv nicht in der Lage sei, eine subjektiv feindliche Handlung im Sinne des Friedensschutzgesetzes zu begehen.

Schweigend standen wir, die Stirnen gerunzelt, und bedachten die Konsequenzen der verästelten Argumentation, deren Sinn Sohni Quiram mit einem erstaunten und bewundernden Ausruf als erster erfaßte: »Denn haste jetzt sowat wien Jachtschein.«

»Klar«, sagte Bernie und griente breiter denn je. »Die sind doch doof da!«

Noch als ich zum Abendbrot nach oben gerufen wurde, war ich voller Überschwang, rief beim Händewaschen Richtung Stube: »Bernie is wieder da, darf aber nisch erzählen!«

»Nichts erzählen!« korrigierte mich meine Mutter. »Sprich vernünftig!«

Ihr Ton war schroff und ungeduldig, und ich richtete mich auf irgendeinen, noch nicht näher zu fassenden Ärger ein. Tatsächlich verlief das Essen schweigend und in einer Atmosphäre, wie ich sie schon einmal erlebt hatte, als meine Schwester und Edith Remus ein paar Monate nach dem Krieg mit Heinz Hammoser und einem Kumpel, den ich nicht kannte, durchgebrannt waren. Nach drei Tagen und zwei Nächten tauchten sie alle wieder auf, zuerst die Mädchen, dann die Jungen, gaben an, nur bis nach Dahlem gekommen zu sein und im Keller einer von den Amerikanern requirierten Villa übernachtet zu haben, gerieten in sogenannten Werwolf-Verdacht, wurden einzeln zu Verhören in die Nordmarkstraße geholt, wo die GPU saß und die deutsche Polizei, konnten aber glaubhaft machen, daß ihre Flucht lediglich jugendlicher Abenteuerlust entsprungen war und keinerlei widerständische Motive hatte. Vom seelischen Zustand meiner Mutter in den Tagen der Unwissenheit über das Schicksal meiner Schwester will ich nicht reden, aber auch als meine Schwester die Verhöre glücklich überstanden hatte und wieder zu Hause war, herrschte tagelang eine ähnlich gedrückte Atmosphäre, die vor allem von bohrenden Fragen meiner Mutter nach dem Verlauf der Nächte im Keller der Villa und hochheiligen Versicherungen meiner Schwester bestimmt war.

Im Gegensatz zu damals sah ich jetzt allerdings keinen Anlaß für eine Mißstimmung und brachte sie, wegen der schroffen Reaktion meiner Mutter, mit Bernies Rückkehr in Zusammenhang, zumal sie zwischen zwei Bissen und gelegentlichen, beziehungsvollen Blicken in die Richtung meiner Schwester den Kopf gehoben und mit besorgtem Ton gesagt hatte: »Hoffentlich mußte er nichts unterschreiben.«

»Bernie?« rief ich, ohne genau zu verstehen, was sie meinte. »Bernie doch nich!«

»Nicht!« sagte meine Mutter. »Nicht!«

»Is doch egal«, brummte ich und wartete auf die übliche, einem Ausbruch meiner Mutter vorbeugende Besänftigung durch meine Schwester. Die aber kaute, den Kopf über den Teller gesenkt, mechanisch ihr Brot und zeigte nicht die Spur einer Reaktion. Selbst meine Mutter ging auf meinen Widerspruch nicht ein, schob nur den Aufschnitteller ohne ersichtlichen Grund an eine andere Stelle und fragte mich in normalstem Ton, ob ich etwas trinken wolle.

Ich schüttelte den Kopf und wußte nun, daß alles, was folgen würde, nichts mit mir oder meiner Freude über Bernie Sowades Rückkehr zu tun hatte, zog mich nach dem Essen in den Sessel ans Radio zurück und las in einem alten Kosmosheft, das ich von meinem Onkel Kurt geborgt bekommen hatte, über den Einschlag des Riesenmeteors im sibirischen Tunguska von 1908, nahm mit halbem Ohr Anspielungen wahr, deren Sinn mir verborgen blieb und wohl auch bleiben sollte, wurde mit der Zeit vergessen, hörte die unterdrückte Stimme meiner Mutter fragen, ob meine Schwester denn wirklich alles versucht habe, registrierte aus der Antwort aber nur das Wort Nelken und Rotwein und einen Laut, mit dem meine Schwester üblicherweise ihren Ekel ausdrückte, und einmal den Satz: »Es ist doch schon über die Zeit.«

Auffallend war auch die beschwörende Art meiner Mutter, als wollte sie meine Schwester, die einmal mit leichtem Unverständnis in der Stimme geäußert hatte, daß wir doch nicht mehr in der Zopfzeit lebten, von irgend etwas Schandbarem abhalten: »Mädel, wie steh ich denn da! Nimm doch auch mal Rücksicht auf mich!«

Was immer geschehen sein mochte, ich konnte es lange in keinen Zusammenhang bringen, auch wenn in den nächsten Tagen, die übrigens mit einer Verhandlungspause im Prozeß gegen Randow zusammenfielen, das Thema der wie beiläufig fallenden Sätze zwischen meiner Mutter und meiner Schwester konkreter wurde. Einmal sagte meine Mutter: »Aber du hast ihn doch gern, Mädel!«, und meine

Schwester, die ein leises, zögerndes »Ja« sprach und ein »Aber« hinzufügte, lief plötzlich zum Fenster, lehnte den Kopf gegen die Scheibe, schluchzte auf, um im nächsten Moment, da sie sich umdrehte und verstohlen die Augen wischte, wieder zu lächeln und deutlich auszurufen: »Aber das ist es ja, ich freu mich ja auch darauf!«

»Was habt ihr beiden denn«, fragte ich in bestem Hochdeutsch, und meine Schwester fuhr mir im Vorbeigehen mit der Hand übers Haar, und meine Mutter sagte: »Ach, Junge, laß uns mal.«

Sie folgte meiner Schwester in die Küche, ich schlich auf Zehenspitzen über die knarrenden Dielen in der Nähe der Tür, schob meinen Kopf in den Korridor und hörte gerade noch, wie meine Schwester sagte: »Aber es ist keine Liebe!«, und meine Mutter antwortete: »Aber, Mädel, die Liebe kommt doch mit der Zeit.«

Am Tag, als der Prozeß gegen Randow mit der Vernehmung der Witwe eines Nachtwächters von der Sparkasse in Weißensee fortgesetzt wurde und mit einem, wie die Zeitungen schrieben, dramatischen Höhepunkt begann, weil die Frau, den Zeugenstand betretend, an der Hand ihre siebenjährige Tochter, mit dem Finger auf die Anklagebank wies und laut in den Saal rief: »Das ist der Mörder deines Vaters. Sieh ihn dir genau an!« und Randow, laut Zeitung, das erste Mal in diesem Prozeß vor Scham den Kopf gesenkt haben soll – an diesem Tag, genauer: am Abend, kurz vor dem Einschlafen, fiel mir wie Schuppen von den Augen, was meine Mutter, was meine Schwester in den letzten Tagen bewegt hatte. Ich lag in der dunklen Stube, Licht drang nur aus der angelehnten Tür zu Korridor und Küche; entfernt die Geräusche der Wasserleitung, das Scharren der Stühle und Geschirrscheppern. Ich hatte meinen Kopf in die Armbeuge gelegt, die Augen schon geschlossen, vernahm einen leisen, sich nähernden Schritt, der dem meiner Schwester glich, dachte noch, sie würde gleich ins Bett gehen, wartete vergebens auf das Geräusch der Tür, hob den Kopf und sah durch den Türspalt, daß sie im Korridor stehengeblieben war. Genaugenommen sah ich die Gestalt meiner Schwester nur wie in einem leuchtenden Längsschnitt, ein vertikales Stück Haar, ein helles Stück Schulter und das Rosa des Unterrocks. Ich schob mich vorsichtig und jedes Geräusch vermeidend höher, streckte meinen Kopf, das Blickfeld erweiternd, über den Bettrand hinaus, hörte ein zartes Rascheln und sah den Schemen ihrer Hand die rosa Kunstseide in die Höhe raffen, so daß die ungewöhnlich kräftige Wölbung ihres Bauchs im Schein der Korridorlampe stückweise, aber dadurch um so deutlicher, hervortrat.

»Lilli«, hörte ich die unterdrückte Stimme meiner Mutter aus der Küche rufen, »Lilli, komm mal.«

Die geraffte rosa Kunstseide fiel raschelnd herab und verschwand aus dem vertikalen Ausschnitt des Korridors. Ich ließ mich ins Bettzeug zurückgleiten, starrte gegen das Dunkel der Decke und dachte an den Zustand, auf den alle Anspielungen, forschenden Blicke und beschwörenden Sätze meiner Mutter gemünzt waren und der in unserer Truppe mit dem Wort angebufft beschrieben wurde. Ein Rummelplatzlude hatte die Tochter vom Bäcker Liepe angebufft, und die ältere Schwester von Wolfgang Knacke, den wir Chomitsch nannten, ist von einem Cousin der Schreyerbrüder angebufft worden. Beide, die Tochter von Liepe und Chomitschs ältere Schwester, haben eine Mußheirat gemacht, Chomitschs Schwester mit dem Cousin der Schreyerbrüder, die Tochter vom Bäcker Liepe allerdings nicht mit dem Rummelplatzluden, sondern mit dem Sohn vom Sarghändler in der Nummer acht.

Anbuffen war die größte Gefahr, die einem drohte, der sich im Sandkasten auf dem Helmholtzplatz oder sonstwo hinreißen ließ. Anbuffen konnte man durch Rausziehen verhindern oder durch Fromms, die jetzt Mondos hießen. Fromms waren nicht sicher, weil die platzen konnten. Rausziehen war aber auch nicht sicher. Das mußte gelernt sein. »Richtig rausziehen muß gelernt sein«, hatte Benno einmal gesagt, als hätte er eine längere Erfahrung damit. Wir haben ihn ein wenig skeptisch angeguckt, aber geschwiegen, weil wir uns nicht sicher waren, ob wir Benno nicht unterschätzten. Nur Schmiege war deutlich anzusehen, daß er Näheres wissen wollte, aber weil Sohni Quiram in dem Moment, als Schmiege zum Sprechen ansetzte, großspurig »Rausziehen is Gefühlssache« gesagt hat und alle, nach einem Augenblick der Verblüffung, wegen der offensichtlichen Prahlerei laut zu grölen anfingen, war er abgelenkt worden.

Anbuffen geschah meist im Suff wie bei Wölfchen Rosenfelds zweitem Cousin, dem es bei der Tochter von Tettschlachs passiert war, die ganz strähnige Haare hatte und als Kind immer die Spucke vom Bürgersteig aufgeleckt haben soll. Auch Wölfchen Rosenfelds zweiter Cousin hatte eine Mußheirat machen müssen, obgleich er, laut meiner Mutter, eine adrette Erscheinung war und ursprünglich in ein Textilgeschäft im englischen Sektor hatte einheiraten sollen. Wölfchen Rosenfeld hatte uns erzählt, daß in der Familie ein gewaltiger Streit darüber ausgebrochen sei, ob der Cousin die Tochter von Tettschlachs sitzenlassen durfte. Wölfchen Rosenfelds Tante hatte ihn vor der ganzen Familie geohrfeigt und einen Idioten genannt. Nur Wölfchens Onkel war ganz gelassen geblieben und hatte gesagt: »Du weißt doch, wie es bei mir war, Elfchen. Wenn der Schwanz steht, ist der Verstand im Arsch.«

Sitzenlassen war mit das Schlimmste, was man machen konnte, wenn man eine angebufft hatte, und höchstens dann akzeptiert, wenn man ausgleichsweise zur Fremdenlegion oder zu einem ähnlichen, unglücksverheißenden Unternehmen durchbrannte. Auch Ambach, mit dem wir einmal über die Konsequenzen eines verunglückten Rausziehens ins Gespräch kamen, war sich sicher gewesen, daß es für Sitzenlassen keine Entschuldigung gab und Anbuffen Heirat unausweichlich machte. »Das ist Ehrensache«, hatte er vor dem Haus Nummer fünf gesagt und mit einem nachdrücklichen »Ambach!« geschlossen.

Andererseits hörten wir immer häufiger von Fällen, in denen auf Mußheirat verzichtet wurde, und gerade in der Zeit, in der wir wegen des Prozesses die Zeitungen aufmerksamer lasen als sonst, fanden wir auf den Seiten, die die Überschrift »Volksdiskussion« trugen, neben den Leserbriefen, die am Beispiel der Randow-Bande ihre Empörung über die Verrohung unserer Jugend durch das ungesetzliche Eindringen amerikanischer Schmutz- und Schundliteratur zum Ausdruck brachten, auch eindeutige Stellungnahmen gegen eine Mußheirat. Einmal hieß es, durch die großzügigen Maßnahmen unserer Arbeiterregierung, die unseren Frauen Selbstbewußtsein und wirtschaftliche Unabhängigkeit garantierten, seien diese nicht mehr gezwungen, unwürdige eheliche, nicht in Liebe wurzelnde Verhältnisse einzugehen.

Zuhause war der mögliche Verzicht auf eine Mußheirat kein Thema mehr. Von einem Tag auf den anderen war die Atmosphäre umgeschlagen. Um den Mund meiner Mutter schwebte ein zufriedener Zug, und meine Schwester informierte mich von dem bevorstehenden Ereignis mit einem heiteren: »Weißt du schon, Weihnachten wirst du Onkel.« Vorausgegangen war ein Besuch der dicken Frau Smolka, bei dem ich unter einem Vorwand aus dem Zimmer geschickt wurde, und eine offizielle Einladung meiner Mutter an Hotta den Zimmermann zum Sonntagskaffee. Er kam in einem mokkabraunen Zweireiher, der ihm etwas zu knapp saß, brachte ihr einen Blumenstrauß mit und erzählte die ganze Zeit derart ausführlich von seiner Zeugenaussage im Prozeß gegen Randow, in dem übrigens auch der genesene, aber noch im Rollstuhl sitzende Kriminalpolizist aufgetreten war, daß weder meine Schwester noch meine Mutter zur Unterhaltung mehr als Zwischenfragen oder kurze erstaunte Ausrufe beitragen konnten. Nur einmal, als es meiner Mutter gelang, ihn auf seine wirtschaftliche Perspektive hin anzusprechen, deutete er Aufstiegspläne zum Tiefbauingenieur an und verwies auf einen Onkel in der Schweiz, der für eine Familiengründung gewisse Sicherheit böte, allerdings nur, wenn alle Stränge rissen!

Die Heirat zwischen Hotta dem Zimmermann und meiner Schwester Lilli fand drei Wochen vor der Ablehnung des Gnadengesuchs statt, das Randow an den Präsidenten der Republik gerichtet hatte. Das Hochzeitskleid hatte die dicke Frau Smolka aus weißer Fallschirmseide genäht, die von meiner Mutter über einen alten Kriegskameraden meines Vaters besorgt worden war. Sie hatte es kurz unter der Brust derart geschickt abgenäht, daß es weit über die Taille fiel und den mächtig gewachsenen Leib meiner Schwester so gut wie verdeckte. Meine Schwester trug einen weißen Schleier vor dem Gesicht und in der Armbeuge einen Strauß mit so vielen Rosen, wie es ihrem Alter entsprach: zwanzig.

Besonders stolz war sie auf ihre neuen teerschwarzen Pumps mit Riemen, die um die Fesseln reichten und ihren Beinen eine ungewöhnliche Schönheit verliehen. Gegen den Willen seiner Mutter und unter Einsatz von anderthalb Monatslöhnen hatte Hotta der Zimmermann sie bei Schuh-Leiser im französischen Sektor zum Kurs eins zu fünf gekauft. Noch Jahre nach der Scheidung der Ehe zwischen Hotta und meiner Schwester behauptete die dicke Frau Smolka einen Zusammenhang zwischen Hochzeitsgabe und Eheausgang: »Hätte er ihr keine Schuhe geschenkt, wäre sie ihm auch nicht weggelaufen!«

6

Der Tag, an dem der Prozeß begann und das erste Foto von Ambach in der Zeitung erschien, ist mir genau im Gedächtnis. Schmiege hatte das Bild mit wichtiger Geste aus seiner neuen schweinsledernen, von seinem Vater hinterlassenen Brieftasche gezogen, die ihm seine Mutter zum nahen Geburtstag, wie er sagte: vorträglich, gegeben hatte. Obgleich das Foto wegen des groben Rasters alles andere als deutlich war und das abgebildete Gesicht erheblich voller, die krausen Haare gebändigter schienen, war es der Ambach, den wir kannten. Wie immer trug er den Kragen seines weißen Hemdes über dem Jackett, und seine herausfordernde Miene hatte sich auf der Anklagebank um keine Nuance verändert. Sogar das verächtliche Funkeln seiner Augen, die auf dem Foto schräg über mich hinwegblickten, glaubte ich wahrzunehmen. Vielleicht galt es dem Richter, von dem kein Bild in der Zeitung war, oder dem Staatsanwalt, der, wie wir gelesen hatten, nicht viel älter als Ambach sein sollte. Ich bin mir sicher, in dem Moment, in dem wir sein Foto von Hand zu Hand reichten, waren wir ihm auf eine Weise ähnlich wie nie davor und nie danach. Genau so würden wir eines Tages vor unseren Richtern stehen wollen, den Kopf ein wenig gehoben, mit klarem Blick und diesem verächtlichen Funkeln in den Augen.

Andererseits zog niemand von uns die Berechtigung des Prozesses in Zweifel. Er war für uns die Folge von Handlungen, die nur durch die Beachtung des elften Gebots zu vermeiden gewesen wäre: »Du darfst dir nich erwischen lassen!« – Möglich, daß ich deshalb so überrascht war, als Schmiege vor ein paar Jahren bei unserer zufälligen Begegnung in der Vorderduncker in der Randow-Sache so selbstverständlich von Mord gesprochen hatte.

»Wieso Mord«, hatte ich gefragt und hatte an den Kripo

gedacht, der im dritten Stock der Nummer fünf niedergeschossen worden war. Aber Schmiege hatte Randow gemeint und die Umstände seiner Verurteilung. Heute denke ich, wir hätten schon zur Zeit des Prozesses ahnen können, wohin sich die Sache mit Randow bewegte, als der Staatsanwalt der Art und Weise, wie Randow sich seine Waffen beschafft hatte, so außergewöhnliche Bedeutung beimaß; spätestens aber, als in der Illustrierten, für die ich später ironischerweise fast zwei Jahrzehnte lang fotografiert habe, die Legende mit Al Capone zu lesen war; mit Al Capone und diesen bunten Heftchen.

Die Heftchen hatten uns befallen wie eine Epidemie. Ihre druckfrischen Exemplare hingen an den Kiosken auf der östlichen, zum Westen gehörenden Seite der Bernauer, trugen in auffälliger Typographie Namen wie Jack Morlan, Tom Brack oder Jerry Cotton und kosteten 30 Pfennig West, aber ich kann mich nicht erinnern, daß irgend jemand von uns je ein Heft gekauft hätte. Sie tauchten stoßweise auf, wurden stoßweise getauscht und stoßweise verschlungen. Bernie Sowade hatte es einmal dazu gebracht, dreizehn Heftchen hintereinander zu lesen, Manne Wollank sogar einundzwanzig. Ich kam nie über vier oder fünf hinaus, ohne daß sich die Inhalte vollkommen ineinander verwoben, so daß ich mir, übertrieben gesagt, am Schluß nicht mehr sicher war, ob das Tal des Todes nun in der Nähe des Verbrecherviertels Soho lag oder bei den unheimlichen Sümpfen von Dartmoor. Unterscheiden konnten wir sie ohnehin nur durchs Titelblatt, und wenn wir einen Stoß in der Hand hatten, ließen wir die zerlesenen Exemplare flüchtig durch die Hand gleiten und sortierten aus, was wir an der Titelzeichnung wiedererkannten.

So plötzlich und unerklärlich diese Art Seuche über uns gekommen waren, so plötzlich verschwand sie. Schmiege war der erste, der mit einem angedeuteten Kopfschütteln und einem knappen: »Kenn ick!« die Annahme eines Stoßes greller, an den Rändern zerfranster Hefte der Reihe *Jerry Cotton greift ein* zurückwies, ohne auch nur einen Blick auf die Titel zu werfen. Womit meine Immunität begann, weiß ich noch genau. Ich hatte den ersten Teil einer Geschichte meines Lieblingsdetektivs Jack Morlan deshalb mit äußerster Spannung zu Ende gelesen, weil sie auf eine unauflösbar scheinende Situation hinauslief; und zwar hatte eine Opiumhändlerbande meinen Detektiv überwältigt, ihm Hände und Füße an einen Salzblock gekettet und ihn anschließend in der nebelverhangenen Themse versenkt. Nun sollte das Salz sich langsam auflösen, die Ketten würden am Flußgrund zurückbleiben und die Leiche, ohne daß eine äußere Einwirkung erkennbar wäre, an die Oberfläche treiben. Ich dachte, bevor ich das Heft mit der Fortsetzung aufschlug, vergeblich über die Möglichkeiten nach, mit denen mein Held sich hätte befreien können. Der Einfall war tatsächlich perfekt, aber die nächste Folge begann damit, daß olle Jack mit allerletzter Kraft ans Flußufer schwamm, sich in sein Büro begab und an dem nächsten Plan zu arbeiten begann, der Bande das Handwerk zu legen. Nichts, nicht ein einziges Wort über seine wundersame Befreiung; ich hoffte noch auf eine Rückblende gegen Ende der Geschichte, aber vergeblich. Keine vier Wochen nach Schmieges kühler Zurückweisung waren wir uns einig, daß, wer jetzt noch eines dieser Heftchen las, für den Rest seines Lebens an die Blödheit verloren sein würde.

Vierzig Jahre später las ich die Artikel über Randow, die Thembrocks Sekretärin auf meine Bitte hin hatte heraussuchen lassen, mit der gleichen Intensität wie beim erstenmal, und wie damals, als Schmiege, die Illustrierte mit der Capone-Geschichte in der Hand, sich mit übertriebener Gestik vor Lachen den Bauch hielt, spürte ich bei der Behauptung, Randow habe durch die Lektüre dieser bunten, von der Polizei in seinem Zimmer gefundenen Heftchen den Plan gefaßt, sich als Al Capone von Berlin zum Herrscher über die Stadt aufzuschwingen, die gleiche jungenhafte Empörung. Im Archivkeller der Redaktion, die ich so lange nicht mehr betreten hatte, schlug ich mit der Hand auf den Tisch und mußte wohl irgendeinen wütenden Laut oder einen Fluch ausgestoßen haben, denn die junge Frau aus dem Archiv steckte ihren Kopf zwischen den zimmerhohen, quer durch den Raum gezogenen Regalen hervor und fragte, ob sie etwas für mich tun könne.

Ich wehrte lächelnd ab und breitete die Artikel auf dem Tisch aus, sah mit zwei Blicken, daß alle Zeitungen, gleich aus welchem Sektor, schon ein oder zwei Tage später diese lächerliche Geschichte vom Berliner Al Capone übernommen hatten, nur daß bei den westlichen der Hinweis auf den verderblichen Einfluß der bunten Heftchen fehlte. Gerade als ich auf Randows Foto gestoßen war, füllte plötzlich ein so lärmendes Rauschen den Raum, daß ich unwillkürlich zusammenzuckte.

»Das ist der Chef«, sagte die junge Frau, die noch immer am Ende des Regals stand und mit einem Blick auf das gelbliche Fallrohr an der Fensterseite wies. »So weiß ich immer, wann er aufs Klo geht.«

»Tut mir leid, wenn ich Sie vorhin gestört habe«, sagte ich.

»Gegen Störungen habe ich nichts«, sagte sie. »Aber vielleicht wollen Sie einen Tee?«

Ich schüttelte den Kopf.

»Schade, ich hab gerade frischen gebrüht«, sagte sie und lehnte sich gegen die Seitenwand des Regals. »Ich kann mir das gar nicht vorstellen.«

»Ich trinke lieber Kaffee.«

Sie lachte und kam ganz unbefangen näher.

»Ich meine doch diese Artikel da«, sagte sie und deutete auf den Papierstapel vor mir, »daß es so was mal bei uns gegeben hat!«

Sie war nicht viel älter als zwanzig, trug einen dieser halblangen, wieder in Mode gekommenen Röcke, und ihre Bewegungen hatten etwas eigenartig Träges.

»Das einzige, was ich mal gehört habe«, sagte sie, »ist, daß ein Russe rumgeballert hat, Ecke Untern Linden. Wissen Sie davon?«

»Nein«, sagte ich.

»Ich kenns auch nur vom Hörensagen. Und richtig mitgekriegt hats auch keiner. Es soll nur plötzlich ein Mann umgefallen sein, da an dem kleinen Brunnen vor dem Espresso. Er saß da und ist plötzlich so zur Seite gefallen. Die anderen wußten erst gar nicht, was los war. In dem ganzen Lärm von der Kreuzung hat keiner die Schüsse gehört. Man hat gesagt, der Russe wollte durchs Brandenburger Tor und ist dann durchgedreht, als er gesehen hat, es geht nicht. Aber es wird ja so viel gequatscht.«

»Wie lange arbeiten Sie schon hier«, fragte ich.

»Eine Ewigkeit«, sagte sie, setzte sich halb auf die Tischkante und tat, als überlege sie. »Im Oktober ein Jahr.«

Instinktiv rückte ich mit dem Stuhl vom Tisch weg. Mir war schon immer unbehaglich geworden, wenn mir jemand so nahe kam, noch dazu eine derart junge Frau.

»Vielleicht nehme ich doch einen Tee«, sagte ich und drehte mich ein wenig herum, so daß ich, wenn ich den Kopf hob, ihr Gesicht im Halbprofil sah.

»Gut, daß Sie noch ihre Meinung ändern können«, sagte sie und lachte wieder, machte aber keine Anstalten, sich zu erheben.

»Eine Allerweltseigenschaft«, sagte ich und überlegte, wie ich mich aus meiner Lage unauffällig befreien konnte. »Meinungen sind eine Variable von Zielen.«

»Das ist mir zu geschraubt«, sagte sie. »Aber wenn ich Sie richtig verstehe, haben Sie gerade bestritten, daß Meinungen etwas mit Erfahrung zu tun haben?«

Sie sah in das Kunstlicht an der Decke. Auf ihrer Stirn

erschienen zwei winzige Falten, die ihrem ruhigen Gesicht eine wächserne Ernsthaftigkeit verliehen.

»Das nenne ich Opportunismus!« sagte sie nach einer Weile.

»Es ist eine Überlebenstechnik«, sagte ich und suchte in meiner Tasche nach einer Zigarette. »Was ist daran schlimm?«

»Schlimm nicht«, sagte sie. »Aber überhaupt nicht spannend.«

»Spannend ist Fußball. Oder Kino.«

»Herrgott, Sie wissen doch, was ich meine.«

»Ehrlich nicht«, log ich und spürte, daß mir bald der Schweiß ausbrechen würde.

»Also, ich meine«, sagte sie und fiel in einen beinahe schülerhaften Tonfall, »daß, wenn man etwas erkannt hat, auch dazu steht. Daß man den Mut hat zur Korrektur. Also auch dafür eintritt und kämpft und ...«

Sie stockte und suchte offenbar nach einem passenden Begriff, schüttelte dann den Kopf und sagte: »Das ist alles zu großspurig.«

»Und idealistisch«, sagte ich, kippte den Stuhl nach hinten an, so daß ich mit dem Rücken an der Wand lehnte und ein wenig mehr Raum zwischen uns war.

»Idealistisch? Ich? Wollen Sie mich auf den Arm nehmen?«

Sie musterte mich von oben herab, legte die Stirn in Falten und zog plötzlich die Brauen so unnachahmlich überlegen hoch, als wäre sie hinter einen verborgenen Sinn gekommen.

»Wenn Sie das wirklich ernst gemeint haben, hätten Sie doch bei dieser Randow-Geschichte gar nicht angebissen.«

Am Wechsel ihrer Miene sah ich, daß ich heftiger reagiert hatte, als ich wollte. Aber wer wäre nicht verblüfft, wenn ihm eine unangenehme Ahnung von einer Person bestätigt wurde, die ihm vor einer Stunde noch unbekannt gewesen war?

Ihre Brauen wurden ganz spitz, und sie schlug die Hand vor den Mund und rief: »Ich hab wohl was falsch gemacht?«

»Falsch nicht, Irma«, sagte eine Stimme von der Tür her. »Aber untaktisch …«

Die junge Frau glitt von der Tischkante, und ich brachte den Stuhl wieder in die normale Lage. Ob Thembrock eben erst hereingekommen war oder schon länger dort gestanden hatte, war mir entgangen.

»Einen guten Mitarbeiter gewinnst du nicht dadurch, daß du den Eindruck erweckst, er führe lediglich deine Aufträge aus.«

Während er sprach, war er, ohne den Blick von mir zu lassen, nähergekommen, hatte seine Hand kurz und fest auf meine Schulter gelegt. »Schön, dich zu sehen.«

Selten hatte ich ihn so gut gelaunt erlebt, und noch nie hatte er, selbst in den Tagen unserer intensivsten Zusammenarbeit, so viel Kraft ausgestrahlt. Oder war es nur der Triumph, daß er mich trotz meiner Gegenwehr aus der Reserve gelockt hatte? Egal, mit diesem kurzen und festen Druck seiner Hand hatte er mich, wie meistens, auf eine Weise an sich gebunden, die mich für den Augenblick vollkommen wehrlos machte.

»Tut mir leid wegen vorhin«, sagte die junge Frau, die hinter Thembrock stand.

»Irma ist unsere beste Volontärin«, sagte er zu mir.

»Aber auch die einzige«, sagte sie. »Ist oben alles gutgegangen?«

»Ausgezeichnet«, sagte Thembrock, ohne sich umzudrehen. »Die Redaktion hat die Leitung abgelöst. Mit sofortiger Wirkung.«

»Nein!« rief die junge Frau, die Irma hieß.

»Doch«, sagte Thembrock mit fröhlicher Stimme. »Wir

haben nur eine Pause gemacht, damit der Genosse Krall seine Siebensachen packen kann.«

»Daß ich das noch erleben darf!« rief sie in gespielter Emphase und bewegte sich zur Tür. »Ich hol was zum Anstoßen, ja?«

Thembrock sagte nichts und streifte mit einem Blick die Zeitungsausschnitte auf dem Tisch. Ich dachte an den Tag, an dem ich Krall das letzte Mal gegenübergestanden hatte, an seine versteinerte Miene, an seine Fassungslosigkeit über die Tatsache, daß einer das tausendmal bewährte Ritual von Kritik und Selbstkritik abgewiesen hatte. Aber merkwürdig, ich hatte angesichts der Vorstellung, daß er nun zwei Stockwerke über mir sitzt und seine Sachen aus dem Schreibtisch räumen muß, nicht die Spur von Genugtuung.

»Tommie«, sagte Thembrock mit einer Stimme, die so gar nicht zu seinem ironischen Wesen passen wollte, »du hast dir für deinen Einstieg einen historischen Tag ausgesucht.«

»Hör mal«, sagte ich, »wer hat was von Einstieg gesagt!«

»Mensch, weißt du nicht mehr!« rief er, ohne auf meinen Einspruch zu reagieren, und drehte sich wie in hoher Erregung auf dem Absatz herum, lief ein Stück zur Tür und wieder zurück, blieb vor mir stehen und fixierte mich so eindringlich, daß ich für einen Moment den Blick senken mußte.

»Denk doch mal an unsere Pläne! Wenn wir diese Idioten aus dem Apparat nicht mehr vor unserer Nase hätten! Wenn sie mitsamt ihrer Inkompetenz dort landen, wo sie alle hinwünschen, die ihrer Vorstellung nicht folgen? In der Phrase vom Müllhaufen der Geschichte!«

Jetzt stand er vor mir, stützte beide Hände auf die Tischplatte und beugte sich weit hinüber. Sein Blick hatte etwas Entrücktes, ja Besessenes, wie er nur aus einem tiefen und lange verleugneten Haß wachsen kann. Er atmete tief durch, nahm die Hände vom Tisch, stand wieder aufrecht und sagte leise, aber nicht weniger bedeutungsvoll: »In ein paar Minuten wählt die Redaktion ihren Chef selbst!«

Ich will nicht abstreiten, daß ich von Thembrocks Auftreten beeindruckt war. Er hatte ja nicht unrecht, wenn er mich an die Zeiten erinnerte, in denen uns die Diskrepanz zwischen der Vorstellung von unserer Arbeit und den tatsächlichen Möglichkeiten besonders kraß ins Auge stach; wenn er an unser vergangenes Einverständnis appellierte, daß alles, was wir taten oder unterließen, jeder Erfolg, jeder Kompromiß, jede Niederlage, mit der Option auf fortschreitende Entwicklung verbunden war. Ich erinnerte mich noch genau an eine fast sechsminütige Fahrt aus der Tiefe einer Kaligrube im östlichen Eichsfeld, bei der er einem gedrungenen, herzlich offen über die Schwerfälligkeit der Bürokratie fluchenden Steiger kurz und bündig über den Mund gefahren war.

»Wenn ihr etwas ändern wollt«, sagte Thembrock zu dem Mann, den er offenbar von früher her kannte, »müßt ihr den Laden selbst übernehmen!«, aber der Steiger zog die Lippen zwischen die Zähne, schüttelte den Kopf und fällte ein so grimmiges Urteil über die Bereitschaft seiner Kumpel, mehr als ihr eigenes Interesse ins Auge zu fassen, daß Thembrock auf der ganzen Rückfahrt einen mit Klassiker-Zitaten gespickten Monolog hielt, mit dem er sich von der Richtigkeit seiner Ansicht überzeugen wollte.

So geläufig mir Thembrocks Begriffe immer gewesen waren, so abstrakt sind sie mir bis zu dem Moment geblieben, da er im Archivkeller der Redaktion stand und mich mit diesem brennenden, suggestiven Blick fixierte. Nichts mehr von der überlegenen Kühle seiner Rhetorik; keine Spur jener Ironie, die sein Wesen in den zwanzig Jahren, die ich ihn kannte, beherrscht hatte. Mir schien, es stünde ein vollkommen anderer Mensch vor mir, und ich mußte mir erst wieder klarmachen, daß meine Anwesenheit in der Redaktion weniger auf der Begeisterung für den Anbruch einer möglicherweise neuen Zeit beruhte als auf der Tatsache, einen Zustand nicht mehr ertragen zu wollen, der mir zeit meines Lebens zu schaffen gemacht hatte: die Ungewißheit. Genaugenommen war es nicht nur die Ungewißheit, sondern das heftig empfundene Gefühl, einem Vorgang ausgeliefert zu sein, in dem ich eine offenbar zentrale, mir aber unbekannte Rolle spielen sollte. Etwas, das außerhalb meiner Existenz stand, griff nach ihr, und ich war nicht gewillt, es teilnahmslos geschehen zu lassen.

7

Mag sein, es klingt zu dramatisch, wenn ich die Bedrohung, die ich nach Thembrocks erstem Anruf empfunden hatte, mit jener lauernden Furcht vor Blindgängern aus den Jahren der Bombenangriffe verglich. Tatsächlich lag ich mit niemandem in Feindschaft, und wenn es irgendeinem Menschen mir gegenüber nicht so ging, dann ohne mein Wissen und Zutun. Ich konnte getrost sagen, ich hatte meinen Frieden gemacht, selbst mit Therese beziehungsweise mit den Umständen, die zu ihrer Abreise führten.

Der Entschluß, meine Tätigkeit von der tätigen in die betrachtende Ebene zu verlagern, hatte mich in einen Rahmen gespannt, dessen Koordinaten alltäglich und überschaubar waren. Den beruhigenden Zustand, eine halbe Woche lang am Morgen eine Arbeit zu beginnen und am Nachmittag zu beenden, hatte ich nur aus der Zeit meiner Lehre und der kurzen Tätigkeit als Laborassistent gekannt und ihn vor allem in den ersten Jahren als freier Fotograf vermißt. Wie sehr ich mich auch bemühte, Arbeit und Alltag zu trennen, ich ertappte mich immer wieder, daß ich noch über optimale Ausschnittvarianten nachdachte, wenn ich schon neben Therese lag, oder sogar aus dem Bett aufsprang, um ein Wort für irgendeinen Begleittext zu notieren, aus Furcht, ich könnte es in dem erschöpften Schlaf nach der Liebe vergessen.

Mein Leben floß in so gleichmäßigen Bahnen, daß die archivarische Routine Zeit schaffte für eine intensivere Beschäftigung mit dem Material, das ich zu ordnen hatte. Auch wenn sich das Salär dafür in Grenzen hielt, es wurde aufgewogen durch mein wachsendes Interesse, die fotochemisch fixierten Dokumente deutschen Lebens in biographische Zusammenhänge zu stellen; aus bräunlichen postkartengroßen Kartons, aus Sechs-mal-neun-Fotos mit Büttenrand, aus blau- oder rotstichigen Sofortbildern die kleine Pracht und das große Elend dieser Schlosser oder Lackierer, dieser Buchhalter oder Köchinnen, der Kranführerinnen und Hausfrauen sich entfalten zu lassen. Hunderte – ach, Tausende Gesichter in der Blüte und im Verfall; die formende Kraft der Zeit, die die Konturen der Physiognomien Jahrzehnt für Jahrzehnt herausmeißelte, bis eine faltige Haut über einen derben Schädel hing oder ihn zudeckte mit wucherndem Fettgewebe, das die Augen ausdruckslos winzig, das Kinn zu einem riesigen Kropf werden ließ. In schwachen Momenten hatte ich mir sogar vorstellen können, den Rest meines Lebens mit der Ausarbeitung einer neuen Typologie von Gesichtsformen zu verbringen, und sei es auch nur, um die Kneipenweisheit zu illustrieren, daß jeder Mensch spätestens ab dem fünfunddreißigsten Lebensjahr für sein Gesicht selbst verantwortlich ist.

An jenem Tag jedenfalls, an dem ich zuerst mit der Frau meines Jugendfreundes, dann mit ihm selbst telefoniert hatte, setzte ich mich auf die Couch, nahm mir ein Buch und wartete auf seinen Rückruf. Ich wartete bis zum Einbruch der Dämmerung, und je länger ich wartete, desto größer wurde meine Unruhe, und je größer meine Unruhe wurde, desto stärker wurde das Verlangen, einen vernünftigen Grund für die Versuche zu finden, mich in die Sache mit Randow hineinzuziehen.

Kurz vor acht rief ich die beiden Nummern an, unter denen mein Jugendfreund zu erreichen sein sollte. Während ich, den Hörer am Ohr, vergeblich auf eine Verbindung wartete, fiel mir ein, daß ich nicht einmal wußte, wo er wohnte, und kramte in meinem Adreßbuch nach der Telefonnummer von Schmiege, dem ich als einzigem zutraute, daß er über die Leute aus unserer Truppe auf dem laufendem war. Er hob schon nach dem zweiten Rufzeichen ab, ließ, als ich mich meldete, einen erfreuten Ausruf hören und wollte sich gleich auf ein Bier mit mir treffen. Erst als ich mein Ansinnen vorbrachte, ging er auf eine hörbare Distanz: »Wie kommst du denn auf den!«

Ich sagte, daß er neulich vor meiner Tür gestanden habe.

»Nee!« rief Schmiege, schwieg einen Moment und fragte dann mit ironisch gehobener Stimme: »Und was hast du ausgefressen?«

»Wieso ausgefressen?

»Weißt du denn nicht, was er macht«, rief Schmiege ins Telefon.

Ich sagte, daß es mich nicht interessiert hätte. Er habe irgend etwas von einer Tätigkeit in der Verwaltung angedeutet.

»Verwaltung ist gut!« rief Schmiege und lachte gekünstelt. »Wirklich, das ist gut.«

»Klär mich mal auf«, sagte ich.

Durch das Telefon hörte ich ihn atmen.

»Sagen wir mal so«, sagte er nach einer Weile. »Man sagt, er ist irgendein hohes Tier bei der Sicherheit.«

Merkwürdig, aber mir wurde weder heiß, noch war ich

außergewöhnlich überrascht. Mir wurde nur klar, daß seine Frau mich am Telefon offenbar für einen Kollegen ihres Mannes gehalten hatte.

»Weißt du das genau«, fragte ich Schmiege.

»Soweit man in diesen Dingen etwas genau wissen kann«, sagte Schmiege betont. »Aber das ist wohl nichts fürs Telefon.«

»Natürlich nicht«, sagte ich schnell.

»Was hat er denn gewollt?«

»Eine Widmung. Er wollte, daß ich seiner Frau meinen Fotoband widme.«

Von der Bemerkung über Randow sagte ich nichts.

»Sei doch nicht naiv«, sagte Schmiege. »Das war doch ein Vorwand.«

»Ich wüßte nicht wofür?« sagte ich, so harmlos ich konnte.

»Bei Sohni war er auch mal«, sagte Schmiege.

»Sohni?« sagte ich. »Ich denke, der ist nach drüben. Hast du nicht mal was von Frankfurt erzählt und von einem Puff.«

»Nee«, sagte Schmiege. »Sohni doch nicht. Pasella! Das war Pasella!«

»Und was hat er gewollt von Sohni?«

»Sagen wir mal so«, sagte Schmiege. »Es ging um eine Art Kooperation. Wenn du verstehst!«

»Ich verstehe«, sagte ich. »Und Sohni?«

»Sohni haßt ihn doch«, sagte Schmiege. »Sohni hat ihm das nie vergessen. Du weißt doch noch, oder?«

»Das ist vierzig Jahre her!« sagte ich. »Wie kann man jemanden so lange hassen.«

»Sohni schon«, sagte Schmiege.

»Weil wir gerade beim Thema sind«, sagte ich. »Kannst du dich noch erinnern, wo sie Randow geschnappt haben?«

»Auf dem Dach«, sagte Schmiege sofort. »Irgendwann

ist der Blödmann aus dem Schornstein gekrochen und hat so viel Krach dabei gemacht, daß er den Posten geweckt hat.«

»Bist du dir sicher?«

»Ich war nicht dabei, wenn du das meinst«, sagte Schmiege, zog plötzlich Luft ein, wie wenn er auf etwas gestoßen wäre, und rief: »Du machst was über Randow? Na, dann ist doch alles klar!«

Ich sagte: »Jetzt fängst du auch noch an.«

»Hör mal, Tommie«, sagte Schmiege mit seiner eindringlichsten Stimme. »An der Sache mit Randow kannst du dir nur die Finger verbrennen. Da hängen die Russen drin. Das war Besatzungsrecht.«

Ich sagte: »Aber doch nicht mehr einundfünfzig!«

Schmiege sagte: »Neunundvierzig.«

»Einundfünfzig«, sagte ich. »Der Prozeß war einundfünfzig.«

»Der Prozeß!« sagte Schmiege. »Aber nicht die Sache mit den Waffen. Denk mal an Kreitner!«

Von Wolfgang Kreitner, dessen Geschichte damals in der Duncker herumging, kannte ich nur den Namen. Er war ein Freund von Heinz Hammoser gewesen, hatte in der Hochmeister gewohnt und soll gerade mit dem Reinigen eines Revolvers beschäftigt gewesen sein, als es an der Tür klingelte. Kreitner hatte jeden Moment seinen Freund erwartet und gleich geöffnet, aber statt des Freundes stand der Hausobmann mit den Lebensmittelkarten für den nächsten Monat vor ihm. Kreitner war so verdutzt, daß er ihn zu seiner Mutter in die Küche ließ, hatte aber vergessen, die Tür zu seinem Zimmer zu schließen, so daß Teile der zerlegten Waffe zu sehen gewesen sein müssen. Eine Stunde später hatten ihn die Russen abgeholt, und seitdem fehlte von ihm jede Spur.

»Wieso Kreitner«, sagte ich. »Das war doch kurz nach dem Krieg.«

»Du bist naiv, Tommie, ich sags doch! Du warst immer naiv.«

»Ist ja auch egal«, sagte ich und versuchte, ihm klarzumachen, daß ich nicht das geringste Interesse hätte, irgend etwas über Randow zu machen, war mir aber nicht sicher, ob er mir glaubte, zumal er seiner Stimme einen ungewohnt ernsten Unterton gab: »Und was soll er sonst von dir gewollt haben?«

»Keine Ahnung«, sagte ich. »Ein Angebot hat er mir jedenfalls nicht gemacht.«

Schmiege sagte nichts, und ich dachte, ich müßte jetzt irgendwie zum Ende kommen.

»Ich kann ihn ja mal fragen«, sagte ich leichthin. »Was ist denn nun mit der Adresse?«

Schmieges Stimme wurde ganz kühl.

»Weißt du«, sagte er. »Mir geht es wie Sohni. Ich konnte ihn nie leiden.«

An jenem Abend ging ich nicht mehr aus dem Haus, trank mein Bier auf der Couch sitzend, wählte halbstündlich die beiden Nummern und fragte mich, wie ich den Besuch meines Jugendfreundes zu deuten hatte. Ebensosehr wie die Annahme, er wolle mich in etwas hineinziehen, war ja die Vermutung erlaubt, er wolle vorfühlen, inwieweit ich mich mit der Randow-Sache befaßte, um mich möglicherweise von etwas abzuhalten, was er fürchtete; ob ihn oder mich oder wer weiß wen betreffend, sei dahingestellt. Unklar war mir nur, in welchen Zusammenhang ich Thembrocks Anruf einordnen sollte. Seine Person stand dem Lebensbereich meiner Jugend so fern wie beispielsweise Therese. Die Möglichkeit, daß die Zeichen, die aus so unterschiedlicher Richtung auf mich zu weisen schienen, mit mir selbst zu tun hatten, zog ich ebensowenig in Betracht wie die Tatsache, daß sie auf einer Regellosigkeit der Umstände beruhen mochten.

Es war ein warmer Abend gewesen, und ich hatte die

Fenster offen gelassen. Über den Hof drangen die verschwommenen Laute der Fernsehnachrichten ins Zimmer, die mir erregter schienen als sonst. Ich schloß die Fenster und dachte an die Abende, die ich mit Therese vor dem Fernseher verbracht hatte. Sie schienen mir wie eine Zeit, die uns verlorengegangen war, auch wenn ich mich selten so ruhig und unserer so sicher gefühlt hatte wie vor dem Fernseher.

Irgendwann fielen mir die Augen zu, und ich legte mich, wie ich war, auf die Couch, aber ich schlief schlecht und erwachte kurz vor sieben mit Herzklopfen und der Erinnerung an einen bösen Traum, der mir bei dem Versuch, ihn festzuhalten, zerrann. Ich wußte nur, er war von der Art wie die Träume kurz nach Thereses Weggang, voller Angst und Ohnmachtsgefühle.

Ich mußte nicht ins Museum, brühte Kaffee und schlug ein paar Eier in die Pfanne, fühlte mich aber den ganzen Morgen über kaputt und von unbehaglichsten Gefühlen heimgesucht. Erst als ich gegen Mittag kurzentschlossen Thembrocks Sekretärin anrief, fiel die Nacht wie eine Last von mir ab. Ich fragte, ob es ihr möglich sei, mir alles über die Sache mit Randow herauszusuchen, und sie antwortete mit dem gleichmütigsten Ton der Welt, daß sie das schon längst getan habe.

»Es liegt alles im Archiv«, sagte sie. »Ich wußte doch, daß Sie einsteigen werden.«

»Ich will nur ein paar Erinnerungen auffrischen«, sagte ich. »Und das möglichst bald.«

»Ob Sie heute noch jemanden antreffen, bezweifle ich«, sagte sie spitz.

Ich sagte: »Frau Weiher, es ist erst kurz nach eins!«

»Na, wissen Sie denn nicht? Unsere alten Herren haben den Hut genommen!«

»Nee!« rief ich.

»Doch«, sagte sie fröhlich.

Ich sagte: »Freiwillig?«

»Na«, sagte sie, »nennen wir es mal freiwilliger Zwang.«

Noch als ich zum Radio lief und einen Nachrichtensender suchte, mußte ich lachen über ihren trockenen Tonfall, der nicht frei von der Genugtuung gewesen war, daß eine tief eingepflanzte, jeden beherrschende Norm auf ihre Verursacher zurückschlug – eine Genugtuung, die ich auch bei Thembrock bemerkte, als er mich im Kellerraum des Archivs so suggestiv fixierte und ich mir erst wieder bewußt machen mußte, daß ich nicht wegen der möglicherweise anbrechenden neuen Zeit hier saß.

8

»Hör mal«, sagte ich zu Thembrock. »Was versprichst du dir eigentlich von der Sache mit Randow?«

Er stutzte und krauste die Stirn, zog sich einen Stuhl heran und bedachte mich mit einem Blick, als hätte er mir alles zugetraut, nur nicht diese Frage.

»In erster Linie verspreche ich mir natürlich eine interessante Geschichte«, sagte er, betont langsam. »Und es ist doch damals nicht alles sauber zugegangen. Oder –?«

»Was nennst du ›sauber‹ – sechs Jahre nach diesem beschissenen Krieg«, fragte ich. »Und wenn hier etwas politisch gedreht worden ist – meingott, wir würden sicher überzeugendere Fälle finden für die Rolle der politischen Justiz. Die Sache mit Randow ist mir zu eindeutig kriminell.«

»Gerade!« rief er. »Gerade diese Eindeutigkeit ist eine Probe auf den, ich sage mal: humanen Kern einer Justiz!«

»Es war ein öffentlicher Prozeß«, beharrte ich. »Die Presse hat darüber berichtet, aus beiden Teilen übrigens. Du meinst doch nicht, irgendeine Seite hätte sich etwas entgehen lassen.«

»Und warum, glaubst du, sind dann die Akten gesperrt?«

»Keine Ahnung«, sagte ich und hob die Schultern.

Es war tatsächlich nichts Besonderes. In dieser Zeit wäre ich nicht einmal verwundert gewesen, hätten unsere alten Herren das Telefonbuch zur Geheimen Verschlußsache erklärt.

»Ich stecke natürlich nicht im Stoff drin«, sagte er und hob abschwächend die Hände.

»Wer hat dich denn auf die Idee gebracht«, fragte ich so nebenbei wie möglich. »Zeitler etwa?«

Wenn ich Thembrock überrascht hatte, verstand er es jedenfalls hervorragend, sich zu beherrschen.

»Ich meine Bernhard, Bernhard Zeitler«, sagte ich und dachte, wenn Thembrock ihn kannte, dann nur unter seinem vollen Namen.

»Himmelherrgott, wovon redest du!«

»Thembrock«, sagte ich geduldig, »denk doch mal nach. Irgend jemand muß dir doch den Floh ins Ohr gesetzt haben, daß ich mich für die Sache interessiere.«

Er ließ die Schultern sinken, starrte auf einen Punkt irgendwo hinter mir, und seine Lippen bewegten sich, als spreche er sich in Gedanken etwas vor.

»Na, du«, sagte er. »Du selbst hast es mir erzählt.«

»Ich?« rief ich. »Wann!«

»Wann! Meingott, Tommie! Wir sind zwanzig Jahre lang mindestens jeden Monat einmal durch die Gegend gefahren. Meinst du, ich hab Protokoll geführt oder was?« Er schüttelte den Kopf wie in völliger Verständnislosigkeit. »Kannst du mir wenigstens andeuten, was du mit deiner Fragerei bezweckst?«

So wenig ich mich erinnern konnte, mit Thembrock je über Randow gesprochen zu haben, so unsicher war ich mit einemmal.

»Laß es«, sagte ich, »vielleicht sehe ich Gespenster.«

»Ich glaube, dir fehlt nur Therese«, sagte er mit gesenkter Stimme. »Und das kann ich sogar verstehen.«

Vom Flur her kamen Schritte, und unter dem stürzenden Lärm des Spülwassers, das durch das Rohr in die Tiefe fiel, balancierte die Volontärin ein Tablett mit randvollen Sektgläsern durch den Raum, hob kurz den Blick zur Decke und sagte: »Wie ist einem zumute, der etwas zum letzten Mal tut?«

»Mach ihn nicht schlimmer, als er war«, sagte Thembrock und lächelte schon wieder.

»Die Flasche ist aus deinem Kühlschrank«, sagte sie zu ihm. »Woanders war nichts mehr.«

»Für mich nur einen Schluck«, sagte Thembrock. »Ich kann doch nicht meine eigene Wahl verpassen.«

»Auf den Anfang«, sagte die Volontärin feierlich und reichte uns die Gläser.

»Und auf unseren alten, neuen Mitarbeiter«, sagte Thembrock.

»Langsam«, sagte ich, stieß erst mit ihr, dann mit Thembrock an, nippte aber nur und nahm mir fest vor, mich in nichts, aber auch gar nichts verwickeln zu lassen.

9

Das Archiv verließ ich zugleich mit Thembrock. Noch vor dem Fahrstuhl lud er mich dringend ein, an der Sitzung teilzunehmen, aber ich schüttelte den Kopf, warf einen Blick auf die Uhr, rief: »Ich bin schon zu spät!« und lief mit vorgetäuschter Hast durch die Milchglastür auf die Straße und über den Damm, Richtung Parkplatz.

Krall sah ich erst im letzten Moment. Er stand am Rinnstein, den Aktenkoffer in der rechten Hand, in der linken einen dieser bunt gemusterten Perlonbeutel. Trotz der Wärme trug er einen Mantel, und er blickte die Straße hinunter, als warte er auf etwas. Ich hätte gern einen Bogen um ihn geschlagen, aber es war schon zu spät, unsere Blicke trafen sich. Ich konnte nicht anders, als grüßend zu nicken, und auch er nickte flüchtig, stutzte, da er mich erkannte, und starrte mich mit seinen braunen Knopfaugen so hilfesuchend an, daß ich stehenblieb und aus reiner Verlegenheit fragte, ob ich ihn ein Stück mitnehmen könne.

»Nein, nein«, sagte er und bewegte heftig den Kopf. »Mein Wagen muß ja gleich kommen. Aber gut, daß ich Sie treffe.«

»Ich habs aber eilig«, sagte ich.

»Wissen Sie denn nicht, was passiert ist!«

Ich machte eine vage Geste.

»Stellen Sie sich vor: von einer Minute auf die andere«, sagte er und starrte mich an. »Ich konnte nicht einmal alle Sachen einpacken!«

Wie zum Beweis hob er den kantig gedehnten Beutel, der, leicht klirrend, um die eigene Achse schwang. Obenauf lag schräg die blumenverzierte Sammeltasse, die auf seinem Schreibtisch gestanden hatte.

»Übrigens, ich habe schon immer mit Ihnen reden wollen! Ich dachte, das sollten Sie wissen! Immer«, bekräftigte er und hob die Stimme: »An mir hat es jedenfalls nicht gelegen!«

»Lassen Sie«, sagte ich. »Das ist doch längst erledigt.«

»Drei Jahre und sechs Monate«, sagte er und korrigierte sich gleich. »Nein, nicht ganz sechs Monate. Und dann...«

Er holte tief Luft, bevor er weitersprach: »Wenn das die neue Gerechtigkeit ist! Na, ich danke.«

Er mußte mehrmals heftig schlucken, seine Augen wurden ganz blank, er zog die Unterlippe zwischen die Zähne und drehte den Kopf zur Seite.

Im Grunde hatte ich nichts gegen ihn. Abgesehen von den periodischen Belehrungen, die er Perspektivgespräche nannte, hatte er uns innerhalb der wechselnden, ihm selbst gesetzten Grenzen freie Hand gelassen. Ich hatte mißtrauischere und eiferndere Chefs erlebt; über ihn, Krall, lachten wir im ungünstigsten Fall, wie einmal, als er zu Thembrock, natürlich unter vier Augen, bedauernd, aber ganz ernsthaft geäußert hatte: »Wir müßten mutiger sein dürfen.«

»Ich muß wirklich los«, sagte ich.

»Ich will Sie nicht aufhalten«, sagte er, noch immer abgewandten Gesichts. »Aber ist es nicht merkwürdig, daß wir uns jetzt in der gleichen Lage befinden.«

Ich war einfach zu verblüfft, um zu antworten.

Er setzte die Tasche ab, fuhr sich über Stirn und Augen und drehte sich wieder zu mir herum.

»Jetzt stehe ich auch draußen!«

Erstaunlich, aber mir war nie aufgefallen, daß sein rundes, von feinen Fettwülsten durchzogenes Gesicht so klare Züge annehmen konnte.

»Nicht wahr«, sagte er, »wir haben doch das gleiche gewollt. Und das war doch nicht falsch! Oder sagen Sie mir, was daran falsch gewesen sein soll.«

Es ging mit dem Teufel zu, aber alles an ihm war mit einemmal pure Redlichkeit, und ich hätte ihm beinahe die Hand auf die Schulter gelegt und irgendein aufmunterndes Wort gesagt. Ich kam sogar ins Stottern, als ich ihn auf seinen Irrtum aufmerksam machen wollte. Ich sagte, weder glaubte ich, daß wir das gleiche gewollt hätten, noch sähe ich die geringste Ähnlichkeit in unserer Lage.

»Meinen Sie das tatsächlich?« sagte er und schüttelte vor lauter Unglauben den Kopf. »Und wenn Sie sich in mir täuschen?«

Ich wußte nicht, was ich hätte sagen sollen.

»Denken Sie nicht, daß ich gegen diesen Beitrag war«, sagte er. »Er sollte nur nicht zur reinen Anklage werden.«

Was immer er meinte, ich wollte weg.

»Na, Ihre Geschichte mit diesem ... diesem ...« Er stockte und sah mich an: »Wie hieß er? Grambow?«
Ich drehte mich um und ging zum Auto.
»Warten Sie«, rief er hinter mir.
Ich hörte das Klirren des Beutels und lief weiter.
»Sie unterschätzen noch etwas!« rief er im Gehen.
Ich blieb vor dem Auto stehen, wandte aber den Kopf. Sein Gesicht glänzte vor Schweiß, als er mich erreicht hatte.
»Sie unterschätzen, daß wir alle im gleichen Boot sitzen«, sagte er mit einer Schärfe, die ich nicht von ihm kannte. »Alle. Sie, die Herren Redakteure, auch ihr Freund Thembrock. Man kann mich, man kann uns herausstoßen, natürlich. Aber glauben Sie mir – ob wir wollen oder nicht, wir reißen alle mit!«
Ich stieg ein und fuhr los, ohne ihn weiter zu beachten. An der Ecke sah ich im Rückspiegel, daß er noch immer am Straßenrand stand. Unvermittelt und gegen meinen Willen mußte ich lachen, als ich mir vorstellte, der Genosse Krall würde für den Rest seines Lebens auf einen Dienstwagen warten, der nie käme.

10

Daß ich die folgenden Tage öfter als sonst vor dem Fernseher verbrachte, hatte nicht nur mit dem Schauspiel der plötzlich zerbrechenden Macht zu tun, es gab auch niemanden, den ich nach Feierabend erreichen konnte. Die halbe Stadt schien ihre Abende sonstwo zu verbringen, nur nicht zu Hause. Auch die beiden Nummern meines Jugendfreundes wählte ich vergeblich. Thembrock war seit seiner Wahl zum Chefredakteur permanent und unstörbar mit Sitzungen, Hintergrundgesprächen oder ähnlichem beschäftigt, und Schmiege blieb für einige Zeit wie vom Erdboden verschluckt. Selbst der Aufenthalt in der Kneipe war mir verleidet, seit ich mich an keinen Tisch mehr setzen konnte, ohne mit einer Lebensgeschichte belästigt zu werden. Leute, die ich seit Jahren als normale Biertrinker kannte, befiel der Drang zur Rechenschaft wie der zum Harnlassen, und als sich eines Abends ein Kollege von Therese, der Hörspiele schrieb und den Sommer meist in seinem Landhaus in Mecklenburg verbrachte, an meinen Tisch setzte und mir all jene Szenen ausführlich beschrieb, die er in seiner Laufbahn auf Druck von Redakteuren hatte ändern müssen, um dann nach zwei Stunden mit dramatischer Miene zu erklären, eigentlich habe er zwanzig Jahre in der inneren Emigration gelebt, mied ich Lokale und trank mein Bier zu Hause.

Mit wachsendem Vergnügen verfolgte ich auf dem Fernsehschirm Abend für Abend die Demontage öffentlich nie in Frage gestellter Autoritäten, deren Heime mitsamt ihrem erbärmlichen Luxus vorgeführt wurden wie die Bunker von Feldmarschällen nach einem verlorenen Krieg, und während einer Direktsendung aus dem erwachenden Parlament versank der inzwischen vergreiste Vater von Thereses früherer Freundin Linda in einer Woge tödlichen Lachens.

Eine Weile sah es so aus, als würde meine Beunruhigung durch dieses heitere Gefühl, das dem Ende aller Gewißheiten vorausging, vollkommen neutralisiert. Ich schlief länger als sonst und meist traumlos, war morgens ausgeruht und bester Dinge und hatte einmal sogar eine Idee, wie ich die Nachlaßhaufen im Museum zu Bildgeschichten ordnen könnte.

Abends saß ich bei laufendem Fernseher am Tisch und versuchte, aus den Dokumenten eine Art Fotoroman zu kombinieren, der sich für Thembrocks Illustrierte eignen würde. Ich arbeitete so konzentriert wie lange nicht mehr, und sobald sich eine zusammenhängende, wenn auch grobe

Linie in der Geschichte zeigte, rief ich die Chefredaktion an und bat die Sekretärin um Thembrocks Rückruf. Eine Stunde später klingelte das Telefon, am Apparat war tatsächlich Thembrock, aber bevor ich ihm auch nur die geringste Andeutung von meiner Idee machen konnte, sagte er, er sei in Zeitdruck, und daß er mich nur kurz informieren wolle: In der bestimmten Angelegenheit sei er einen wichtigen Schritt weitergekommen.

Schon an der Art, wie er sich am Telefon meldete, hatte ich gemerkt, daß er nicht offen sprechen wollte; aus welchen Gründen auch immer.

»Kann sein«, sagte er und hob seine Stimme ganz leicht, »ich bekomme direkten Zugriff auf den Vorgang.«

Er konnte nur eine Sache meinen.

»Wann«, fragte ich.

»Um zwei«, sagte er.

»Interessiert mich«, sagte ich und fügte, damit er mich nicht mißverstehe, hinzu: »Persönlich!«

»Schön zu hören«, sagte er. »Geht leider nicht.«

»Was soll das«, sagte ich ärgerlich.

»Versteh mal. Es ist eine Sache unter vier Augen. Aber ich ruf dich gleich danach an, ja?«

Eine Weile stand ich noch am Telefon und überlegte, ob ich einfach in der Redaktion auftauchen sollte. Bei allem Interesse, das Thembrock an der Geschichte mit Randow gezeigt hatte – damit, daß er sie selbst in die Hand nehmen würde, hatte ich nicht gerechnet. Ich fühlte mich überrumpelt, setzte mich aber dennoch wieder an den Tisch und versuchte, die Arbeit an meiner Bildgeschichte voranzutreiben, doch spätestens am Abend spürte ich, daß der Schwung dahin war und die Idee im gleichen Maße zerfiel, wie ich sie in einen Rahmen zwingen wollte. Ich schob die Fotos auf einen Haufen und warf sie in den Schuhkarton, griff nach den Zeitungen der letzten Tage, um die Lektüre wenigstens der wichtigsten Artikel nachzuholen, aber es haftete nichts in meinem Gedächtnis; es war, als würde ich sie schon vergessen haben, bevor ich auch nur eine Zeile gelesen hatte.

Die Stille ging mir auf die Nerven, und ich konnte nicht mehr ruhig sitzen, lief eine Weile im Zimmer auf und ab, griff dann zum Telefon und wollte Thembrock selbst anrufen, doch als ich den Hörer am Ohr hatte, war kein Freizeichen vernehmbar. Ich tippte mehrmals auf das Kontaktplättchen; die Leitung blieb so tot wie früher manches Mal, wenn Therese *grenzüberschreitend* telefoniert hatte, sei es mit einem Theater im Westen oder mit ihrem Bremer Bekannten. Ob mit oder ohne Störungsmeldung dauerte die Abschaltung meist zwei oder drei Tage. Ob sie diesmal gleich nach Thembrocks Anruf geschehen war, konnte ich nicht sagen; ich hatte seither nicht telefoniert.

Ich zog mir eine Jacke über, lief zur Ecke, sah schon von weitem die Schlange vor der Telefonzelle, kehrte zum Auto um und fuhr kurzentschlossen Richtung Friedrichshain. Seit seiner Scheidung vor zehn oder zwölf Jahren wohnte Thembrock in dem Apartmenthaus Singer Ecke Andreas. In seinem Fenster sah ich Licht, fuhr mit dem Fahrstuhl bis in den zehnten Stock und klingelte an der Tür, die am Ende des gestreckten, mit verblaßten Blumenmustern tapezierten Flurs lag. Zuerst regte sich nichts; ich drückte ein zweites Mal auf die Klingel und hörte endlich Schritte, die aber nicht Thembrocks Schritte sein konnten; zwei, drei Sekunden war wieder Stille, dann öffnete sich die Tür um einen Spalt, und ich sah in das abweisende, nach dem Moment des Erkennens überraschte Gesicht der Volontärin, die Irma hieß.

»Ist das ein Glück«, sagte sie erleichtert und ließ mich hinein. »Seit einer Stunde versuch ich, Sie anzurufen.«

Thembrock war noch nicht zu Hause. Sie sagte, er hätte vergeblich versucht, mich von unterwegs zu erreichen.

»Mein Telefon ist abgeschaltet«, sagte ich.

»Was denn«, sagte sie lachend, »die Firma ist immer noch tätig?«

Wir waren im Flur stehengeblieben, und jetzt ging sie an mir vorbei in das kleine Zimmer, stieg auf Strümpfen über einen Papierstapel und räumte den Hocker für mich frei.

»Ich muß ihn wohl nicht entschuldigen. Sie kennen ja seinen Stil«, sagte sie und machte eine vage Handbewegung Richtung Interieur.

Seit ich das letzte Mal hier war, hatte sich das Chaos, mit dem Thembrock sich umgab, eher vergrößert. Die deckenhohen, über drei Wände reichenden Regale waren nun auch über den vertikal stehenden Reihen mit Büchern verstopft; auf dem Boden und dem Couchtisch türmten sich Aktenordner, Zeitschriften- und Broschürenstapel; sogar die breite Liege unter dem einzigen Gemälde in diesem Raum, das er von einer mexikanischen, mit ihm kurze Zeit verbundenen Malerin geschenkt bekommen hatte, war an der Wandseite mit Papieren bedeckt.

Auch wenn ich mir ein Leben inmitten eines solchen Auswuchses von Papier nur schwer vorstellen konnte, hatte ich ihn manchmal, besonders wenn ich Probleme mit Therese bekam, um die Überschaubarkeit seiner Existenz, die nur die Redaktion, dieses kleine Zimmer und einige kurze, wenn auch intensive Affären mit Frauen kannte, beneidet. Wer sich hier umsah, konnte nicht das Bedürfnis empfinden, einen Platz neben Thembrock auszufüllen; es gab ihn nicht.

»Bißchen eng für die Zweiheit«, sagte ich.

»Das ist ja nicht zu übersehen.«

Entweder hatte sie meine Anzüglichkeit nicht bemerkt oder wollte darüber hinweggehen.

»Heut hab ich übrigens auch Kaffee anzubieten«, sagte sie und lächelte immer noch.

Sie ging in die Küche und kam mit zwei gefüllten Tassen zurück, die sie auf die letzte freie Stelle des Couchtisches balancierte. Wieder fiel mir die Eigenart ihrer Bewegungen auf, aber irgend etwas war anders an ihnen; als hätten sie mehr Spannung, mehr Intensität.

Sie setzte sich mir gegenüber, nahm zwei Stück Zucker, begann, sie zu verrühren, und ihr Ton war freundlich, aber bestimmt, als sie sagte, daß sie übrigens wegen ihrer Diplomarbeit in Thembrocks Apartment sei. Sie wolle über Reportagen in den Sechzigern schreiben; vierundsechzig, fünfundsechzig... »Die tollen Jahre«, sagte sie mit so begeisterter Stimme, als wäre sie dabeigewesen.

»Es fing schon dreiundsechzig an, Mitte dreiundsechzig«, sagte ich.

Es war eine dieser periodisch wiederkehrenden Zeiten des Aufbruchs gewesen, die höchstens zwei Jahre dauerten, bis sie durch administrativen Beschluß ein schroffes Ende fanden. Damals hatte ich Thembrock das erste Mal getroffen. Merkwürdig, aber er war einer der wenigen Menschen, dessen körperliche Nähe mir vom ersten Moment an nicht die Spur eines Problems machte.

»Sie kommen auch vor«, sagte sie und rührte in ihrer Tasse. »Ich will auf das Verhältnis Bild-Text eingehen.«

Ich hob meine Tasse und trank.

»Das blöde ist, ich muß mir alles selbst raussuchen!«

»Ich dachte, dafür gibt es ein Archiv«, sagte ich.

»Aber nicht für die Notizen. Und das Hintergrundmaterial. Das hat er alles hier«, sagte sie und drehte den Kopf zu den Stößen von Ordnern und Notizheften neben sich. »Er selbst geht da nicht mehr ran, sagt er.«

Ich spürte so etwas wie Erleichterung und sagte: »Kann ich verstehen.«

»Und wozu hebt er das dann alles auf?«

Noch immer hielt sie den kleinen Löffel in der Hand und rührte im Kaffee.

Ich lehnte mich etwas zurück und sagte: »Vielleicht hat er nur darauf gewartet, daß eines Tages jemand kommt, um eine Diplomarbeit zu schreiben?«

Vielleicht war ich zu ironisch gewesen; vielleicht habe ich sie damals wirklich nicht ernst genommen.

Sie ließ den Löffel fallen, sah mich an, als müsse sie etwas überwinden, und stieß dann hervor: »Ich finde es scheußlich, wie Sie reden.«

Ich hob nur ganz leicht die Schultern und suchte nach meinen Zigaretten.

»Wissen Sie nicht, daß Sie einen total unterstellenden Ton haben!«

»Was soll ich Ihnen unterstellen«, fragte ich mit dem harmlosesten Ton der Welt und hatte das erste Mal seit zwei Jahren wieder Lust, ein Gesicht zu fotografieren.

»So seid ihr alle, ihr Alten!« rief sie voller Zorn. »Als wolltet ihr uns immer ein schlechtes Gewissen machen. Aber wir haben keins. Wir müssen keins haben! Wenn, dann ihr!«

Ich hielt die Schachtel in der Hand, war aber unfähig, eine Zigarette herauszuziehen. Möglich, daß ich sogar rot geworden bin. Jedenfalls mußte ich schlucken, bevor ich sagen konnte, daß sie genau das täte, was sie mir vorgeworfen habe.

»Ach, hören Sie doch auf. Sie haben ein halbes Leben lang gewußt, daß dieser Junge nach einem Nazigesetz verurteilt wurde, und haben den Mund gehalten.«

»Was reden Sie!« sagte ich.

»Jawohl«, rief sie. »Nach einem Nazigesetz! Und das sechs Jahre, nachdem der Spuk vorbei war! Tun Sie doch nicht so!«

Sie sprang auf vor Erregung, drehte sich heftig und wollte wohl Richtung Küche oder wer weiß wohin, stieß gegen einen der kunstvoll aufgetürmten Stapel mit Ordnern, der polternd umfiel und einige Manuskripthaufen, die auf ihm lagen, mit sich riß. Sie hob die Arme voller Verzweiflung, rief ein Schimpfwort und winkte dann ab und ließ sich wieder auf den Stuhl fallen.

»Und das habe ich gerade mühsam geordnet«, sagte sie nach einer Weile ganz ruhig.

»Ich helf Ihnen«, sagte ich und reichte die Schachtel hinüber: »Wollen Sie?«

Sie sagte: »Nein. Ja.«

Ich gab ihr Feuer und sagte, daß es mir leid täte wegen vorhin.

»Schon gut«, sagte sie und rauchte, den Blick auf einen Punkt irgendwo neben mir gerichtet.

Es gab ein kurzes schnarrendes Geräusch. Sie griff schnell hinter sich, zog das Telefon auf den Schoß und meldete sich unter Thembrocks Namen. Dann hielt sie die Hand über die Muschel und sagte zu mir: »Er ist noch im Club.«

Ich nahm meine Tasse und machte einen großen Schritt über den umgestürzten Haufen hinweg. Thembrocks Küche war ungewohnt aufgeräumt. Die Stimme der Volontärin hörte ich nur gedämpft. Einmal sagte sie: »Ja, er ist hier.« – Einmal: »Ich warte nicht.« – Und kurz danach: »Nein. Ich gehe nach Hause«. – Ich spülte die Tasse aus, stellte sie kopfüber auf das geriffelte Aluminiumblech und ging so langsam wie möglich ins Zimmer zurück. Sie sagte: »Da kommt er!« und reichte mir das Telefon herüber, aber die Leitung war so kurz, daß sie spannte und ich dicht neben der jungen Volontärin in die Hocke ging. Für einen Augenblick nahm mir ihre Nähe den Atem. Ich drehte mich etwas zur Seite und fragte Thembrock, ob er Erfolg gehabt habe.

»Enttäuschend«, antwortete er. Er habe nur Fragmentarisches vorgefunden und es auch nur einsehen dürfen. Aber das *könne* nicht alles sein. Wenigstens wisse er jetzt, wo der Junge seine letzte Stunde verbracht habe. Er hätte das Protokoll gesehen.

»In Frankfurt«, sagte ich. »Das stand damals sogar in der Zeitung.«

»Stimmt«, sagte er. »Aber nicht, wer dabei war!«

»Ist das von Interesse?«

»Es ist eine Spur«, sagte er. »Können wir uns morgen treffen?«

»Ich muß ins Museum«, sagte ich. »Aber danach.«

»Meingott, Tommie«, sagte er. »Schmeiß den Kram hin. Das ist doch keine Arbeit für dich. Gerade jetzt.«

»Also, bis morgen«, sagte ich und legte auf.

Noch während ich telefonierte, hatte die Volontärin das über den Boden verstreute Papier mit ein paar Handgriffen zusammengeschoben und stand jetzt zum Gehen bereit. Wir fuhren schweigend hinunter und traten in eine milde Finsternis.

Sie wohnte in der nördlichen Schönhauser, und ich fuhr einen Bogen und brachte sie bis Ecke Bornholmer. Auch während der Fahrt sprachen wir kaum; ausgenommen kurz vor dem Ziel, als ich auf ihre rätselhafte Bemerkung über Randows Verurteilung zurückkam. Ich sagte, ich sei mir sicher, daß alle Gesetze, die irgend etwas Spezifisches aus der Zeit zwischen dreiunddreißig und fünfundvierzig getragen hätten, gleich nach dem Krieg von den vier Alliierten außer Kraft gesetzt worden seien.

»Aber nicht der Paragraph zwanzig, Jugendstrafrecht«, sagte sie bestimmt. »Ich habe es schwarz auf weiß.«

Thembrock hatte sie beauftragt, nach dem Schicksal des Mannes, der Randow verteidigt hatte, zu forschen, und dabei war sie auf ein Notariat gestoßen, das in denselben Räumen saß, in denen der längst verstorbene Anwalt damals praktiziert hatte. Die Sekretärin, die schon als junge Frau dort angestellt war, hatte sich der Restbestände alter, im Keller lagernder Akten erinnert und bei deren Durchforstung tatsächlich ein Manuskript des Plädoyers gefunden, leider als einziges Dokument aus dieser Zeit.

»Wollen Sie es sehen?«

Ich fuhr langsamer und versuchte, die Hausnummern zu erkennen.

»Hier!« sagte sie, und ich hielt an und sagte, sie könne es mir ja zuschicken.

»Ich kann es auch in den Briefkasten stecken. Ich fahre praktisch an Ihrem Haus vorbei, wenn ich zur Redaktion muß.«

Ich nickte, stellte den Motor ab und hatte nicht die Spur von Lust, jetzt alleine zu bleiben.

»Oder einen Boten«, sagte sie nach kurzem Bedenken. »Ja, ich schicke einen Boten.«

Sie stieg aus, lief, ohne sich umzudrehen, bis zur Haustür, wandte erst dort den Kopf und hob kurz die Hand zum Gruß.

Es war lange vor Mitternacht, und ich fuhr noch eine Weile durch die Straßen, die belebter waren als sonst, aber ich achtete nicht auf die Leute, die in Gruppen meist in der Nähe von Kneipen standen und heftig diskutierten. Ich fühlte mich überwach, wollte schon irgendwo anhalten und ein Bier trinken, aber zwischen der Spandauer und der Oranienburger fiel mir ein, wie ich mein Konzept ändern könnte. Ich fuhr schnell nach Hause, zog einen der großen Zeichenkartons aus der Kommode, übertrug den Aufriß des Stammbaumes einer Adelsfamilie, den ich mir aus dem Brockhaus von 1930 herausgesucht hatte, und war mir sicher, daß ich die Fotografien nur nach diesem verzweigten Modell ordnen müßte, um eine brauchbare, über hundert Jahre reichende Geschichte einer Familie aus dem Berliner Norden zu montieren. Ich arbeitete bis zwei, halb drei und fiel ins Bett, ohne einen Tropfen getrunken zu haben, und ich weiß noch, es war das erste Mal seit zwei Jahren, daß mir vor dem Einschlafen eine andere Frau als Therese vor Augen stand.

11

Eine halbe Stunde bevor der Wecker geklingelt hätte, wachte ich auf. Im Fenster hing Finsternis, und bis auf ein fernes, sanft dröhnendes Motorengeräusch herrschte absolute Stille. Ich war entspannt und ausgeschlafen wie sonst nur im Urlaub oder nach einem harmonischen Traum, und als ich aus dem Bett stieg, um mir Frühstück zu machen, empfand ich ein so außergewöhnliches Wohlbehagen, wie ich es nur aus der Kindheit kannte. Es war eine Empfindung, die selbst den banalsten Tätigkeiten wie Wasseraufsetzen oder Ankleiden einen Schein von Besonderheit, ja von Einmaligkeit verlieh; ein heftiges und andauerndes Erstaunen darüber, daß der Ofen wärmte und Brot auf dem Tisch lag. Trotz aller persönlichen Ferne zu Religionen hätte ich mich nicht gescheut, es heilig zu nennen, wäre mir der Begriff damals eingefallen. Es hielt den Morgen und den ganzen frühen Vormittag über an, versickerte erst an meinem Schreibtisch im Museum und war beinahe vorbei, als Thembrock mir über seine Sekretärin bestellen ließ, daß unser Treff wegen dringender Termine verschoben werden müsse. Ich saß wie abwesend über meiner Kartei und sann diesem Zustand milder Trance hinterher, hatte das starke Bedürfnis, mich jemandem mitzuteilen, war mir aber sicher, daß ich zu keinem anderen Menschen hätte darüber sprechen wollen; außer zu Irma.

Ich war schon eine Weile zu Hause, als es zweimal kurz klingelte. Ich war meiner ganz sicher und öffnete ohne jede Scheu vor etwas Unbekanntem. Das erste, was mir an ihr auffiel, waren die aufgesteckten Haare und daß sie im Mantel älter wirkte, als sie war. Sie hielt den Kopf leicht geneigt und sagte in ihrer ungezwungenen Art, es sei albern, etwas in den Briefkasten zu stecken, was sie auch persönlich übergeben könne.

Es muß kurz vor sieben gewesen sein. Punkt ein Uhr morgens, als sie nach der Uhrzeit fragte und in gespieltem oder echtem Erschrecken die Hand vor den Mund legte, goß ich mir Wein nach, hielt dann die Flasche schräg über ihr fast geleertes Glas und wartete. Sie blickte über die auf Tisch und Teppichboden ausgebreiteten Papiere, die ich für ihre Arbeit aus der Kommode gekramt hatte, seufzte wie in hoffnungsloser Überforderung, lächelte aber gleich wieder, als hätte sie die Lösung gefunden, und sagte: »Kann ich bleiben?« Ich goß nach.

Sie blieb auch die nächste Nacht und die folgende. Genaugenommen kam sie jeden Abend kurz vor sieben und fuhr am nächsten Morgen um neun in die Redaktion. Über die Sache mit Randow haben wir nicht mehr gesprochen, warum weiß ich nicht. Vielleicht aus Zeitmangel. Noch heute habe ich manchmal Zweifel, daß die Geschichte mit Irma nicht länger gedauert hat als eine Woche – bis zu dieser unwirklichen Stunde, da wir uns inmitten einer fassungslosen Menge über die Bornholmer Brücke zwängten, mit ineinander verklammerten Händen, die Nerven bloß.

Ich sage das ohne Bedauern, weil der Fall äußerst selten ist, daß eine Affaire genau so lange währt, wie ihr Potential an Gefühlen, Begehren undsoweiter reicht. Abgesehen von einem kurzen, zuckenden Schmerz empfand ich, anders als nach Thereses Weggang, eine im Grundton heitere Erleichterung, auch wenn ich mich wunderte, wie spurenlos eine Person verschwinden kann, die zeit ihrer Anwesenheit jeden Winkel auszufüllen schien. Nichts war von ihr geblieben, kein Wäschestück, keine leere Zigarettenschachtel, nicht mal ein Haar im Waschbecken, nur dieses vierzig Jahre alte Plädoyer, das auf meiner Kommode lag: drei Seiten brüchigen, vergilbten Papiers; handgeschrieben.

Genaugenommen war es kein Plädoyer, sondern der

Entwurf dazu, aufgeteilt in sieben Punkte, deren erste in Stichworten die hoffnungslose Situation der Nachkriegsjugend beschrieben und später mit persönlichen Erlebnissen des Angeklagten während der Kämpfe um die Hauptstadt kommentiert wurden, gefolgt von Begriffen juristischer Art und Verweisen auf Kommentare und Durchführungsbestimmungen, die sich alle auf einen Punkt konzentrierten, eben jenen Paragraphen zwanzig, den Irma mir in Thembrocks Wohnung entgegengehalten hatte und der auf diesem Papier in akribischer Schrift unter Punkt fünf zitiert war. Tatsächlich enthielt das Gesetz eine so eindeutige Formulierung, daß seine Entstehung oder Neufassung während der Zeit zwischen dreiunddreißig und fünfundvierzig unzweifelhaft war. Zwar war die Höchststrafe bei minderjährigen Tätern weiterhin auf zehn Jahre Jugendhaft begrenzt, konnte aber bis zur Todesstrafe verschärft werden, wenn – wie es hieß – die Schwere und Verwerflichkeit der Taten sowie das *gesunde Volksempfinden* es verlangten.

»Unfaßlich!« rief ich Irma damals zu, aber mein heftiger, durch Kopfschütteln verstärkter Kommentar entsprach merkwürdigerweise keiner Empfindung. Alles in mir zweifelte, doch ich konnte es nicht widerlegen und mußte einige Tage warten, ehe Irmas verständlicher, aus dem Papier des Rechtsanwaltes abgeleiteter Fehlschluß, Randow sei durch diesen Paragraphen vom Leben zum Tode befördert worden, von Thembrock aufgeklärt wurde.

Ich traf ihn Anfang der folgenden Woche. Zweimal hatte er unser Treffen wegen dringender Termine verschieben lassen, und auch diesmal mußte ich länger als eine Viertelstunde warten, ehe er vor dem Espresso Ecke Unter den Linden auftauchte, in dem ich meist saß, seit unser altes Café gegenüber dem Schriftstellerverband als Kantine für Bauarbeiter diente.

Ich saß an einem Tisch auf der Terrasse, rechts von mir

der Rosengarten und zu meinen Füßen der Springbrunnen, auf dem, laut Irma, ein Mann von einer verirrten Kugel getroffen worden sei sollte. Wie jeden Tag saßen Spaziergänger und Leute aus den Büros der Umgegend auf dem blanken Rand aus Sandstein. Auch wenn die gespannte Unruhe in ihren Gesichtern nicht zu übersehen war, hatte die Szenerie doch etwas von jener Friedfertigkeit, die ich all die vergangenen Jahre über geschätzt hatte, selbst wenn ich wußte, sie beruhte auf Fatalismus, nicht auf Einverständnis oder genauer: auf einer schwer zu beschreibenden Mischung von beidem.

Immer noch war das Wetter für einen Tag im Spätherbst ungewöhnlich freundlich, der Himmel wolkenlos und die Sonne so intensiv, daß ich meine Jacke über die Lehne hängen konnte. Auch Thembrock hatte sein Jakkett über die Schulter geworfen, als er die paar Stufen zur Terrasse hochlief und auf meinen Tisch zusteuerte. Er sah mitgenommen aus und hatte tiefe Ringe unter den Augen, machte aber nicht den Eindruck, als wollte er in der nächsten Zeit auch nur die geringste Pause einlegen. Später fiel mir auf, daß er während des ganzen Gesprächs periodisch nach seiner Armbanduhr geschielt hatte, aber er war keinen Moment unaufmerksam oder flüchtig in den Details gewesen.

Auffallend auch, daß er mich weder nach Irma fragte noch nach meinem Urteil über die Vorgänge der letzten Tage.

Kaum, daß er sich gesetzt hatte, stieß er hervor: »Tommie, es *muß* etwas faul an der Sache sein!«, winkte nach der Kellnerin, bestellte Kaffee und kam ohne große Überleitung auf Randow zu sprechen. Er habe auf drei Ebenen nachgeforscht, sagte er und streckte bei der Aufzählung nacheinander einen Finger in die Höhe: Zeitungsarchive. Personen. Akten. Aus den Archiven habe er erwartungsgemäß wenig mehr erfahren, als schon bekannt gewesen sei. Bei den Personen seien die Nachforschungen zwar noch im Gange, aber er habe die Hoffnung schon aufgegeben, einen der direkt Beteiligten zu finden, sei es von Seiten der Justiz, der Ermittlungsbehörden oder der Familie. Der Richter zum Beispiel, einziger Berufsjurist und aus der Nazizeit unbelastet hervorgegangen, sei zum Prozeß schon Anfang Fünfzig gewesen, irgendwann nach Heidelberg übergesiedelt und Anfang der Siebziger dort verstorben. Von den Beisitzern, einem Mann und einer Frau, beide nach dem Krieg im Halbjahreskurs zu Volksrichtern, wenn man so sagen dürfe: ausgebildet, keine Spur. Lediglich vom Staatsanwalt, einem gewissen Brade, zum Zeitpunkt des Prozesses Mitte Dreißig und ebenfalls im Schnellverfahren für die Justiz geschult, wisse er aus einem Zeitungsartikel etwas mehr; übrigens die einzig fruchtbare Ausbeute aus dem ganzen Papierkram. Danach sei gegen ihn schon zwei Monate nach der Hinrichtung eine Untersuchung eingeleitet worden, einmal wegen, wie es hieß, Verschwendung öffentlicher Gelder, weil er für einen Gaststättenaufenthalt in Frankfurt/Oder, pikanterweise gleich nach der Hinrichtung, keine Quittungen erbringen konnte, und zweitens wegen Verletzung seiner dienstlichen Schweigepflicht, weil er zur Exekution nach eigenem Gusto Leute eingeladen habe, die dort nichts zu suchen gehabt hätten. Es sei eine Disziplinarstrafe ausgesprochen worden, sagte Thembrock und unterbrach sich für den Moment, da die Kellnerin ein Kännchen mit Kaffee auf den Tisch stellte, und fuhr, als sie mit ihrem Tablett Richtung Nebentisch verschwand, fort: »Na, du kennst das ja, Bewährung in der Produktion.« – Noch am gleichen Tag sei dieser Brade in die S-Bahn gestiegen und habe sich in Marienfelde als politischer Flüchtling gemeldet, sei jedoch im sogenannten Notaufnahmeverfahren abgewiesen worden und habe drüben nie mehr wirklich Boden unter den Füßen bekommen. Er sei keine vierzig gewesen, als man ihn in Wilmersdorf leblos auf einer Parkbank gefunden habe – Alkohol und Tabletten.

Natürlich sei ihm klar, sagte Thembrock und hob die Hände ein wenig, als wolle er jedem Einwand zuvorkommen, daß sich das alles im Rahmen des Möglichen bewege. Nur – und jetzt käme die dritte Sache – daß Prozeßakten fehlten, sei mehr als merkwürdig. Selbst sein Gewährsmann bei der Generalstaatsanwaltschaft, wo sie seit vierzig Jahren unter Verschluß gehalten worden seien, habe sich die Unvollständigkeit nicht erklären können und glaubhaft versichert, daß sie noch vor einem Jahr vorhanden gewesen seien. »Alle! Und was meinst du, was fehlt?«

Ich dachte an Irma und ihre Entdeckung, von der auch Thembrock wissen mußte, und hob die Schultern, um nicht den Eindruck zu erwecken, ich wisse auch nur das Geringste.

»Der Band mit der Urteilsbegründung«, sagte er und sah mich vielsagend an. »Und der ganze sechste Verhandlungstag. Und die Polizeiakten.«

Ich sagte: »Die gehören doch ins Präsidium.«

Thembrock schüttelte den Kopf. Seinem Gewährsmann zufolge habe dessen Behörde damals den gesamten Vorgang an sich gezogen, auch die Akten der Polizei. Ein weiteres Indiz, daß man etwas zu verbergen gehabt hätte. »Aber was? Und warum fehlt zum Beispiel der sechste Tag«, fuhr er mit fragendem Ton fort und gab sich die Antwort gleich selbst. »Wegen des Gutachtens! Ich bin mir fast sicher. – Hör zu«, sagte er nach einer Pause des Nachdenkens und beugte sich, die Ellenbogen auf den Tisch, zu mir herüber. »In den Zeitungsberichten steht, daß der Gutachter dem Jungen trotz einer überdurchschnittlichen Intelligenz nur den Reifegrad eines Sechzehnjährigen zubilligte. Ist dir klar, was das bedeutet hat?«

»Jugendrecht?« sagte ich vorsichtig.

»Genau«, sagte Thembrock. »Und das ging nicht! Politisch ging das nicht. Weil irgendein Idiot eine eindeutig nationalsozialistische Formulierung übersehen hatte. Oder übersehen wollte. Und das wußte auch die Verteidigung. Und das war ihr Fehler. Sie hat taktisch völlig falsch plädiert!«

Je länger Thembrock redete, desto mehr war mir schleierhaft, worauf er hinauswollte.

»Verstehst du nicht«, sagte er und schob das Kaffeekännchen, das er noch nicht angerührt hatte, an den Rand des Tisches. »Sie hat plädiert, man könne – wörtlich! – niemanden nach einem Gesetz verurteilen, das speziell dafür geschaffen worden sei, jugendliche Antifaschisten vom Leben zum Tode zu befördern.«

Ich dachte nach, aber ich war mir sicher, daß in den Gesprächen unserer Truppe weder irgendein Nazigesetz noch sonst ein Paragraph eine Rolle gespielt hatte. Das Urteil hatte Tod geheißen, und der Grund Mord, zweifacher. Lediglich diese Begründung, erinnerte ich mich dunkel, war bei uns durch die Aussagen der Mitangeklagten, Randow habe sie immer ermahnt, die Waffen nie mit Tötungsabsicht einzusetzen, auf milde Zweifel gestoßen.

Wieder schüttelte Thembrock den Kopf. Das sei ein ganz anderes Problem. Es stimme zwar, daß bei Wegfall des Vorsatzes nicht Mord, sondern nur schwere Körperverletzung mit Todesfolge abzuurteilen gewesen wäre, aber er, Thembrock, glaube, die Verteidigung hätte bei geringster Aussicht auf Erfolg von diesem Argument Gebrauch gemacht. »Hat sie aber nicht...

Weißt du, was ich vermute«, fragte Thembrock und blickte mir fest in die Augen. »Ich vermute, das Urteil stand von Anfang an fest!«

»Vielleicht stand die Besatzungsmacht dahinter.«

Thembrock wiegte den Kopf. Nicht unmöglich. Aber nicht wahrscheinlich. Seiner Meinung nach.

»Ein feststehendes Urteil, damals schon?« wandte ich ein. »Der Fall war doch klar und warum ...«
Thembrock unterbrach mich.
»Aus Gründen der staatlichen Legitimation!« rief er mit unterdrückter Stimme. »Ganz einfach. Die neue Macht wollte klare Verhältnisse! Daß die Stadt nicht mehr eine sei! Daß beim Spiel mit der offenen Grenze kein Spaß verstanden werde. Und ich sage Dir, mehr als jeder Raub hat sie getroffen, daß Randow sich mit den Waffen ihrer eigenen Polizei ausgerüstet hat! Der Bengel hat sie doch vorgeführt, die neue Polizei, den neuen Staat!« rief er und lehnte sich wieder zurück. Die Frage sei jetzt nur, wie und womit er seine Vermutung belegen könne.
»Und an die Sicherheit kommst du nicht ran?«
Ich schaute wie beiläufig über den Tisch.
Er lachte und winkte ab. »Keine Schwierigkeit! Du kannst dir gar nicht vorstellen, wie kooperativ die Herrschaften zur Zeit sind. Nur hat die Firma erst ein Jahr bestanden, als die Sache mit Randow über die Bühne ging! Da ist nichts, gar nichts.«
Er blickte sich nach der Kellnerin um, winkte ihr, als sie zwischen den Tischreihen auftauchte, und sagte, wieder zu mir gewandt: »Na, und du?«
So sehr ich daran interessiert war, über Thembrocks Recherchen informiert zu bleiben, so schwach war das Bedürfnis, mit ihm über meine Gefühlslage zu reden.
Ich sagte, daß ich ein neues Projekt in Arbeit hätte, und skizzierte meine Idee in ein paar Sätzen. Er hörte aufmerksam zu, begleitete meine Vorschläge mit Kopfnikken, warf einmal kurz ein, daß die Persönlichkeitsrechte unbedingt geklärt werden müßten, und sagte, als ich geendet hatte: »Das ist gut. Das wär was für uns!«, schränkte allerdings gleich ein, daß er im Moment kaum Platz für eine so ehrgeizige Sache hätte, »versteh, zu viel Aktuelles!, jeden Tag eine Enthüllung!, aber bleib dran, Tom-

mie, es ist wichtig!«, und er legte mir, als er gezahlt hatte und aufstand, die Hand auf den Arm: »Ich halte dich auf dem laufenden.«

Ich sah ihn, die Jacke über dem Arm, mit leichtem Schritt die Treppe hinunterspringen und zwischen den Spaziergängern verschwinden, dachte wieder an Irmas vage Erzählung über den Mann auf dem Springbrunnenrand, der inmitten dieses Idylls vollkommener Friedfertigkeit von einer verirrten Kugel getroffen wurde. Ich stand auf und lief Richtung Parkplatz. Anderthalb Stunden bevor Irma kam, war ich vor meiner Haustür, stieg die Treppen hinauf und überholte auf dem Podest zwischen dem zweiten und dritten Stockwerk einen Mann, der sich schwer atmend mit der Hand ans Geländer klammerte. Ich grüßte und lief vorbei an ihm, blieb aber, als er sich nicht bewegte, auf dem nächsten Absatz stehen und rief hinunter, ob ich ihm helfen könne.

»Ich suche Thomale«, sagte er unter Mühen. »Den Fotografen.«

»Da sind Sie richtig«, sagte ich. »Ich bin Thomale.«

Er drehte den Kopf zu mir und maß mich mit einem Blick, als wollte er meine ganze Gestalt erfassen, setzte zum Reden an, brachte aber nur einen pfeifenden Ton heraus. Ich schätzte ihn weit über siebzig und war mir sicher, daß ich ihn noch nie gesehen hatte. Ich fragte: »Ist Ihnen nicht gut?« und ging langsam die Treppe hinunter.

»Was wollen Sie von mir«, fragte er mühsam, aber mit drängendem Tonfall.

»Was soll ich von Ihnen wollen. Ich kenne Sie nicht.«

Jetzt stand ich auf dem Podest, lehnte mich gegen die Wand und wartete, daß sich sein pfeifender Atem beruhigte.

»Ich bin Nehrlich«, sagt er nach einer Weile.

Sofort fiel mir der Anruf ein, der mich ein paar Tage

nach meinem Hörfehler in der Kneipe Ecke Duncker erreicht hatte. Am Apparat war eine männliche Person mit grober und trunkener Stimme gewesen, die ein paar Sätze gestottert und so geklungen hatte, als telefoniere sie aus einer Zelle. Zusammengefaßt enthielten sie die Aufforderung, wenn ich mehr über die Sache mit Randow wissen wolle, könne ich mich an einen gewissen Nehrlich, Walter Nehrlich, wenden; folgte eine Adresse nebst Stockwerk und Wohnungsnummer.

Ich war schon eingenickt gewesen und sicher ein wenig unwillig, als ich sagte, ich wolle absolut nichts über Randow wissen, schon gar nicht um diese Nachtzeit, und wer, bitte sehr, dort spreche. Ich rief: »Sagen Sie mir Ihren Namen!«, vernahm aber nur ein hohles, regelmäßiges Atmen, und kurz darauf das Geräusch des Einhängens.

»Walter Nehrlich«, fragte ich.

Der Mann nickte.

Ich versuchte, mich der Stimme des Unbekannten am Telefon zu erinnern, aber bis auf den Namen war mir nur der hohle echohafte Klang im Gedächtnis geblieben. In jener Nacht hatte ich nicht nur über die Vorliebe meiner Mitbürger geflucht, sich im Dunkeln zu halten, wenn etwas problematisch wurde, sondern vor allem über die Störung meiner Nachtruhe. Ich wußte, ich würde ein oder zwei Stunden brauchen, um wieder einzuschlafen, hatte mir aus der Küche ein Bier geholt und darauf gewartet, daß die Gedanken flacher wurden und die Bilder hinter den Lidern verschwanden. Noch im Halbschlaf hatte ich mir vorgenommen, mich auf keinen Fall aus meiner Balance bringen zu lassen. Tatsächlich hatte ich in den nächsten Tagen nur noch gelegentlich an den seltsamen Anruf gedacht, und nach einer Woche war er so unwirklich geworden, als hätte ich ihn geträumt.

»Nichts«, sagte ich, »ich will nichts von Ihnen.«

»Dann lassen Sie mich in Frieden«, sagte der Mann.

Jetzt atmete er ruhiger. »Die Anrufe sind doch von Ihnen?«

Trotz seiner offensichtlichen Hilflosigkeit hatte sein Blick etwas unangenehm Stechendes.

»Nein«, sagte ich, »bestimmt nicht.«

»Ich erkenne doch Ihre Stimme.«

»Hören Sie«, sagte ich. »Sie irren sich!«

»Und woher wissen Sie meinen Namen?«

»Wie Sie meinen wissen. Durch einen Anruf.«

Er musterte mich, als könnte er den Grad meiner Glaubwürdigkeit mit Blicken ermessen, und atmete, wie zur Probe, tief ein. Das Pfeifen in seiner Lunge war nur noch schwach zu hören.

»Die Treppen«, sagte er. »Es ist gleich vorbei.«

Ich lud ihn ein, die paar Schritte zu mir in die Wohnung zu kommen, aber er wehrte heftig ab. Er wolle nur eines: daß die ganze Sache nicht wieder aufgerührt werde. Damit nicht alles wieder von vorne beginne. Das ganze Unglück. Die ganze Scham. Ich solle auch an die Familie denken, die endlich Frieden gefunden hätte, nach so langer Zeit. »Verstehen Sie das nicht?«

Ich war völlig hilflos. Ich konnte ihm nur versichern, daß ich nicht die Absicht hätte, ihm oder seiner Familie den Frieden zu rauben, und warum auch?

»Ich bin der Onkel«, stieß er hervor, fixierte mich mit diesem stechenden Blick und wiederholte in beinah verächtlichem Tonfall: »Randows Onkel.«

Ich suchte nach einer Ähnlichkeit zwischen dem hochgewachsenen Mann, der Randows Mutter damals abgeholt hatte, und dieser erbarmungswürdigen Gestalt, die sich an das Geländer auf dem Podest zwischen dem dritten und vierten Stock klammerte.

»Reden wir in Ruhe darüber«, sagte ich. »Es sind doch nur ein paar Stufen.«

Wieder schüttelte er den Kopf.

»Von mir werden Sie nichts hören. Von keinem von uns. Wir haben ihn vergessen! Alle. Auch seine Mutter. Ich will nur, daß Sie ablassen.«

Seine Lunge pfiff, und ich senkte den Blick. Es war mir unmöglich, länger in diese Augen zu gucken.

»Ich bitte darum«, sagte er, wieder ruhiger. »Ein alter Mann bittet darum.«

Er wechselte vorsichtig die Hand, mit der er sich am Geländer festhielt, und versuchte, mir seine Rechte entgegenzustrecken. Ich nickte, trat zu ihm hin und schlug ein. Seine Hand war trocken und rissig und hatte einen erstaunlich harten Griff.

»Versprochen?« fragte er und ließ mich erst los, als ich »Ja, versprochen!« antwortete, drehte sich herum und ging die Treppe, Stufe für Stufe, hinunter. Ich blieb noch eine Weile vor meiner Wohnungstür stehen, lauschte seinem endlosen Schritt hinterher und verlor die Beklemmung erst, als Irma kurz nach sieben vor der Tür stand.

12

Von allem, was ich im nachhinein über die Sache mit Randow erfahren habe, hat mich am meisten die Erzählung über seine letzten Minuten gefesselt, genaugenommen der Moment, da er betont aufrecht und mit gebundenen Händen, doch ohne Binde vor den Augen zum Richtblock geschritten war und den Kopf, den er verlieren würde, noch einmal gewendet haben soll.

Laut Thembrock, der die Geschichte von einem geschaßten und später als Bauleiter tätigen Polizeioffizier berichtet bekommen und mit einem kleinen, in der Tasche verborgenen Aufnahmegerät festgehalten hat, soll es in einem fensterlosen, nur von einer Glühbirne beleuchteten Raum im Zuchthaus Frankfurt an der Oder geschehen sein, nicht größer als ein Berliner Zimmer, dessen hinteren Teil ein Vorhang verdeckte. Unter den in aller Herrgottsfrühe angereisten, zur Teilnahme an der Hinrichtung verpflichteten Personen soll eine spürbare Nervosität geherrscht haben, als Randow von zwei Wärtern hereingeführt wurde. Er hätte erstaunlich gefaßt gewirkt und nach dem nochmaligen Verlesen des Urteils darum gebeten, daß man auf das Zubinden der Augen verzichte. Es soll kurz vor sieben Uhr früh gewesen sein, als der Vorhang von einem Beamten zurückgezogen und die Guillotine sichtbar wurde. Die beiden Wärter hätten Randow an die Schulter fassen wollen, aber er hätte ihre Hände mit einer knappen Bewegung abgeschüttelt und wäre die paar Schritte allein gegangen. Kurz vor dem Richtblock hätte er den Kopf gewendet und den Staatsanwalt fixiert. Es soll ein kurzer Blick gewesen sein, weder haßerfüllt noch kalt, nicht einmal vorwurfsvoll, nur ein kurzer fester Blick, so als wolle er ihn ein allerletztes Mal an etwas erinnern.

Laut Tonbandmitschnitt fragte Thembrock: »Woran erinnern?«

»Vielleicht an einen Handel«, antwortete der ehemalige Kommissar mit einer so schwebenden Stimme, als hätte er ein tieferes Wissen, und fügte nach einer Weile, in der nur das Rauschen des Magnetbandes zu hören war, hinzu, ob Thembrock nicht bemerkt habe, daß Randow gar nicht volljährig gewesen sei?

Thembrock: »Er war achtzehn, als die Sache mit dem Juwelier passierte.«

»Ja, einen Tag lang. Einen Tag vor dem Überfall, bei dem der Juwelier zu Tode kam, ist er achtzehn geworden. Erinnern Sie sich, wann das Volljährigkeitsalter von einundzwanzig auf achtzehn herabgesetzt wurde?«

Thembrock: »Bei der Staatsgründung?«

Der Kommissar: »Nein, später. Genau eine Woche nach dem Tod des Juweliers!«

Thembrock: »Doch nicht Randows wegen?«
Der Kommissar: »Denken Sie nach! Da wußte doch noch niemand, wer den Überfall begangen hatte!«
»Natürlich.« Man hörte Thembrocks verlegenen Tonfall.
Der Kommissar: »Haben Sie denn damals mit etwas anderem gerechnet als mit zehn Jahren?«
Thembrock: »Die Sache ist an mir vorbeigegangen. Ich saß in der tiefsten Provinz.«
Der Kommissar: »Niemand hat mit mehr als zehn Jahren gerechnet. Höchststrafe, ja! Aber Jugendrecht! Selbst nach dem Urteil haben wir alle geglaubt, es sei nur als abschreckende Demonstration gedacht. Auch Randow. Sonst hätte er nicht Russisch gelernt in der Zelle.«
»Russisch?«
»Daß müssen Sie doch auch in der Provinz mitgekriegt haben, daß man damals jede Haftzeit um die Hälfte verringern konnte, wenn man sich in die Wismut verpflichtete. Fünf Jahre Uran! *Damit* hatte Randow gerechnet.«
»Und das war abgemacht?«
»Wenn man es so nennen will …«
»Belegbar?«
Man hörte ein kurzes Auflachen.
»Welcher Staatsanwalt legt sich fest? Und wenn, dann nicht vor Zeugen. Nein, nein, so nicht. Eine Andeutung vielleicht, ein Satz in dem Sinn: daß herausforderndes Verhalten nur reizen würde und daß, wer korrekt behandelt werden will, sich auch korrekt benehmen muß … Oder der Hinweis, es gäbe Kräfte, die auf Biegen und Brechen eine exemplarische Strafe durchsetzen wollten, aber er, der Herr Staatsanwalt, wolle, daß Recht Recht bleibe, und hoffe stark auf Randows Unterstützung, diesen Leuten nicht durch unüberlegte Respektlosigkeiten dem Gericht gegenüber Munition zu liefern.«
Thembrock: »Woran sich Randow aber nicht gehalten hat …«

Der Kommissar: »Doch! In jedem Fall!... Nicht devot. Devot gewiß nicht. Aber korrekt!«

Thembrock: »Aber dieser Zwischenfall während der Urteilsverkündung?«

Der Kommissar: »Welcher Zwischenfall?

Thembrock: »Als der Richter das Urteil sprach und ihm die Stimme gebrochen ist. Er soll, man sagt: vor Erschütterung, zu einem Wasserglas gegriffen und getrunken haben. Da soll Randow in die Stille hinein ganz höhnisch gerufen haben: ›Zum Wohl, Herr Landgerichtsrat!‹«

Der Kommissar, nachdrücklich: »Schmarren!... Alles Legende!... Erfunden, um das Bild vom menschenverachtenden, ein für allemal verdorbenen Scheusal auszumalen, das selbst angesichts seines Todesurteils keine Spur von Empfindung, geschweige denn: Reue zeigt!... Doch nicht Schweigen! Im Gegenteil. Beifall!«

Thembrock: »Im Gerichtssaal? Beifall?«

»Ja, Beifall!... Wie sagt man? Kurz, aber heftig... Wer saß denn im Saal? Ganze Polizeireviere. Delegiert. Das kennen Sie doch?«

Thembrock: »Das kenne ich.«

Der Kommissar: »Dann schreiben Sie, daß es eine faule Sache war. Ein abgekartetes Spiel!«

Thembrock, vorsichtig: »Darf ich das zitieren?«

»Meinen Sie namentlich?«

Thembrock, abschwächend: »Wenn Sie es nicht wollen...«

Man hörte das Scharren eines Möbels, das zur Seite gerückt wird. Dann langsame Schritte, die sich entfernten und wieder näherten.

Nach einer Weile, von kurzen Pausen unterbrochen, die Stimme des Kommissars: »Ich habe auch geklatscht... Alle haben geklatscht. Da habe ich auch geklatscht.«

Wieder Schritte; ein schwaches, vermutlich zu Thembrock gehörendes Räuspern.

Der Kommissar: »Es ist doch widernatürlich, bei einem Todesurteil zu klatschen! ... Es war einfach so: Ich stand damals auf der anderen Seite. Verstehen Sie?«
»Natürlich.«
»Aber dieser Blick ... Er war nicht für mich bestimmt. Aber er hat mich doch getroffen.«
Thembrock, erstaunt: »Sie waren selbst dabei?«
»Habe ich das nicht gesagt?«
»Kann sein, ich habs überhört ...«
Der Kommissar mit gesenkter Stimme: »Mal im Vertrauen! Glauben Sie an eine höhere Gerechtigkeit?«
»Ich weiß nicht ...«
»Ich glaube daran. Um so mehr, wenn ich nachdenke, was mit allen geworden ist. Ich meine die Beteiligten ... Die junge Genossin Köllner, Beisitzerin. Eine hübsche Frau. Krebs. Mit vierundvierzig! Und ihr Kollege. Nicht älter als sie. Autounfall. Halbseitig gelähmt. Und der Genosse Staatsanwalt, geflüchtet ... Geflüchtet Landgerichtsrat Krüger. Ein unglücklicher Mensch. Zerrissen im Gefühl ... Räson und Recht!«
Die Rede des Mannes, leise begonnen, war zum Schluß drängend und abgehackt.
Thembrocks Stimme, nachdenklich: »Das ist eine eigenartige Verkettung von Zufällen ...«
Man hörte ein Schnaufen, wie wenn jemand Luft einzieht und heftig wieder ausstößt, dann die Stimme des Mannes: »Sagen Sie Zufall! Ich sage Bestimmung!«

13

»Der Kripo ist hin!« hat Schmiege gesagt und jedes Wort betont, als solle ich etwas ein für alle Mal begreifen. Natürlich bin ich beeindruckt. Ich bin sogar mehr als nur beeindruckt. Genaugenommen ist mir, als hätte ich einen

Stoß in den Magen bekommen. Zu überraschend hat sich die Sache mit Randow gewendet, zu viele Fragen sind aufgeworfen, als daß ich mir nichts dir nichts »Achso!« sagen kann; und damit »Ambach«. Auch die anderen können nicht einfach zur Tagesordnung übergehen. So wie wir bei einer Prügelei Schluß machen, wenn Blut fließt oder einer hoffnungslos am Boden liegt, setzt die Tatsache, daß einer einen anderen umbringt, eine Grenze. Nicht, daß wir sie unbedingt jedem zeigen. Es kommt sogar vor, daß wir einen dreckigen Spruch machen, wenn wir vom Tod irgendeines uns nicht besonders nahestehenden Menschen erfahren. Als Sohni uns erzählt hat, daß der alte Herr Paustian aus der Sechsundachtzig an Herzschlag gestorben ist, hat Manne Wollank zum Beispiel die Mundwinkel heruntergezogen und gesagt: »Wieder ne Lebensmittelkarte mehr.«

Wir haben über Mannes Bemerkung alle dreckig gelacht, weil der alte Herr Paustian, als er noch Portier in der Vierundachtzig war, mit seinem Buckel und dieser schreienden Fistelstimme so etwas wie eine Schreckgestalt unserer Kinderzeit gewesen ist. Wenn er uns vom Hof oder aus dem Hausflur gejagt hatte, hat ihm wohl jeder von uns gewünscht, ihn soll auf der Stelle der Teufel holen. Schmiege hat von ihm sogar mal eins mit der Müllschippe über die nackten Beine gezogen bekommen, so daß sich auf seinem Oberschenkel ein häßlicher blauroter Fleck gezeigt hat. Wir sind damals zu fünft zum Schiedsmann in die Lychener 14 gepilgert, der im dritten Stock wohnte, und haben unsere neuen Rechte eingeklagt, das heißt, wir haben verlangt, daß einer, der gegenüber Kindern und Jugendlichen die Prügelstrafe anwendet, mit aller Schärfe des Gesetzes zur Verantwortung gezogen werden muß.

Wenn wir auch sonst nicht viel ernst nehmen, unsere neuen Rechte nehmen wir ziemlich ernst. Ich zum Beispiel habe in einem Schulaufsatz über den ersten Fünfjahrplan die Überlegenheit des Kommunismus über den Kapitalismus mit der Abschaffung der Prügelstrafe und der Herabsetzung der Volljährigkeit von einundzwanzig auf achtzehn Jahre begründet, woraufhin unser Lehrer, Herr Stahnke, »Richtig, aber nicht zum Thema gehörig« an den Heftrand geschrieben und mir nur eine Drei gegeben hat.

Ich weiß nicht, ob durch unsere Intervention oder durch die Tatsache, daß Frau Paustian mit ihrem Sohn Werner zu ihrer Schwester in die amerikanische Zone geflüchtet ist – jedenfalls ist Herrn Paustian, den sie zurückgelassen hat, die Portierstelle entzogen worden, und er hat in eine kleinere Wohnung in die Nummer sechsundachtzig ziehen müssen. Es soll sich also niemand wundern, daß uns Herr Paustian nicht besonders nahegestanden und sein Tod uns sogar zu einem dreckigen Lachen veranlaßt hat. Andererseits steht uns der Kripo auch nicht besonders nahe, jedenfalls lange nicht so nahe wie Ambach. Daß wir uns beeindruckt zeigen, hat vielleicht gerade mit der Tatsache zu tun, daß uns Ambach näher steht als der Kripo. Denn wenn der Kripo hin ist, sitzt Ambach noch tiefer in der Tinte, als wenn er ihn nur angeschossen hätte.

Die überraschende Wende in der Sache mit Ambach hat mir für einen Moment den Atem genommen und mich ganz verwirrt. Ich weiß, ich muß mit meinen Überlegungen ganz von vorn anfangen und mich zum Beispiel fragen, von wem Benno und die anderen erfahren haben, daß dieser Kripo hin ist. Vielleicht haben sie noch einiges mehr erfahren, lange genug weg waren sie ja, und ich frage mich, wo sie wohl die ganze Zeit über gesteckt haben. Vielleicht haben sie doch bei der Truppe vom langen Maschke gestanden und sind nur verdeckt gewesen von irgendwelchen Leuten oder haben in einem Hauseingang gestanden oder noch weiter zur Danziger hin. Vielleicht hat Hotta der Zimmermann etwas Neues erfahren. Als Beteiligter hätte er von allen vermutlich die größte Chance, etwas Neues zu erfahren, auch wenn ich ihn schon geraume Zeit nicht gesehen habe.

Ich kann ja fragen, woher Benno und die anderen wissen, daß der Kripo hin ist, und wo sie die ganze Zeit über gesteckt haben, aber etwas hindert mich, auch nur den Anschein zu erwecken, ich hätte eine Frage. Es ist dieses Schweigen, das sich über unsere Truppe gebreitet hat, seit Schmiege mir so grob über den Mund gefahren ist, als wolle er mir ein für alle Mal etwas klarmachen. Alle stehen und schweigen, und jeder guckt auf irgendeinen Punkt und keiner auf den gleichen. Dieses Schweigen beunruhigt mich. Ich stelle mir vor, daß jeder von uns an etwas Bestimmtes denkt, aber jeder an etwas anderes, und daß wir uns in Gedanken ganz leicht voneinander entfernen können und, um wieder zu den anderen zu finden, einer auf eine Idee kommt, die sich gegen irgendeinen von uns richtet.

Wenn alle Gedanken haben, die sich voneinander entfernen, kann es zu dem Punkt kommen, daß man das Gefühl hat, ganz außerhalb zu sein. Es gibt nichts Schrecklicheres, als mit dem Gefühl des Außerhalbseins in unserer Truppe zu stehen, und, so selten es vorkommt, ich kann es jedem nachsehen, wenn er auf bestimmte Ideen kommt. Ehrlich gesagt, es beunruhigt mich weniger, daß sich eine Idee gegen einen von uns richtet, als daß ich es sein könnte, gegen den sich die Idee richtet, wie damals in den Weißen Bergen.

Damals haben wir uns Schwerter aus alten Holzleisten gebaut und uns in die Straßenbahn gesetzt, die durch den sowjetischen und den halben französischen Sektor bis nach Heiligensee gefahren ist, und sind dann über die Weißen Berge gestürmt, die so feinen Sand wie an der Ostsee haben. Es ist auch alles gutgegangen, solange wir Spaß daran gehabt haben, mit unseren Schwertern gegeneinander zu fechten oder uns einfach einen Gegner auszudenken, aber einmal ist der Moment gekommen, wo wir nicht mehr verstanden haben, warum wir mitten in der Sonnenglut, diese albernen Holzleisten in der Hand, auf einem Berg stehen und uns irgendwelche Gegner ausdenken. Auch da hat sich dieses Schweigen über uns gelegt, und jeder hat irgend etwas gedacht und sich von den anderen entfernt und sich vermutlich ganz außerhalb gefühlt und nichts weiter gewollt, als wieder mit den anderen zusammenzukommen.

Ich weiß noch genau, Bernie hat die Idee gehabt, Wüste zu spielen, und daß ich es sein sollte, der sich als Verdurstender auf den Berg gegenüber schleppt und von ihm, Bernie, mit einem Schluck Wasser aus unserer Brauseflasche gerettet wird. Ich bin so erleichtert gewesen, aus dem Gefühl des Außerhalbseins herauszukommen, daß ich mich gleich auf den Weg zum gegenüberliegenden Berg gemacht habe. Ich bin den weitesten Weg gegangen, damit die anderen Zeit haben, den gegenüberliegenden Berg vor mir zu erreichen, habe mich in gespielter Verzweiflung und mit der Gestik eines die letzte Kraft mobilisierenden Menschen den Berg hinaufgeschleppt, bin, Bernies Gesicht schon über mir, zuletzt auf allen vieren durch den feinen Sand gekrochen, habe stöhnend »Wasser! Wasser!« geflüstert und Bernie mit verstellter Stimme »Wartet, Fremder, Hilfe naht!« rufen gehört, habe die Augen verdreht, die Lider vor der schmerzend und unerbittlich strahlenden Sonne geschlossen und bin im nächsten Moment wie elektrisiert in die Höhe gefahren, habe fluchend die feinen Körner, die er aus der Mulde seiner Hand in meinen verdurstenden, halb geöffneten Mund geschüttet hat, ausgespuckt, während Bernie und die anderen auf der Hügelkuppe über mir in ein brüllendes, mich weiter denn je entfernendes Lachen ausgebrochen sind. Dieses

Lachen hat mir noch in den Ohren gehallt, als ich heulend und Sandkörner spuckend zur Haltestelle gelaufen und in die Straßenbahn gestiegen bin, um quer durch den französischen Sektor allein nach Hause zu fahren.

Es ist also kein Wunder, daß mich das Schweigen, das sich über unsere Truppe gelegt hat, seit Schmiege mir über den Mund gefahren ist, beunruhigt. Wer weiß, auf welche Idee einer kommen kann, nur um nicht weiter so schweigen zu müssen. Natürlich kann ich selbst auf eine Idee kommen, aber in meinem Kopf ist alles durcheinandergestürzt, seit mir auf so eindeutige Weise klargemacht worden ist, daß ich nicht auf der Höhe des Wissens bin, das man haben muß, um einen vernünftigen Vorschlag zu machen. Außerdem stehen alle und schweigen und gukken auf irgendeinen Punkt, nur nicht auf denselben.

Was heißt: alle? Ich vermisse Sohni Quiram. Vorhin habe ich ihn noch zwischen Manne Wollank und Pasella gesehen. Er steht auch nicht hinter mir oder sonstwo zwischen den Leuten, jedenfalls kann ich ihn nirgendwo entdecken. Jetzt könnte ich, um das Schweigen zu brechen, die unverfängliche Frage stellen, wo Sohni geblieben ist, denn es ist nahezu unmöglich, daß mir als einzigem entgangen sein soll, wohin er verschwunden ist.

Gerade hebe ich den Kopf und setze zum Sprechen an, als mir eine weitere Veränderung in unserer Truppe auffällt. Es ist gar nicht so, daß alle auf irgendeinen Punkt gucken, nur nicht auf denselben. Zumindest Benno und Pasella und Manne Wollank gucken in eine Richtung; ebenso Schmiege, sehe ich jetzt. Alle gucken quer über die Straße und fixieren einen, wie mir scheint, gleichen Punkt. Langsam wende ich den Kopf, kann aber weder auf dem Damm noch auf der anderen Straßenseite wesentlich anderes entdecken als vorhin, höre Bennos unterdrückte Stimme sagen: »Da steht er!« und Mannes offenbar auf eine bestimmte Person bezogene Frage: »Der

Weiße?«, suche zwischen den verbliebenen Leuten nach einer Person, die irgend etwas mit Mannes Benennung zu tun haben könnte, sehe nur den weißhaarigen Herrn Kunze aus der Nummer drei und den langen Maschke, der ein weißes Polohemd mit blau abgesetzten Hemdsärmeln trägt, aber dann, zwischen allen, steht einer, der mir erst jetzt auffällt, einer zwischen Edith Remus und Burkhard Drews genannt Schultheiß – nein, nicht zwischen ihnen, sondern ein wenig dahinter, ein Spur abseits, die Truppe vom langen Maschke langsam umrundend mit wiegendem Gang, Hände in den Taschen, den Kopf leicht vorgeneigt, einer mit heller – nicht weißer! – Windjacke, die an den Ärmeln aufgekrempelt ist und auf die sich, da bin ich mir sicher, die Blicke von Benno, Pasella, Manne und Schmiege richten.

Ich bin mir auch sicher, daß ich den Mann bis zu diesem Moment noch nie gesehen habe. Seine Haare sind braun und gewellt, er ist nicht viel größer als Burkhard Drews genannt Schultheiß und auch nicht viel älter, und sein Gesicht, das sehe ich jetzt, hat einen ähnlich dunklen Ausdruck wie ihn meine Mutter gehabt hat kurz nach dem Krieg oder wenn knapp vor der Ausgangssperre meine Schwester noch nicht zu Hause war. Er hat sich umgeblickt, seine Augen gehen in unsere Richtung, er setzt einen Fuß vor, und nun den andern, macht zwei, drei langsame Schritte, bleibt wieder stehen, als hätte er sich anders entschlossen. Meingott, ich spüre doch, irgend etwas ist im Busch, von dem ich nicht weiß, was es ist, und das mich ebenso beunruhigt wie dieses verdammte Schweigen. Ich drehe mich zu Benno herum und frage in einem Ton nach Sohni Quiram, als hätte ich seine Abwesenheit eben erst bemerkt. Erst rührt Benno sich nicht, aber Manne, sehe ich, wendet schon den Kopf und Schmiege und Wölfchen und schließlich auch Benno.

»Der is nach oben was trinken«, sagt Pasella.

Durst haben wir auch, jedenfalls Manne und ich. Nach oben will ich auf keinen Fall. Wer weiß, ob meine Mutter nicht irgend etwas findet, um mich oben zu behalten. Manne hat noch eine Mark zwanzig in der Tasche, ich noch dreißig Pfennige, das reicht dicke für eine Brause im Stehen. Fragt sich nur, ob wir zu Klimpel, zu Horn oder in die Blaue Donau gehen und ob nicht doch noch einer mitkommen will. Meine Kehle ist jedenfalls wie ausgetrocknet. Aber die anderen schütteln die Köpfe oder zukken die Achseln, und so stehen Manne und ich noch einen Moment unschlüssig, bis er eine Bewegung mit dem Kopf Richtung Helmholtzplatz macht und wir abziehen, vorbei an Klimpel, zur Gaststätte Horn, Ecke Raumer. Hier ist es um diese Nachmittagszeit noch am erträglichsten. Nur ein paar Tische sind besetzt, und es herrscht auch selten so ein Gebrüll wie bei Klimpel oder in der Blauen Donau. Die Gaststätte Horn ist etwas für ruhige Trinker, dafür sorgt schon Herr Horn, der eine blankpolierte Glatze hat und die Gläser fast doppelt so oft über die Gummibürste im Spülbecken stülpt wie in der Donau oder bei Klimpel, wo manchmal zwei Leute hinter dem Tresen stehen und mit dem Ausschenken dennoch nicht hinterher kommen.

Die Brause bei Horn schäumt bonbonrot und beißt so kräftig in der Kehle, daß wir schon nach dem dritten, vierten Schluck absetzen und tief Luft holen müssen, damit dieses prickelnde Beißen langsam aufhört. Meine Hoffnung, daß ich von Manne etwas über den Mann in der hellen Jacke erfahre, wird allerdings enttäuscht. Er weiß auch nicht viel mehr, als daß Benno und die anderen irgend etwas gehört haben über den von der Kripo, ob nun direkt von dem Mann in der hellen Jacke oder nur so nebenbei. Jedenfalls ist Manne sicher, daß der Mann in der hellen Jacke nicht ein Irgendwer ist, sonst hätte sich Benno und vor allem Schmiege, nicht so wichtig gehabt.

Daß der von der Kripo hin ist, hat auch auf Manne Eindruck gemacht. Das würde die Situation von Grund auf verändern, meint er an der Theke bei Horn, deren blankgeriebenes Chrom unsere Gesichter als helle Schatten spiegelt. Er glaubt sogar, daß Ambachs Chancen, noch irgendwie durchzukommen, auf Null gesunken sind, und er würde eine Garantie geben, daß sie ihn abknallen, wenn sie ihn finden, weil, jede Polente der Welt sieht rot, wenn einer von ihnen draufgeht.

»Rache is Blutwurscht«, meint er und setzt das leere Glas auf die Theke, und wir wischen uns die Brausereste aus den Mundwinkeln, nicken Herrn Horn zu und machen, daß wir zu den anderen kommen. Schon hinter Klimpel sehe ich die Katastrophe, sage zu Manne: »Mensch, meine Mutter!«, kann aber nicht mehr im nächsten Hauseingang verschwinden, weil sie mich schon entdeckt hat. Sie steht zwei, drei Schritte neben unserer Truppe und macht ein Gesicht wie bei Fliegeralarm.

»Da bist du ja endlich«, sagt sie mit unüberhörbarem Vorwurf in der Stimme.

Ich ziehe die Schultern höher und bin auf der Hut. Auch wenn die Leute von unserer Truppe so tun, als starrten sie nur gelangweilt in die Gegend, lassen sie sich kein einziges Wort entgehen. Nichts erzählt mehr über einen als das Verhältnis zu seiner Mutter in der Öffentlichkeit. Schon eine winzige Unterwürfigkeit kann wochenlangen Spott nach sich ziehen. Dummerweise fällt auch das gegenteilige Verhalten auf einen zurück. In der Öffentlichkeit respektlos oder sogar frech zu seiner Mutter zu sein schädigt das Ansehen mindestens ebenso, wie als Muttersöhnchen zu gelten. Noch während ich überlege, ob ich ihr einen Grund für meine Abwesenheit nenne oder nur ein reserviertes Gesicht zeige, spricht sie auch schon weiter und will wissen, wo meine Schwester ist.

»Hast du Lilli gesehen!«

Ich hebe die Schultern und werfe einen Seitenblick auf unsere Truppe.

»Weiß nich«, füge ich hinzu und entdecke Sohni Quiram, der wieder einen halben Schritt abseits, schräg gegenüber von Benno, steht. Er ist der einzige, der nicht so tut, als ob ihn das alles nichts angeht, sondern jede Geste zwischen mir und meiner Mutter genau beobachtet. Dabei hat er einen so gemeinen Zug um den Mund, daß ich das Schlimmste befürchte.

»Aber du mußt sie doch gesehen haben«, sagt meine Mutter in einem Ton, als würde ich nicht jeden Abend vorgehalten bekommen, daß meine Schwester sechs Jahre älter ist und deshalb auch länger vor der Tür bleiben kann.

Ich mache eine Kopfbewegung Richtung Laterne vor der Nummer fünf und will »Frag doch die drüben!« sagen, aber da wendet sie sich schon um, ruft noch über die Schulter, daß wir bald Abendbrot essen werden, und entfernt sich in ihrem geblümten Sommerkleid, das sie sich für einen Betriebsausflug gekauft hat, mit kurzen Schritten über den Damm.

Dann geht alles sehr schnell. Ich höre Sohni Quirams Stimme, aber ich höre nicht genau, was er sagt. Er sagt es so laut, daß es alle, die um ihn stehen, hören können, aber wohl nicht mehr meine Mutter, die schon fünf, sechs Schritte entfernt über den Damm läuft, und ich nicht genau. Ich ahne nur, es hat etwas mit meiner Schwester zu tun. Und es ist irgend etwas Gemeines. Ich drehe den Kopf zu ihm. Sein Gesicht ähnelt diesem verdammten Joker auf den Rommékarten, von dem ich immer träume, wenn ich Fieber habe oder erhöhte Temperatur. Bennos Schlag höre ich mehr, als ich ihn sehe. Es ist ein so widerlich patschendes Geräusch, daß ich glaube, mir dreht sich vor Ekel der Magen um.

Vierter Teil

I

Es geht nicht um eine beliebige Straße, es geht um die Duncker. Und es geht um einen bestimmten Tag in der Duncker, sechs Jahre nach dem Krieg. Ich bin mir nicht sicher, ob es nicht auch um Tage gehen müßte, die bedeutender waren als dieser; schon deshalb, weil sie nicht nur Randow oder Bubi Marschalla oder meine Schwester oder mich betrafen. Dabei denke ich nicht einmal an so einen bedeutenden Tag wie den zweiten Mai, an dem unsere Straße mitsamt der Reichshauptstadt kapitulierte; auch nicht an den Tag nach dem Generalstreik, als wir mit düster trotzigen Mienen auf die herannahenden Panzer warteten wie auf etwas Schicksalhaftes; eher schon an den Tag, an dem der Gang über den Damm von der Eberswalder in die Bernauer, vom sowjetischen in den französischen Sektor, von einer Stunde auf die andere nicht mehr möglich war und die Bewohner unserer Straße gleich den Bewohnern der anderen Straßen Richtung Grenze liefen, um das Unvorstellbare mit eigenen Augen zu sehen. Auch dieser Tag war ein Sonntag im Hochsommer gewesen; wenngleich er kälter war als vergleichbare vor ihm und regnerisch; wenngleich er sich fortsetzte in einem ständigen, jeden Nachmittag wiederholten Zug von überraschend sprachlosen Menschen, die über eine schnell komplettierte, stetig höher wachsende Barriere Blicke warfen und Grüße mittels hektisch geschwenkter Tücher zu der Menge auf der anderen Seite, die sich auf hastig gezimmerten Podesten drängte und in der ich meine Schwester entdecken konnte, wie sie ihr Taschentuch abwechselnd in die Höhe und zu den Augen führte, jeden Tag zu einer bestimmten Stunde, so lange, bis uns eine Kette dicht gestaffelter Uniformierter schon vor der Post abfing und am nächsten Tag schon auf der Höhe des Eingangs zum Stadion, so daß unser Ziel sich mehr und mehr entfernte und die Menschen auf dem Podest hinter der Barriere nur noch als amorpher Haufen erkennbar waren.

Vor allem aber denke ich an diese unwirkliche Novembernacht, in der alles, was seit dem Krieg um mich herum gewachsen war, mit einem atemberaubenden Ungestüm in sich zusammenfiel; die Nacht, in der ich inmitten einer vor Nervosität siedenden, an der Wahrhaftigkeit ihrer Sinne zweifelnden, aber durch nichts mehr aufzuhaltenden Menge zusammen mit Irma über eine Brücke aus der Jahrhundertwende, deren Existenz ich beinahe vergessen hatte, in den französischen Sektor geschoben wurde und auf kürzestem Weg zu der Stelle lief, an der meine Schwester vor beinahe dreißig Jahren mit dem Taschentuch Richtung Eberswalder gewinkt hatte; die Nacht, nach der mein selbstbewußter waffentragender Jugendfreund innerhalb dreier Wochen weißhaarig geworden sein soll und Thembrock sich vom gewählten Chefredakteur in einen grüblerischen Ruheständler verwandelte, der noch immer nach dem Wort sucht, das die Ereignisse in ihrer vollen, wurzeltiefen Bedeutung faßt.

Aber es geht mir nicht um diese Nacht, so bedeutend sie auch gewesen sein mag. Es geht mir um einen Tag, sechs Jahre nach dem Krieg, auch wenn es wahrscheinlich ist, daß zwischen ihm und allem folgenden ein Zusammenhang besteht.

Wäre ich in der Eckkneipe an der Vorderduncker sonst einer so krassen Sinnestäuschung unterlegen? Hätte ich sonst so lange geglaubt, jemand erwarte etwas von mir, das ich nicht erfüllen könne?

Wenn ich, was neuerdings öfter vorkommt, mit Thembrock durch die sich langsam verändernde Gegend um die Duncker streife, gelingt es ihm immer wieder, mich in ein Gespräch über die Geschehnisse der letzten Zeit zu verwickeln. Angesichts der grellen Signale eines wiedererstehenden Kleinhandels und eines rasend gewachsenen Verkehrs, aber mehr noch wegen der deutlichen Zeichen innerer Hast und der nicht zu übersehenden Reizbarkeit in den Gesichtern der Menschen, bemühte er einmal sogar die Gesetze der Thermodynamik, indem er auf den steilen Anstieg der Bewegungen des einzelnen verwies, was seiner Meinung nach unbestreitbar zu einer Überhitzung des gesellschaftlichen Körpers führen müsse.

»Sieh dir an, wie es brodelt!« brüllte er in den Lärm Ecke Schönhauser hinein und prophezeite mir, daß uns das alles eines Tages um die Ohren fliegen würde.

Ich hob die Schultern und dachte an die paar Monate seiner Zeit als Chefredakteur, von denen er noch heute behauptet, er habe wenigstens für die Dauer eines Atemzuges der Geschichte im freiesten Land der Welt gelebt.

Ein anderes Mal, wir liefen über den Helmholtzplatz, versuchte er mir klarzumachen, daß alles, was als Folge des Krieges entstanden sei, zwangsläufig in sich zusammenfallen mußte, als die Erinnerung an ihn verblaßte. Oder genauer, sprach er mit leicht erhobener Stimme: als die Zahl derer, die ihn erlebt hatten, immer geringer wurde. »Wir sind eine Minderheit geworden«, sagte er beim Passieren der Kaufhalle, in der früher das Helmholtz-Kino gewesen war, und fügte kurz vor der Duncker hinzu, daß selbst diejenigen, die den Krieg nur noch als Kind erlebt hätten, mittlerweile auf die Sechzig zugingen.

Schweigend bogen wir um die Ecke. Wie ich war Thembrock noch ein Kind gewesen, als der Krieg zu Ende war; für ihn, der in einer kleinen Stadt in Mecklenburg aufwuchs, sogar ein paar Tage früher als für mich. Wenn mich etwas mit Thembrock stärker verbindet als die Arbeit, ist es der Krieg; genaugenommen ein Bild des Krieges, das sich mir dauerhaft eingeprägt hat, obgleich ich es nur aus seiner Schilderung kenne. Wie er habe ich in meiner Vorstellung im Nachbardorf bei einer Nenntante gesessen, als das Trommelfeuer auf die kleine Stadt begann. Wie er habe ich mit hochgezogenen Schultern die Detonationen verfolgt, die eine Viertelstunde dauerten und so plötzlich aufhörten wie sie begonnen hatten. Wie er habe ich mich in eine dröhnende Stille hinein auf den Weg in die kleine Stadt gemacht, voller Angst vor dem, was mich erwarten würde, war in die Totenstille der leicht ansteigenden, im Nebel schwebenden Trümmerstaubs liegenden Straße getreten, die nach einer Windung direkt auf den Marktplatz führte, und hatte das anfangs kaum wahrnehmbare, rieselnde Geräusch vernommen, das sich mit jedem Schritt in die Stadt hinein verstärkte zu einem rasselnden Plätschern und den Schritt, gleich hinter der Biegung, erstarren ließ. Da rann es aus dem dichter werdenden Staubdunst die Straße herunter, ein blutroter, durch die Ritzen des buckligen Pflasters sich schlängelnder und den erstarrten Füßen nähernder Strom, der die sechsjährige Realität des Krieges in einen Moment des Entsetzens ergoß: das Blut der Mutter, der Großeltern, das Blut der Nachbarin namens Regine Tzschokke und des Kolonialwarenhändlers von gegenüber, bei dem das Brausepulver fünf Reichspfennig kostete, das Blut einer ganzen Stadt auf der leicht abfallenden, direkt zum Marktplatz führenden Straße – blitzartige Vorstellung für einen Moment, der vielleicht zwei Sekunden dauerte, höchstens drei, bis ein schwacher, erst aromatischer, dann beißender und den Magen umdrehender Geruch auf den Ursprung des schwellenden Rinnsals verwies: auf die einzige, jetzt zu Trümmern geschossene Fabrik der kleinen Stadt, auf die Likörbrennerei Funck und Söhne.

Ich will nicht abstreiten, daß mich Thembrocks Wesenszug zur Verallgemeinerung schon immer gereizt hat, und sei es zum Widerspruch. In gewisser Weise gleicht er darin Therese, die sich immer gegen meine Behauptung wehrte, daß die Ordnung von Einzelheiten zu einer Geschichte den Verlust so vieler anderer, wichtiger Einzelheiten, ja ganzer Dimensionen von Leben einschließt. Schon bei ihrem Theaterstück über die Straße, die sie aus dem Fokus eines niedergehenden Berufstandes, der Zigarettenhändlerin Wolzka, beschrieb, nahm ich die Differenz zur Wirklichkeit meiner Erinnerung mit so irritierender Peinlichkeit wahr, daß ich es für mich behielt, um Therese nicht schmählich zu kränken. Andererseits wußte ich um die Unmöglichkeit, eine Straße oder auch nur ein Stück von ihr in ganzer Fülle auszumalen. Schon die Vorstellung, jemand sollte die Tätigkeiten einer bestimmten Stunde in jedem Haus der Vorderduncker, von der Nummer eins bis zur Nummer acht, von der Zweiundachtzig bis zur Neunzig, zuzüglich der in die Vergangenheit und Zukunft weisenden Gedanken, Pläne, Entscheidungen seiner Bewohner, einem Panorama gleich vor uns ausbreiten – schon diese Vorstellung war ein Grund zum Davonlaufen.

Nicht, daß ich die Berechtigung eines Kunstgriffs bestreiten wollte, aber ich glaube, ich sehnte mich nach einer Darstellung, die in der einen, gewählten Ordnung der Einzelheiten auch die Möglichkeit der Wahl einer anderen Ordnung anderer Einzelheiten zeigt oder zumindest andeutet.

So sehr mich Thereses, wie Thembrocks, Zug zum Allgemeinen anregte, so schwer konnte ich ihn nachvollziehen. Seit mein Mathematiklehrer, Herr Nergert, einen Kreidestrich über die Tafel gezogen und uns aufgefordert hatte, das, was in aller Eindeutigkeit eine Linie war, als eine endliche Reihe von Punkten zu begreifen, und mir, indem ich es tat, bewußt wurde, daß, umgekehrt, ein Punkt nichts anderes war als Teil einer noch nicht sichtbaren Linie, hatte ich eine Schwäche für die Einzelheit beziehungsweise für den Moment. War es das, was mich an der Fotografie interessiert hatte? Daß in einer hundertstel Sekunde Wirklichkeit Exposé, Handlung und Ausgang eines Geschehens gebannt werden?

Einerlei, ich hatte schon lange aufgehört zu fotografieren, und ich war mit Thembrock, dem ich diesen Entschluß verdankte, in die Duncker eingebogen, Richtung Dimitroff, die schon bald wieder Danziger heißen soll. Thembrock hatte eine verallgemeinernde Äußerung getan, und ich hatte an seine Geschichte mit der zerbombten Schnapsfabrik denken müssen, mit den Hektolitern Kirschlikör, die über das Pflaster einer abfallenden Straße rannen wie das Blut einer ganzen Stadt. Jetzt schwiegen wir für ein paar Schritte, mindestens bis zu dem Haus, in dem früher die Kneipe Klimpel war.

Daß wir früher oder später auf die Sache mit Randow zu sprechen kamen, war nicht zu vermeiden. Spätestens als wir vor der Nummer fünf standen, ließ er sich von mir versichern, daß es dieses Haus war und kein anderes, in dem Randow für ein halbes Jahr gewohnt hatte und schließlich gefaßt worden war; daß wir, also meine Truppe und ich, vor dieser und keiner anderen Laterne gestanden und Richtung Dach geschaut hatten, während die Polizei auf der Suche nach dem Flüchtigen die Häuser des Karrees durchkämmte. Durch den Hausflur der Nummer fünf schritt Thembrock so aufmerksam, so forschenden Blicks, als müsse er jeden Moment etwas entdecken, das die Sache mit Randow in ein völlig neues Licht rücke. Nur auf dem Hof hatte er Schwierigkeiten bei der Vorstellung, wie Randow aus dem dritten Stock gesprungen sein könnte, ohne sich zu verletzen, und ich mußte die Beschaffenheit der Halbruine des Nachbarhauses, die schon seit zwanzig oder dreißig Jahren abgetragen ist und deren Fläche lange Zeit als Lagerplatz für die Kohlenhandlung nebenan diente, in groben Umrissen beschreiben.

Noch während ich die wellenförmigen Konturen des halbzerstörten Vorderhauses und des Schuttberges zum Hof hin mit einer Handbewegung umriß, fiel mir ein, daß ich vor ein paar Monaten, noch vor dieser unwirklichen Nacht im November, schon einmal hier gestanden und eine ähnliche Bewegung beschrieben hatte, mit dem einzigen Unterschied, daß nicht Thembrock, sondernThereses Bremer Bekannter neben mir gestanden hatte, den Kopf leicht gehoben, mit halb geöffnetem Mund und einem so jungenhaft erstaunten Ausdruck in seinem Gesicht, daß ich ihm seine offenbare und andauernde Nähe zu Therese einmal mehr verzieh.

Er war an einem Wochenende mit einem italienischen Kunstband und einem Päckchen Kaffee überraschend bei mir aufgetaucht, bestellte Grüße von Therese, die zu Vorlesungen an irgendeinem College in Canberra weilte, und ihre Bitte, ihm einige Fotos aus der Porträtserie auszuhändigen, die ich vor Jahren von ihr gemacht hatte. Damals wußte ich nicht, in welcher Beziehung er zu ihr stand und ob die Tatsache, daß sie eine gemeinsame Adresse hatten, lediglich auf wirtschaftlichen Gründen beruhte oder ein dauerhaftes intimes Verhältnis einschloß. Bei den zwei, drei Malen, in denen Therese seit ihrem Weggang angerufen hatte, machte sie nie auch nur die Spur einer Andeutung, und ich hütete mich, sie danach zu fragen. Weiß der Himmel warum, aber im Falle von Thereses Beziehungen zu anderen Männern bewegte ich mich im Bereich der Vermutungen sicherer als im verletzend konkreten der Details. Selbst die Namen ihrer vermutlichen oder wirklichen Liebhaber konnte ich nie anders aussprechen als mit ironischer Stimmhebung, und am liebsten war mir, wenn ich sie gar nicht erst nennen mußte.

Mehr aus Scheu vor einem möglichen Gespräch über Therese denn aus Mitteilungsbedürfnis hatte ich ihn zu einem Spaziergang eingeladen, und daß wir schließlich in der Duncker landeten, war einzig seiner unschuldigen Frage zuzuschreiben, ob ich schon immer in dieser Stadt gelebt hätte, und, als ich bejahte, seiner fast bittenden Hinzufügung, ob es mir Mühe mache, ihm die Gegend zu zeigen? »Wieso Mühe«, fragte ich und schlug die Richtung Duncker ein. Ich habe, als wir die Lychener und die Schliemann kreuzten, selten einen Menschen so interessiert auf ein heruntergekommenes Stadtviertel blicken sehen wie ihn, und nahe dem Helmholtzplatz nahm sein Körper eine nahezu respektvolle Haltung an. So – stellte ich mir vor – hätte unsere Truppe ausgesehen, damals, sechs Jahre nach dem Krieg, wären wir unvermittelt vor die Skyline von Manhattan gestellt worden.

Ich will nicht bestreiten, daß es mir Spaß machte, von der Sache mit Randow zu erzählen; einerseits lenkte es mich ab, über sein Verhältnis zu Therese nachzudenken, andererseits gab es diesem verluderten Massenquartier für das proletarisierte Landvolk Schlesiens und Pommerns, das um die Jahrhundertwende in Gestalt unserer Großväter und Großmütter Richtung Hauptstadt geströmt war, wenigstens eine Spur von Bedeutung. Auch hätte ich mir einen aufmerksameren Zuhörer nicht wünschen können, aber wenn ich geglaubt hatte, ich würde einem zwanzig Jahre jüngeren Fremden, der von nichts eine Ahnung zu haben schien, eine andere, unbekannte Welt eröffnen, sah ich mich getäuscht.

Noch während er mit offenem Ohr und kopfnickend meinen Erzählungen über Randow lauschte, trat er schon von einem Bein aufs andere. Sein Blick ging über mich hinweg, als suche er nach etwas Bestimmtem, und dann fragte er, mitten in meine schwungvolle Handbewegung hinein, mit der ich den Trümmerhaufen, auf dem Randow gelandet war, eben umriß: Hier in der Gegend müsse doch auch das We-Ce sein, oder irre er sich?, und ich fragte: »Wie bitte«, verdutzt über das fremde, mir vollkommen unbekannte Kürzel, und er sagte ganz selbstverständlich: »Na, dieses Dichtercafé! Das ist doch ganz berühmt!«

Tatsächlich brauchte ich Sekunden, ehe mir die kleine, plüschige, mit einer Empore versehene Lokalität im Stil der Dreißiger einfiel, in der wir zu Zeiten, als Günter Gottke noch lebte, mindestens zwei Winter lang verkehrt hatten und in der ich einmal Gelegenheit fand, mit einer Schönheit namens Franzie, die wegen Erkrankung an spinaler Kinderlähmung eine Beinschiene trug und meist im Café Nord, Schönhauser Ecke Wichert, verkehrte, zur Musik eines zwergwüchsigen Stehgeigers und unter den neidvollen Blicken meiner Truppe, die körperliche Sensation einer Serie Slowfox zu erleben.

»Ich meine das Wiener Café«, sagte Thereses Bremer Bekannter ganz behutsam, aber er sah mich dabei so skeptisch an, als stünde alles, was ich vorher gesagt hatte, im Verdacht heimatkundlicher Hochstapelei. »Kennen Sie es denn nicht?«

Daß ich plötzlich keine Lust mehr hatte, auch nur ein Wort mehr zu verlieren, als für die Konversation bis zum Abschied vor der Haustür nötig war, hatte nichts damit zu tun, daß er mich so schroff unterbrochen hatte. Zu Randow hatte ich ohnehin alles gesagt, was mir damals bekannt war, und daß ich wegen dieses jungen Mannes doch noch auf den Grund jenes Tages sechs Jahre nach dem Krieg stoßen würde, konnte ich nicht ahnen. Was mich verstummen ließ, war die unvermittelt einsetzende, irrationale Furcht, ich könnte etwas leichtfertig weggeben und würde es, wenn ich es wiederträfe, nicht mehr erkennen.

»Nur flüchtig. Nur vom Vorbeigehen«, antwortete ich und hatte das kleine, plüschige Café in der Schönhauser, in dem schon seit langem eine andere Generation verkehrte, so plastisch vor Augen wie den verschwundenen Trümmerberg an der Hofseite der Duncker sechs, aber neben mir stand nicht Thereses Bremer Bekannter, neben mir stand Thembrock und sah mit zusammengekniffenen Augen über das baumhohe Buschwerk hinweg auf die noch immer unverputzte Brandmauer gegenüber.

»Wollen wir gehen?« sagte ich, drehte mich herum und war schon auf der Höhe des Hausflurs, als Thembrock fragte, wo man ihn eigentlich geschnappt habe?

Ich blieb stehen und wartete, bis er mit mir auf gleicher Höhe war, ehe ich die Schultern hob und wahrheitsgemäß antwortete, daß ich es nicht genau wisse.

Wir gingen langsam durch den düstern Hausflur, und ich sagte, die einen hätten behauptet, er sei irgendwann aus einem Schornstein gekrochen, die anderen, er sei gegen Morgen, so als wolle er zur Frühschicht, aus einem Haus in der Göhrener getreten und einer Polizeistreife direkt in die Arme gelaufen. Die Nachrichten überschlugen sich dann ja auch, und irgendwann haben wir einfach vergessen, danach zu fragen, sagte ich und trat auf das Pflaster vor der Nummer fünf. In diesem Moment kam Ambach die Straße herunter. Er trug ein Hemd mit offenem Kragen und machte ein paar schnelle Schritte in Richtung des blankgewetzten Tennisballs, der ihm über den Kopfsteinen entgegensprang, stoppte ihn, sah sich um und blickte auf mich wie auf einen, dem man etwas zutrauen könne, aber kurz bevor er ihn mit der Innenseite des rechten Fußes zu mir herüberpaßte, erschrak ich wie vor einer unbekannten Gefahr.

Schnell schloß ich die Augen, spürte Thembrocks Hand an meiner Schulter und hörte ihn fragen, was denn los sei?

Ich mußte mich schütteln, ehe ich antworten konnte: »Manchmal glaube ich, ich spinne.«

Thembrock lachte, schob mich mit sanftem Druck weiter und sagte: »Das geht dir nicht allein so. Seit einiger Zeit denke ich jeden Morgen, ich bin in einer falschen Zeit aufgewacht. Erst beim Kaffee weiß ich wieder, es ist die richtige.«

2

Daß mein Mißtrauen durch Thembrocks anhaltendes Interesse an der Sache mit Randow noch einmal aufgeflakkert ist, will ich nicht verschweigen. Schließlich war es mit seiner Illustrierten schon lange vorbei; der Verlag, in dem sie erschien, war verkauft und in den Konkurs geführt worden. Zwar hatte Thembrock während seiner Recherchen einen staatlichen Eingriff in den Prozeß nie belegen können, aber als er endlich den Nachweis führen konnte, daß Randow – unter Mißachtung jenes Gutachtens über seine Persönlichkeitsentwicklung und juristisch höchst bedenklich – nach dem Strafrecht für Erwachsene verurteilt worden war, saß er schon auf der Straße. Auch seine achselzuckend vorgetragene Begründung, die Sache mit Randow gehöre nun mal zu unserer Geschichte und die stünde ihm ebenso nahe wie mir, konnte mich nur halbwegs überzeugen. Einleuchtender und das plötzlich und überall aufgebrochene Interesse an Randow erklärend, war mir dagegen sein Satz, daß eine Gesellschaft sich immer nur die Fragen stelle, die sie auch beantworten könne.

»Was bei Windstille schwelt, entzündet sich bei Sturm!« rief er Ecke Senefelder mit erheblichem Pathos, blieb aber kurz vor dem Rinnstein stehen und sah mich, die Stirn gerunzelt, von der Seite her an. »Sag mal, Tommie, was macht dich so unsicher?«

Genau betrachtet hatte er recht. Nach der stürmischen Zeit der Veränderung hatte ich so gut wie nichts mehr in der Hand, was meine Irritation hätte rechtfertigen können. Noch immer brach meine Telefonleitung hin und wieder für zwei, drei Tage zusammen, wenn ich im Ausland anrief oder manchmal auch nur innerhalb der Stadt, was eher von der Schwäche eines achtzig Jahre alten Kabelnetzes zeugte als von dem heimlichen Fortbestehen glaubhaft zerschlagener Organe. Und vor nicht einmal sieben Tagen war Schmiege an der Haltestelle Bahnhof Schönhauser auf mich zugeschossen, hatte über zehn Meter Entfernung hinweg gebrüllt: »Dich such ich, Mann!« und mich, als er endlich neben mir stand, eindringlich aufgefordert, ich solle alles vergessen, was er über unseren gemeinsamen Jugendfreund behauptet habe. Mitnichten sei der aus verborgenen Gründen zu mir gekommen, sondern vor allem aus alter Freundschaft, und nur im geringsten, weil er in einer Kneipe etwas habe läuten hören von der Sache mit Randow. Ebenso sei unwahr und nur Sohni Quirams rachedürstigem Charakter zuzuschreiben, daß unser Jugendfreund je einen Menschen zu irgendwelcher Konspiration hätte überreden wollen. Und er sei auch kein hohes Tier bei der Sicherheit gewesen, eher ein – und an dieser Stelle hob Schmiege seine Hand und hielt Daumen und Zeigefinger einen halben Zentimeter weit auseinander – eher ein so kleines Licht.

»Macht das einen Unterschied«, fragte ich grob und zog Schmiege am Ärmel aus der Nähe der Leute, die ihre Köpfe nach uns gedreht hatten und jeden Moment eine handgreifliche Auseinandersetzung zu erwarten schienen.

»Mann, Tommie! Major, klar. Aber Objektschutz! Was ist das schon!« sagte Schmiege in so unnachahmlicher Zerknirschung, wie er sie nicht einmal nach der Sache mit Maxe Schmelings Unterschrift gezeigt hatte, und als ich ihn in den Hauseingang neben der kleinen Milchbar zog, beschwor er mich, jedem Menschen gegenüber, der gleiches behaupte, wie er, Schmiege, fälschlicherweise behauptet habe, energisch zu dementieren. Auf keinen, aber auch auf gar keinen Fall wolle er in diesen Zeiten als Verursacher eines so vernichtenden Gerüchts gelten!

»Und du glaubst das alles«, fragte ich, nicht unbeeindruckt von seiner heftigen Rede.

Schmiege machte sein überzeugendstes Gesicht. Er habe

ihn getroffen, neulich erst und ganz zufällig. Trotz seiner, Schmieges, Reserve seien sie in ein Gespräch gekommen, das überraschend offen verlaufen sei, so daß er, Schmiege, die Einladung angenommen habe, ihn nach Hause zu begleiten, in eine Zweiraumwohnung in Hohenschönhausen, Altneubau.

»Tommie, so wohnt kein Bonze!«

»Und du hättest ihn sehen sollen«, fuhr er mit dramatischer Stimme fort. »Weiß, schlohweiß die Haare. Ich sag dir, der Mann ist im Grunde fertig!«

Vergeblich stellte ich mir meinen sportlichen, überlegen lächelnden Besucher mit schlohweißem Haar vor.

»Der hat geglaubt, Tommie!« sagte Schmiege, jedes Wort dehnend.

»Benno und geglaubt?« sagte ich zweifelnd, konnte Schmieges Antwort aber nicht verstehen, denn auf der Hochstrecke uns gegenüber näherte sich eine U-Bahn, deren Lärmpegel in umgekehrtem Verhältnis zu ihrem Tempo stand.

»Dementi, Tommie, versprich mir!« hörte ich Schmiege brüllen, und er sah mich so flehentlich an, daß ich unter dem abschwellenden Lärm der Richtung Pankow verschwindenden U-Bahn mein zweites Versprechen innerhalb eines Vierteljahres gab.

Nur der nächtliche Anrufer war bisher im dunkeln geblieben, auch wenn ich letztes Silvester in der Kneipe Ecke Duncker einen redseligen, jeden Verdacht weit von sich weisenden, aber auf eine hinterhältige Weise grinsenden Kohlenträger erlebt hatte, dessen trunkene, über die Tische brüllende Stimme jener abgehackt stotternden, die mir noch immer im Ohr klang, nicht unähnlich war.

Aber selbst wenn Thembrock die Unwahrheit sprach, Schmiege sich täuschen ließ und mein Jugendfreund Benno tatsächlich nichts anderes im Sinn gehabt hatte, als mich geheimdienstlich unter Kontrolle zu halten – im Grunde schwante mir schon zu dieser Zeit, daß die Ursache all meiner Befürchtungen nur Flucht war vor dem Weg zu einem gelöschten Bild.

3

Wirklich, so schnell habe ich noch keinen zuschlagen sehen! Aus dem Handgelenk, ansatzlos, ein Zucken, ein Patsch! Ich weiß nicht einmal, ist es ein Haken oder eine Gerade gewesen, und für einen Moment habe ich geglaubt, mir dreht sich der Magen um. Ich staune, daß es Sohni nicht die Beine weggehauen hat, nur ein feiner roter Strom rinnt aus seiner Nase über die kurze, plötzlich ganz aufgeworfene Lippe und tropft vom Kinn auf sein Sonntagshemd. Wenigstens ähnelt sein Gesicht nicht mehr diesem verdammten Joker auf den Rommékarten. Es ist eher erstaunt und guckt mit seinen wasserblauen Augen erst zu Benno, dann zu mir, dann wieder zu Benno, der das Kinn nur ein Stück gehoben hat und jetzt noch deutlicher als sonst auf Sohni herabsieht. Es ist, als suche Sohni nach irgendeinem verborgenen Zusammenhang zwischen Benno und mir, aber da kann er lange suchen, denn es gibt keinen Zusammenhang zwischen Benno und mir, und im Grunde bin ich genauso erstaunt wie Sohni Quiram. Ich habe ja nicht einmal genau gehört, was er gesagt hat. Ich weiß nur, es ist etwas Gemeines und meine Schwester Betreffendes gewesen. Natürlich weiß ich auch, daß ich nicht einfach nur den Kopf hätte wenden dürfen. Schon auf die Ahnung hin, er sagt etwas Gemeines, meine Schwester Betreffendes, hätte ich instinktiv herumschnellen und scharf fragen müssen: »Wat haste gesagt!« Er hätte es wiederholen müssen, und wenn er es wiederholt hätte, und es wäre tatsächlich etwas Gemeines gewesen, hätte ich vor meinem Angriff nur noch die Chance gehabt: »Sag das noch einmal!« zu rufen und zu hoffen, er grinst dann oder winkt ab oder sagt: »Mann, reg dich ab. War n Witz!« oder etwas Ähnliches, aber ich weiß natürlich, wenn er es einmal gesagt hat, sagt er es auch ein zweites Mal, und mir wäre gar nichts anderes übriggeblieben, als auf ihn loszugehen. Deshalb habe ich auch nur den Kopf gewendet, und deshalb habe ich auch geglaubt, mir dreht sich der Magen um, als Benno so ansatzlos, so aus dem Handgelenk heraus zugeschlagen hat. Es ist nicht nur wegen dieses häßlichen patschenden Geräuschs gewesen, auch wegen der blitzartigen Einsicht, daß ich hätte zuschlagen oder wenigstens herumschnellen müssen. »Wat haste gesagt!« Aber ich habe ja nicht genau verstanden und kann jetzt nur verständnislos in die Runde gucken. Ich habe ja keine blasse Ahnung von dem, was Sohni Quiram gesagt hat, und kann mit Blicken ausdrücken, daß ich endlich aufgeklärt werden möchte, was sich hier eigentlich abspielt, zum Teufel. Schließlich habe ich ein Recht darauf, wenn es irgend etwas Gemeines, meine Schwester Betreffendes gewesen ist, aber merkwürdigerweise scheint mich keiner wahrzunehmen, alle blicken auf Sohni und Benno, so wie bei der Sache auf dem Helmholtzplatz, nur daß jetzt alle Hände schlapp herunterhängen und keiner die Muskeln gespannt hat, als könnte es jeden Moment losgehen. Es ist ja schon losgegangen. Und es ist auch schon vorbei. Benno hat Sohni die Fresse poliert, und Sohni hat nicht zurückgehauen.

Offenbar ist Sohni viel zu verblüfft. Er hat etwas Gemeines, meine Schwester Betreffendes, gesagt und natürlich gewußt, es geht auf meine Kosten. Wahrscheinlich hat er mit allem gerechnet, nur nicht damit. Hat er anfangs zu mir und zu Benno geguckt, als verstehe er die Welt nicht mehr, liegen seine blassen Augen jetzt ganz tief, und wenn sie etwas ausdrücken, dann eine unermeßliche Wut, vielleicht sogar Haß. Zu spät. Er kann nicht mehr zurückschlagen, dazu ist viel zu viel Zeit vergangen. Mindestens fünf Sekunden, wenn nicht mehr. Fünf Sekunden sind bei einer Schlägerei eine Ewigkeit. Natürlich kann man sich fünf Sekunden gegenüberstehen, ohne zu schlagen. Man kann sich sogar viel länger gegenüberstehen, ohne zu schlagen. Aber man muß wenigstens die Bereitschaft ausdrücken, schlagen zu wollen. Sohni hat nicht mal die Hände zur Abwehr hochbekommen, so schnell ging alles. Und nun ist es zu spät. Nun fängt etwas ganz Neues an. Würde er jetzt plötzlich vorschnellen und sich auf Benno stürzen, der zwar das Kinn noch ein wenig erhoben hält, aber die Arme hängen läßt mit offenen Händen, wäre es ein Ausdruck allerhöchster Niederträchtigkeit und Hinterlist.

Nicht, daß ich Sohni keine Hinterlist zutraue. Einmal, vor mehr als zwei Jahren, als wir im Hausflur der Nummer vier Scheinboxen gemacht und die Schläge nur markiert haben, bin ich mit der flachen Hand gegen seinen Ellbogen gestoßen und habe mir den Mittelhandknochen geprellt. Ich habe gebrüllt vor Schmerz und »Hör mal uff!« gerufen und habe mich umgedreht, um nach oben zu gehen und die Hand unter den Wasserhahn zu halten. Er hat wirklich gleich aufgehört, aber kaum habe ich mit dem Rücken zu ihm gestanden, ist er über mich hergefallen und hat mit Fäusten und in rasendem Tempo auf mich eingeschlagen. Ich habe mich nur in Doppeldeckung an der Wand herunterlassen können, um nicht blutig geprügelt zu werden. So schnell er geschlagen hat, so schnell ist er auch verschwunden. Ich habe ihn danach mindestens vier Wochen nicht mehr angeguckt, aber irgendwann ist die Zeit darüber hinweggegangen, und alles war wieder so, als wäre nie etwas passiert. Über den Vorfall habe ich selbstverständlich mit niemandem gesprochen, nicht nur, weil ich bei der Sache in keinem guten Licht dagestanden hätte, sondern vor allem, weil sie ohne Zeugen passiert ist. Wer würde schon glauben, daß einer von uns so hinterlistig sein kann. Gemein – ja. Gemein können wir alle mal sein, aber nicht hinterlistig.

Deshalb kann Sohni nach dieser Ewigkeit, die vergangen ist, seit Benno ihm die Fresse poliert hat, nicht einfach auf ihn losstürzen. Wir sind schließlich nicht im Hausflur der Nummer vier, und schon das geringste Zeichen für einen plötzlichen Angriff würde unsere ganze Truppe gegen Sohni aufbringen. Er weiß natürlich, daß er den Punkt zum Zurückschlagen verpaßt hat, und überlegt vermutlich, wie er sich am besten aus der Affaire zieht. Noch immer tropft das rote Rinnsal, wenn auch viel langsamer, vom Kinn auf sein Sonntagshemd und ist schon zu einem länglichen schwarzen Fleck geronnen, aber er macht keine Anstalten, das Blut zu stoppen. Erst wie er sich umdreht und durch die Lücke zwischen Manne und Schmiege aus dem lockeren Kreis unserer Truppe Richtung Damm abzieht, wischt er sich mit dem Handrücken kurz über die Nase. Mir fällt auf, daß ihm niemand abfällig hinterhersieht wie sonst, wenn einer aus unserer Truppe irgendeinen Blödsinn verzapft hat und abzieht vor Wut oder weil er sich schämt. Auch ich drehe mich nicht um, obgleich ich nicht verhehlen will, daß ich beim Anblick von Sohni Quirams polierter Fresse so etwas wie Genugtuung empfunden habe, schon wegen der Hinterlist damals im Hausflur; von der Gemeinheit über meine Schwester einmal abgesehen. Ich habe zwar nicht genau verstanden, was er gesagt hat, sonst hätte ich mich schneller umgedreht; bestimmt. Benno ist eben näher an Sohni Quiram dran gewesen als ich und hat die Sache für mich erledigt. Auch Manne und Schmiege sind näher an Sohni Quiram drangewesen als ich, aber ich bin mir nicht sicher, ob sie die Sache für mich erledigt hätten. Es schlägt auch keiner so schnell und ansatzlos zu wie Benno. Außerdem ist Benno viel leichter reizbar, besonders was Frauen angeht. Ich habe Benno noch nie ein gemeines Wort über Frauen sagen hören. Über Nutten und alte Weiber flucht er natürlich genauso gemein wie wir alle, aber es ist ein Unterschied, ob man über Nutten und alte Weiber flucht oder über Frauen. Auch wenn ich glaube, daß höchstwahrscheinlich keiner von uns schon Nutten gesehen hat, fluchen wir über sie fast genauso gemein wie über alte Weiber oder Portiers.

Über alte Weiber haben wir nun wirklich Grund zu fluchen. Alte Weiber machen das Leben zur Hölle. Sie gucken den ganzen Tag aus dem Fenster, und es gibt einfach nichts, was ihnen verborgen bleibt. Du bist keine drei Minuten auf dem Hof, schon keifen sie aus den Fenstern heraus, du sollst machen, daß du wegkommst, und wenn du nicht gleich parierst, schießt so ein Typ wie Herr Paustian aus der Tür und zieht dir noch eins mit der Müllschippe über. Nachmittags brauchst du nur vor der Haustür ein paar Züge zu paffen, abends weiß es schon deine Mutter. Alte Weiber sind genauso zum Kotzen wie Nutten, auch wenn wir höchstwahrscheinlich noch keine gesehen haben. Ich sage »höchstwahrscheinlich«, weil wir nicht ganz sicher sind, ob es nicht doch Nutten waren, die vor den Haustüren in der Mulack gestanden haben.

Zur Mulack sind wir einmal gezogen, weil Benno behauptet hat, in der Mulack und in der Stein sei früher *der Strich* gewesen, aber wir haben nur zwei vor den Haustüren stehen sehen, die höchstwahrscheinlich Nutten gewesen sind, auch wenn sie eher so ausgesehen haben wie alte Weiber. Es hat, als wir langsam vorbeigeschlendert sind, auch keine gezischt oder sich sonstwie bemerkbar gemacht. Keine hat gesagt »Hallo, Kleiner!«, wie wir es mal gelesen haben.

Anschließend sind wir noch weitergezogen und sind schließlich an der Spree gelandet, in der Kneipe von Goldelse. Bernie ist schon öfter da gewesen und Benno auch. Laut Bernie soll in der Kneipe von Goldelse der alte Zille verkehrt haben; und jetzt sein Sohn. Als ich mitgegangen bin in die Kneipe von Goldelse, war auch der Sohn vom alten Zille da. Er hat das große Wort geführt und so ausgesehen wie der Schuster aus der Sechsundachtzig, den es bei dem Tiefffliegerangriff kurz vor Kriegsende erwischt hat; nur seine Nase war noch größer. Der Sohn von Zille hat nur einen Satz sagen müssen, schon haben alle so dröhnend gelacht, daß man sein eigenes Wort nicht verstanden hat. Genaugenommen hat er ganz schön angegeben, vor allem mit seinem Schlag bei Frauen, und ich glaube, die Leute haben nur deshalb gelacht, weil er der Sohn vom alten Zille war. Goldelse ist die einzige gewesen, die ihm widersprochen hat. Sie hat nur ganz trocken gesagt: »Du sei ma stille mit deine Sechsernutten!«, und er ist wirklich für eine Weile still gewesen. Natürlich haben wieder alle ganz dröhnend gelacht; wir auch.

Auf dem Rückweg sind wir dann noch einmal ganz etepetete durch die Mulack geschlendert, aber diesmal hat niemand mehr vor irgendeiner Haustür gestanden, und Benno ist sich auf einmal sicher gewesen, daß jetzt alle, selbst Sechsernutten, im Westsektor stehen, schon wegen des besseren Geldes.

Nein, über Frauen hat Benno nie etwas Gemeines gesagt, und deshalb ist es kein Wunder, daß er die Sache für mich erledigt hat. Benno würde auch nicht an einer Tür horchen, die ihn nichts angeht, und wenn Sohni so etwas Gemeines sagen kann, muß er ja an einer Tür gehorcht haben, die ihn nichts angeht. Wahrscheinlich horcht er an jeder Tür, an der er vorbeikommt, wenn er nach oben geht was trinken. Sohni wohnt im Seitenflügel, drei Treppen rechts, genau über Hottas Eltern, die vorhin um die Ecke Raumer verschwunden sind. Na, wenn Sohni nach oben geht was trinken, hat er ganz schön zu horchen. Wer weiß, was er alles hört und in seiner dreckigen Phantasie zu sonstwas Gemeinem ausmalt. Hätte er sonst so ein

Hecheln nachgemacht? Erst hat er etwas Gemeines, meine Schwester Betreffendes gesagt, und dann hat er, wie zum Beweis, dreimal gehechelt. Vielleicht ist es ihm eine Lehre, daß er die Fresse poliert gekriegt hat, und er horcht nicht mehr an jeder Tür, wenn er nach oben geht.

Daß er gleich nach oben gegangen ist, steht außer Zweifel, denn ich kann ihn jetzt, wie ich mich umdrehe, nirgends entdecken. So blöd ist er nicht, daß er mit der verschmierten Nase und dem schwarzen Fleck auf seinem Sonntagshemd in aller Öffentlichkeit herumspaziert. Allein die blöden Fragen, die ihm jeder stellen würde; und Ärger kriegt er mit seiner Mutter, wenn sie aus dem Garten kommt, noch genug. Ich wette, er weiß nicht, daß man ein blutiges Hemd nur in kaltes, höchstens lauwarmes Wasser legen darf, nie in heißes, weil Blut aus Eiweiß besteht und unter Hitze koaguliert. Unwillkürlich muß ich bei dem Gedanken, daß sein Sonntagshemd gleich für alle Ewigkeit hin ist, grinsen und spüre so etwas wie Heiterkeit, wie ich in das Schweigen unserer Truppe hinein sage: »Der kocht sein Hemd sicher aus!«, wundere mich auch nicht, daß ich in reservierte Gesichter blicke, natürlich kann keiner wissen, was ich weiß, und ich sage: »Blut koaguliert!« und füge, da niemand reagiert, ja nicht einmal fragt, was koagulieren bedeutet, hinzu: »Kriegt der nie wieder raus, den Fleck!« und sehe, wie Manne Wollank das Gesicht verzieht und Benno sich wie endgültig wegdreht, und höre Pasella, der »Halt doch dein Maul!« sagt, und weiß, daß nun eingetreten ist, was ich die ganze Zeit über befürchtet habe.

Jetzt kann ich machen, was ich will, ich werde nichts ändern. Ich kann auf dem Rinnstein Kopfstand machen, es wird keiner eine Miene verziehen. Ich kann die Laterne in drei, vier Zügen erklimmen, niemand wird es zur Kenntnis nehmen. Erst recht kann ich nicht erklären, daß ich ja gar nicht genau gehört habe, was Sohni gesagt hat, daß ich ja viel zu weit weg gewesen bin. Dabei ist es nicht das Schlimmste, daß niemand von mir Notiz nimmt. Das Schlimmste ist, daß ich nicht weiß, wie ich hier wegkommen soll. Wie ein begossener Pudel will ich auf keinen Fall hier herumstehen. Ich will auch nicht abziehen wie Sohni Quiram. Stünde meine Schwester noch unter der Laterne vor der Nummer fünf, hätte ich einen guten Grund, ihren Namen zu rufen und mich schnell zu entfernen, so als wollte ich ihr dringend etwas mitteilen. Ich könnte dann bei der Truppe vom langen Maschke stehenbleiben und würde vielleicht etwas Neues erfahren.

Jetzt stößt Schmiege Benno an und sagt: »Der is nich mehr da, siehste?«

Benno und die anderen folgen seinem Blick und spähen umher. Obgleich ich nicht weiß, um wen es geht, blicke ich kurz und wie teilnahmslos über die Schulter. Möglich, es geht um den Mann in der hellen Jacke, den ich vorhin um die Truppe von Maschke habe schleichen sehen. Dort steht er jedenfalls nicht mehr herum, das kann ich selbst mit einem kurzen Blick erfassen. Und wie ich mich locker auf dem Absatz drehe, um möglichst nebensächlich die Position zu wechseln, höre ich meinen Namen rufen, grell und gedehnt über die Straße hinweg, und diesmal straffe ich mich sofort und setze mich in Trab, renne über den Damm, schlage um Maschkes Truppe einen Haken und einen um den Haufen vor dem Seifenladen und drossele mein Tempo erst, als ich den Hausflur der Nummer vier erreicht habe. Noch auf der Treppe ist mein Atem kurz, und es wummert in meinen Schläfen, aber ich bin erleichtert wegen der Chance eines so guten Abgangs, und der Gedanke an Sohni Quiram versöhnt mich mit allem. Wer meine Schwester zur Nutte machen will, verdient mehr als eine polierte Fresse. Und abstreiten kann er es nicht. Ich seh doch seine Jokerfratze klar vor mir, hör ihn doch deutlich sagen: »Klar isse nich da – sämlich weil se da oben fickt!«

»Komm rein, Junge«, sagt meine Mutter, die mich schon an der Wohnungstür erwartet und, ehe ich es durch ein Wegtauchen verhindern kann, meine Haare ordnet.

»Laß doch«, sage ich und sehe durch die offene Stubentür, daß das Abendbrot noch gar nicht auf dem Tisch steht. Im Hintergrund, auf dem Sessel vor dem Radio, sitzt rauchend und mit übergeschlagenen Beinen der Mann, der vorhin noch um die Truppe vom langen Maschke geschlichen ist.

»Das ist Herr Quade«, sagt meine Mutter mit ihrer gewinnendsten Stimme. »Er will dir nur ein paar Fragen stellen.«

4

Der Herr Quade sitzt auf dem Sessel rechts vom Radio, hat die Beine übereinandergeschlagen und starrt mich aus malzbraunen Augen an, als erwarte er etwas ganz Besonderes von mir. Normalerweise ist der Platz auf dem Sessel rechts vom Radio für mich reserviert, wenn ich lesen will oder im AFN »Frolic at five« hören, aber ich kann mich noch nicht einmal auf den Sessel links vom Radio setzen, denn dort sitzt meine Mutter und macht ihr zuvorkommendes Gesicht. Mir bleibt nichts anderes, als einen Stuhl vom großen Tisch heranzuziehen und mich betont lässig oder besser noch: gelangweilt daraufzusetzen, als wäre dieser Stuhl die von mir einzig gewählte und immer beanspruchte Sitzgelegenheit.

Obgleich ich keine blasse Ahnung habe, was dieser Herr Quade im Schilde führt, ist mir schlagartig mulmig zumute geworden. Ich könnte mich ohrfeigen, daß ich es nicht fertiggebracht habe, die Leute von meiner Truppe zu fragen, was es mit ihm auf sich hat. Irgend etwas muß es mit ihm auf sich haben, sonst hätten die Leute von meiner Truppe vorhin nicht so intensiv in seine Richtung geblickt. Irgend etwas müssen sie mit ihm zu tun gehabt haben, sonst hätten sie nicht so wichtig getan.

Soviel steht fest, was immer für Fragen dieser Herr Quade mir stellen will, ich weiß nichts. Ich habe nichts weiter getan, als mich, wie alle anderen, vor das Haus zu stellen und den Gang der Ereignisse abzuwarten. Bis vorhin wußte ich ja nicht einmal, wer die Person ist, die auf das Dach geflüchtet sein soll. Randow? Das erste Mal, daß ich den Namen gehört habe, ehrlich!

Daß dieser Herr Quade irgend etwas mit Ambach zu tun hat, ist mir seit Bennos und Schmieges lauernder Gespanntheit klarer als jede andere Sache auf der Welt. Und daß er nicht irgendein Hergelaufener ist, kann ich schon an der Jacke erkennen, die an den Ärmeln zweimal umgekrempelt ist. Am dunkelblauen Revers und an den Innenseiten der umgekrempelten Ärmel kann man deutlich sehen, daß es eine Wendejacke ist, und eine Wendejacke gehört zum teuersten, was man heutzutage kaufen kann. Auch ist dieser Herr Quade viel älter, als ich es ursprünglich angenommen habe. Offenbar hat er auf mich nur wegen der Jacke und den Sandalen an seinen strumpflosen Füßen so jung gewirkt. Wenn man genauer hinsieht, ziehen sich haarfeine Falten wie das Nildelta in meinem Schulatlas zu seinen Augen hin. Offenbar ist er sogar so alt, daß meine Mutter mit ihrer gewinnendsten Stimme zu ihm redet. Nie würde sie zu einem Mann, der wesentlich jünger als sie ist, mit einer so gewinnenden Stimme reden.

Das bringt mich auf den Gedanken, daß dieser Herr Quade vielleicht gar nichts mit Ambach zu tun hat. Vielleicht bin ich Opfer einer Täuschung geworden und die Leute von unserer Truppe haben einen ganz anderen gemeint. Schließlich haben sie von einem Mann in einer weißen Jacke gesprochen, und dieser Herr Quade trägt nun tatsächlich keine weiße, sondern eine helle Jacke. Und daß meine Mutter mit ihrer gewinnendsten Stimme zu ihm redet, bringt mich auf einen weiteren Gedanken, denn genaugenommen habe ich sie nur zweimal mit so einer gewinnenden Stimme zu Männern reden hören; einmal, als sie mir Onkel Paul respektive Herrn Rex vorgestellt hat; und einmal bei Herrn Schmitt, von dem ich weiß, wie man Stalin in groß malen kann. Herr Schmitt ist nur vier- oder fünfmal in unsere Wohnung gekommen; Onkel Paul fast ein Vierteljahr lang. Von Herrn Schmitt habe ich außerhalb seiner vier, fünf Besuche nur gehört, wenn meine Mutter zu mir gesagt hat: »Schönen Gruß von Herrn Schmitt!« und ich mich je nach Laune manchmal freundlich, manchmal spitz bedankt habe. Nicht, daß ich etwas gegen Herrn Schmitt gehabt habe; außer daß meine Mutter mit ihrer gewinnendsten Stimme zu ihm gesprochen und er immer im Sessel rechts neben dem Radio gesessen hat. Ich habe sogar den Verdacht, daß der kleine Haufen alter Boxbilder, den ich eines Morgens auf meinem Nachttisch gefunden habe, von ihm stammt und nicht, wie meine Mutter erzählt hat, aus wiedergefundenen Papieren meines Vaters.

Von Herrn Schmitt weiß ich, daß er Kunstmaler ist und im Betrieb meiner Mutter, wie er mir einmal erklärt hat, für die Sichtwerbung veranwortlich zeichnet. Das heißt, daß alle Losungen auf den Plakaten und Transparenten an dem großen Tor, vor dem ich öfter auf meine Mutter warte, von ihm stammen, auch das Bild vom Genossen J. W. Stalin, das seit einem Jahr an dem großen Turmbau hängt, über drei Stockwerke reicht und schon von der S-Bahn Treptower Park aus zu sehen ist. Ich kann nicht sagen, daß es mich besonders beeindruckt hat, schon weil ich finde, daß die Augen viel enger stehen als auf dem Stalinbild auf der Vorderseite meines Biologieheftes, rätselhaft ist mir allerdings die Art und Weise gewesen, wie es zustande gekommen sein muß.

Ich habe mir vorgestellt, daß Herr Schmitt das Bild von einem Gerüst aus gemalt hat, und in diesem Fall wäre es schon eine Leistung gewesen, den Überblick über das ganze Gesicht bis hin zur Brust mit den Orden zu behalten, aber als ich ihm meine Vermutung erzählt habe, hat er nur den Kopf geschüttelt und gelacht und mir haarklein erklärt, wie so ein großes Bild zustande kommt. Er hat ein Blatt genommen und das Brustbild von Stalin skizziert und hat dann ein paar Striche quer und ein paar längs gezogen und hat gesagt, daß er ein Foto auf diese Weise durchrastert und anschließend maßstabgetreu vergrößert, so daß im Grunde nichts anderes zu malen ist, als ein Dutzend quadratischer Segmente. »Das Schwierigste«, hat er gesagt, »ist die Montage. Da muß man ganz genau arbeiten.«
Ich habe »Achso!« gesagt und voller Verständnis genickt.
»Gefällt er dir denn«, hat Herr Schmitt gefragt und sein Bild vom Genossen Stalin gemeint.
»Er guckt ein bißchen stechend«, habe ich vorsichtig geantwortet und auf das Bild auf meinem Biologieheft hinweisen wollen, das den Genossen Stalin im ganzen weicher, fast kann ich sagen: gemütlicher zeigt, doch meine Mutter ist mir ins Wort gefallen und hat mich mit nicht zu überhörender Schärfe korrigiert: »Guck doch mal richtig hin, Junge! Er ist doch wirklich gut getroffen.«
Es liegt mir fern, einen Zusammenhang zwischen meiner Reaktion auf das Bild vom Genossen Stalin und Herrn Schmitts Besuchen in unserer Wohnung herzustellen, aber seit diesem Gespräch habe ich nichts mehr von ihm gehört, abgesehen von den gelegentlichen Grüßen, die mir meine Mutter überbracht hat und die erst aufgehört haben, als ein anderer Mann in meinem Sessel rechts neben dem Radio gesessen hat. Im Gegensatz zu Herrn Schmitt, dessen auffallend weißes Haar in krausen, bis in

den Nacken reichenden Wellen geflossen ist, sind die Haare dieses Mannes dunkelbraun glatt und auf Façon geschnitten gewesen. Er hat sich erhoben, als ich ins Zimmer getreten bin, mir eine feste und schwere Rechte entgegengestreckt. Meine Mutter, die ich lange nicht so aufgeregt gesehen habe, hat mit ihrer gewinnendsten Stimme gesagt: »Das ist Herr Rex. Aber du kannst auch Onkel Paul zu ihm sagen.« Ich habe mich artig verbeugt und registriert, daß er am Revers den Bonbon mit den beiden vereinigten Händen trägt. Ich habe es den ganzen Nachmittag und den frühen Abend über vermieden, ihn direkt anzusprechen. Das ist schwierig genug gewesen, denn im Gegensatz zu Herrn Schmitt, der mit mir immer geredet hat, wie die Truppe vom langen Maschke mit mir redet, hat mich Onkel Paul respektive Herr Rex beinahe so behandelt, als sei ich ein Erwachsener. Als ich ihm erzählt habe, daß ich Schach spiele, hat er mich über meine liebsten Eröffnungen ausgefragt und heftig für das Damengambit plädiert. Gelegentlich hat er englische Brocken einfließen lassen, woraus ich entnommen habe, daß er von meiner Mutter über mein schwächstes Fach informiert worden ist, und beim Abendbrotessen hat er sogar wissen wollen, wie ich über die Entstehung des Lebens dächte.

»Paul, er ist doch erst zwölf«, hat meine Mutter gerufen und gelacht, als sei sie peinlich berührt.

»Ich meine doch, philosophisch betrachtet«, hat Onkel Paul respektive Herr Rex sie beruhigt und sich wieder an mich gewandt. »Hattet ihr das nicht in der Schule?«

Ich habe den Kopf geschüttelt, und er hat mir daraufhin lang und breit auseinandergesetzt, daß der Idealismus bei der Entstehung des Lebens von einer geistigen Instanz außerhalb unserer Existenz ausgehe, während der Materialismus den Ursprung des Lebens aus dem Stofflichen selbst erkläre. Er hat über das, was er Evolution nannte, mit einer auffallend dunklen und sanften Stimme geredet und so überzeugend und selbstverständlich, daß ich ihm irgendwann ins Wort gefallen bin und ausgerufen habe: »Dann bin ich Materialist!«

»Ist das richtig«, hat meine Mutter mit zweifelndem Unterton gefragt. Onkel Paul respektive Herr Rex, durch meinen Ausruf mitten im Satz unterbrochen, hat seine dunkle Stimme gehoben und gesagt: »Versteh, Elisabeth, was richtig oder falsch ist, kann man endgültig nicht entscheiden. Das ist eben die Grundfrage der Philosophie.«

Meine Mutter hat den Blick auf eine Stelle zwischen dem Kachelofen und der Wand gerichtet, an der in der Zeit, als meine Schwester beim Bund Deutscher Mädel war, das Hitlerbild gehangen hat. Auf ihrer Stirn sind drei strenge, steile Falten erschienen, sie hat den Kopf geschüttelt und gesagt: »Was zerbrecht ihr euch den Kopf, wenn man es gar nicht wissen kann?«

Ich habe »Mama!« gerufen und ihr einen knappen, mißbilligenden Blick zugeworfen. Es gibt noch immer für mich nichts Peinlicheres, als wenn meine Mutter sich in ein wirklich ernsthaftes Gespräch mischt.

»Ist doch wahr«, hat sie zu mir gesagt und zu Onkel Paul respektive Herrn Rex: »Ich will doch nur, daß der Junge sich nicht den Kopf vollstopft mit unnützem Kram, und zum Schluß kommt wieder ein Blauer Brief.«

»So gesehen hast du natürlich recht, Lisa«, hat Herr Rex sanft geantwortet und seine Hand unauffällig in die Nähe der Hand meiner Mutter geschoben. Für einen Moment haben sich ihre Fingerspitzen berührt, mir ist heiß geworden, und ich habe mich geräuspert. Seine Hand ist zurückgezuckt und hat nach einem belegten Brot von der Platte in der Mitte des Tisches gegriffen.

»Und selbst«, habe ich gefragt, ganz stolz auf den Einfall, die direkte Anrede zu umschiffen.

»Naja«, hat er gesagt, »so einfach ist das nicht zu beantworten.« Er hat den Kopf gewiegt und nachdenklich auf das Brot geschaut, das sich zwischen seinen Fingern leicht nach oben wölbte. Er hat hineingebissen, bedächtig gekaut, als würde ihn jede Bewegung seines Kiefers einer exakten Antwort näherbringen, hat zweimal geschluckt und dann gesagt, daß er in seiner Eigenschaft als ingenieurtechnisch Gebildeter schwerlich an einer naturgesetzlichen Begründung der Entstehungsgeschichte des Lebens zweifeln könne, als Mensch allerdings, der schon einiges erlebt habe, frage er sich manchmal, ob hinter allem nicht doch ein …

Er hat abrupt gestockt, mehrmals tief geatmet, das angebissene Brot auf den Teller zurückgelegt und sich über den Mund gewischt, bevor er viel leiser und ganz stockend weitergesprochen hat: Einmal … in den russischen Weiten … es war eine eiskalte Winternacht, und über ihm das unendliche Firmament … da hat er etwas gespürt, das er vorher noch nie gespürt hat … ein Gefühl… naja, er kann es schwer beschreiben … etwas Großes, die Brust Weitendes, Öffnendes … so als würde etwas auf ihn herabsehen. Er sagt jetzt bewußt »etwas«, er sagt nicht »jemand«.

»Es war wie ein riesiges, das Firmament umfassendes Auge, versteht ihr?«

Ich habe versucht, mir vorzustellen, wie man in einer eiskalten Nacht unter russischem Himmel ein riesiges Auge sehen kann. Mir sind bis dahin lediglich Gesichter in den Wolken aufgefallen, und auch nur bei Tage und am Himmel über der Duncker. Selbst als ich die Augen zugemacht habe, ist es mir nicht gelungen, und daß mir einmal merkwürdig warm um die Brust geworden ist, wird an seiner dunklen Stimme gelegen haben und an seiner leisen, eindringlichen Art. Ich habe gedacht, daß ich ihn sicherlich irgendwann Onkel Paul würde nennen können, auch wenn er in meinem Sessel sitzt und vor meinen Augen seine Hand nach der Hand meiner Mutter ausgestreckt hat. Mir ist aber immer noch nicht klar gewesen, ob er sich für einen Materialisten oder für einen Idealisten hält, und als ich meine Frage in das Schweigen, das seiner Rede gefolgt ist, wiederholt habe, ist er wie aus tiefsten Tiefen aufgetaucht, hat mich einen Moment angesehen, als würde seine Antwort von größter Tragweite sein, und gesagt: »Sowohl als auch.«

Onkel Paul respektive Herr Rex ist ein Vierteljahr lang zweimal in der Woche zu uns gekommen, hat Kaffee getrunken oder zu Abend gegessen, gelegentlich Schach mit mir gespielt oder eine Englisch-Lektion abgehört. Wie damals Herrn Schmitt hat meine Mutter ihn jedesmal kurz vor dem Schlafengehen verabschiedet. Sie hat dann mehrmals geseufzt und einen kurzen, von Trauer und Sehnsucht verschleierten Blick über den Tisch geworfen, worauf sich Onkel Paul respektive Herr Rex langsam erhoben und »Na, dann muß ich ja wohl!« gesagt hat.

Die Anrede habe ich einige Zeit umgangen. Ich habe ihn Sir genannt und einige englische Konversationsbrocken angefügt. Meinen Widerstand habe ich erst drei Wochen vor dem Tag aufgegeben, an dem es an unserer Tür geklingelt und eine Frau in dunklem Kostüm und mit einer so bitterernsten Miene vor mir gestanden hat, daß mir ganz komisch im Magen geworden ist. Sie hat mit einer strengen und kehligen Stimme gesagt: »Mein Name ist Frau Rex. Ich möchte deine Mutter sprechen.«

5

»Das ist Herr Quade«, hat meine Mutter gesagt. »Er will dir nur ein paar Fragen stellen.« Ich bin überrascht, aber mit dem festen Vorsatz ins Zimmer getreten, von nichts etwas zu wissen, von gar nichts. Auf dem kleinen Tisch steht die geblümte Kaffeekanne und daneben ein Teller mit Keksen. In meinem Sessel sitzt dieser Herr Quade, hat die Beine übereinandergeschlagen und raucht eine Zigarette.

Offenbar sitzt dieser Herr Quade schon längere Zeit hier, denn auf dem Teller liegen nur drei Kekse. Nie würde meine Mutter einen Teller mit nur drei Keksen auf den Tisch stellen, zumal die Blechschachtel im Küchenschrank vom letzten Backen noch zu dreiviertel voll ist. Ich weiß es, denn heute morgen habe ich, als ich einen Moment allein in der Küche gewesen bin, heimlich einen Keks herausgenommen. Andererseits hat dieser Herr Quade auch nicht zu viel Zeit gehabt, denn vorhin ist er ja noch um die Truppe vom langen Maschke geschlichen. Mißtrauisch macht mich vor allem, daß meine Mutter mit ihrer gewinnendsten Stimme gesprochen hat. Das hat sie seit dem Besuch der Frau von Onkel Paul bis heute nicht mehr getan. Im Gegenteil. Es hat lange so geschienen, daß die bitterernste Miene dieser Frau auf meine Mutter übergegangen ist, denn was ich auch angestellt habe, sie hat nach dem Besuch wochenlang kein lustiges Wort mehr geredet. Aus den Fetzen ihrer Gespräche mit meiner Schwester habe ich mir zusammengereimt, daß Onkel Paul mit seiner Versicherung, zwischen ihm und seiner Frau sei schon lange nichts mehr *passiert*, meiner Mutter etwas *vorgemacht* hat. Sie hat sich daraufhin durchgerungen, einer anderen Frau nicht den Mann wegzunehmen; auch seinetwegen nicht.

»Wieso seinetwegen«, hat meine Schwester gefragt, und meine Mutter hat geantwortet, daß die bitterernste Frau Rex angedeutet hätte, im Falle der Uneinsichtigkeit meiner Mutter, die Parteileitung über die illegitime Beziehung ihres Mannes zu unterrichten.

»Aber ist denn was passiert«, hat meine Schwester ganz vorsichtig gefragt.

»Es war alles rein platonisch!« hat meine Mutter empört geantwortet. »Aber das beweise mal!«

Auch wenn ich nicht so recht gewußt habe, was ich mir unter dem Wort »platonisch« vorstellen sollte, die Tatsache, daß Onkel Paul vor meinen Augen gelegentlich seine Hand nach der Hand meiner Mutter ausgestreckt hat, ist mir nur erträglich gewesen, wenn ich beim Schachspiel gegen ihn gewinnen konnte.

»Willst du auch«, fragt mich meine Mutter und deutet auf den Teller mit den Keksen. Ich schüttele den Kopf. Obgleich mich schon nach dem Ruf meiner Mutter ein heftiges Hungergefühl überfallen hat, will ich jetzt auf keinen Fall einen Keks essen. Zuerst will ich wissen, was dieser Herr Quade mich fragen wird.

Herr Schmitt hat mich zuerst gefragt, ob ich Boxbilder sammle, und Onkel Paul, ob ich von der Überraschung weiß, die der Bauernzug c2-c4 bei einem Gegner auslöst, wenn vorher d2-d4 gezogen und d7-d5 geantwortet wird. Noch einmal werde ich nicht auf einen hereinfallen, bei dem meine Mutter ihre gewinnendste Stimme bekommt, selbst wenn er mich fragt, ob ich an einem Autogramm von Gino Bartali interessiert bin. Auch wenn ich aus der Bekanntschaft mit Herrn Schmitt einen kleinen Haufen alter Boxbilder gewonnen habe, bin ich noch immer überzeugt, daß der Stalin auf meinem Biologieheft einen gemütlicheren Eindruck macht als der, der an dem Turm in der Fabrik meiner Mutter gehangen hat, und obwohl ich bei dem Versuch, am Firmament über der Vorderduncker bei sternklarer Nacht ein riesiges Auge zu entdecken, tatsächlich ein merkwürdig weites Gefühl um die Brust herum bekommen habe – die Antwort auf die Frage, wie einer, der einen Bonbon am Revers trägt, philosophisch betrachtet sowohl Materialist als auch Idealist sein kann, ist Onkel Paul mir bis heute schuldig geblieben.

Obgleich ich auf die Frage dieses Herrn Quade wirklich gespannt bin, habe ich keinen Grund zu zweifeln, daß er mir am Ende ebenfalls eine Antwort schuldig bleiben wird. Schon an der hastigen Art, mit der er seine Zigarette raucht, erkenne ich deutlich, daß er einer von denen ist, die plötzlich aufspringen und irgend etwas Dringendes zu erledigen haben. Genaugenommen raucht er die Zigarette auf eine ähnliche Art wie Bubi Marschalla sie geraucht hat, nur daß seine Augen nicht so unstet flakkern. Im Gegenteil; er sieht mich ganz ruhig und gar nicht unfreundlich an, ohne daß ich den Eindruck habe, er will sich einschmeicheln. Dazu sind seine Augen viel zu ernst. Sie sind fast so ernst wie die Augen von Onkel Paul, als der über das unendliche Firmament in den russischen Weiten gesprochen hat, und sie werden noch ernster, noch bedenklicher, während er den Stummel in dem Aschenbecher, der sonst im Vertiko steht, sorgfältig ausdrückt und, nur zu meiner Mutter, nicht zu mir gewandt, versichert, daß er ohne die Jungs vollkommen aufgeschmissen ist. Meine Mutter nickt auf eine so fragende Weise, daß er sich wiederholt: »Wirklich, ohne die Jungs sind wir aufgeschmissen!«

Was immer er mit dieser Bemerkung meint, er wird mich weder zu einem Kopfnicken noch zu einer Frage bewegen können. Auch ich kann meine Beine übereinanderschlagen und ihn nicht unfreundlich und mit nicht zu übersehendem Ernst in den Augen angucken. Durch die Unterhaltungen mit Onkel Paul habe ich eine gewisse Übung bekommen, die Dinge ernst zu nehmen. Jedenfalls werde ich so lange schweigen, bis mir dieser Herr Quade sagen wird, was er eigentlich von mir will. Ich merke auch schon, wie er die Lippen öffnet und Luft holt und ganz leicht zu nicken beginnt. Er sagt: »Ihr seid doch die einzigen, die sich hier richtig auskennen!«

Ich bin mir gar nicht sicher, ob ich es so ausdrücken würde wie dieser Herr Quade, vorausgesetzt, er meint die Vorderduncker. Herr Landberg zum Beispiel kennt sich nicht schlecht aus in der Vorderduncker. Ich nehme an, es gibt eine ganze Reihe von Leuten, die sich mindestens ebenso gut, wenn nicht besser, in der Vorderdunkker auskennen; ich denke nur an die Truppe vom langen Maschke. Von Burkhard Drews genannt Schultheiß weiß ich, daß er sich in unserem Alter auf den Dächern genauso gut ausgekannt hat wie wir, von Bubi Marschalla ebenfalls, nur daß zu dieser Zeit das Haus Nummer sechs noch unversehrt gewesen ist und das Göhrener Ei noch nicht von den Russen bewohnt. Es hat sich schon einiges verändert nach dem Krieg, und insofern hat dieser Herr Quade vielleicht doch recht, wenn er sagt, daß sich in der Vorderduncker niemand so gut auskennt wie wir. Es fragt sich nur, was das mit ihm zu tun hat und weshalb er ohne uns aufgeschmissen ist?

»Auf den Kopf gefallen sind die ja nicht«, sagt er, jetzt wieder in Richtung meiner Mutter, die natürlich alles auf mich bezieht und ein kurzes, geschmeicheltes Lächeln aufsetzt, bevor sie sein Kompliment ins rechte Verhältnis rückt: »Wenn sie nicht so viel Dummheiten im Kopf hätten.«

»Nicht mehr als wir früher auch! Oder?« sagt dieser Herr Quade und zwinkert meiner Mutter zu, wie wenn er auf etwas anspielt, das nur sie beide wissen können.

»Zum Beispiel der Kleine«, sagt er zu mir und zieht seine Stirn kraus. »Der mit den Sommersprossen. Olle Söhnchen!«

Seit dieser Herr Quade zu reden begonnen hat, stört mich eigentlich so gut wie alles an ihm. Nicht nur, daß er plötzlich einen Ton anschlägt, als kennt er unsere Truppe aus dem Effeff, er weiß nicht einmal, daß niemand von uns zu Sohni Quiram Söhnchen sagen würde. Selbst wenn ich Sohnis gemeine Stimme noch genau im Ohr habe, mit der er meine Schwester zur Nutte machen wollte, auf die Idee, ihn aus reiner Rache von diesem Herrn Quade oder von wem auch sonst Söhnchen nennen zu lassen, würde ich nicht kommen.

»Sohni«, sage ich mit meiner kühlsten Stimme.

»Sohni, natürlich!« sagt er und schlägt sich an die Stirn und tut so, als wüßte er genau Bescheid und hat den Namen nur aus Zerstreuung verwechselt. »Meine ich doch, Sohni!« wiederholt er, beugt sich ein wenig vor und dreht seinen Daumen nach oben: »Sohni meint, wir suchen an der falschen Stelle.«
»Was suchen Sie denn?«
»Aber, Junge!« ruft meine Mutter, schüttelt den Kopf über so viel Unverstand und fügt, da sich dieser Herr Quade erst einmal wieder zurücklehnt und gar nichts sagt, fast schon beschwörend hinzu: »Herr Quade ist Kommissar!«
Ich gebe mich so unbeteiligt wie möglich, schlage das rechte über das linke Bein und blicke an diesem Herrn Quade vorbei Richtung Fenster. Was immer er sein mag, er weiß nun, was gespielt wird und daß er mit ein paar anbiedernden Floskeln nicht bei mir landen kann. Dennoch bedaure ich, daß ich aus reiner Furcht, mich zu blamieren, Benno und die anderen nicht danach gefragt habe, was sie in der Zeit ihrer Abwesenheit gemacht haben. Wenn der Herr Quade tatsächlich mit ihnen zusammengetroffen ist, wäre es natürlich ausgesprochen wichtig zu wissen, ob sie ihm etwas erzählt haben, und vor allem, was? Obgleich ich mich an ihre gespannten Gesichter noch klar erinnern kann, scheint es mir bei allem, was ich von unserer Truppe weiß, unwahrscheinlich, daß sie sich ausgerechnet mit einem von der Polente, gleich, ob Kommissar oder sonstwas, gemein machen. Mehr als auf die Polente, sehen wir wohl nur auf die Russen herab; auch wenn es natürlich ein Unterschied ist, ob einer von der Polente Uniform trägt oder Zivil. Dabei sind die Uniformierten eindeutig schlechter angesehen, vielleicht wegen der neuen Uniformen aus diesem groben, tintenblauen Stoff und den unförmigen Pistolentaschen am Koppel; vielleicht, weil so viele Milchgesichter unter ihnen sind.

Obgleich er aus der Entfernung jünger wirkt, als er ist, kann man von diesem Herr Quade nicht sagen, daß er ein Milchgesicht hat. Auch wenn ich ihn nur so halb im Blick habe, denke ich, er könnte, wäre er nicht bei der Polente, ein ganz passabler Kerl sein. In gewisser Weise erinnert er mich nicht nur beim Rauchen an Bubi Marschalla. Wenn überhaupt, sind die Leute aus unserer Truppe nur deshalb auf ihn hereingefallen.

»Du kennst dich doch unten aus«, sagt der Herr Quade ganz vorsichtig. »Ich meine, im Keller.«

»Wieso im Keller«, fragt meine Mutter. »Er geht doch höchstens mal Kohlen holen im Winter.«

Natürlich kenne ich mich im Keller aus. Ich brauche nur das Wort Keller zu hören, da steht er mir in seiner ganzen gruftigen Umheimlichkeit vor Augen. Wie oft sind wir an den sackverhängten Holzverschlägen vorbeigeschlichen, die schroff gewinkelten Gänge entlang mit ihrer kühlen Feuchte und dem Schimmelgeruch, haben vor den trapezförmigen Durchbrüchen aus dem Krieg gestanden, gekalkte Halbsteinwände gegen eine mögliche Verschüttung, ein Hammerschlag oder zwei kräftige Fußtritte, und du bist im Nachbarhaus.

Natürlich! Klar doch! Warum bin ich die ganze Zeit nicht darauf gekommen? Warum ist niemand darauf gekommen, außer Sohni vielleicht? Es ist wahrhaftig zum Lachen! Da stehen alle auf dem Damm und glotzen in den Himmel, und Ambach hat sich von Durchbruch zu Durchbruch schon lange bis zur Raumer oder Danziger oder sonstwohin durchgeschlagen, hockt in einem Verschlag und wartet in aller Ruhe, bis sie die Dächer abgesucht haben. Genau so habe ich mir einen wie Ambach immer vorgestellt: Er hetzt die Verfolger auf eine Spur, schlägt gewissermaßen einen Haken, läßt sie vorbeirennen und hält sich den Bauch vor Lachen.

»So ein Quatsch!« pruste ich heraus.

»Nun sei mal ernsthaft, Junge! Der Mann ist tot und hat zwei Kinder gehabt!« Meine Mutter hat einen so ärgerlichen Ton angeschlagen, daß der Herr Quade besänftigend die rechte Hand in ihre Richtung streckt.

Als wäre es mir nicht Ernst! Als wüßte ich nicht, daß es bitterer Ernst ist, auch wenn ich dabei weniger an den von der Polente denke, der laut Schmiege und meiner Mutter hinsein soll. Unvermittelt ist mir heiß geworden. Mir ist eingefallen, daß ich morgen in der zweiten Stunde Englisch habe und meine mißratene Arbeit mit der Unterschrift meiner Mutter vorlegen muß. Es ist eine glatte Fünf geworden, und da es schon die zweite Fünf in diesem Halbjahr ist, kann ich mir ausrechnen, was auf mich zukommt.

»Im Keller«, rufe ich höhnisch und schlage, wie vorhin der Herr Quade, wenn auch aus anderem Grund, die Hand vor die Stirn. »Der spinnt doch, der Sohni!«

Schatten fallen ins Zimmer und färben das aufmerksame Gesicht dieses Herrn Quade schwärzlich. In das kleine Stück Himmel, das ich von meinem Stuhl aus sehen kann, haben sich dunkle Wolken geschoben, und nur die Fassaden der Häuser sind vom Licht der untergehenden Sonne unwirklich hell. Es ist ein Licht wie in dem Traum, den ich manchmal träume. Wir stehen alle auf der Straße, über unseren Köpfen schweben geräuschlos Flugzeuge, und in diesem hellen Dunkel können wir sogar die Gesichter der Piloten erkennen, die in erleuchteten Kanzeln sitzen. Wir stehen voll gespannter Erwartung, denn wir wissen, gleich wird etwas Schreckliches geschehen, aber wir wissen auch, daß wir es weder abwenden noch uns in Sicherheit bringen können, dazu ist es viel zu spät. Nie kommt es in meinem Traum dazu, daß dieses Schreckliche wirklich passiert, aber allein seine Erwartung ruft ein unerträglich heftiges Gefühl hervor.

»So sah der gar nicht aus, der Sohni, als ob er spinnen

tät«, sagt dieser Herr Quade aus dem Schatten heraus, und meine Mutter sagt: »Mach mal das Fenster zu. Es wird wohl gleich regnen.«

Ich erhebe mich betont langsam, aber bevor ich das Fenster erreicht habe, prasselt es trommelfeuerartig auf das Zinkblech, spritzt übers Fensterbrett ins Zimmer, und ich mache zwei schnelle Schritte, drehe den Riegel nach links, sehe unten auf der Straße die Leute auseinanderfegen, höre noch durch die Scheibe das Kreischen und Juchzen, in den Hauseingängen klumpen sich Menschen; vergebens suche ich nach irgendeinem von unserer Truppe, der Eingang der Vierundachtzig ist völlig verlassen, entdecke aber durch die blassen, über die Scheibe rinnenden Schlieren meine Schwester, die den Bürgersteig entlangrennt, genau auf unser Haus zu, und höre hinter mir diesen Herrn Quade fragen: »Wieso sollte er denn die Unwahrheit sagen?«

»Na, um abzulenken«, sage ich gleichmütig und bin mir sicher, daß es nichts anderes gewesen ist als Rache, als niederträchtige gemeine Rache. Wer so die Fresse poliert kriegt und so einer ist wie Sohni, der denkt an nichts anderes als daran, wie er es heimzahlen kann, klar!, aber im gleichen Moment kommt es mir wieder vor, als wäre irgend etwas Unlogisches in meinen Gedanken, doch ich habe nicht die Zeit, auch nur im geringsten darüber nachzudenken, denn meine gleichmütige Behauptung zieht selbstverständlich die Frage des Herrn Quade nach sich, wovon Sohni ablenken will, und ich kann, noch immer mit dem Rücken zu ihm, antworten: »Na, von der Sechs. Vom Dach in der Sechs.«

Fünfter Teil

I

Daß mir der letzte Einblick in die Sache mit Randow nicht erspart blieb, verdanke ich Therese beziehungsweise ihrer überraschenden Rückkehr. Sie kam Anfang März, genau vier Monate nach jener unwirklichen Novembernacht. Von einem Tag auf den anderen war es warm geworden, ich hatte die Fenster weit aufgerissen, lag auf dem Sofa und genoß das Geschrei der Vögel in der Kastanie im Nachbarhof wie die ironische Fanfare zum Einzug eines Frühlings, von dem ich nichts erwartete. Obgleich mir die Tatsache, daß Therese ihren Wohnungsschlüssel damals mitgenommen hatte, nie bewußt gewesen war, rechnete ich, als ich das Schnappen des Türschlosses hörte, mit keiner anderen Person als mit ihr. Ich sprang auf, lief hinaus, sah sie im Flur stehen und die Tür ohne jede Verlegenheit hinter sich schließen. Sie strahlte übers ganze Gesicht und war so voller Erwartung, daß ich gar nicht anders konnte, als sie in den Arm zu nehmen.

Kann sein, es lag am Frühling oder an der erstaunlichen Vertrautheit, mit der ich ihren Körper wahrnahm – die Tatsache ihrer langen Abwesenheit kam mir mit einemmal ganz unwahrscheinlich vor. Zwei Jahre sollte es her sein, daß sie von jener Besprechung im Ministerium gekommen war und sich in den Sessel fallen ließ, die Luft ausstieß wie nach mühevoller Arbeit und mit ihren dünnen, über die Lehne hängenden Armen einen derart vernichteten Eindruck auf mich machte, daß ich ihr nichts hätte abschlagen können? Zwei Jahre, daß sie nach einem langen, alle Grenzen der Verlassenheit überschreitenden

Blick die Frage stellte, ob ich mir vorstellen könne, woanders zu leben?

Natürlich war mir damals klar, worauf sie anspielte. Häufig genug mußten wir uns mit der Tatsache auseinandersetzen, daß ein Teil unserer Bekannten, hauptsächlich Thereses, mit Sack und Pack Richtung Köln oder München abreiste, um uns in der nächsten Zeit mit euphorischen Kurzsätzen auf Ansichtskarten von den Antillen, von Kreta oder den Idyllen Südschwedens zu überhäufen. Aber wann immer ich, aus reinen Vernunftgründen, angedeutet hatte, eines Tages könne diese Möglichkeit auch für uns in Frage kommen, war es Therese gewesen, die sich aufs heftigste dagegen gewehrt hatte. »Das könnte denen so passen!« hatte sie einmal zornig gerufen, als wäre jeder Entschluß zu einem Landeswechsel wenn nicht Verrat an den Mitmenschen, so doch Aufgabe eines Kampfes um die letzten Reste der Vernunft.

Damals, vor zwei Jahren, fragte ich so vorsichtig, wie es mir bei ihrem Zustand passend erschien, ob sie sich alles reiflich überlegt habe, und sie hob den Kopf, sah an mir vorbei Richtung Fenster und antwortete, daß sie von reiflicher Überlegung weit entfernt sei. Sie wisse nur eines, sie habe es satt! – Sie erhob sich und ging langsam zum Fenster, stützte die Arme auf die Konsole und lehnte den Kopf an die Scheibe, die von ihrem Atem beschlug, als sie weiterredete: daß ich nicht denken solle, sie meine etwas ganz Bestimmtes – weder diese deprimierende Sitzung vorhin noch ihre ignoranten Gesprächspartner, weder den Kampf um jedes einzelne Wort noch diesen erbärmlichen Verfall, der sie umgebe, sobald sie das Haus verlasse, nein, sie meine jede Minute dieses Lebens, vom Aufstehen bis zum Insbettgehen. »Verstehst du«, sagte sie leise, »ich freue mich nicht einmal mehr aufs Träumen.«

Auch wenn ich mir selten sicher sein konnte, ob ein Entschluß, den Therese faßte, auch noch am nächsten Morgen galt, hatte ich damals keinen Zweifel, daß ihre Zustandsbeschreibung weit über das allgemein herrschende, von einem geschärften Sinn für den fatalistischen Witz balancierte Gefühl der Vergeblichkeit hinausging. Ich trat hinter sie, sah auf den wellenförmig erodierenden Putz der Brandmauer gegenüber, auf den mäanderhaft gespaltenen Beton der Hofdecke, legte die Hand um ihre Schulter und zog sie fest an mich. Ich weiß noch, in dieser Nacht waren wir das erste Mal seit Monaten wieder zusammen eingeschlafen.

Daß mir beim Frühstück eine völlig veränderte Therese gegenübersaß, wunderte mich nicht. Auch ich spürte eine gewisse Spannung angesichts dieser unerwarteten Perspektive. Ja, es war sogar etwas wie Vorfreude auf eine andere, wenn auch unsichere Existenz. Fotografen gab es wahrhaftig genug, und wie lange es dauern konnte, bis sich ein neues Gesicht etablierte, wußte ich aus Erfahrung, wurde aber von einer belebten und wie selten zuvor redefreudigen Therese beschwichtigt. Ihr Stück laufe ausgezeichnet. Mehrere, wenn auch kleine Bühnen hätten vor, es ins Repertoire zu übernehmen, und fürs erste seien wir vollkommen abgesichert.

»Neue Verbindungen, neue Aufträge, natürlich auch für dich!« rief sie überzeugt und mit strahlender Miene und wischte schließlich meine Bedenken über die organisatorischen Mühen, die einem Landeswechsel vorausgingen, mit einer Handbewegung und der Bemerkung hinweg, man habe es ihr quasi angeboten. Schon zum zweiten Mal!

Meine Verblüffung muß so offensichtlich gewesen sein, daß ihre Miene ins Besorgte wechselte, und sie fügte, nach einer Pause, vorsichtig hinzu, sie wäre sich lange selbst nicht sicher gewesen, ob das Angebot ernst gemeint sei.

Ich nickte und sagte nichts.

»Wirklich! Es war immer mehr durch die Blume gesagt. Sonst hätte ich es dir doch erzählt!«

»Natürlich«, sagte ich, ohne sie anzusehen, und räumte die Frühstücksteller zusammen.

In den folgenden Tagen war Therese damit beschäftigt, alle notwendigen Formalitäten einzuleiten. Sie schrieb Anträge und Vertragskündigungen, lud Freunde zum Essen ein und telefonierte Ewigkeiten mit ihrem Bremer Bekannten, die Wohnungsfrage betreffend. Ich ging wie immer dreimal die Woche ins Museum, unterschrieb abends, wenn wir zusammensaßen, die von ihr ausgefüllten Amtsformulare, meist nur nach flüchtigem Blick. War Therese mit Erledigungen beschäftigt, besuchte ich Leute, die ich schon lange nicht mehr gesehen hatte, oder lief durch die Stadt, ziellos manchmal, aber immer öfter auch durch die Gegend um die Duncker herum. Selten hatte ich Therese so agil gesehen wie in diesen Wochen, doch merkwürdig, in gleichem Maße wie ihre Lebendigkeit wuchs, verließ mich die Vorstellungskraft, ich könnte jemals im Leben woanders existieren als hier.

Daß ich mein Einverständnis mit ihren Aktivitäten erst in dem Moment zurückzog, als beinahe alle Formalitäten geregelt waren, hatte sie mir in den Tagen vor ihrer Abreise mehr als einmal vorgeworfen: anfangs in verletztem Tonfall, dann nachdenklicher und daran zweifelnd, ob sie mir im Fall eines so einschneidenden Entschlusses genügend Zeit gelassen hätte; schließlich gefaßt, aber noch voller Unverständnis: Ob ich ihr wenigstens erklären könne, was um himmelswillen mich in diesem verfallenden Steinhaufen festhielte!

Mag sein, sie hätte ihren Entschluß, notfalls allein wegzugehen, noch einmal überdacht, wäre ich in der Lage gewesen, einen schlüssigen Grund für mein plötzliches Unvermögen zu nennen, aber ich konnte wahrheitsgemäß nur eines antworten: daß ich es selbst nicht wisse. Es sei mehr ein Gefühl.

»Du und Gefühl!« rief sie in ihrem ungläubigsten Tonfall, schüttelte den Kopf, als würde sie nichts, aber auch gar nichts mehr verstehen, drehte sich schroff herum und ging in ihr Zimmer.

An die letzte Zeit vor ihrem Weggang hatte ich mich nur ungern erinnert, teils weil sich unsere Verständigung nur auf das Nötigste beschränkte, teils weil Thereses Telefonate mit ihrem Bremer Bekannten einen anderen Charakter annahmen. Auch wenn sie den Apparat mit in ihr Zimmer nahm und ich nur Unzusammenhängendes verstehen konnte – damals registrierte ich den veränderten, weicheren Ton in ihrer Stimme mit einem derart gekränkten Schmerz, daß ich mich zwei Stunden vor ihrer Abreise ins Auto setzte und aufs Land fuhr.

2

Ich stand im Korridor, hatte Therese in die Arme genommen und ihre körperliche Nähe als etwas so völlig Vertrautes wahrgenommen, daß ich nicht anders konnte, als laut zu rufen: »Da bist du ja endlich!«

»Was hast du geglaubt«, sagte sie, den Kopf an meiner Schulter, so daß ich mir für einen Moment sicher war, sie sei nur von einer Reportagereise zurückgekehrt. Selbst als wir in das große, von ihren Möbeln entleerte Zimmer traten, dachte ich noch: »Was sind schon zwei Jahre?«

Auch daß sich an ihrer Erscheinung so gut wie nichts geändert hatte, nahm ich mit Erleichterung wahr. Die gleiche Frisur, der gleiche Stil ihrer Garderobe, und dieses Lächeln, dem ich nie etwas entgegenzusetzen hatte, außer im Zorn. Wie in unseren besten Jahren wich sie mir nicht von der Seite, kam zum Kaffeekochen mit in die Küche und überschüttete mich mit dieser Flut von Details, die immer den Eindruck erweckten, als ließe sie keine Sekunde ihrer Abwesenheit unbeschrieben. Sie sprach vom Erfolg ihres in vier Sprachen übersetzten Stücks, zählte nacheinander die auf drei Kontinente verteilten Universitäten auf, die sie zu Vorträgen eingeladen hatten, und versicherte immer wieder, daß sie ihren Entschluß nicht eine Minute lang bereut hätte, außer vielleicht während der umstürzlerischen Wochen, in denen sie durch Vertrag an ein australisches College gebunden gewesen wäre. »Schade. Das Ende hätte ich gern miterlebt!«

Je länger sie redete, desto unbehaglicher wurde mir, ohne daß ich genau hätte sagen können, weshalb. Erst nach längerer Zeit und als sie, wie in plötzlicher Eingebung, nach ihrer Umhängetasche griff und »Ach, den Artikel hätte ich beinahe vergessen!« rief und zwischen all dem Kram wühlte, den sie immer mit sich herumschleppte, bis sie ein zusammengeknifftes Zeitungspapier herauszog und über den Tisch schob – erst da hatte ich die Ahnung, woher mein Befremden kam. Es schien mir, als sei ihre Stimme um eine Winzigkeit höher gerutscht, und ich dachte, daß ich eine Weile brauchen würde, um mich an diesen leicht nervkratzenden, fast schon schrillen Ton zu gewöhnen. Ich faltete das Papier auseinander und sah zuoberst ein Foto, das Randow auf der Anklagebank zeigte.

»Lies nur, es stört mich nicht«, sagte sie ganz ungezwungen. »Aber warum hast du mir nie erzählt, wie sie ihn gefaßt haben?«

»Wie kann ich dir etwas erzählen, was ich selber nicht weiß«, sagte ich und flog mit dem Blick über die bildreichen fünf, sechs Seiten, die aus einer Hamburger Illustrierten stammten und mit dem Namen von Thereses Bekanntem gezeichnet waren.

Für ein paar Minuten war es still im Zimmer. Ich hörte nur, wie Therese in regelmäßigen Abständen den Rauch ihrer Zigarette ausstieß und nach einem kurzem »Ich muß mal!« das Zimmer Richtung Toilette verließ. Ich überflog den Text ein zweites Mal. Angereichert durch mir unbekannte Passagen aus den Verhörprotokollen der Polizei entsprach er den Tatsachen, die damals in der Zeitung gestanden hatten, auch wenn Thereses Bekannter das Haus Nummer fünf als von der Polizei umlagert darstellte, den einzigen Schuß, der an jenem Tag abgegeben worden war, zu einem Schußwechsel stilisierte und die Verurteilung Randows nach jenem Paragraphen, der seinen Verteidiger zu einem so dramatischen Appell an das Gericht veranlaßt hatte, als tatsächlich geschehen zwar nicht behauptete, aber suggerierte. Ich nahm mir vor, Therese gegenüber keine dieser Unschärfen zu erwähnen, oder wenn, nur ganz nebenbei. Im Grunde war es auch gleichgültig, nach welchem Paragraphen das Urteil gesprochen worden war; jedenfalls für Randow.

Das Foto hatte ich auf den ersten Blick erkannt. Was mich davon abhielt, die Bildunterschrift sofort zu lesen, weiß ich nicht. Ich weiß, daß ich mich im ersten Moment wunderte, was es in einem Artikel über Randow zu suchen hatte, und ich weiß auch, daß ich so etwas wie Respekt empfand über die Professionalität, mit der Thereses Bekannter an Material gelangt war, das Thembrock und seine Volontärin trotz bester Beziehungen nie zu Gesicht bekommen hatten. Jetzt, da ich allein im Zimmer war, nahm ich die Seite mit dem Foto, das offenbar aus den Polizeiakten stammte und in leichtem Braunton gedruckt worden war, um der Szenerie einen sichtbaren Anstrich von Alter zu geben: diese Zimmerecke im vierten Stock der Nummer sechs, das schiefe Sofa, auf dem wir so oft gesessen hatten; darüber Sohni Quirams Emailleschild mit dem skipetarischen Räubergesicht und der schrägen Balkenschrift Echter Hanewacker. Ich las, daß der achtzehnjährige Klaus-Jürgen Randow in diesem Schlupfloch eines Ruinengrundstücks gefaßt worden war, spürte meine brennenden Ohren und hatte Mühe, Therese, die wieder im Zimmer stand und »Was hast du denn?« rief, mit einigermaßen normaler Stimme zu antworten.

»Nichts, gar nichts«, hörte ich mich sagen und sah das Zimmer in der Wohnung meiner Mutter so deutlich vor mir, als säße ich darin, hätte meine Schwester eben durch den platternden Regen laufen sehen und das braungebrannte Gesicht dieses Herrn Quade, der mich zum Weiterreden aufforderte, vor mir, während Therese neben mich getreten war und leise fragte, ob sie ein Glas Wasser holen solle, und ich den Kopf schüttelte und mich zu einem Lächeln zwang und »Quatsch!« sagte, ich hätte nichts, mir sei nur dieser alberne Spruch des Doktors durch den Kopf gegangen.

»Dein Doktor? Was hat er gesagt«, fragte Therese.

»Daß man sich zweimal im Leben sieht«, antwortete ich, und Therese, die den Spruch offenbar auf uns bezog, legte mir die Hand auf die Stirn und sagte so sanft, als wolle sie mich keinesfalls verletzen, daß sie gleich wegmüsse, rüber, nach Wilmersdorf: »Wir gucken uns eine Wohnung an.«

Sie blieb tatsächlich nur noch eine Viertelstunde, in der dieses sanfte, ausschließende Wir ebenso zwischen uns stand wie das Bild von der Wohnung meiner Mutter, und als ich Therese zur Tür brachte und sie mir beim Abschied die Wohnungsschlüssel in die Hand drückte, hätte ich ihr die Antwort geben können, zu der ich vor zwei Jahren nicht in der Lage gewesen war.

3

Durch die angelehnte Stubentür höre ich das Poltern schneller Schritte im Treppenhaus, erst gedämpft, dann stärker; meine Mutter hebt unmerklich den Kopf, als lausche sie und wolle es sich nicht anmerken lassen; die Schritte, schon ganz nahe, verstummen plötzlich; wie meine Mutter warte ich auf das Geräusch des Schlüssels in der Wohnungstür, aber es bleibt alles ruhig, so daß meine Mutter sich wieder diesem Herrn Quade zuwendet, der gerade seine Verwunderung darüber ausdrückt, daß es auf dem Dach in der Nummer sechs etwas geben könne, wovon Sohni ablenken wolle; man habe doch alles gründlich durchsucht.

Es kann Einbildung sein, aber ich glaube jetzt, durch die angelehnte Tür zum Korridor das Atmen meiner Schwester zu hören, die auf dem Podest steht und mit dem Aufschließen zögert.

Auf dem Dachboden sei er persönlich dabeigewesen, bekräftigt der Herr Quade.

»Und darunter«, frage ich lässig, »im vierten Stock?«

Noch immer ist es still im Treppenhaus. Ich bin wirklich gespannt darauf, was meine Schwester sich als Ausrede einfallen lassen wird, und frage mich, ob ich je eine günstigere Gelegenheit bekommen würde, ihr die Unterschrift meiner Mutter abzuverlangen.

»Wieso der vierte«, sagt der Herr Quade. »Der ist doch gar nicht zugänglich.«

Ich spüre so etwas wie Genugtuung, daß unsere Tarnung sogar einer gründlichen Untersuchung der Polizei standgehalten hat, und indem ich mir vorstelle, ich könnte jetzt die Achseln zucken und diesen ahnungslosen Herrn Quade einfach nur angrinsen, bemerke ich meine Schwester, die plötzlich im Zimmer steht, mit triefendem Haar und nasser Bluse. Sie hat die Tür so leise aufgeschlossen, daß wir auch nicht einen Ton gehört haben, und lächelt wie in allerbester Laune und gibt sich ganz unbefangen und sagt heiter: »Meingott, so ein Guß!«

Ich sehe auf den ersten Blick, daß alles an ihr eine andere Sprache spricht. Ich bin mir sicher, statt zu strahlen, würde sie vielleicht lieber heulen, statt alle Blicke auf sich zu ziehen, lieber unsichtbar sein, und das einzig Glaubhafte an ihr ist die Erleichterung über die Anwesenheit eines Fremden, die jede unangenehme Frage meiner Mutter ausschließt.

»Ich war noch bei Oma!« sagt sie und fügt schnell und wie zum Beweis hinzu: »Ich könnte heut bei ihr schlafen. Soll ich?«

»Geh dich erst mal abtrocknen, Mädel, du holst dir sonst noch den Tod«, antwortet meine Mutter mit betonter Sorge in der Stimme, und meine Schwester zieht ein Handtuch aus dem Schrank, wirft es sich halb über den Kopf und geht folgsam, wenn auch mit unsicherem Schritt, Richtung Küche.

So durcheinander habe ich meine Schwester noch nie gesehen, nicht mal, als Bubi Marschalla zu seinem Geschäftsfreund zog, und ich bezweifle, ob sie in diesem scheußlichen Zustand, selbst wenn sie wollte, fähig sein würde, die Unterschrift meiner Mutter nachzumachen. Mir wird nichts anderes übrigbleiben, als den Versuch selbst zu wagen, und die Überlegung, wie ich am besten an eine Vorlage komme, beherrscht mich für einen Moment völlig, so daß ich Mühe habe, meine Gedanken wieder auf Ambach zu lenken, der irgendwo im Keller sitzt und nicht ahnt, daß er dank Sohni in allergrößter Gefahr ist.

Daß ich vorhin nicht dazu gekommen bin, unsere Truppe in meinen Plan einzuweihen, wie wir Ambach am besten in Sicherheit bringen könnten, scheint mir jetzt eine glückliche Fügung. Wenigstens habe ich die Garantie, daß während meiner Abwesenheit keiner den Plan aufgreifen und in die Tat umsetzen konnte. Für Ambach. ist es vor allem wichtig, Zeit zu gewinnen. Jede halbe Stunde kann für ihn nützlich sein, und während ich mich in Positur setze und mit gespieltem Zögern beginne, diesen ahnungslosen Kommissar namens Quade in aller Ruhe und Gelassenheit auf seine Versäumnisse hinsichtlich der

Durchsuchung des Dachbodens im teilzerstörten Vorderhaus der Nummer sechs und auf die bei gewissenhafter Prüfung doch nicht zu übersehende Lockerheit der Bretter hinter dem zweiten Stützbalken rechts von der Dachluke hinzuweisen, knipst meine Mutter die Stehlampe an, deren sandgelber Schirm die Sesselecke in ein Licht von anheimelnder Wärme taucht.

Wieder fällt es mir schwer, meine Gedanken beieinander zu halten, und statt an Ambach denke ich an den letzten Abend, an dem ich meinen Vater gesehen habe, genaugenommen den Schatten, den sein Körper an die Wand mit dem Hitlerbild geworfen hat und den ich, schon im Bett liegend, mit halboffenen Augen in dem für mich einsehbaren Teil unseres Zimmers als letztes wahrgenommen habe von ihm, ehe er in der frühesten Frühe des nächsten Tages auf Nimmerwiedersehen an die Westfront gefahren ist. Und während ich diesem ahnungslosen Kommissar namens Quade lässig ein Licht aufsetze über die Geheimnisse eines Dachbodens in der Vorderduncker, zieht ein Schmerz, wie ich ihn noch nicht gekannt habe, ganz langsam vom Bauch nach oben in meine Brust. Es ist, als wäre etwas wund in meinem Körper, und es ist so schlimm, daß ich ganz still sitze und aufhören muß zu reden.

»Das ist ein wichtiger Hinweis«, sagt dieser Herr Quade und strafft sich, wie wenn er sich zum Gehen anschickt.

»Junge, was hast du denn?« sagt meine Mutter ehrlich erschrocken.

Ich kann nicht antworten. Ich sitze ganz still.

»Da isser«, hat eine Stimme gerufen. Alle haben die Köpfe hochgerissen und in den blanken Himmel gestarrt, auch ich, aber da war nichts, nicht mal die Spur eines Schattens über dem Haus Nummer fünf. Ich wollte wieder in die Nähe von Edith Remus, habe den Kopf gewendet und bin mit dem Blick, zufällig oder nicht, an den Fenstern unter dem Dachboden der Nummer sechs hängengeblieben. Und tatsächlich, während alle in den Himmel über der Nummer fünf starren und kurz bevor es vor meinen Augen zu flimmern beginnt und ich mir einrede, ich sehe schon Gespenster – weiß ich, ich habe es tatsächlich gesehen, einen Lidschlag lang, das Gesicht hinter dem Fensterloch des Kabinetts, Ambachs Gesicht.

ISBN 3-351-02367-7

1. Auflage 1996
© Aufbau-Verlag GmbH, Berlin 1996
Einbandgestaltung Bert Hülpüsch
Satz LVD GmbH, Berlin
Druck und Binden Clausen & Bosse, Leck
Printed in Germany